P9-DNE-887

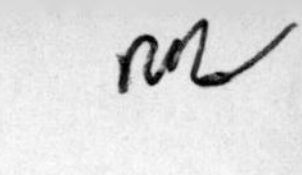

Título original: *When Passion Rules*
Traducción: Ana Isabel Domínguez Palomo
y María del Mar Rodríguez Barrena
1.ª edición: octubre, 2013

para el sello B de Bolsillo
Consell de Cent, 425-427 - 08009 Barcelona (España)
www.edicionesb.com

Printed in Spain
ISBN: 978-84-9872-886-6
Depósito legal: B. 18.646-2013

Impreso por NOVOPRINT
Energía, 53
08740 Sant Andreu de la Barca - Barcelona

Las reglas de la pasión

JOHANNA LINDSEY

Prólogo

Leonard Kastner había pensado seriamente en retirarse. Debería haber hecho algo más que pensarlo. Había llegado el momento adecuado. Había amasado más dinero del que creía posible mediante el uso de sus habilidades. Estaba en la cúspide de su carrera profesional, con éxitos incontestables, y nunca había rechazado un trabajo. Sus clientes lo sabían. Los detalles carecían de importancia. De hecho, en la mitad de las ocasiones ni siquiera se los daban hasta después de haber aceptado un trabajo. Sin embargo, su profesión cada vez le desagradaba más y estaba perdiendo habilidad. Si nada importaba, todo era válido. Si uno empezaba a cuestionarse sus propios actos, las cosas cambiaban.

Con más riqueza de la que necesitaba desde hacía bastante tiempo, ya no tenía necesidad de arriesgarse y tampoco le hacía falta aceptar ese trabajo en concreto. Pero le habían ofrecido más dinero del que podía rechazar, mucho más de lo que había ganado en los últimos tres años, y le habían pagado la mitad por adelantado. Aunque la increíble cifra no era de extrañar. Era uno de esos encargos raros en los que el matón de turno que lo había contratado quería que se comprometiera de antemano, antes de que le dijeran de qué se trataba.

Jamás lo habían contratado para matar a una mujer. Sin embargo, iba a terminar su carrera con un crimen más horrible todavía: iba a matar a un bebé. Y no a cualquier bebé, sino a la heredera al trono. ¿Un asesinato político? ¿Venganza contra el rey Frederick? No se lo habían dicho y tampoco le importaba. En algún momento de su vida, había perdido la humanidad. Solo era un trabajo más. Tenía que repetírselo una y otra vez. No iba a terminar su carrera con un fracaso. Si el encargo le resultaba desagradable, se debía a que quería a su rey y a su país. Pero el rey podía tener más hijos en cuanto abandonara el luto y se casara de nuevo. Seguía siendo un hombre joven.

Entrar en el palacio del rey Frederick durante el día era fácil. Las puertas del palacio, situadas en el patio de la antigua fortaleza que se alzaba sobre la capital de Lubinia, rara vez se cerraban. Por supuesto, dichas puertas estaban vigiladas, pero se les negaba la entrada a muy pocas personas, incluso cuando el rey se encontraba en palacio. Que no era el caso. El rey se había retirado a su residencia invernal en las montañas justo después de que se celebrara el funeral por la reina, hacía cuatro meses, para llorarla en paz. La reina había muerto apenas unos días después de dar a luz a la heredera que alguien quería muerta.

Habrían detenido a Leonard en las puertas si hubieran tenido la más mínima sospecha de quién era, pero pasó desapercibido. Leonard tenía una reputación nefasta, pero estaba asociada a Rastibon, su alias. Habían puesto precio a su cabeza en su propio país y en varios países colindantes. Pero nadie sabía qué aspecto tenía Rastibon. Siempre se había cuidado de ocultar su cara, usando capuchas, reuniéndose con sus contactos en callejones oscuros y ocultando su voz cuando era necesario. Siempre había pensado retirarse en su propio país sin que nadie supiera cómo había amasado su fortuna.

Vivía en un barrio muy próspero de la capital. Su casero y sus vecinos no eran muy curiosos, y cuando le preguntaban por su trabajo se limitaba a hablar de un negocio de exportación de vinos para explicar sus frecuentes ausencias. Porque sabía de vinos. Podía hablar de vinos largo y tendido. Pero había dejado bien claro que no estaba por la labor de perder el tiempo charlando, de modo que tenía fama de ser un hombre taciturno al que era mejor dejar tranquilo, cosa que él prefería. Un hombre con su oficio no podía permitirse tener amigos a menos que fueran del mismo gremio. Pero incluso en ese caso tendrían un problema de competición.

No era tan sencillo entrar en el ala donde se encontraba la habitación infantil, pero Leonard tenía recursos. Había descubierto qué mujeres cuidaban de la heredera de Frederick y había elegido a la niñera como objetivo.

Se llamaba Helga. Una viuda joven y de aspecto corriente, con una hija a la que seguía amamantando, razón por la que había conseguido el trabajo en el palacio. Le llevó una semana engatusarla para meterse en su cama durante sus breves visitas familiares en la ciudad. Pero era un hombre agradable de unos veintitantos años, algunos dirían que apuesto con su pelo castaño oscuro y sus ojos azules, y conservaba cierto encanto de la época en la que no era un asesino despiadado. También tendría que matar a Helga si quería retirarse en su país natal. Si la dejaba con vida, podría identificarlo.

Tardó otras tres semanas en organizar un encuentro en el dormitorio de Helga, emplazado en el ala de la habitación infantil, la noche que la otra niñera descansaba y no estaría en el palacio. Aunque Helga le había asegurado que nadie visitaba la habitación infantil de noche, solo los dos guardias que hacían sendas rondas, la niñera temía perder su trabajo si alguien lo descubría. Al fin y al cabo, la guardia de palacio se doblaba durante la noche. Sin embargo, al final ganó la pasión y las puertas adecuadas se abrieron para él. Solo tenía que esconderse un instante, hasta que los guardias abandonaran el ala de la habitación infantil.

Al final, no mató a la mujer. Aunque habría sido lo más lógico. Había utilizado otro nombre falso con ella, no para ocultarle el crimen que iba a cometer, sino para evitar que ella (o cualquier otra persona) relacionara a Leonard Kastner con Rastibon. No tenía intención de ocultar su crimen. Quienquiera que lo hubiese contratado necesitaba que se supiera. Pero no había motivo para matar también a la niñera cuando podía dejarla inconsciente con una poción en su copa de vino. Sintió una punzada al hacerlo.

Se había encariñado con Helga a lo largo de ese mes. Había cambiado su plan original de forma drástica. Eso quería decir que ya no se retiraría en su propio país, dado que ella podía identificarlo. Pero había tomado esa decisión de repente ese mismo día, y no estaba familiarizado con la única poción somnífera que había encontrado, de modo que no sabía de cuánto tiempo disponía y, por tanto, debía darse prisa. A última hora, tomó otra decisión improvisada: le ataría las manos a la espalda para que no la creyeran cómplice del crimen. Sin embargo, lo peor fue que no pudo matar al bebé en la habitación infantil, donde Helga vería su cuerpo al despertarse. La niñera adoraba a la hija del rey, y aseguraba que la quería como si fuera suya.

La primera intención de Leonard fue la de llevar a cabo el encargo en ese lugar. Eso conllevaba muchísimo menor riesgo. Pero después de ver a Helga tumbada en la cama, y a sabiendas de que pronto se despertaría, empezó a buscar un saco. No encontró nada en la habitación principal. La hija del rey estaba siendo criada con todos los lujos, le habían regalado cubiertos de oro y su moisés valía una fortuna con las sábanas de satén, el encaje y las piedras preciosas. En un estante vio unos preciosos juguetes para los que la niña era demasiado pequeña. Había numerosas cómodas pegadas a las paredes, con una ingente cantidad de ropa que se le quedaría pequeña antes de que pudiera ponérsela siquiera.

Las niñeras no tenían camas para dormir en la habitación infantil. No tenían permitido dormir mientras estaban de guardia, razón por la que la princesa tenía dos niñeras. Cada una contaba con un pequeño dormitorio adyacente a la habitación infantil, donde dormían cuando no estaban de guardia y donde cuidaban a sus propios hijos. En un rincón de la habitación infantil, Leonard vio un montón de cojines de todos los tamaños imaginables, que seguramente se utilizaban cuando se permitía que el bebé jugara en el suelo. Cogió uno de los cojines más grandes de la parte superior del montón, rajó la costura de uno de los laterales y le sacó el relleno. A continuación, hizo tres agujeros para permitir el paso del aire. Serviría para sus propósitos.

Se apresuró a meter a la niña en la funda, aunque lo hizo con mucho cuidado para no despertarla. La princesa tenía cuatro meses. Si se despertaba, se pondría a llorar. Aún tenía que recorrer un larguísimo pasillo y un estrecho corredor antes de llegar a la escalera que conducía a la puerta lateral por la que había entrado, por no mencionar que debía escabullirse de los dos guardias. Sería muy sencillo siempre y cuando el bebé no llorara.

La noche anterior había atado una cuerda en la muralla posterior de la fortaleza, la cara que no daba a la ciudad. Esa misma noche había dejado su caballo en un bosquecillo. Había tomado esas precauciones porque las puertas del palacio se cerraban por la noche y estaban muy bien custodiadas, de modo que necesitaba otra vía de escape. Sin embargo, las murallas de la fortaleza suponían otro desafío. Aunque Lubinia no estaba en guerra, varios guardias recorrían las almenas de noche.

Por suerte para él, esa noche no había luna. Las lámparas del patio estaban encendidas, pero eran más una ayuda que un impedimento, ya que creaban sombras en las que podía esconderse mientras se escabullía por el patio. Consiguió llegar a la muralla y subir las estrechas escaleras hasta las almenas sin incidentes. El bebé seguía dormido. Los guardias seguían en la parte delantera de la fortaleza. En cuestión de minutos, Leonard habría salido de la fortaleza. Tuvo que atarse el improvisado hatillo al cinturón porque necesitaba ambas manos para descender por la cuerda. El saco se balanceó durante el descenso e incluso llegó a golpearse contra el muro. Se escuchó un gemido del interior, no demasiado alto; además, no había nadie lo bastante cerca como para escucharlo.

Por fin llegó a la seguridad del bosquecillo donde había dejado su caballo. Se metió el saco por dentro de la chaqueta. No brotó sonido alguno del interior. Galopó por los Alpes, hasta que amaneció. A la postre, se detuvo en un descampado, muy lejos de cualquier ciudad, de cualquier interrupción o de cualquier persecución. Había llegado el momento. Ejecutaría el encargo con rapidez. El puñal que utilizaría para llevarlo a cabo llevaba afilado desde que se lo encomendaron.

Se sacó el bulto de la chaqueta, abrió la funda del cojín y la dejó en el suelo. Sostuvo al bebé dormido con una mano, se sacó el puñal de la bota y colocó la hoja contra su pequeña garganta. Ese bebé inocente no merecía morir; quien le había pagado sí. Pero Leonard no tenía alternativa. Él solo era un instrumento. De no ser él, otro estaría ocupando su lugar. Al menos, él podía hacerlo de modo que provocara el menor dolor.

Titubeó demasiado tiempo.

El bebé que tenía acunado en el brazo se despertó. Lo miró a los ojos... y sonrió.

1

La larga hoja del estoque se curvó cuando Alana presionó con fuerza su extremo contra el pecho del hombre que tenía enfrente. Habría sido un golpe letal si no estuvieran practicando con sendas chaquetas protectoras.

—Deberías haberlo logrado sin necesidad de hacer los tres últimos movimientos —dijo Poppie, que se quitó la máscara con el propósito de que Alana pudiera ver la decepción que reflejaban sus penetrantes ojos azules—. ¿Por qué estás distraída hoy?

Tenía que tomar decisiones, ¡demasiadas decisiones! ¿Cómo no iba a estar distraída? ¿Cómo se iba a concentrar en la clase de esgrima con tantas cosas como tenía en la cabeza? Debía tomar una decisión que alteraría su vida. Tenía tres opciones posibles, cada cual con su propio aliciente, y debía tomar la decisión de inmediato porque se le había acabado el tiempo. Ese día cumplía dieciocho años. No podía posponerlo más.

Su tío siempre se tomaba las clases de esgrima con gran seriedad. De modo que ese no era el momento de hablarle del dilema que se le había presentado. Sin embargo, necesitaba hablarlo con él, y lo habría hecho hacía mucho tiempo si no lo hubiera visto tan preocupado durante los últimos meses. Porque no era un estado habitual en él. Cuando le preguntó si le pasaba algo, él le restó importancia con una sonrisa y le dijo que no. Reacción que tampoco era habitual.

Alana había sido capaz de disimular la preocupación que sentía hasta ese día. Pero claro, su tío le había enseñado a ocultar sus emociones, entre muchas otras cosas, a lo largo de los años.

Sus amigas decían que era un hombre excéntrico. ¡Porque la animaba a usar armas! Sin embargo, ella siempre aducía que tenía derecho a ser diferente. Al fin y al cabo, no era inglés. Sus amigas no deberían compararlo con uno de sus compatriotas. Con el paso del tiempo, había perdido algunas amistades debido a la amplia educación que Poppie quería que recibiese, pero a ella le daba igual. La estirada que acababa de mudarse a la puerta de al lado era un ejemplo perfecto de la estrechez de miras de muchas personas. Al poco de conocerla, Alana le había comentado algunos de sus más recientes estudios, así como lo fascinante que encontraba las Matemáticas.

—Hablas como mi hermano mayor —comentó la muchacha con desdén—. ¿Qué necesidad hay de que tú y yo sepamos tantas cosas sobre el mundo? Lo único que debemos aprender es la mejor forma de llevar una casa. ¿Sabes hacerlo?

—No, pero soy capaz de atravesar con mi estoque una manzana lanzada al aire antes de que caiga al suelo.

No se hicieron amigas. A Alana no le importó. Tenía muchas otras amistades fascinadas por su variada educación, que achacaban a su condición de extranjera, como en el caso de Poppie, aunque ella llevaba toda la vida en Inglaterra y se consideraba inglesa.

En realidad, su tío no se llamaba Poppie. Ese nombre se lo había puesto ella de pequeña porque le gustaba fingir que era su padre en vez de su tío. Tenían casi la misma altura y aunque él rondaba los cuarenta y cinco años, no tenía una sola arruga en la cara y su pelo era tan oscuro como siempre lo había sido.

Su verdadero nombre era Mathew Farmer, un nombre muy inglés, cosa que era graciosa porque tenía un marcadísimo acento extranjero. Era uno de los muchos aristócratas europeos que habían huido del continente durante las guerras napoleónicas para comenzar una nueva vida en Inglaterra. Y la llevó consigo porque era la única familia que le quedaba a Alana.

Sus padres habían muerto cuando ella era pequeña. De forma trágica, en una guerra en la que ni siquiera luchaban. Al recibir la noticia de que la abuela materna de Alana se estaba muriendo, emprendieron un viaje a Prusia para verla. Durante el trayecto, fueron asesinados a manos de simpatizantes franceses que los tomaron por enemigos de Napoleón. Poppie suponía que el motivo fue su evidente condición de aristócratas, y el hecho de que esos palurdos ignorantes consideraran a todos los aristócratas enemigos de Francia. Su tío desconocía los detalles y le entristecía mucho especular sobre el tema. Sin embargo, le había contado tantas cosas de sus padres mientras crecía que Alana tenía la impresión de haberlos conocido, de atesorar esos recuerdos como si fueran suyos.

El hermano de su padre siempre había sido su tutor, su maestro, su compañero y su amigo. Era todo lo que podía desear de un padre y lo quería como tal. Lo que les sucedió a sus padres fue espantoso, pero estaba muy agradecida de que hubiera sido Poppie quien la había criado.

Puesto que era un hombre rico, la vida con él era una mezcla de privilegios y situaciones inesperadas. Había contado con una larga ristra de maestros, tantos que había perdido la cuenta. Cada uno le había enseñado una disciplina diferente y apenas ocupaban el puesto unos meses. Lady Annette había sido la que más tiempo había permanecido a su lado. Una viuda joven y venida a menos que se había visto obligada a buscar empleo. Su tío la había contratado para que le enseñara a Alana todo lo necesario para convertirse en una dama, y después siguió a su lado como dama de compañía, de modo que a esas alturas Annette llevaba con ellos nueve años.

Los días de Alana se volvieron mucho más ocupados en cuanto cumplió los diez años y comenzó su entrenamiento con las armas. Poppie le enseñó a usar algunas. El día que la llevó a la estancia en cuyas paredes colgaban los estoques, los puñales y las armas de fuego y cuyos muebles acababan de quitar por aquel entonces, Alana recordó algo que su tío le había dicho cuando era más pequeña y que posiblemente debería haber olvidado: «Antes mataba personas, pero ya no lo hago.»

Aunque sabía que su tío había luchado en las guerras instigadas por Napoleón a lo largo y ancho de todo el continente europeo, las guerras de las que había huido, le resultó extraño que hablara de esa forma de su pasado. Ese día en concreto, Poppie le puso el estoque en la mano y ella le preguntó:

—¿Con este arma matabas a las personas?

—No, pero estaba entrenado para manejarlas todas y esta es la que requiere mejor forma física, más destreza, más rapidez, más agilidad y más astucia, así que entrenar con ella aporta más de un beneficio. Sin embargo, en tu caso te enseñará a evitar que te manoseen, cosa que los hombres intentarán hacerte pensando que pueden reducirte gracias a la superioridad de su fuerza física. Con el estoque aprenderás a mantener las distancias, sea cual sea el arma que manejes.

—Pero es posible que nunca tenga que recurrir al estoque para defenderme, ¿verdad?

—No, no llevarás un estoque para defenderte. Para eso aprenderás a usar una pistola.

La esgrima solo era una estrategia para mantenerla en forma. Alana era muy consciente de ello. Y al cabo de un tiempo, le gustaban tanto las clases de esgrima con Poppie que se convirtieron en el momento álgido del día. A diferencia del resto de sus maestros, Poppie siempre era muy paciente con ella.

Annette se arriesgó a perder su empleo cuando se enfrentó a su tío a causa del nuevo rumbo que habían tomado los estudios de Alana. Ella misma escuchó el final de dicha discusión mientras pasaba un día por la puerta del despacho de Poppie.

—¿Armas? ¡Por el amor de Dios! Ya es demasiado intrépida y atrevida por naturaleza. ¿Y encima quiere ponerle un arma en la mano? Le ha ofrecido una educación masculina. ¿Cómo quiere que yo contrarreste dicha educación a estas alturas?

—No espero que la contrarreste —fue la serena respuesta de

su tío—. Espero que le enseñe que la vida le dará muchas oportunidades para tratar a las personas de distinta forma. Usted la critica por ser intrépida e incluso algo masculina, pero a la larga Alana se verá beneficiada precisamente por eso.

—Pero no son características femeninas en absoluto.

Poppie rio entre dientes en ese momento.

—Bastará con que le enseñe usted a comportarse con elegancia y a hacer el resto de las cosas que hace una dama. Piense que no va a crear una dama de la nada. Ya lo es por nacimiento, y de la más regia cuna. Pero no pienso negarle una educación completa solo por su condición de mujer.

—Pero siempre cuestiona todo lo que le enseño, tal como haría un hombre.

—Me alegro de escucharlo. Me he esforzado en enseñarle a que analice todas las situaciones con cuidado e incluso con meticulosidad. Si algo le resulta extraño, no descartará el motivo, sino que ahondará para entenderlo. Confío en que usted será perseverante sin perjudicar lo que ya ha aprendido.

Y ese último comentario, pronunciado con un deje amenazador, puso punto y final a la discusión.

Alana recordó dicho episodio mientras se alejaba de su tío para colgar el estoque en la pared. Había llegado el momento de decirle a su tío por qué estaba distraída. Ya no podía demorarlo más.

—Poppie, tengo que tomar una decisión inesperada. ¿Podemos hablar del tema esta noche durante la cena o tan pronto como vuelva del orfanato?

Sabía que su tío estaría frunciendo el ceño. Aunque no se lo había prohibido abiertamente, no le gustaba que fuera al orfanato, por más que él fuese el responsable de la institución. El año anterior, Alana descubrió con gran incredulidad la existencia del orfanato que su tío había puesto en marcha poco después de llegar a Londres y que llevaba respaldando desde entonces. No alcanzaba a entender por qué se lo había ocultado. ¿Porque la etapa más reciente de su educación se centraba en los conocimientos necesarios para ser una dama? ¿Porque las damas no debían relacionarse con los pillos callejeros? No obstante, la explicación de su tío fue muy sencilla.

—Aquí encontré una nueva vida, me dieron una segunda oportunidad. Y me sentía poco merecedor de la misma. Necesitaba hacer algo en agradecimiento, intentar ofrecerle a los demás la misma oportunidad que había encontrado yo para cambiar el rumbo de mi vida. Sin embargo, tardé unos años en comprender que las personas que más necesitaban mi ayuda, los más desesperados, eran los huérfanos de la calle.

Una causa noble. ¿Cómo no iba a ponerse ella a la altura de su tío? Le pareció lo más natural del mundo ofrecerse para dar clase a los huérfanos. Su educación había incluido tantas áreas tan diversas y tantos conocimientos prácticos que estaba mucho más capacitada que el resto de los maestros. Y le encantaba lo que hacía. Una de las decisiones que debía tomar era si seguía o no impartiendo clases en el orfanato, ya que la enseñanza no era del todo compatible con los otros dos caminos posibles que podía tomar.

—Yo también he tomado una decisión —dijo su tío, que estaba detrás de ella—. Nunca imaginé que este día sería tan trascendental para ti, pero no puedo seguir evitando el tema. Ven a mi despacho.

¡Por Dios! ¿Acaso iba a descubrir nuevas opciones que sumar a las que ya tenía? Se volvió con brusquedad y vio que Poppie parecía muy incómodo. Sin embargo, su tío no podía ver el temor que asomaba a sus ojos grises porque aún no se había quitado la máscara de esgrima. ¿Trascendental? Eso parecía más importante que su propio dilema.

Poppie se volvió hacia la puerta, esperando que ella lo siguiera.

—Espera, Poppie. Los niños han organizado una fiesta de cumpleaños. Se llevarán una tremenda decepción si no los visito hoy.

Poppie guardó silencio en un primer momento. ¿Acaso tenía que pensarlo? ¿A pesar de que quería a esos niños tanto como ella?

A la postre, contestó:

—Muy bien, pero no tardes mucho.

Y salió de la estancia sin detenerse a ver su titubeante asentimiento de cabeza. Alana se quitó la máscara, la chaqueta protectora y la cinta que sujetaba su larga melena negra de forma mecánica. En esos momentos, estaba muy asustada.

2

La fiesta no ayudó a que Alana se relajara ni a que dejara de pensar en su futuro más inminente. Muy al contrario, las riñas entre los niños la exasperaron hasta tal punto que tuvo que regañarle a Henry Mathews.

—¿Quieres que te dé un tirón de orejas?

Henry era uno de sus preferidos. Muchos de los niños residentes en el orfanato que desconocían sus apellidos habían adoptado el nombre de Poppie para tal fin con permiso de este. Henry había elegido una opción distinta y había adoptado su nombre de pila.

Sin embargo, el niño también era distinto en muchas otras cosas. No solo demostraba una gran inteligencia porque asimilaba con rapidez todo lo que se le enseñaba, sino que también había descubierto y potenciado una habilidad que le resultaría muy útil cuando abandonara el orfanato. Era capaz de tallar la madera y convertirla en hermosas figuritas: objetos de adorno, personas y animales. Un día le regaló a Alana una talla de sí misma. Se la dejó en las manos y se fue corriendo, avergonzado. El gesto la conmovió tanto que lo premió llevándolo un día de paseo a Hyde Park y lo alentó a llevar algunas de sus figuritas. Uno de los vendedores que exponían su mercancía en el parque le compró unas cuantas por varias libras, una cantidad de dinero que el niño jamás había tenido en los bolsillos. Eso por fin lo convenció de que su talento era valioso.

En ese momento, Alana lo había pescado peleándose con uno de los más pequeños por culpa de una de sus figuritas. Sin embargo, su amenaza solo sirvió para que Henry la mirara con una sonrisa descarada.

—No me tirará de las orejas. Es demasiado buena.

Cierto, no lo haría. Porque tenía una herramienta mucho mejor: lo miró decepcionada.

—Creía que estabas aprendido a compartir tus tallas con los que son menos afortunados que tú.

—Este no es menos...

—Y que habías aceptado que es un gesto caritativo —le recordó.

Henry agachó la cabeza, pero le dio de mala gana el soldadito al otro niño, que salió corriendo en cuanto lo tuvo en la mano.

—Como lo rompa, le parto el pescuezo —murmuró Henry.

Alana chasqueó la lengua.

—Creo que deberíamos trabajar un poquito en tus modales. La generosidad debería ablandarte el corazón, sobre todo porque no te costará trabajo reemplazar el soldadito.

Henry la miró, horrorizado.

—¡Tardé cuatro horas en hacerlo! Me dormí tarde y al día siguiente me quedé dormido en clase y me castigaron. Y él me lo ha robado del baúl. En vez de enseñarme a mí a regalar el fruto de mi duro trabajo, a lo mejor debería enseñarle a él a no robar.

Alana gimió y extendió un brazo para evitar que el niño saliera corriendo, pero Henry era demasiado rápido. Y ella había sido demasiado dura con él. El hecho de que estuviera preocupada no justificaba su actitud. Se disculparía con él al día siguiente, pero en ese momento debía volver a casa.

Sin embargo, Henry regresó cuando estaba en la puerta, atándose la capa. El niño la abrazó con fuerza por la cintura.

—¡No lo he dicho de verdad, no lo he dicho de verdad! —exclamó con énfasis.

Ella le dio unas palmaditas en la cabeza.

—Lo sé y soy yo quien debe disculparse. Un regalo no es un regalo a menos que se dé libremente. Mañana le diré que te devuelta el soldadito.

—Ya me lo ha devuelto —le aseguró el niño, que se apartó de ella—. Solo quería irritarme, por eso me lo quitó. Fue corriendo al dormitorio y lo dejó en mi cama. Además, era para usted, maestra, un regalo de cumpleaños. Para que acompañe a la otra talla y no esté sola, ¿sí?

Alana cogió la figurita que Henry le tendió. El soldadito estaba meticulosamente tallado. Sonrió.

—¿Me ves emparejada con un soldado?

—Son valientes. Y un hombre tiene que tener mucho valor para...

Alana comprendió lo que quería decirle y lo interrumpió con una carcajada.

—Vamos, ¿tan intimidante soy como para que un hombre necesite echarle valor para casarse conmigo?

—No es eso, es lo que tiene aquí... —contestó el niño, golpeándose la cabeza—. Las mujeres no tienen que ser tan listas como usted.

—Mi tío no opina igual. Él fue el responsable de mi educación. Además, Henry, estamos en una época ilustrada. Los hombres ya no son tan brutos como antes. Han abierto los ojos.

Henry reflexionó unos instantes y después dijo:

—Si Mathew Farmer piensa eso, deber de ser cierto.

Alana enarcó una ceja.

—¿No piensas rebatir mis palabras para defender tu argumento?

—No, señorita.

Su rápida respuesta le arrancó una carcajada. Los niños idolatraban a su tío. Y jamás le llevaban la contraria en nada ni le ponían peros a lo que hacía o decía.

Alana le pasó una mano por el pelo, despeinándolo.

—Pondré el soldadito con la otra talla. Será su protector. Eso le gustará a mi figurita.

Henry esbozó una radiante sonrisa y después se marchó a la carrera. Henry acababa de tomar la decisión por ella, comprendió de repente. ¿Cómo no seguir dando clases en el orfanato?

Al salir, una fría ráfaga de viento estuvo a punto de arrancarle el bonete mientras corría hacia el carruaje que la esperaba. Ojalá Mary hubiera preparado el brasero. Mary había sido su niñera antes de convertirse en su doncella y carabina ocasional, pero se estaba haciendo mayor. Podría haber entrado en el orfanato con ella, pero prefería la tranquilidad del carruaje, donde podía seguir tejiendo a placer.

Alana creía que era absurdo que el carruaje la esperase en la acera. Podrían haber vuelto a casa y después recogerla a la hora convenida. Sin embargo, el vehículo la esperaba por orden de Poppie. Nunca permitía que Alana esperase en ningún sitio y jamás podía salir de casa sin escolta, que incluía dos lacayos y una mujer que hiciera las veces de carabina.

Lady Annette había sido su carabina durante sus seis primeros meses como maestra en el orfanato. Aunque lady Annette apoyaba las obras de caridad, desaprobaba firmemente que Alana diera clase todos los días porque parecía un «trabajo». Sin embargo, Annette había acabado encariñándose con los niños tanto como ella, de modo que incluso empezó a impartir algunas clases. Y pareció disfrutar de la ocupación hasta que lord Adam Chapman se acercó un día a ellas cuando salían.

—¿Alana?

El lacayo que había abierto la portezuela del carruaje para que entrase volvió a cerrarla para que Mary no se enfriara mientras ella se volvía al escuchar su nombre. Casualidades de la vida, quien la llamaba era precisamente lord Adam Chapman, que se apresuró a quitarse el sombrero para saludarla. Alana lo miró con una cálida sonrisa. Su presencia la relajaba y lo atribuía a la amabilidad y al maravilloso sentido del humor del caballero.

—No se me ha olvidado qué día es —siguió lord Chapman, que le entregó un ramo de flores amarillas—. Un día trascendental para la mayoría de las jóvenes.

Alana deseó que no hubiera usado precisamente esa palabra. Porque le recordó lo que la esperaba en casa.

—Gracias —dijo ella—. Pero ¿dónde ha encontrado estas flores a estas alturas del año?

—Tengo mis contactos. —Sonrió de forma misteriosa, pero después soltó una carcajada y confesó—: Mi madre tiene un invernadero, aunque lo cuidan sus jardineros, claro. No se le ocurriría mancharse de tierra por bonitos que sean los resultados.

Sus padres vivían en Mayfair, pero Adam le había dicho que él ocupaba un apartamento de soltero en la misma calle donde se ubicaba el orfanato, de modo que solía verlo un par de veces por semana al salir o entrar. Siempre se detenía para hablar con ella, escuchaba con atención las anécdotas que le contaba sobre los niños y de vez en cuando le explicaba algunos detalles de su vida.

Alana conoció a Adam porque Annette lo conocía antes de casarse con lord Hensen. Una tarde caminaba por la acera del orfanato cuando Alana y Annette salían del edificio, y se detuvo para saludar a Annette con calidez. Desde entonces, el caballero había intentando retomar su amistad, pero aunque Annette se mostraba educada con él, su actitud se tornaba fría y distante cada vez que lo veía. Jamás le explicó por qué a Alana, a pesar de preguntárselo. En un momento dado, dejó de acompañarla al orfanato. No obstante, eso no desanimó a lord Adam, que siguió saludándola.

Alana se sintió halagada cuando el caballero la convirtió en el objeto de sus atenciones. ¿Cómo no sentirse así cuando era tan guapo y simpático? Tenía la misma edad que Annette, unos treinta años, pero parecía mucho más joven.

En ese momento, volvió a pensar en invitarlo a cenar para que conociera a Poppie, pero decidió que no, que no era el día apropiado. Lo había invitado en varias ocasiones, pero él nunca había aceptado porque tenía compromisos previos. No obstante, pronto volvería a hacerlo.

A esas alturas de año, hacía demasiado frío como para estar conversando en la acera, y Mary también debió de pensar lo mismo porque abrió la portezuela del carruaje para recordarle a Alana que debían marcharse.

—Es hora de irnos, querida.

—Cierto —replicó Adam, que la cogió de la mano para acompañarla hasta el vehículo. Una vez que estuvo sentada añadió con una alegre sonrisa—: Hasta la próxima vez que nuestros caminos se crucen.

Alana rio mientras él cerraba la portezuela. Sus encuentros siempre parecían fortuitos, aunque no lo eran. Adam sabía muy bien a qué hora salía del orfanato y elegía ese momento para pasar por la puerta, a fin de poder mantener una de sus conversaciones en la acera.

Adam, que era hijo de un conde y cuya familia era rica, era el tipo de pretendiente que aprobaría Poppie. ¡Y le había regalado un ramo de flores! Era una señal definitiva de que estaba listo para llevar su relación un paso más allá. ¿Habría estado esperando hasta que cumpliera los dieciocho para empezar a cortejarla? Era muy posible. Incluso había mencionado la palabra «matrimonio» el mes anterior, aunque Alana estaba segura de que lo había dicho aduciendo que se acercaba el momento de empezar a planteárselo. No recordaba exactamente cómo había abordado el tema, porque fue entonces cuando lord Adam se convirtió en su tercera opción. O se convertiría, si acababa cortejándola como Dios mandaba.

3

Alana rara vez se ponía nerviosa. Tal vez se sentía un poco ansiosa cuando era el momento de que apareciera un nuevo tutor, pero nada era comparable con lo que sentía mientras recorría el pasillo en dirección al despacho de Poppie. ¿Y si Poppie insistía en que se mantuviera en la senda que lady Annette le había preparado hacía dos años? Lady Annette había estado preparándola para su presentación en la alta sociedad, suponiendo que Alana querría hacer lo mismo que les estaban enseñando a todas las jovencitas de su edad. Alana había ansiado la sucesión de interminables fiestas y bailes en los que encontrar a futuros pretendientes... antes de descubrir lo gratificante que era abrir las mentes de los jóvenes a unas posibilidades con las que ni siquiera habían soñado. No se imaginaba renunciando a su trabajo en el orfanato.

Sin embargo, sabía que ambos mundos eran incompatibles.

—Vas a tener que renunciar a dar clases, que lo sepas —le había advertido Annette hacía poco—. Has pasado un año en el orfanato, un gesto muy generoso de tu parte, pero eso no tiene cabida en tu futuro.

Y su amiga Harriet, la hermana menor de una buena amiga de Annette, también se había sumado a esa advertencia.

—No esperes que tu marido te permita ser tan generosa con

tu tiempo. Querrá que te quedes en casa y críes a tus propios hijos.

Y ahí radicaba el dilema de Alana. Por esa razón se había decantado por Adam y deseaba que hubiera sido más claro con sus intenciones. No porque estuviera enamorada de él, sino porque apreciaba que Adam admirase su dedicación a los niños. Se lo había dicho en numerosas ocasiones. Adam no le prohibiría seguir dando clases si se convertía en su marido.

Apretó el paso de camino al despacho de Poppie. Henry la había ayudado a tomar una decisión. Sí, estaba nerviosa, pero solo por la opinión de Poppie, no por la decisión que ya había tomado. Ojalá no le dijera que debía poner fin a sus visitas al orfanato dado que se aproximaba su presentación en sociedad y la temporada estaba a punto de comenzar. Ese era el tema que creía que Poppie había estado rumiando y que lo tenía tan preocupado.

El despacho de Poppie era una de sus estancias preferidas de la enorme mansión de tres plantas. Era acogedor, sobre todo en invierno, con el fuego encendido en la chimenea. También era muy luminosa porque la habitación hacía esquina y tenía dos hileras de ventanas, así como un papel claro en las paredes para contrastar con los muebles oscuros. Había pasado muchas noches en ese lugar, leyendo con Poppie, a veces en voz alta. O hablando sin más. Poppie siempre se interesaba por sus estudios.

Poppie no dijo nada cuando entró en la estancia sin hacer ruido. No estaba sentado a su escritorio, sino en un sillón, cerca de la chimenea. Permaneció callado mientras ella ocupaba el sillón de enfrente. Cuando lo miró, Alana se dio cuenta de repente ¡de que estaba más nervioso que ella!

Jamás lo había visto así. ¿Cuándo se había asustado de algo su tabla de salvación?

Tenía las manos apretadas en el regazo. Alana no creía que fuera consciente siquiera. Además, no la miraba a la cara. Sus ojos azul oscuro estaban clavados en la alfombra. ¡Cuánta tensión! Tanto en su cara como en su pose. Por si fuera poco, tenía los dientes apretados. Seguramente quería aparentar que estaba sumido en sus pensamientos, pero no la engañaba.

Dado que lo quería muchísimo, se desentendió de sus propios miedos e intentó apaciguar los suyos usando el menor de sus problemas.

—Hay un joven caballero a quien me gustaría presentarte pronto para que le dieras permiso para cortejarme. Así no sería necesaria la presentación en sociedad para la que me ha estado preparando Annette. Ya no sé qué más hacer, pero... —Guardó silencio de golpe.

Poppie ya la estaba mirando, y con los ojos entrecerrados, pero no por el motivo que ella creía.

—¿Quién se ha atrevido a hablarte sin mi permiso y antes de que seas mayor de edad?

—Ha sido todo muy inocente —se apresuró a asegurarle—. Nos hemos encontrado tan a menudo a las puertas del orfanato que hemos trabado amistad... Bueno, una amistad de acera, la verdad. Pero hace poco me ha mencionado que por fin ha llegado a una edad en la que debe empezar a pensar en el matrimonio y he tenido la sensación... En fin, es más una esperanza... de que estaba pensando en mí al decirlo.

Poppie suspiró.

—¿Eso quiere decir que sientes algo por él?

—Todavía no —admitió ella—. Me gusta, la verdad sea dicha, pero el motivo de que me agrade es que, aunque se trata de un lord inglés, no le importa que quiera seguir dando clases. Incluso admira mi dedicación. Y quiero seguir dando clases, Poppie.

Ya lo había dicho. Contuvo el aliento a la espera de su reacción. Pero él se limitó a suspirar de nuevo antes de decir:

—Podrías haber seguido haciéndolo.

Frunció el ceño al escucharlo.

—Annette me ha dicho que tendría que renunciar a mis clases, que un marido nunca lo permitiría. Pues, en ese caso, me niego a casarme.

Se sintió aliviada al escuchar su risotada.

—¿Obstinada, princesa? ¿Por nimiedades?

Le encantaba que la llamara de esa manera. Siempre la hacía sentir especial. Y aunque se alegraba de que la tensión hubiera abandonado su cuerpo, ella no creía que fuera una nimiedad ni mucho menos. Estaban hablando de un punto de inflexión en su vida.

Sin embargo, Poppie no había terminado.

—Supongo que debería haber especificado más en vez de limitarme a sugerir que no tenías por qué seguir al rebaño si no querías. Alana, no quiero que te cases todavía. Me da igual que sea una convención social. Eres joven. No hay prisa. Y no estoy preparado para...

—¿Perderme? —sugirió al ver que él guardaba silencio—. Eso no va a pasar. Pero ojalá hubiéramos hablado antes del tema. He dejado que todo se me echara encima como si tuviera un plazo para tomar una decisión... un plazo que acababa hoy.

Se echó a reír, aliviada, pero solo duró un momento. Poppie volvía a estar tenso. En ese momento, se percató de dos cosas que hicieron que la invadiera de nuevo el miedo. Había dicho que podría haber continuado dando clases, no que podría continuar haciéndolo. Y acababa de dar algo por sentado, cuando Poppie le había enseñado que nunca debía hacerlo; y él se lo había permitido porque así podía retrasar el momento de contarle lo que tenía que decirle. Su decisión trascendental.

Titubeante, con la esperanza de que lo negara, le preguntó:

—Aunque nada de eso importa ya, ¿verdad?

—No.

—¿Por qué no?

—Siempre supe que llegaría este día, que llegaría el momento de contarte la verdad. Creía que tendría más tiempo, al menos unos cuantos años más. Creía que podría introducirte en la alta sociedad con tus amigas y disfrutar de las fiestas sin la presión de tener que casarte. Te has esforzado tanto con tus estudios que quería que te divirtieras con estas frivolidades. Creía que te lo merecías. Pero estaba asumiendo un riesgo al hacerlo.

—¿Hay riesgo en que me divierta? Eso no tiene sentido...

—No, era un riesgo pese a mi certeza de que no tenías que pensar el matrimonio de momento, ya que algún joven podría llamarte la atención en una de esas fiestas a las que asistirías. Eso me habría obligado a actuar, porque tu matrimonio es demasiado importante como para malgastarlo aquí.

—¿Aquí? ¡Pero te gustan los ingleses! Me has educado para ser inglesa. Me he pasado toda la vida aquí, así que ¿dónde si no me iba a casar...? —Se interrumpió con un jadeo—. ¿¡No estarás pensando en Lubinia!? —Poppie no lo negó, y la sorpresa la llevó a recordarle—: Cuando te he preguntado por tu país natal, siempre me has dicho que era un país retrasado, casi medieval en muchos aspectos, que tuvimos suerte de escapar. Me dijiste que nunca le contara a nadie que habíamos nacido allí, que debíamos decir que éramos austríacos porque nos mirarían por encima del hombro si sabían que éramos lubinios. Y nunca le he contado la verdad a nadie porque el único de mis maestros que incluyó a Lubinia en sus clases no contradijo lo que tú me habías contado. Me confirmó que se trata de un país retrasado cuyo progreso se ha visto afectado por su aislamiento. Es imposible que quieras que me case allí —terminó con desdén.

Poppie estaba negando con la cabeza, pero Alana supo de inmediato que se debía a la decepción por el pensamiento tan espantoso que acababa de revelar.

—Es muy improbable que tengas que hacerlo, pero no es decisión nuestra... —Se interrumpió para cambiar de tema y centrarse en su actitud—. Me sorprendes. ¿Has desarrollado tanto desdén por tu propio país solo por unos cuantos comentarios?

—No es justo. Tú no quisiste que lo reclamara siquiera como propio. ¿Qué otra cosa podía pensar?

—Había un motivo para eso, pero no el que te di. Aun así, esperaba que algún día te formases una opinión propia cuando tuvieras más hechos, cuando hubieras leído sobre la belleza y la cultura del país que subyacen más allá de su escarpado exterior. Es evidente que he cometido un error al no transmitirte el orgullo por tu tierra antes, y hay mucho de lo que sentirse orgulloso.

—A lo mejor he... he exagerado —admitió, contrita.

Poppie la miró con una sonrisa que era más una leve reprimenda.

—Sí, y por un tema que ni siquiera es un problema a estas alturas. No tienes que pensar en un matrimonio que no está previsto ni en un futuro cercano. Solo te lo he mencionado para explicarte lo que habría sido el detonante de esta discusión. Pero ha sucedido algo distinto que se ha convertido en dicho detonante.

Alana no quería escucharlo porque sabía instintivamente lo que había alterado sus planes: le habían dicho que se estaba muriendo. Poppie nunca se abrigaba cuando salía, y salía a menudo, al orfanato y a la vinatería que poseía; y al menos una vez a la semana sin falta, lloviera o hiciera calor, se llevaba a uno de los huérfanos a una salida especial. Ay, Dios, ¿qué había contraído que lo estaba matando? No parecía enfermo...

—Te quiero, princesa. No lo dudes nunca. Pero no somos familia. No estamos emparentados de ninguna manera.

Su terror se evaporó al instante. Esa revelación era... desconcertante, enervante. Pero desde luego que no era tan mala como lo que había pensado. ¿Sería la primera huérfana a la que había ayudado Poppie? Había ayudado a tantos que no le sorprendía en absoluto que comenzara por adoptar a una y criarla.

—¿Es necesario que lo sepa? —quiso saber.

—Esa información solo es una mínima parte de lo que tengo que contarte.

¡Por Dios! ¿Había más?

—¿Por qué no cenamos antes? —sugirió ella a toda prisa.

Poppie le lanzó una mirada elocuente.

—Tranquilízate y no saques más conclusiones precipitadas. Sabes que no debes hacerlo.

Alana se ruborizó. Poppie le había enseñado todas esas cosas. Los hechos primero. La intuición debía usarse como último recurso. Y él le estaba ofreciendo hechos. ¡Pero ella no quería escucharlos!

Era evidente que Poppie se dio cuenta, porque dijo:

—Antes de venir aquí, estuve pensando en convertirme en granjero.

Ese comentario fue tan desconcertante que Alana parpadeó. ¿Intentaba distraerla para que se tranquilizara? Funcionó... un poquito. Pero después vio la luz.

—No te apellidas Farmer,* ¿verdad?

—No. Pero cuando llegamos a esta bulliciosa ciudad me di cuenta de que la mejor forma de ocultarnos sería hacerlo a plena vista, de modo que renuncié a mis sueños de ser granjero. Sin embargo, Farmer era un buen apellido y no sonaba extranjero. Encajaba, al igual que nosotros. —Sonrió antes de añadir—: Aunque intenté plantar un jardín. Incluso me resultó reconfortante durante unos meses, pero después abandoné el proyecto.

—¿Demasiado aburrido en comparación con tu anterior ocupación?

Estaba pensando en las guerras que había librado en el continente. Había oído hablar de esas guerras al estudiar la historia de Europa.

—Qué intuitiva eres. Bien. —Se detuvo un momento, clavando una vez más la mirada en el suelo—. En una ocasión te dije que mataba a personas. Eras muy joven. A lo mejor no te acuerdas, pero tampoco era algo que quisiera repetir.

—Lo recuerdo. ¿Por qué me lo dijiste?

—Eras un encanto de niña, preciosa, curiosa, y yo me estaba encariñando demasiado contigo. Te lo conté para alejarte, para que le dieras vuelta a ese asunto y me tuvieras miedo. Pero no funcionó. No se formó barrera alguna entre nosotros. Eras demasiado confiada y yo ya te tenía demasiado cariño. Te quiero como a la hija que nunca tuve.

—Yo también te quiero, Poppie. Lo sabes.

—Sí, pero eso va a cambiar hoy.

El miedo regresó, con muchísima más fuerza que antes. ¡Por el amor de Dios! ¿Qué iba a decirle que provocaría que dejara de quererlo? No encontró la voz para preguntarlo en voz alta y su mente intentó encontrar explicaciones posibles, pero nada se le ocurrió que pudiera tener ese efecto.

Y Poppie tampoco le dio un motivo. En cambio, comenzó a reflexionar en voz alta:

—Que sepas que no era mi intención criarte de esta manera.

* «Granjero» en inglés. *(N. de las T.)*

Había planeado el aislamiento, por tu seguridad y para que no aprendieras a depender de los demás. Pero a la postre fui incapaz de negarte una vida normal. Tal vez ese sea un problema con el que tendrás que vivir. Pero hasta que estés acomodada, es imperativo que no confíes en nadie.

—¿Ni siquiera en ti?

—Creo que soy la excepción a esa regla. Jamás podría hacerte daño, princesa. Por eso estás aquí.

—¿Qué quieres decir?

Poppie cerró los ojos un instante. En ese momento, Alana se recordó que no quería contarle esas cosas, que algo lo estaba obligando a realizar esa confesión.

Al cabo de un momento, la miró a los ojos.

—Te dije que mataba a personas. Era...

—Me acabas de decir que era mentira —lo interrumpió con brusquedad—, que solo lo dijiste para distanciarnos y que no funcionó.

—No, no he dicho que fuera mentira, tú has elegido interpretarlo de esa manera. Alana, la verdad es que mataba a gente por dinero. Era una profesión muy lucrativa y yo era muy bueno porque no me importaba vivir o morir. Era un instrumento de muerte que otros empleaban, y nunca fallé en un trabajo. Mi historial era magnífico. Ningún otro asesino a sueldo era tan fiable como yo.

La mente de Alana se negaba a creerlo. Poppie describía a otra persona. ¿Se había golpeado la cabeza? ¿Acaso no podía recordar su verdadero pasado?

—No sé por qué crees que te dedicabas a eso, ¡pero no es verdad!

—¿Por qué no?

—Porque eres un hombre bueno y cariñoso. Adoptaste a una huérfana y la criaste. Les has dado a los demás una oportunidad para tener una vida decente, algo que habría sido imposible sin tu ayuda. No eres un asesino. ¡Entender de armas no te convierte en un asesino!

Poppie chasqueó la lengua.

—Utiliza la inteligencia que hemos desarrollado. Eso es lo que era entonces. No lo que soy ahora. Ojalá no fuera verdad, pero lo es. Ojalá alguien me hubiera matado hace mucho tiempo, pero era demasiado bueno. Ojalá no pudiera recordar mi verdadero pasado, pero lo recuerdo.

Alana gimió.

—¿De verdad te dedicabas a eso?

—Ahora me odiarás —dijo él con voz apenada—. Ya cuento con ello.

—Yo... estoy tratando de comprender cómo pudiste hacer algo así. ¡Ayúdame!

Poppie suspiró.

—No pensaba contarte esto, pero tal vez deberías saber cómo empezó todo. Me llamo Leonard Kastner. Mi familia tenía viñedos. Los cultivábamos en los fértiles valles de Lubinia. En otro tiempo fue una familia muy numerosa, pero muchos de sus miembros eran ancianos y murieron de causas naturales antes de que yo naciera. Poco después, mi padre murió en una avalancha y mi madre sucumbió a una enfermedad ese mismo invierno. Había mucho dolor y desesperanza, pero mi hermano y yo seguimos adelante, o lo intentamos. Mi hermano solo tenía cinco años, así que no era de gran ayuda. Y la naturaleza volvió a conspirar en nuestra contra. Perdimos la cosecha ese año, y también nuestro hogar, ya que no pudimos pagarle la renta al noble que poseía la tierra. Dicho noble habría aceptado la palabra de mi padre, pero no la mía.

—Lo que describes es triste, pero...

Poppie esperó a que terminara la frase, pero fue incapaz. No quería condenarlo de antemano, pero ¿cómo no iba a hacerlo? Se dejó caer en el sillón y dijo:

—Sigue, por favor.

Poppie asintió con la cabeza, pero guardó silencio. Volvía a tener la vista clavada en el suelo, sin verlo en realidad, rememorando unos recuerdos tan dolorosos que a Alana se le saltaron las lágrimas.

Se puso en pie de un salto.

—Da igual. Intentaré...

—Siéntate —le ordenó sin mirarla.

Alana no lo hizo. Su único pensamiento era huir, porque sabía lo que se avecinaba. Iba a decirle que había matado a su familia, que le habían pagado para hacerlo, y mucho se temía lo que Poppie le iba a pedir. «Ojalá alguien me hubiera matado hace mucho tiempo», había dicho él. ¿Por ese motivo la había criado, por eso le había enseñado a usar armas? ¿Para que pudiera vengar a sus padres y matarlo con sus propias manos?

4

Ya más relajado, Poppie repitió:

—Siéntate, Alana. Apenas te he contado la mitad de las cosas y no pienso volver a repetir nada de esto. Tú me ayudaste a enterrar el pasado. Tú me libraste de las pesadillas. Tú me devolviste la humanidad. Mereces saber de lo que me salvaste.

Alana se sentó de nuevo muy despacio, pero solo porque estaba a punto de desmayarse. Y de vomitar. ¡Por Dios! Y ella que creía haber resuelto su dilema. Jamás había pensado que podía sorprenderse tanto por algo tan espantoso.

—Después de que mi hermano y yo perdiéramos nuestro hogar, fue una lucha constante. Nos marchamos a la ciudad, donde había mucho trabajo, pero descubrimos que nadie quería contratarme porque todavía no era un hombre. Sin embargo, logré seguir adelante aceptando tareas serviles hasta que un relojero me tomó como su aprendiz. Era un trabajo de precisión. Y me gustaba mucho más que trabajar en los viñedos. Además, me pagaba bien, así que logramos salir a flote. El relojero era un buen hombre que vivía solo con su única hija, una niña más pequeña que yo. Así que me fue imposible no enamorarme de ella. Varios años después, accedió a ser mi esposa. Me sentí bendecido. Era la mujer más guapa que había visto en la vida, y me dio un hijo. Lo eran todo para mí. Eran mi vida entera. Y los perdí, junto a mi hermano, en un accidente absurdo.

—Lo siento —susurró Alana.

Poppie no pareció escucharla, tan absorto como estaba en los recuerdos.

—Me sentía consumido por la ira. Y tal vez estuviera un poco desquiciado por las muertes tan dolorosas que habían sufrido. Murieron calcinados, atrapados en el carruaje que había volcado en uno de los fuegos que se encendían a los márgenes del camino para derretir el hielo. De haber volcado por completo, habría extinguido las llamas. Si la carreta que chocó contra ellos no hubiera estado tan cargada, el buey podría haberla apartado a tiempo, pero como no fue así, les resultó imposible escapar. Fue un accidente, pero el hombre que manejaba la carreta estaba borracho, de modo que también fue un accidente que jamás debió suceder. Por eso la rabia no me abandonaba, y por eso acabé buscando a ese hombre para matarlo. Pero su muerte no sirvió para aplacar mi rabia. Me habían arrebatado todo lo que era importante en mi vida. Y como no tenía nada que me ayudara a seguir viviendo, quise morir. De modo que busqué al hombre para el que trabajaba el conductor borracho y también lo maté. Quería que me atraparan, pero no lo lograron. No soportaba volver a ver a mi suegro, porque me recordaba a mi esposa, así que dejé de trabajar para él. En aquel entonces, estaba muerto de hambre y había gastado todo mi dinero en bebida para evitar recordar lo que había perdido. Y fue entonces cuando me enteré de que podían pagarme por lo que estaba haciendo.

¿Así era como se forjaba un asesino?, se preguntó Alana. Aunque Poppie no era un asesino. Llevaba toda la vida a su lado. Nada la había preparado para enfrentarse a lo que le estaba contando.

—¿Se merecían al menos la muerte las personas que te ordenaron matar?

—¿Lo merece alguien?

—Eso lo dices ahora, pero ¿y entonces?

—No, en aquel entonces hacía mi trabajo sin pensar y recogía el dinero. No me importaba. Pero sí, algunos lo merecían. Otros no, y, en cambio, los que merecían la muerte eran los que me pagaban. Sin embargo, valoraba mi vida tan poco como las de las personas que me enviaban a matar. Había muchos motivos para contratar a alguien como yo: política, venganza o simplemente por el afán de eliminar a un competidor de un negocio o a un enemigo. Pero yo no era el único que me dedicaba a eso, ni mucho menos. Si no aceptaba los encargos, habrían contratado a otro.

—Pero eso no es excusa. El destino podía haber querido otra cosa.

—Cierto —convino él—. Sin embargo, me agarraba constantemente a esa idea. Era bueno en mi trabajo. Era capaz de matar sin compasión. Mejor yo que un carnicero que disfrutara demasiado de lo que hacía. Me conocían como Rastibon, y mi fama bajo ese pseudónimo no tardó en crecer como la espuma.

—¿Otro nombre falso?

—Sí, un nombre que no estaba ligado en absoluto a mi verdadera identidad. A la postre, me enorgullecía de contar con la reputación de no haber fallado un solo encargo. No sé por qué. El orgullo de poseer un talento, supongo, aunque dicho talento sea despreciable. Después de siete años, empecé a plantearme la posibilidad de que Rastibon se retirara con esa inmaculada reputación, antes de que quedara mancillada por un fallo.

—¿Ese fue el único motivo por el que te planteaste dejarlo? —le preguntó ella.

—No, la rabia ya había desaparecido, ya no me gobernaba. Y el deseo de que alguien me descubriera y me matara también me había abandonado.

—¿No podías hacerlo tú?

Poppie la miró con sorna.

—Recuerdo haberlo intentado alguna que otra vez durante los peores días, pero siempre descubría que mi instinto de supervivencia no había muerto el día que murió mi moral. No obstante, dicha moral apareció de nuevo, e hizo que cuestionara mis actos, hizo que reconociera que si algún encargo carecía de sentido de la justicia, me asqueaba. Así que decidí que era el momento de abandonar.

Alana se vio obligada a preguntarle:

—Me has entrenado para que sea una asesina como tú, ¿verdad? ¿Qué sentido tiene si no que me hayas enseñado a usar tantas armas?

—No seas ridícula. Te he entrenado en el uso de tantas armas para que puedas protegerte y usar tu cuerpo a modo de defensa.

—¿Por qué voy a necesitarlo?

—Por ser quien eres, Alana.

—¿Y quién soy?

—Una Stindal.

El nombre le resultaba familiar, pero el motivo se le escapaba, dado el espanto que le provocaba todo lo que estaba descubriendo. ¿Significaba eso que su familia seguía viva o que...?

—¿Cómo es que acabé contigo? Y, por favor, Poppie, no me digas que mataste a mis padres. No creo que pueda...

—No, princesa —se apresuró a interrumpirla—, no me contrataron para matar a tus padres. Jamás tuve que matar a una mujer, aunque me creía capaz de hacerlo. Incluso me creía capaz de matar a un bebé.

A esas alturas, Alana no se sorprendió.

—Te contrataron para matarme, ¿verdad? —aventuró.

—Sí.

—¿Y por qué no estoy muerta?

—Porque me sonreíste. Te había puesto el puñal en el cuello, pero me sonreíste y fui incapaz de hacerlo. Así que decidí ponerle fin a mi inmaculada carrera con un fallo, del que hasta hoy solo otra persona estaba al tanto.

—¿Qué quieres decir?

—Me pagaron para quitarte de en medio y me entregaron la mitad del oro acordado. «Quitarte de en medio» solo podía significar una cosa. No albergaba la menor duda sobre la naturaleza del encargo. Sin embargo, la forma de expresarlo se prestaba a varias interpretaciones. No volví en busca del oro restante, así que bien pudieron suponer que había muerto mientras llevaba a cabo el encargo. Y tu desaparición era evidente. El encargo se cumplió al pie de la letra, tal como querían. Te quité de en medio. El hecho de que los que me contrataron pensaran que estabas muerta no tendría consecuencias sobre mí, y sería una ventaja para ti. Porque de ese modo no mandarían a otro para matarte.

—¿También permitiste que mis padres me dieran por muerta?

—No, en realidad no. En poco tiempo, aprendí de ti lo que era la compasión, y eso me devolvió el sentimiento de paternidad. Creía que jamás volvería a sentir esas cosas. Tu madre había muerto por causas naturales, pero me compadecí de tu padre y le envié una carta varios meses después, diciéndole que te mantendría a salvo hasta que él descubriera quién te quería muerta.

—¿Está vivo? —le preguntó con un hilo de voz.

—Sí.

—¿Es la persona a que te has referido antes, la otra persona que conocía tu fallo?

—Sí, la única persona a la que se lo he contado.

—Gracias por hacérselo saber.

—No me lo agradezcas. Ni siquiera estoy seguro de que recibiera la carta. Las noticias de tu desaparición corrieron tan rápido que ni siquiera me dio tiempo a salir de Lubinia, ya que tuve que demorarme a fin de encontrar una niñera que estuviera dispuesta a viajar con nosotros. Tu padre pensaba que te habían raptado. Supongo que esperaba recuperarte después de pagar el rescate que le solicitaran. Mi carta tal vez fuera un golpe muy duro, ya que le dejó claro que no volvería a verte hasta que hubiera eliminado a los enemigos que habían intentado hacerle daño matando a su hija.

—Entonces ¿mi muerte sólo era un modo de atacarlo? —le preguntó Alana.

—Por supuesto.

—Pero han pasado dieciocho años, Poppie. ¿En todos estos años no ha logrado descubrir quién lo ordenó?

—Es un buen hombre, pero ha demostrado ser un incompetente a la hora de resolver intrigas —contestó él con desdén—. En aquel entonces, debía de estar al tanto de la identidad de sus enemigos, pero jamás obtuvo una confesión.

—¿Cómo lo sabes? ¿Sabes quiénes fueron?

—No, de haberlo sabido, se lo habría dicho. Sin embargo, no era normal que tratase directamente con las personas que me contrataban. Normalmente, les asustaba la posibilidad de que más tarde alguien los acusara de haber contratado a un asesino. Algunos de mis clientes hablaban conmigo enmascarados y disimulaban sus voces. La mayoría enviaba a sus lacayos para contratarme y pagarme. Alguna que otra vez solo era una voz en la oscuridad la que me daba las órdenes antes de que me arrojaran a los pies una bolsa con las monedas de oro. Me daba igual. Lo que me importaba era que me estaban haciendo rico. Vivía una existencia vacía, desprovista de felicidad, sin nada que me preocupara... hasta que tú llegaste a mi vida.

—¿Cómo te has mantenido informado de lo que ha hecho o dejado de hacer mi verdadero padre? ¿Es inglés? No, qué pregunta más tonta. Yo no soy inglesa. No me habrías ocultado en el mismo país del que me robaste.

Poppie enarcó una ceja.

—¿Conjeturas, Alana?

Ella se sonrojó.

—Pásalas por alto y contesta mi pregunta, por favor.

—Me he mantenido al tanto de lo que ocurre en nuestro país de forma indirecta. Me uní a un club de caballeros que frecuentan los emigrantes europeos de la misma forma que lo frecuentan los funcionarios del Ministerio de Asuntos Exteriores de Su Majestad. Unos funcionarios que están al tanto de las últimas noticias internacionales. Y que se muestran dispuestos a compartir dichas noticias siempre y cuando sean de conocimiento popular en los países de origen.

—¿Esa ha sido tu fuente de información? —le preguntó con incredulidad.

—Era una forma segura de descubrir lo que estaba pasando

sin llamar la atención. Y dio resultados. Pasaron cuatro años antes de que se mencionara el nombre de tu padre, pero no fueron las noticias que yo esperaba. Lo que se comentó fue que había vuelto a casarse. Cuando tenías siete años, escuché otro comentario. Que te habían dado por muerta después de todo el tiempo que había pasado.

Alana cayó en la cuenta de dos cosas a la vez. Que Poppie no quiso devolverla y que su padre, casado en segundas nupcias, tampoco la quería de vuelta.

—¿Cómo pudiste mostrarte tan pasivo a la hora de recabar información sobre lo que pasaba en tu hogar? ¿¡Cómo es posible que lo dejaras a la suerte!? —exclamó—. ¿Por qué no volviste para enterarte de primera mano?

—No quería separarme de ti tanto tiempo ni tampoco quería llevarte conmigo. Nuestro país no está precisamente al lado de Inglaterra.

—¡No te creo! Reconócelo. Me quieres demasiado. Por eso no te has esforzado realmente en descubrir si era seguro llevarme de vuelta con mi padre.

Poppie no intentó tranquilizarla. La sonrisa tierna que esbozó le salió del alma.

—Sí, es cierto que te quiero demasiado. Pero, sinceramente, jamás se me ocurrió que pudieras estar bajo mi tutela tanto tiempo. Creía que solo sería cuestión de unos cuantos años. Y después me decía que cada año que pasaba sería el último. Después de diez años, empecé a enseñarte en serio métodos de defensa, pero seguía pensando que no tardaría en separarme de ti. Pero para entonces el asunto ya no era cuestión de azar. Me preocupó enterarme que tu padre te hubiera dado por muerta. Pensé en mandarle otra carta para asegurarle que seguías viva. Sin embargo, no estaba seguro de que le llegara. Así que retomé mi antiguo secretismo y contraté a una persona que no me conocía, que no me vio la cara y que no podía identificarme de ningún modo, para que descubriera exactamente lo que necesitaba saber.

—¿Y lo descubrió?

Poppie asintió con la cabeza.

—Hubo un funeral ficticio. No con ánimo de engañar. Se celebró con la intención de que tu recuerdo descansara en paz.

—Pero eso es... ¡morboso!

—Fue la demostración de que habían abandonado la esperanza de recuperarte. Sin embargo, la investigación no había acabado, sino que se había retomado con renovado vigor, como si hubieran acabado de asesinarte. Puesto que había perdido la esperanza, tu padre quería venganza. Comprensible, aunque llegó un poco tarde. Sin embargo, descubrí que estaban esforzándose por averiguar quién estaba detrás de la conspiración.

—Podrías haberme llevado de vuelta. Podrías haber permitido que mi padre me protegiera. Deberías haberlo hecho cuando era una niña, antes de que...

—Alana, no te protegió de mí —le recordó con brusquedad, interrumpiéndola—. Fue muy fácil llegar hasta ti. Así que no quería correr ese riesgo con una vida que había acabado valorando más que la mía.

La nota ofendida de su voz hizo que Alana recapacitara. Parecía sincero, pero ¿cómo creer todo lo que estaba descubriendo? Planes de asesinato, un asesino y bebés robados. Si todo eso era cierto, ¿no comprendía Poppie que había tardado demasiado en contárselo? Era una adulta. Inglaterra era su hogar, no un país lejano por el que no albergaba sentimiento alguno. Además, no tenía interés por conocer a su verdadero padre, a quien Poppie tildaba de incompetente y de ser incapaz de protegerla.

—¿Por qué has tardado tanto tiempo en contarme todo esto? —exigió saber.

—No podía decírtelo antes. No quería que crecieses sabiendo quién eras, y creyéndote tan importante que no necesitabas aprender cosas de los demás. De hecho, no te lo habría dicho de no ser porque...

—¿Importante? ¿Quién soy?

—Ya te lo he dicho, una Stindal.

—Eso no me dice nada —replicó, frustrada—. Por favor, especifica.

Poppie chasqueó la lengua.

—Hay que ver, con las lecciones tan completas que has recibido... Tu padre es Frederick Stindal, el rey de Lubinia.

Después de todas las sorpresas que acababa de recibir, esas palabras fueron como un bálsamo relajante porque demostraban que nada de lo que le había contado Poppie era cierto. Incluso se echó a reír.

—Ha sido una broma tonta, ¿verdad? ¿Estás poniendo a prueba mi fortaleza, mi ingenuidad? Está claro que he fallado. ¡Por Dios, qué alivio! De verdad que me habías...

Dejó la frase en el aire porque Poppie no se estaba riendo y su expresión era la más seria que le había visto en la vida.

—No ha sido una decisión sencilla. Llevo semanas debatiéndome conmigo mismo. Siempre he sido consciente de que algún día tendría que llevarte de vuelta para que reclamaras tus derechos, pero cuando fuera seguro hacerlo. ¡Y me enfurece que no sea seguro todavía! Sin embargo, las noticias que me han llegado hacen que sea imperativo regresar.

Alana se puso en pie de un salto.

—¡No! No pienso dejar esta vida que tanto quiero. ¡No lo haré!

—Alana, el antiguo régimen, los más fervientes seguidores del difunto rey Ernest, está intentando deponer a tu padre. Están utilizando hordas de rebeldes para acicatear al pueblo a un levantamiento, esparciendo rumores falsos según los cuales el rey está enfermo y puede morir sin un heredero. Acabará estallando una guerra si no...

—¡Basta! —gritó, enfadada y llorando—. No pienso escuchar nada más. ¿Cómo puedes pedirme algo así cuando ese país te importa tan poco como a mí? ¿Cómo te atreves? Eres un... ¡un asesino! ¡Ay, Dios mío!

5

Alana tuvo que salir corriendo del despacho de Poppie pare encerrarse en su habitación. Poppie la siguió, pero estaba llorando con tanta angustia que ni siquiera oyó cómo le suplicaba que lo dejase entrar y, a la postre, dejó de aporrear la puerta.

Solo quería despertar de esa pesadilla, volver a preocuparse únicamente de lord Adam Chapman y de sus intenciones, y de la presentación en sociedad que en ese momento parecía tan superflua, ya que quería dedicarse a dar clases...

Era un mar de lágrimas. Y no se despertaba. Esa pesadilla era real.

Poppie le había estado mintiendo toda la vida. ¿Cómo esperaba que creyese cualquier cosa que le dijera en ese momento? Sobre todo algo tan descabellado. ¿Una princesa? Debería haberle contado la verdad en vez de una mentira tan grande. Sin embargo, sí creía que era un asesino. Había intentado negar esa verdad. ¡Lo había intentado con todas sus fuerzas! Pero Poppie no le contaría algo tan espantoso a menos que fuera cierto. Sin embargo, tenía que haber otro motivo por el que quería llevarla de vuelta a Lubinia. Podría ser tan sencillo como un antiguo compromiso y el hecho de que su futuro marido reclamara a su prometida. Y Poppie debió de cambiar de táctica de repente cuando le demostró el desdén que sentía por su país natal y su espanto ante la idea de casarse con un compatriota. Pero ¿una princesa? ¡Debería haber supuesto que no se tragaría semejante historia!

—Alana, ábreme la puerta —le dijo Annette—. Te he traído la cena.

Alana clavó la mirada en la puerta antes de acercarse a ella y apoyar la húmeda mejilla contra la madera.

—¿Estás sola?

—Claro que sí, ¿por qué no iba a estarlo?

Alana se secó la cara con la manga y abrió la puerta. Después, se alejó hasta el escritorio. Todavía no había guardado la pistola. Se la sacó del bolsillo en ese momento y la guardó en un cajón. Era una tontería que Poppie insistiera en que la llevase consigo a todas horas solo porque sabía cómo usarla.

El bolsillo le seguía pesando. Se le olvidaba que llevaba la figurita que Henry le había regalado... parecía que había pasado una eternidad desde esa tarde. Dejó el soldadito en el escritorio, junto a la figurita de la muchacha. Henry tenía tanto talento que la figurita de la muchacha se parecía a ella, ataviada con uno de sus vestidos de invierno, pero sin bonete. Henry... Se le volvieron a llenar los ojos de lágrimas. ¿Volvería a ver a ese niño alguna vez? ¿O Poppie le prohibiría regresar al orfanato?

—¿Habéis discutido? —preguntó Annette a su espalda mientras dejaba la bandeja en la mesita auxiliar situada junto al sofá—. Jamás he visto a tu tío tan alterado. Debe de haber sido algo muy grave.

Annette parecía preocupada. Pero Alana se mordió la lengua. No pensaba hablar de esas espantosas revelaciones con nadie. En la vida.

—Ven, también he traído mi cena para que podamos comer juntas. Sostendremos los platos en las manos. Así practicarás para las fiestas a las que asistirás y en las que la anfitriona te dará de comer pero no te proporcionará un asiento.

¿Annette estaba intentando animarla? No habría fiesta alguna. Seguramente tendría que abandonar esa casa. No podía quedarse allí sabiendo lo que sabía del pasado de Poppie. Iría en busca de lord Chapman. Si no se equivocaba con sus intenciones, tal vez pudiera alentar su cortejo de modo que fuera muy breve. Sin duda podría inventarse una excusa plausible para no dilatar el asunto.

—Alana, por favor. Háblame. Intercederé entre tu tío y tú para que podamos arreglar este problema. Después os reiréis por lo tontos que habéis sido.

—No creo que pueda volver a reír.

Lo había dicho para sí misma, sin mirar a Annette, que ni siquiera debió de escucharla, pero de repente Alana la escuchó jadear.

—No es por Adam, ¿verdad? —le preguntó Annette.

Alana se volvió de golpe.

—¿Por qué lo dices?

Annette se ruborizó. Estaba muy guapa. Alguien debería haberla cortejado nada más morir su marido... una vez pasado el período respetable de luto, claro.

—Porque sé lo que está tramando —admitió Annette—. Ha buscado relacionarse contigo para ponerme celosa. Esperaba que dejara de hacer el tonto para evitar contarte lo que ha estado haciendo.

—¿Te ha pedido Poppie que me lo digas? —preguntó Alana, suspicaz.

—Claro que no. Pero tu tío está al corriente de la situación. Me vi obligada a contarle lo que debería haberte dicho a ti hace mucho. Siéntate, por favor. Deja que me explique.

¿Más revelaciones un día en el que la estaban ahogando? Sin embargo, se sentó junto a Annette. Incluso cogió su plato. Comer era lo más sensato, pero no estaba segura de poder tragar bocado con el torbellino de su interior. ¿También iban a quitarle la opción de lord Chapman?

—Sabes que perdí a mis padres —comenzó Annette—. Mi prima se vio obligada a acogerme, pero detestaba tener que hacerlo, incluso durante los años previos a que cumpliera la mayoría de edad. Me organizó fiestas. Quería encontrarme un marido deprisa para que saliera de su casa. Conocí a Adam en una de esas fiestas. Me enamoré de él enseguida. Y él también se enamoró de mí.

—¿Y por qué no os casasteis?

—Creía que lo haríamos. Era muy feliz. Pero Adam me confesó que creía que era demasiado joven para casarse. Que todavía no había vivido lo suficiente, aunque no sabía lo que eso quería decir. Me enfadé con él. Tuvimos una pelea espantosa. ¿Me estaba rompiendo el corazón porque no quería asumir responsabilidades? Pero yo no podía esperarlo aunque quisiera, no cuando mi prima me presionaba para que aceptara la primera proposición que recibiera.

—¿Por eso te casaste con lord Hensen?

—Sí, me casé con un hombre que ni siquiera me gustaba. Pero al menos fue amable. Yo misma fui la causante de mi desdicha porque seguía enamorada de otro. Pero mi marido murió al año de nuestra boda y su familia me dejó en la calle, después de caer sobre mí para pelearse por sus bienes. Mi prima se negó a aceptarme de nuevo. Me vi obligada a buscar un trabajo, pero nadie me aceptaba. Era o muy joven o muy guapa. Vendí todo lo que tenía de valor para comer. Tu tío me encontró llorando en el parque. Acababa de vender toda mi ropa, solo me quedaba lo que llevaba puesto. Me enfrentaba a una vida de miseria... o algo peor. Me habló en voz baja y me preguntó qué me pasaba. Me ofreció este trabajo. Me devolvió la dignidad y la tranquilidad. Me salvó, y siempre le estaré más agradecida de lo que te puedas imaginar.

Alana no quería oír lo amable que era Poppie. ¡Todo era mentira! Annette no tenía idea... ni la tendría. Jamás le contaría a otra persona que la había criado un asesino. El fundador de un orfanato, el salvador de damas en apuros, el hombre que había cambiado de vida para salvarla a ella de alguien que la quería muerta... ¡No! Mentiras y más mentiras. ¿Cómo podía seguir creyendo?

Volvía a tener la cara húmeda por las lágrimas. Annette las vio y malinterpretó la situación.

—Ay, cariño, ha jugado con tus sentimientos, ¿verdad? Es culpa mía. Debería haber...

—¿Cómo? No, de verdad que no. Lord Chapman ha sido muy educado y caballeroso. Mencionó que ya está preparado para el matrimonio, pero tal vez quería que te transmitiera ese mensaje. ¿Por qué crees que intentaba ponerte celosa?

—Porque vino a verme aquí. Me suplicó que lo perdonara por su error. Me pidió que me casara con él ahora. Pero es demasiado tarde y así se lo hice saber. No puede romperme el corazón y presentarse aquí después de todos estos años esperando que lo reciba con los brazos abiertos. Así que se fue directo a tu tío y le pidió permiso para cortejarte. Lo seguí. Estaba intentando obligarme a actuar. Lo vi en su cara. Y consiguió lo que quería, pero no como él esperaba. Le confesé la verdad a tu tío y le conté justo lo que acabo de contarte a ti. Echó a Adam y le advirtió que se alejara de ti. Pero no lo ha hecho. Mary me ha dicho con qué frecuencia te para en la calle.

—¿Y te ha puesto celosa? —sugirió Alana—. ¿Ha aumentado tu enfado?

—No... —Annette se detuvo. Parecía avergonzada, confundida y compungida.

Alana se dio cuenta de que lord Chapman nunca había querido cortejarla en realidad. Comparado con todo lo que había descubierto ese día, le pareció una nimiedad. Sin embargo, también se dio cuenta de que lord Chapman era muy importante para Annette, que no solo había sido su institutriz y su dama de compañía todos esos años, sino también una buena amiga.

—Deberías perdonarlo —le dijo—. No es el mismo hombre de antaño. Ahora está preparado para asumir responsabilidades. Está preparado para hacerte feliz con ese matrimonio que querías. No deberías darle la espalda, no cuando te quiere y tú sigues... queriéndolo.

Alana se quedó blanca. «Deberías perdonarlo. No es el mismo hombre de antaño. Te quiere.» ¡Dios!, ¿qué había hecho?

Salió corriendo de su habitación y voló escaleras abajo. Poppie seguía en su despacho, pero se encontraba en mitad de la estancia. Parecía muy abatido y apesadumbrado, como si acabara de perder a todos sus seres queridos. Y así había sido. Porque le había dado la espalda al condenarlo por lo que había hecho en vez de recordar el hombre en quien se había convertido, el mismo que había redimido su pasado con un sinfín de buenas obras.

—¡Lo siento! —exclamó al tiempo que corría hacia él, hacia sus brazos abiertos—. No fue mi intención reaccionar tan... tan...

Fue incapaz de continuar por culpa de los sollozos. Annette, que la había seguido a la planta inferior, alarmada, cerró la puerta en silencio para dejarlos solos mientras que Poppie la abrazaba con fuerza, calmándola en voz baja y dejando que desahogara todas las emociones que había guardado en su interior.

—Tranquila —dijo él a la postre—. Ha sido culpa mía por contártelo todo de golpe. Ha sido demasiado. Y esperaba que me odiaras al enterarte.

—¡No! ¡No te odio! Te quiero, Poppie. Nada podrá cambiar mis sentimientos.

—¿Eso quiere decir que me perdonas?

Costaba decir que sí, pero no era difícil decir:

—Sé que ya no eres ese hombre. Eres bueno y generoso, y has ayudado a muchísimas personas.

Alana percibió el alivio que lo recorrió al abrazarla más fuerte. Se apartó un poco para que Poppie pudiera ver que era sincera. Él también tenía los ojos brillantes mientras le secaba las lágrimas con el dorso de los dedos. Todavía le inquietaban ciertas cosas que le había contado. No podía permitir que creyera que estaba dispuesta a ir a Lubinia cuando no era así.

—Poppie, por favor, dime al menos que algo de lo que me has dicho es mentira —le suplicó—. Por favor, dime que no soy la hija de un rey.

—No puedo hacerlo —replicó él con tristeza.

Alana cerró los ojos.

—Todo lo que quiero está aquí, en Londres. No quiero irme.

Quiero dar clases. Quiero ayudar a las personas como has hecho tú.

—Pues ayuda a tu país evitando una guerra, princesa. Solo tú puedes hacerlo, y lo sabes. No te llevaría de vuelta por ningún otro motivo, pero hay muchísimas vidas en juego, vidas que puedes salvar al ocupar tu lugar junto a tu padre y demostrar que sigue teniendo una heredera.

6

Poppie iba a llevarla de vuelta a su hogar, a Lubinia. Su padre no se estaba muriendo. Según el informante de Poppie, había participado en numerosos actos públicos que demostraban ese hecho. Sin embargo, sus apariciones habían servido de poco, porque sus enemigos habían esparcido el rumor de que tenía un corazón débil que no tardaría en dejar de funcionar. Algunos incluso culpaban a ese corazón débil de su incapacidad para engendrar otro heredero durante todos esos años. Gran parte de la población que empezaba a agitarse era tan analfabeta que se creía todas esas mentiras. De modo que sólo Alana podía tranquilizar sus temores.

Tenía que regresar a Lubinia, no cabía la menor duda. Sus esperanzas y sus sueños eran insignificantes comparados con la posibilidad de salvar todas esas vidas. No obstante, cuando los rebeldes se retiraran y sus mentiras fueran rebatidas, Alana se quedaría con un padre al que no quería y con una nueva vida que quería todavía menos.

En Inglaterra nada la retenía. Gracias a los esfuerzos que Poppie había realizado a lo largo de los años, el orfanato contaba con una larga lista de benefactores que se encargarían de que siguiera funcionando. Y Alana ya tenía un nuevo guardarropa preparado para la temporada social londinense digno de una princesa. De una princesa real. Porque en el fondo nunca había sido un apelativo cariñoso. Y jamás lo había sospechado. ¿Cómo iba a imaginar siquiera que el término era algo más cuando le costaba tanto aceptar la verdad?

Sabía que Poppie no tenía planeado volver a Inglaterra... porque no pensaba que ella lo hiciera, y quería seguir a su lado. Había dejado claro que no volverían cuando le entregó la casa a Annette para que viviera en ella o la vendiera, dejando la decisión en sus manos. Sin embargo, cuando se despidió de su amiga con un abrazo, ella le susurró:

—Volveré.

Y era una promesa que pensaba cumplir. Haría todo lo posible para evitar que la guerra estallara en su país natal, pero después le diría a su padre que nombrara a otro heredero. No compartió esos valientes planes con Poppie, los mantuvo guardados en su corazón y en su mente. De otro modo, ese futuro inminente la aterraría por completo en vez de ponerla simplemente nerviosa.

El único momento alegre que se produjo mientras abandonaba el hogar que tanto amaba fue cuando Henry Mathews se coló en el carruaje la mañana de su partida. El niño esbozó su preciosa y descarada sonrisa y le dijo:

—¡Me voy con usted! ¿A que es increíble? Yo, viajando al dichoso continente. ¿Quién lo iba a pensar?

Alana solo atinó a abrazarlo, encantada con la idea. Más tarde, cuando llegaron al puerto y se quedaron un momento a solas, Poppie le dijo:

—Sé que estás muy encariñada con él y pensé que su compañía te facilitaría un poco el viaje. Además, una vez que estés con tu padre, podré confiar en él para entregarte mensajes.

En el fondo, Alana sospechaba que lo hacía porque se había acostumbrado a su labor paternal y quería que Henry fuera su sustituto. Eso la alegraba y la entristecía a partes iguales. Sin embargo, la presencia del niño la ayudó durante parte del trayecto a no pensar en lo que la aguardaba, sobre todo cuando lo ayudaba con las lecciones, que incluían clases de lubinio, el idioma de su país natal.

Alana dominaba los dos idiomas más importantes que se hablaban en los países que atravesarían durante el viaje. Desde que aprendió alemán, comprendía perfectamente a Poppie cada vez que hablaba en lubinio, ya que ambos idiomas eran muy similares. Hasta ese momento no había comprendido que Poppie lo había hecho de forma deliberada, a fin de prepararla para ese indeseado futuro.

Poppie seguía recordándole que su futuro sería maravilloso en un esfuerzo por mejorar la imagen del país que él tanto amaba.

—Lubinia no es perfecta, pero podría serlo —le aseguró—. Y en un mundo perfecto puedes tener lo que quieras. No veo por qué no puedes impartir clases en el palacio. Pueden llevarte a los niños. No veo por qué no puedes seguir haciéndolo después de que contraigas matrimonio.

—Con un hombre que no elegiré yo, ¿verdad? —replicó con amargura.

Poppie suspiró, confirmándole de esa forma sus temores.

—Siendo un miembro de la realeza, tu marido será elegido con lupa y tu matrimonio será posiblemente una alianza política que beneficie al país. Pero vas a reunirte con tu padre, y dudo mucho que quiera alejarte tan pronto de él. Además, la mayoría de los miembros de la realeza crecen siendo conscientes de sus responsabilidades y del futuro que les espera, pero en tu caso no ha sido así. Es posible que el rey lo tenga en cuenta.

—¿Y me dará la oportunidad de elegir? —preguntó con sorna, ya que no se lo creía.

—Detecto un deje furioso. ¿Es que no quieres...?

—Estoy aquí, ¿verdad? —lo interrumpió, pero después intentó calmar sus temores recurriendo a la verdad—. Es que estoy nerviosa y asustada por la posibilidad de que no me guste mi padre o, peor todavía, de decepcionarlo con mi desdén.

—Todo esto es culpa mía. Tú no eres la culpable de ese desdén. Su fracaso para solucionar tu intento de asesinato es el único fallo que se le puede achacar a su mandato. Sin embargo, estoy seguro de que hay un buen motivo para ese fracaso, y pronto lo sabremos. Es un buen hombre, Alana. Estuve entre la multitud el día que se presentó a la heredera de Frederick. No importó que fueras una niña, los vítores de la gente eran ensordecedores. Tu padre ha sido un rey muy querido por sus súbditos.

—Entonces ¿por qué quieren deshacerse de él?

—Por miedo. Les han hecho creer que morirá pronto y que eso los dejará sin un rey. La mayoría prefiere esperar a que eso pase, pero los jóvenes están siendo azuzados para que se rebelen, porque no recuerdan los motivos por los que se derrocó al antiguo monarca. Pero esta conspiración fracasará en cuanto vuelvas. No te preocupes, amarás al rey. ¿Cómo no vas a hacerlo? Es tu padre.

¿Y si era cierto? ¿Y si le resultaba tan encantador que acababa haciendo todo lo que le pidiera solo para complacerlo? Eso no sería un motivo para la esperanza, ¡menudo dilema!

—Te he educado para cuando llegara este día —siguió Poppie—, para cuando tuvieras que asumir tu verdadero lugar, para que pudieras defenderte sola. Pero no supe educarte para que fueras una reina. Lo he hecho lo mejor posible, garantizándote la educación amplia y diversa que recibiría cualquier aristócrata.

—Creo que me has ofrecido mucho más. Diplomacia, el arte de negociar, un conocimiento profundo de todas las casas reales europeas... incluida la mía. Que sepas que presté atención a las lecciones sobre Lubinia. Los Bruslan gobernaron durante siglos, pero el último que se sentó en el trono, el rey Ernest, tomó unas decisiones tan desacertadas que el pueblo se sublevó y se produjo una guerra civil que, a la postre, acabó con su vida. Los Stindal, tanto el padre como el hijo, subieron al trono tras él. ¿Lo recuerdo bien?

—Pues sí, pero no te dije por qué fueron elegidos los Stindal en vez de un miembro de la dinastía Bruslan. Porque había muchos entre los que elegir. En realidad, guardas un parentesco lejano con ellos, aunque ambas ramas de la familia rompieron relaciones hace mucho tiempo y jamás se han reconciliado. Así que aunque los Stindal formaban parte de la dinastía original, la gente no los relacionaba con los monarcas en los que ya no confiaban. Por eso se eligió a un Stindal. Se respetó la tradición y la gente se libró de una dinastía a la que odiaba y que había ocupado el trono durante demasiado tiempo.

—Parece que los Bruslan tendrían mucho que ganar si no quedara ningún Stindal.

—Ciertamente, y tu padre y tú sois los últimos. Pero aunque la conclusión lógica sea que los Bruslan fueron los instigadores de la conspiración para asesinarte, tu padre no actuó contra ellos. Hasta que no sepa los motivos que lo llevaron a no cuestionar su participación, me veo obligado a pensar que existen otros enemigos que yo desconozco. Y ya está bien de historia. Tu educación ha sido buena, pero no lo suficiente. Tu padre no es un anciano. Tienes muchos años por delante para aprender todo lo que debe saber una futura reina, cosas que yo he pasado por alto.

Una futura reina. ¿Cómo era posible que Poppie creyera que eso era lo que quería? Sí, quería conocer a su padre. No podía evitar la curiosidad que sentía, mucha más de la que estaba dispuesta a admitir. Pero no quería la responsabilidad que seguiría a dicho encuentro. La idea de que el futuro de todo un país dependiera de sus decisiones le resultaba imposible de asimilar. Y tampoco quería las restricciones que eso supondría. Ni mucho menos que la separasen de Poppie, a quien no recibirían con los brazos abiertos como a ella.

Porque también estaba preocupada por Poppie. En cuanto llegaran, se entregaría en cuerpo y alma a la tarea que su padre debería haber hecho hace años: identificar a la persona o personas responsables de contratarlo para matarla. Porque hasta que no se libraran de dichas personas, ella no estaría a salvo.

—¿Volviste a matar alguna vez después de que me llevaras a Inglaterra? —le preguntó una noche.

Iban de camino al teatro, en París. Habían viajado sin detenerse hasta llegar a la ciudad, así que Poppie decidió que se tomarían un descanso que aprovecharían para visitar la antigua ciudad. La impresión que le produjo su verdadera identidad había aliviado en parte la impresión de descubrir lo que Poppie había sido. Al menos, a esas alturas podía hablar del tema sin que se le revolviera el estómago.

—No, aunque hubo un momento en el que podía haberlo hecho —contestó Poppie—. Fue unos meses después de mandarle la carta a tu padre. Escuché que un par de hombres, obviamente extranjeros, estaban preguntando en los barrios donde vivían los inmigrantes por alguien que conociera a un lubinio que hubiera llegado poco tiempo antes acompañado por un niño o por varios. Los londinenses no se mostraron muy cooperativos. A mí me llegó el rumor, pero por nuestra casa no aparecieron.

—Así que a lo mejor no me buscaban a mí.

—Puede que no tuviera nada que ver con nosotros, pero siempre pensé que te buscarían, pese al mensaje tranquilizador que le envié a tu padre. Porque tal vez creyó que era capaz de protegerte mejor que yo.

En ese momento, Alana miró a Poppie con expresión hosca.

—¿Habrías matado a los hombres de mi padre?

—Alana, no confundas la situación —le contestó él con seriedad—. Aunque dadas las circunstancias estaba más que seguro de que la persona que me contrató había zanjado el tema al darte por muerta, no podía descartar por completo la posibilidad de equivocarme.

El invierno no tardaría en llegar y se encontraban en mitad de Europa, de modo que no era la mejor época para proseguir viaje. La nieve no tardaría en aparecer con gran abundancia, más a medida que se acercaran a las montañas. Alana conocía los territorios que atravesaban porque los había estudiado. Cruzaron Francia y se internaron en Renania, donde se detuvieron de nuevo en el gran ducado de Baden, desde donde continuaron hasta Wurtemberg.

Se detuvieron de nuevo en el reino de Baviera, en Múnich. Una vez allí, Poppie sugirió que Alana se disfrazara de hombre durante el resto del trayecto. Al principio, Alana pensó que bromeaba, pero estaba hablando en serio.

—Eres demasiado guapa —adujo Poppie—. Y atraes mucho la atención, cosa que no nos interesa. Y me molesta no saber si te pareces o no a tu madre. Sería un golpe de mala suerte que te reconozcan antes de llegar al palacio.

—¿Y si no me parezco a ella? ¿Cómo voy a demostrar quién soy?

—Con la verdad. Y con esto.

Poppie se sacó una diminuta esclava del bolsillo y la dejó en la mano de Alana. Era de oro y tenía varias piedras preciosas engarzadas. El reverso estaba grabado. Alana solo alcanzaba a descifrar la mitad de las palabras. Su nombre.

—Las letras son tan pequeñas que no distingo la primera palabra. ¿Qué pone?

—Es el término lubinio utilizado para princesa. Dice «princesa Alana».

Guardó el pequeño tesoro en el cofrecillo forrado de seda donde guardaba sus joyas y las figuritas de Henry, que siempre llevaba cerrado con llave y oculto en el interior de uno de sus baúles. Ese trocito de su pasado la ayudó a asimilar, más que cualquier otra cosa, que era Alana, la hija de Frederick, el regente de Lubinia. Esa noche se durmió llorando. Nada volvería a ser igual.

7

Ese día llegaría a Lubinia. Aunque el viaje había sido largo, Alana seguía creyendo que era demasiado pronto para llegar a su destino. Estaban en las montañas, rodeados por la nívea blancura del paisaje. De repente, una tormenta de nieve pareció salir de la nada, ya que se cernió sobre ellos en un abrir y cerrar de ojos. El paso montañoso por el que debían transitar se volvió más angosto a medida que ascendían. Era tan escarpado que todos, incluido el cochero, tuvieron que apearse y caminar delante del carruaje. La nieve caída convirtió el sendero, resbaladizo de por sí, en una senda traicionera.

—Es un paso muy antiguo, que ya apenas se usa —gritó Poppie para hacerse oír por encima del viento que soplaba de cara. Abría la marcha delante de ella, ¡y aun así tenía que gritar! A su espalda, el cochero obligaba con paciencia a los caballos a continuar—. Muy pocos llegan por esta ruta —añadió.

—Eso da igual, debería arreglarse para que fuera menos peligroso —protestó ella mientras se aferraba a las rocas, en el lado seguro del sendero—. Poner un vallado o...

—Podrás ordenarlo cuando seas reina.

Alana se percató de la nota jocosa de su voz.

—Podré comentárselo a mi padre —replicó. El comentario le arrancó una carcajada a Poppie.

Hacía tanto frío que se alegraba de no llevar un vestido, lo que habría sido muy incómodo con ese vendaval. Tenía el pelo recogido en una trenza que se había metido por el abrigo y llevaba el cuello levantado. También llevaba un gorro de lana bien calado, cubriéndole el resto de la cabeza. Sin embargo, debería haber sacado un pañuelo de uno de sus baúles para protegerse la cara. Sentía los copos de nieve cayéndole en la cara, aunque eran más hielo que otra cosa. Por suerte, los pantalones estaban pensados para ese clima. Eran tan gruesos que parecían tener relleno.

Mantuvo una mano enguantada sobre las rocas mientras aferraba con fuerza a Henry con la mano libre. Le parecía escucharlo silbar, aunque bien podría ser el viento. Sin embargo, sabía que el muy tonto consideraba que era una aventura. Se lo estaba pasando en grande durante ese viaje, haciendo preguntas y demostrando su admiración por todo lo que veían. Por supuesto, Poppie y ella le habían hablado del motivo de ese viaje, pero le habían dado una explicación simplificada sin mencionar siquiera la existencia de la monarquía. Simplemente le habían dicho que Alana iba a reunirse con su padre, a quien no había visto en la vida.

Henry también había conseguido ropa de invierno nueva en Múnich. Nada demasiado elegante para ellos. Parecían un par de campesinos, tal cual se había burlado ella misma antes.

Justo cuando doblaban una curva muy empinada, estuvieron a punto de que los aplastaran. En mitad de la ventisca, se encontraron de golpe con unos caballos que se dirigían hacia ellos y que se encabritaron. Uno de los caballos casi se cayó por el precipicio. Alana gritó al ver que el caballo intentaba recuperar el equilibrio, pero en ese momento se vio aplastada contra las rocas por otro de los caballos y perdió el aliento. Más caballos relincharon y se encabritaron, ya que los jinetes tiraron con fuerza de las riendas para evitar el choque, pero la inercia impidió que se detuvieran de inmediato.

El pánico invadió a Alana cuando Henry se soltó de su mano, pero el niño se había subido a las rocas para que no lo aplastaran y para ver mejor el caos. Aunque no podía ver demasiado por la nieve que seguía cayendo copiosamente. Claro que ella tampoco podía ver, dado que seguía aplastada por uno de los caballos. Consiguió salir del atolladero y retrocedió hacia su propio carruaje, ya que todavía quedaba un poco de hueco. Poppie la imitó y le rodeó los hombros con un brazo.

—No hables —le advirtió—. Tu acento te delata.

Debido a la brusca parada, los caballos de los recién llegados ocupaban el estrecho sendero. Alana contuvo el aliento. Cabía la posibilidad de que alguien se cayera por el precipicio, o tal vez lo hiciera uno de los animales.

Había tantos caballos que no pudo contarlos todos, y el mismo número de hombres, todos con las mismas casacas militares, los gorros negros con piel y unos gruesos pañuelos enrollados al cuello de tal manera que solo dejaban a la vista sus ojos. Parecían bandidos, pensó ella, aunque los bandidos no irían vestidos así. ¿Eran soldados? ¿Tal vez rebeldes?

En ese momento, se percató de que los hombres los apuntaban a Poppie, al cochero y a ella con sus rifles. De forma instintiva, metió la mano en los bolsillos en busca de sus pistolas. No podía disparar con los gruesos guantes. Y tampoco se atrevía a sacar las armas. Posiblemente le dispararan si la veían.

Algunos de los hombres desmontaron para obligar a retroceder a sus monturas. Uno de ellos se acercó al carruaje, abrió la puerta y miró en su interior. No lo vio rodear el carruaje, pero de repente pasó a su lado desde atrás. Se detuvo para cogerla por la barbilla y la soltó antes de que pudiera apartar la cabeza. El hombre hizo lo mismo con Henry, que se acercó más a ella.

Después, le comunicó lo que había descubierto a uno de los hombres que iban al frente del grupo y que acababa de desmontar:

—Dos hombres adultos y dos niños. El carruaje está vacío.

Más caballos se marcharon por donde habían aparecido. De hecho, habían conseguido abrir algo de hueco delante de ellos, pero el hombre que acababa de desmontar parecía ocupar un gran espacio. Era alto, de hombros anchos y tenía porte militar.

No distinguía sus facciones. Dado que seguía nevando, tenía la sensación de estar mirándolo a través de un velo blanco. Solo veía unos mechones de pelo claro con copos de nieve pegados y unos ojos ensombrecidos por debajo del gorro. El hombre se quitó el guante derecho y se bajó el pañuelo para liberar la boca. Así pudo ver una nariz grande y una boca de labios firmes que adoptó un rictus serio mientras miraba a Poppie con los ojos entrecerrados.

—Si los rebeldes habéis empezado a reclutar a niños, os pego un tiro ahora mismo.

Alana se quedó sin aliento, pero Poppie se echó a reír al escuchar la acusación.

—No somos rebeldes.

—¿Y qué diantres hacéis aquí arriba en invierno si no habéis salido del campamento que se dice que hay al otro lado de este paso? Un campamento rebelde. Es demasiado peligroso estar aquí por una razón sensata.

—Intentamos llegar hasta la familia de nuestra señora antes de que ella lo haga. Ella partió antes que nosotros con una escolta por la ruta más larga, a través del paso del nordeste. No tuvo la paciencia necesaria para esperarnos cuando se le rompió una rueda al carruaje que llevaba el equipaje. Pero no ha sido una buena decisión por mi parte. Me dijeron que esta ruta era más rápida, pero no me advirtieron de su peligrosidad.

El soldado guardó silencio un buen rato, un momento muy tenso, antes de replicar con un gruñido:

—Siempre hay nieve en esta época del año. ¿Quién es vuestra señora?

—Es una Naumann.

El apellido provocó una expresión feroz.

—La única mujer de esa familia que queda con vida es una anciana venerable demasiado mayor como para viajar. Mientes.

¡Ay, Dios! Poppie había elegido un nombre que el soldado había reconocido. Al menos cinco rifles se alzaron al escuchar la acusación, pero a Poppie no le quedó más alternativa que ceñirse a su mentira y lo hizo con suma indignación.

—No, milord, no es la única dama de esa familia. Nuestra señora es una prima lejana que lleva fuera del país más de treinta años. Esta es la segunda vez, al menos que yo sepa, que ha vuelto a Lubinia para visitar a su familia.

—Así que criados, ¿no? ¿Los niños también? —preguntó el líder con desdén. Sin embargo, ordenó al punto—: Registrad el equipaje en busca de armas.

¿Quería decir que seguía dudando de Poppie? ¿O solo estaba siendo meticuloso? Los soldados permanecieron alerta sin bajar los rifles.

Alana habría observado detenidamente al soldado que subió al carruaje y comenzó a abrir sus baúles para hurgar en ellos, pero Poppie volvió a llamar su atención al decir:

—Mi señora no da trabajo a mis sobrinos, pero en su generosidad les permite vivir conmigo en su casa.

El líder de los soldados, a quien Henry había estado mirando embobado, estaba lo bastante cerca del niño para cogerlo por la barbilla y decir:

—No te pareces mucho a tu tío.

Alana no creía que Henry hubiera progresado lo bastante en sus lecciones como para entender todo lo que le había dicho el soldado, pero replicó de todas maneras.

—Claro que sí.

Como estaba junto a Henry, Alana lo oyó a la perfección. ¡Había contestado en inglés! Sin embargo, daba la sensación de que el líder de los soldados no lo había escuchado por culpa del viento, ya que apartó a Henry de su camino y se plantó delante de ella.

Cuando hizo ademán de cogerle la cara, Alana se tensó y alzó la barbilla con gesto desafiante para que no la tocara de la misma manera que había tocado a Henry. Por fin podía verle la cara con claridad. Tenía unos increíbles ojos azules y esos labios firmes habían esbozado una sonrisa torcida.

El soldado miró a Poppie.

—Este debería llevar faldas, ¿no? Demasiado guapo para ser un chico.

Se escucharon risotadas procedentes de los soldados que tenía a su espalda, pero todavía no había terminado. El líder la obligó a darse la vuelta y antes de que Alana se diera cuenta de sus intenciones, le dio una sonora palmada en el trasero. Se quedó tan impresionada que apenas se percató de que le daba un pellizco.

—Muy pequeño... ¿o encogido por el frío?

Poppie la apartó del hombre antes de que Alana reaccionara de forma instintiva y le diera un bofetón. No tenía ni idea de a qué se refería el soldado, pero tanto sus hombres como él se estaban riendo a carcajadas.

—¿Qué diantres ha querido decir ese bruto con que estoy encogida? —le susurró a Poppie cuando la apartó más hacia las rocas.

—Nada, solo quería tranquilizar a sus hombres.

Pues lo había conseguido, porque todos estaban muy contentos, mientras que ella estaba indignada. ¡Le había dado un guantazo! No podía creérselo.

—Aléjate de él —le advirtió Poppie antes de mirar al líder una vez más.

Incluso sonrió para compartir el buen humor por el que Alana echaba humo por las orejas.

—El chico lo sabe y está impaciente porque le crezca la barba.

—¿En serio? —preguntó el líder, pero ya había perdido el interés.

El soldado al que había enviado a registrar el equipaje se apeó del carruaje y se acercó para decir:

—Casi todo son elegantes vestidos de mujer. No hay armas.

Claro que no había armas. Poppie las llevaba consigo, al igual que ella, y Alana jamás había sentido más deseos de poder usarlas. Sin embargo, era evidente que los soldados solo buscaban rifles, porque de lo contrario los habrían registrado a ellos también en busca de armas más pequeñas.

Se dio la vuelta antes de que ese bruto la pillara fulminándolo con la mirada, pero lo escuchó ordenar con brusquedad:

—Tú. Aparta el carruaje del camino y llévalo hasta ese saliente que acabamos de pasar. Con cuidado. Como tires a alguien por el precipicio, tú irás detrás. —Después, se dirigió a Poppie una vez más—. ¿Habéis visto el campamento rebelde mientras veníais hacia aquí?

—No he visto a nadie cerca del paso, y no estaba nevando cuando comenzamos el ascenso. Si hay un campamento, está lejos del camino.

—Todavía tenemos que comprobar si es un rumor o no. Seguid camino. Pronto dejaréis atrás la nieve.

Y con esa rapidez los despacharon y dejaron atrás el carruaje para bajar la montaña. El alivio debería haberla tranquilizado, pero Alana seguía furiosa por una broma masculina bastante soez que ni siquiera entendía. Los soldados se alejaron en columna de a uno. Alana se percató de que todos ellos eran muy altos, lo que la llevó a preguntarse si la altura era un requisito para entrar en el ejército de Lubinia o, peor todavía... ¡si su país natal estaba habitado por gigantes!

8

El encuentro con los soldados había llegado a su fin, pero no así la ventisca. Tan pronto como el último de ellos desapareció de la vista, oculto por los blancos remolinos de nieve, Alana llevó a Poppie a un aparte y le preguntó:

—¿Por qué has tratado a ese patán de «milord»?

—Por el simple motivo de adornar un poco el papel de sirviente que interpretaba.

—¿Ha sido un alarde o los Naumann existen de verdad y él los conoce?

—Son terratenientes —contestó Poppie—. La familia en cuyas tierras trabajaba la mía, y el primer apellido noble que he recordado.

—¡Ah! —exclamó Alana, aunque lo que en realidad quería saber era—: ¿El ejército de Lubinia es así de maleducado y bruto?

—Lubinia es un país demasiado pequeño como para mantener un ejército profesional. Sin embargo, la guardia de palacio es bastante numerosa y supongo que habrán tenido que reclutar a más soldados para lidiar con los rebeldes.

—¿¡Esos eran guardias de palacio!? —exclamó—. ¡Peor me lo pones! Más bien parecen sacados del siglo pasado o del anterior. ¿Tan atrasado está nuestro país?

—Cuando me marché, no había periódico local en la capital —admitió Poppie.

Eso decía mucho. Demasiado. ¿Su padre también iba a ser un patán?

Sin embargo, Poppie añadió:

—Alana, encontrarás brutalidad en cualquier unidad militar del mundo. Pero creo que la mayoría de esos guardias de palacio procede del pueblo llano. Son agricultores, gente que no acepta los cambios fácilmente. La mayoría de los lubinios considera que la educación es una pérdida de tiempo, pero debes reflexionar un instante sobre esto. Ni siquiera en Inglaterra existe una educación obligada, y los pobres allí la ven como aquí. Sin embargo, sí que existe refinamiento en algunas de las familias aristocráticas lubinias.

—¿No en todas?

La respuesta de Poppie consistió en un rápido movimiento negativo de la cabeza. Sin embargo, le dio algo en lo que pensar. Había comparado a esos soldados con ingleses que habían sido educados como ella, disfrutando de los privilegios de las clases altas londinenses, entre las que abundaban el refinamiento y los buenos modales. Y debía abandonar ese desdén por su tierra natal del que Poppie era el culpable. Cosa que él había admitido haber hecho para que no le dijera a nadie de dónde procedían.

La nevada se detuvo tan rápido como había comenzado, revelando un paisaje maravilloso. Verdes valles a los que no había llegado la nieve, salpicados de granjas y pueblos. Y en la distancia, Alana vislumbró la primera imagen de la capital, que compartía el mismo nombre que el diminuto país montañoso.

Poppie se lo confirmó mientras le pasaba un brazo por los hombros y comentaba con una sonrisa satisfecha:

—Allí está la capital de tu reino, princesa. Estamos en casa.

En casa de Poppie, pensó ella. Porque a Alana no le parecía real y no estaba segura de que alguna vez se lo pareciera.

Llegaron a la ciudad justo antes de que anocheciera, demasiado tarde para ir directamente al palacio. Eso fue un alivio para ella, aunque solo fuera un breve retraso. En ese momento, cuando el encuentro con su padre ya era inminente, sus temores regresaron con fuerza.

Consiguieron habitaciones en una posada emplazada a las afueras de la ciudad. Sin contarle toda la verdad, Poppie le explicó a Henry que tendría que separarse de él cuando vivieran en la ciudad. Henry pareció entender que era imperativo mantener el secreto, y que podían seguirlo cada vez que entregara mensajes entre Alana y él una vez que ella viviera en el palacio. Poppie lo llevó incluso a un lugar muy concurrido de la ciudad donde podrían encontrarse de forma clandestina sin delatar que se conocían. Henry estaba emocionado por tanta intriga.

Los baúles de Alana estaban ya en la posada y seguirían en ella hasta que contara con unos aposentos en el palacio. Puesto que Poppie quería que luciera espléndida a primera hora de la mañana, la obligó a acostarse temprano. ¿Podría dormir? ¿Con lo nerviosa que estaba? De algún modo, lo consiguió.

No obstante, el nuevo día llegó muy pronto. Le temblaban las manos mientras se ponía un abrigado vestido de terciopelo de color azul celeste. En vez de ponerse un abrigo grueso, eligió una capa de color azul oscuro, ribeteada con piel blanca, y se puso un gorro a juego. Al menos, así podía quitarse la capa de los hombros si sentía calor cuando estuviera en el palacio. Se las arregló incluso para recogerse el pelo decentemente en un moño. No se parecía en absoluto a los recogidos de Mary, pero el gorro ayudaba a disimular.

—¿Alana?

Cuando abrió la puerta tras escuchar a Poppie, él le dijo:

—No olvides la esclava. —Se detuvo para mirarla de arriba abajo—. Estás preciosa, como siempre. Tu padre va a sentirse muy orgulloso hoy de reclamarte como su hija.

—Me encantaría ser la tuya.

Poppie la abrazó tan fuerte que Alana creyó reconocer en él el temor de no poder volver a hacerlo.

—No más de lo que me gustaría a mí, preciosa, pero siempre serás la hija de mi corazón. Vamos. —La apartó de él—. Coge la esclava. De momento, puedes guardarla en tu ridículo. Y si te parece, ponte ese broche de perlas que te regalé el año pasado, porque hace juego con lo que llevas puesto.

Alana asintió mientras se acercaba a los baúles. El ridículo ya le pesaba bastante con el dinero que Poppie le había dado y con su pequeña pistola, pero la esclava apenas pesaba, ya que era diminuta. Sacó el cofrecillo, pero jadeó al notar que el cierre estaba doblado, arrancado de la madera.

Se volvió de inmediato.

—Creo... creo que me han robado.

Poppie volvió a su lado.

—¿Que te han robado? ¿Cuándo?

—Tuvo que ser ayer. Porque todas las mañanas, antes de que suban los baúles al carruaje, compruebo el cofrecillo. Su contenido es demasiado valioso como para no hacerlo. Mira tú... —le dijo, temerosa e incapaz de abrirlo ella misma.

Poppie lo hizo. Al ver su ceño fruncido, Alana le quitó el cofrecillo. Estaba vacío salvo por las figurillas de Henry. ¡El soldado que registró sus pertenencias el día anterior! Le había robado las joyas. Al menos, fue tan tonto como para no ver el gran valor de las tallas de Henry, así que no se las había llevado.

Poppie estaba pensando lo mismo.

—Ese hombre estuvo demasiado rato registrando los baúles. Debería haberlo supuesto, debería haberte dicho que comprobaras tus pertenencias antes de que los soldados se alejaran demasiado. El capitán parecía manejar a sus hombres con gran competencia, aunque demostrara ser fácil de engañar. Él nos habría ayudado a recuperar tus joyas en nada de tiempo.

—A menos que fuéramos nosotros los engañados y en realidad se tratara de un grupo de ladrones.

Poppie rio entre dientes.

—¿Todos los ángulos? Excelente, Alana. No se me había ocurrido. Lo dudo, pero es posible. Aunque esperemos que no sea el caso, porque tu padre podrá descubrir con facilidad la identidad de los guardias destinados ayer a ese paso para comprobar los rumores, y podrá recuperar tus joyas. No obstante, si se tratara de una banda de ladrones, no sería tan fácil. Y puestos a pensarlo, si fueran ladrones, ahora estaríamos muertos. En ese paso de montaña habría sido muy fácil ocultar un crimen arrojando a las víctimas por el precipicio. Pero, sea como sea, nadie sabrá la importancia de dicha esclava.

Alana comenzaba a enfadarse por la pérdida no solo de la esclava, sino de todas las piezas que Poppie le había regalado a lo largo de los años.

—¿Por imbecilidad?

—No, cualquier hombre puede ser brillante, pero eso le ayudará muy poco si no sabe leer, como es el caso de la mayoría de los lubinios, de modo que la inscripción supondrá poco para él, si acaso la ve. Es poco probable que venda las joyas de forma inmediata. Querrá asegurarse de que no lo acusan cuando nuestra «dama» descubra el robo.

—Por supuesto que lo acusaremos. Sabemos exactamente quién es el culpable.

—Sí —convino Poppie—. Pero estará tranquilo, porque creerá que su palabra tendrá más peso que la nuestra, ya que nos considera sirvientes. Y unos sirvientes alejados de su señora pueden caer en la tentación... tú ya me entiendes.

Alana resopló mientras devolvía al baúl el vacío cofrecillo y cerraba la tapa con fuerza.

—Esa era la prueba de mi identidad.

—Princesa, la prueba eres tú. Tú tienes los datos y puedes describir la esclava al detalle. Posiblemente esa joya tan valiosa fuera un regalo que tu padre te hizo antes de encerrarse para llorar la muerte de tu madre, así que la recordará. Además, tal vez te parezcas a tu madre. Recuerda que debes evitar mencionar mi verdadero nombre, pero sí puedes decirles que Rastibon te raptó, porque el nombre les resultará familiar y dará credibilidad a tu relato. Y ten presente que el rey y sus consejeros estarán dispuestos a creerte porque tu llegada pondrá fin al clima de agitación provocado por los rebeldes, que obviamente ellos no han podido controlar.

9

De camino al palacio, atravesaron la avenida principal, que era más ancha que todas las calles adyacentes y que estaba flanqueada por tiendas y casas de una o dos plantas, pero que ninguna era igual. Las tiendas no parecían tan prósperas ni tan sofisticadas como las de otras ciudades por las que habían pasado, y los hogares no eran tan elegantes ni mucho menos. Pero al menos la capital no era tan primitiva como Alana había esperado.

Al reparar en una de las hogueras que ardían a ambos lados de la calle, en una hondonada excavada en la piedra y rodeada por una cerca metálica, se acordó de la trágica historia de Poppie. Se imaginó el accidente que le había cambiado la vida por completo y que había acabado por afectar a la suya propia.

—Ahora están más vigiladas y no tan cerca del camino —escuchó decir a Poppie sin inflexión alguna en la voz, ya que se había percatado de lo que estaba mirando—. Y antes no había cercas metálicas.

Se echó a llorar por el dolor que Poppie debió de sentir, aunque mantuvo la cara apartada hasta que se quedó sin lágrimas. Así consiguió liberar parte de la tensión... hasta que el carruaje se detuvo. Pero en ese momento, Poppie consiguió mitigar un poco más de tensión al dejar que viera lo nervioso que se sentía.

—¿Parezco... normal? —le preguntó.

¿No como un asesino?, quería preguntarle en realidad.

—Muy distinguido —le aseguró con una sonrisa—. Como un noble inglés.

—¿Eso quiere decir que llamo demasiado la atención?

—No, nada de eso. ¿No te has dado cuenta mientras atravesábamos Europa de que la moda de estas tierras es muy parecida a la que estamos acostumbrados?

Alana no estaba tranquilizándolo, pero dudaba mucho de que algo lo consiguiera. Su propio nerviosismo no provenía de una amenaza letal. El de Poppie sí. Estaba asumiendo un tremendo riesgo al acompañarla al palacio, pero había sido incapaz de convencerlo para que no lo hiciera. Sin embargo, detendrían a cualquier hombre que la acompañara como su secuestrador en cuanto se supiera su identidad. Si bien Poppie tenía la intención de marcharse justo antes de que su padre la recibiera, algo podría salir mal. Alana lo sabía. Y Poppie también. Ojalá hubiera podido hacerlo entrar en razón, pero Poppie se negaba a dejarla sola hasta que fuera absolutamente necesario.

Una larga cola de personas y carruajes se agolpaba a las puertas. Pronto quedó patente que la cola no iba a conseguir entrar en el palacio. La multitud comenzó a dispersarse cuando un guardia comenzó a recorrer la cola.

Al llegar a su carruaje, les dijo con brusquedad:

—Solo funcionarios locales hoy.

—¿Y si no venimos a ver al rey?

—Volved la semana que viene. Todos los funcionarios de rango superior están ocupados esta semana agasajando a una delegación diplomática extranjera.

El guardia no se quedó para responder más preguntas.

Alana se preguntó en voz alta:

—¿Deberíamos confiar en un funcionario local? Porque son los únicos que pueden entrar ahora mismo.

—No, solo en uno de palacio, y solo si es estrictamente necesario, como ya hemos acordado —le recordó Poppie—. Nadie debe saber quién eres hasta que estés a salvo tras esas puertas.

El retraso consiguió calmar a Alana, pero tuvo el efecto contrario en Poppie. De vuelta a la posada, le explicó los riesgos de permanecer en la ciudad más tiempo del que habían previsto. Los antiguos vecinos podrían reconocerlo y recordar que desapareció la misma noche que la princesa. A Alana podrían reconocerla si se parecía a su madre. Sería bueno que fuera así, pero no antes de que se encontrara a salvo entre los muros del palacio.

—De todas formas, te habrías quedado en la ciudad —le recordó ella.

—Sí, pero no puedo retomar viejos hábitos, mantenerme en las sombras y ataviarme con ropa discreta para no llamar la atención si llevo a mi lado a una hermosa joven. Estaré bien en cuanto tú estés a salvo con tu padre. Hasta entonces, ninguno de los dos está a salvo.

Lo que quería decir que Alana no podía salir de la posada. Sin embargo, Poppie hizo varias incursiones nocturnas en la ciudad, de las que solo le hablaba al regresar para no preocuparla.

En una de ellas, durante la cual comprobó las defensas del palacio, le dijo:

—Las murallas están mucho mejor custodiadas que antes. Podría deberse a los numerosos dignatarios extranjeros, a la amenaza de los rebeldes o una costumbre adoptada hace muchos años, desde que desapareciste.

—Habrías entrado a hurtadillas si no lo estuvieran, ¿verdad? —lo reprendió.

Poppie no lo negó.

—Nos habría ahorrado mucho tiempo el poder llegar a las habitaciones de Frederick para hacerle saber que te he traído de vuelta a casa, pero es imposible.

Otra noche regresó y le dijo:

—He visitado a mi suegro. Me sorprendió su cálida bienvenida, dado que he evitado ponerme en contacto con él durante todos estos años. Ha accedido a que Henry se quede con él. Lo llevaré allí la noche previa a que el palacio reabra sus puertas. Será más seguro encontrarme con él allí, en secreto, que verlo en la calle.

Fue una semana muy tranquila para Alana. Poppie le llevó libros para que pudiera leer. Jugaron a los mismos juegos con los que solían entretenerse en Londres. Henry los visitaba para que poder proseguir con sus lecciones. El tiempo no pasó lentamente e incluso jugó a su favor, ya que por fin consiguió convencer a Poppie de que acompañarla al palacio era un riesgo innecesario para él.

Aun así, la acompañó hasta las puertas el día posterior a la partida de los diplomáticos extranjeros. Tal vez deberían haber esperado un par de días más. Esa misma mañana, más temprano, había comprobado que la cola era más larga todavía, ya que los asuntos palaciegos se habían demorado una semana entera, de modo que no pusieron rumbo al palacio hasta el mediodía. Ciertamente, la cola había desaparecido a esa hora, y Alana esperaba que todas las personas que habían pasado antes que ella no quisieran ver al rey.

Poppie le colocó una mano sobre las suyas y dijo en voz baja:

—Aquí nos separamos como has sugerido.

El hecho de que Poppie hubiera accedido a su súplica decía mucho de su intensa educación, porque estaba seguro de que era capaz de hacerlo sola y de contaría con la protección de otros en cuanto cruzara esas puertas.

—Intenta conseguir una audiencia con tu padre sin decir quién eres —prosiguió Poppie—. Recuerda mi consejo: no confíes en nadie.

Se estaba repitiendo. ¿De verdad creía que iba a estar tan alterada que se olvidaría de todos sus consejos previos?

—Y si no me permiten verlo sin revelar mi identidad, tengo que buscar a un oficial de alto rango que pueda conseguirme una audiencia privada y en quien pueda confiar —concluyó en su lugar.

—O sobornar a uno. Tu ridículo está lleno de oro, úsalo como creas conveniente.

Asintió con la cabeza. Separarse de Poppie era muchísimo peor de lo que había esperado. Aunque ella había insistido en que era lo más seguro, las emociones la abrumaban. Apenas le salió la voz para preguntar:

—¿Cuándo volveré a verte?

—Nunca estaré lejos. Si... cuando estés a salvo con tu padre, manda esto a reparar. —Le dio un reloj estropeado—. Solo hay un relojero en la ciudad. Este reloj me permitirá saber que lo has conseguido. Y si descubro algo que deberías saber, te lo comunicaré a través de Henry. —De repente, Poppie la abrazó con fuerza—. Estoy muy orgulloso de ti, princesa. Has superado todas mis expectativas. Ármate de valor. Tienes sangre real. Nunca lo olvides. —Acto seguido, Poppie se marchó, dejándola sola en el carruaje.

Alana dispuso de unos minutos para llorar por la despedida antes de que el carruaje traspusiera las puertas del palacio... las puertas que la llevaban hacia su futuro.

10

Christoph Becker tenía la mirada perdida en la chimenea donde crepitaba un fuego que no alcanzaba a calentar la estancia principal de sus dependencias. A esas alturas, habría encendido los braseros emplazados en el otro extremo de la estancia, pero quería que su invitada se fuera. Lo antes posible. Sin embargo, allí seguía, paseándose furiosa de un lado para otro a su espalda, porque en aras de la relación que mantuvieron en el pasado, no quería sacarla a rastras de sus dependencias, que era lo que se merecía después del sermón que le había echado sobre algo que jamás iba a ocurrir.

Christoph había vuelto a decirle que no. En vano. En realidad, no era la primera vez que Nadia Braune intentaba restablecer su antigua amistad y seducirlo para casarse con él. Cuando fallaba, y dado su explosivo temperamento, recurría al insulto. En esa ocasión, hizo lo mismo. Él le había dado la espalda con la intención de que captara la indirecta y se fuera. Nadia se enfadaba tanto cuando no se le hacía caso que normalmente se iba echa una furia. Sin embargo, todavía no había llegado a ese punto.

—¿Por qué no puedes dejar este trabajo y seguir con tu vida? —le había preguntado en esa ocasión—. Ya has logrado lo que querías. Has demostrado sin el menor asomo de duda la lealtad de los Becker.

—¿No se te ha ocurrido pensar que me gusta este trabajo? —replicó él.

—¡No seas ridículo! Cualquier plebeyo puede hacer lo que tú estás haciendo.

En ese momento, todavía no se le había agotado la paciencia, de modo que pasó por alto el insulto y le recordó:

—Has tenido numerosas propuestas. Y conozco a casi todos los caballeros. Elije uno y, tal como me has sugerido, sigue con tu vida.

—Ninguno es tan guapo como tú.

—La mayoría de las mujeres se casa por dinero, por tierras o por prestancia social. No estás en posición de hacer otra cosa. Y todos los hombres que te han propuesto matrimonio poseen al menos dos de los tres requisitos que he mencionado, o no se habrían atrevido a acercarse a ti. ¿Quieres que te ayude a elegir uno? Me encantaría hacerlo si con ello consigo no sufrir más estas visitas tuyas.

Nadia intentó parecer ofendida por sus palabras.

—Eso es una crueldad, cuando sabes que te quiero.

—Ni por asomo. Lo que pasa es que no quieres conformarte con dos de los tres requisitos exigidos por tu familia. Pero te lo advierto, dentro de diez años, no me eches la culpa si sigues soltera y ya nadie te pide matrimonio. ¿O tengo que casarme con otra para demostrarte que nunca me casaré contigo?

—¡No serás capaz!

—Vete a casa, Nadia.

Nadia no estaría tan convencida en su capacidad de hacerlo cambiar de opinión si no le hubieran dicho que, el año que nacieron, sus familias comentaron que harían una pareja perfecta y deberían comprometerlos. Sin embargo, la guerra civil lubinia puso fin a dichas conversaciones, y le permitió a Christoph decidir sobre la identidad de su futura esposa. Que, por supuesto, no sería Nadia. La familia de su vecina no había recuperado el favor del que gozaba antes de la guerra y nunca lo recuperaría, ya que estaba muy ligada a la antigua familia real. Había formado parte del grupo que promovió las pésimas decisiones tomadas por el difunto rey y que condujeron al levantamiento popular.

La familia de Christoph también fue leal a la corona, aunque siempre rebatió las medidas del rey Ernest que estuvieron a punto de destruir el país. De ahí que los Becker hubieran recuperado el favor real. Y de ahí que estuviera dispuesto a hacer todo lo posible por conservarlo.

Sin embargo, Nadia sabía que había estado muy cerca de ser su prometida y se negaba a aceptar que fuera un imposible. Mientras crecían, él también lo había deseado porque era una jovencita preciosa, rubia, de ojos castaños y cutis delicado, con la piel algo más oscura que la suya debido a sus orígenes orientales.

Sí, Christoph pensó que algún día se casarían. Hasta que se lo mencionó a su padre y descubrió por qué ya no era una alianza deseable. En cuanto lo descubrió y vio lo mucho que el tema preocupaba a su padre, Christoph decidió que se ganaría la confianza completa del monarca. Además, cuando se marchó de casa, ya había comenzado a aborrecer la irritante petulancia de Nadia, que había empeorado con el paso de los años. A los dieciséis años, dicha petulancia eclipsaba incluso su belleza, de modo que Christoph daba gracias por todos los obstáculos políticos que impedían que se fijara en ella. A esas alturas, Nadia era tan insoportable que ni siquiera la aguantaba.

—Me estoy cansando de esperar a que cambies de opinión —dijo ella, con voz malhumorada.

—Pues no esperes más.

—¡Este mes cumplo veintidós años! ¿Qué mujer de la nobleza te querrá como marido y te perdonará después de haber aceptado este trabajo tan indigno? ¿Qué mujer es tan idónea para ti como lo soy yo? Tampoco tienes muchas familias aristocráticas entre las que elegir, Christoph.

Él apretó los dientes, cada vez más molesto.

—¿Quién dice que voy a casarme con una lubinia? O ya puestos, ¿quién dice que voy a casarme?

Eso le arrancó un jadeo a Nadia.

—¿¡Por qué eres tan testarudo!?

Christoph se volvió para hacerle saber que había llegado al límite de su paciencia.

—Compartimos una infancia muy feliz. Éramos vecinos y éramos amigos, y eso es lo único que seremos. Y si continúas con esta campaña inútil, vas a lograr amargarme incluso esos recuerdos.

La joven doncella de Nadia intentaba pasar desapercibida en un rincón. En otra época, ni siquiera habría notado su presencia, igual que Nadia, pero su trabajo lo había convertido en un hombre más observador.

—No es inútil. Si no te hubieras mudado a este sitio antes de que yo cumpliera la mayoría de edad, sabes que nuestra amistad habría acabado en matrimonio. Vamos a casa, Christoph. Ya lo verás. Tu familia ha recuperado todas sus tierras y sus títulos. ¿Qué más necesitas demostrar quedándote en la capital?

Nadia no lo entendería nunca porque en el fondo no le importaba. Su familia había perdido gran parte de las tierras que antes poseía, pero seguía conservando su fortuna. Así que ella se había criado exactamente igual que si conservaran los títulos.

Sin embargo, no estaba dispuesto a arriesgar la confianza que tanto le había costado ganar a su familia aliándose con los Braune, que seguían siendo personas no gratas. Además, no dudaba de que precisamente ese era el motivo de la insistencia de Nadia, que estaba animada, o incluso dirigida, por su padre. En el pasado, los Braune habían contraído matrimonios ventajosos para elevar su posición social, y Nadia era la única que podía hacerlo en la actualidad.

En el pasado, Christoph se lo había comentado y había sido muy claro:

—Estoy recuperando el honor de mi familia, no esperes que recupere también el vuestro.

Nadia no había negado que esas fueran sus pretensiones ni las había admitido, pero aprovechó la oportunidad para insultarlo con una réplica mordaz.

—Y bien que te estás humillando para conseguirlo.

La guerra civil lubinia se produjo por un fiasco que cambió las vidas de todos de forma innecesaria. Aunque hubo otra alternativa, la misma que aceptaron otros pequeños estados y ducados europeos cuando colaboraron con Napoleón, que les exigió dinero o tropas para apoyar sus guerras en el continente.

Lubinia debería haber enviado dinero. Porque no tenía ejército. Habría sido ridículo crear uno para tal fin. Sin embargo, la aristocracia se negó a entregar su dinero para apoyar a un francés que quería controlar toda Europa. Y el padre de Nadia fue uno de los que más abogó por el envío de tropas. Los Braune no eran los únicos que todavía intentaban que se les perdonase por haber tomado esa decisión. Pero ¿cómo se podía perdonar una estupidez que había estado a punto de destruir un reino?

Nadia seguía donde estaba, negándose tercamente a ceder.

«Al cuerno con el respeto por el pasado», decidió Christoph. Ya no eran niños, y Nadia se había ganado su desprecio hacía mucho tiempo.

—Es una lástima que no escuches lo que se te dice. Sé que te he dejado bien claro que no te quiero. Así que ¿quieres que sea todavía más franco? Está bien. Nunca nos casaremos, porque si lo hiciéramos, una de dos: te mataría antes de que pasara un mes o te cortaría la lengua. Sería inevitable. Y ahora, fuera.

Nadia se limitó a fulminarlo con la mirada. ¿Tampoco aceptaba lo que le había dicho? La paciencia de Christoph se agotó. Se acercó a ella para echarla de sus dependencias, pero el brillo satisfecho que atisbó en sus ojos lo detuvo. ¿Quería que le pusiera las manos encima en un arranque de furia? Por supuesto. Porque pensaba que eso los llevaría a su cama y después podría correr a su casa para irle a su padre con el cuento, con su versión, y los Braune exigirían un matrimonio. Qué tontos eran todos. ¿De verdad creían que podían manejarlo así?

Christoph se dirigió a la puerta y les ordenó a dos guardias que acompañaran a Nadia hasta las puertas del palacio. Ella ni los miró. No merecían su atención. En cambio, fingió que la idea de marcharse era suya.

11

Condujeron a Alana hasta una gran antesala del palacio decorada con unas cuantas sillas que no parecían muy cómodas. Nadie estaba sentado en dichas sillas y ella tampoco se sentó. Iba a conocer a su padre, el rey de Lubinia, ese día. Alana sabía que el rey se llevaría una enorme sorpresa y también una gran alegría cuando descubriera que seguía con vida y que después de todo tenía un heredero legítimo. Ojalá pudiera mantener las distancias emocionalmente, porque así podría regresar a Londres sin remordimientos en cuanto la rebelión fuera sofocada. Sin embargo, ¿qué pasaría si su padre y ella se veían abrumados por sentimientos familiares y conectaban nada más verse? Sería maravilloso... siempre y cuando su padre no esperase que se quedara en ese reino primitivo en mitad de las montañas.

Fue incapaz de no comparar el palacio con el que había visitado en Inglaterra. Ese era mucho más pequeño, y también de un estilo muchísimo más exótico. Parte del tejado estaba cubierto por una magnífica cúpula dorada. En los pasillos había recargadas columnas blancas y los techos tenían intrincados artesonados.

Las paredes eran obras de arte en sí mismas, ya que algunas estaban decoradas con mosaicos cuajados de oro y otras con azulejos en tonos rosados y cobalto y piedras preciosas. Al igual que muchos edificios que había visto en la ciudad, el palacio era una curiosa mezcla de Oriente y Occidente.

Mientras echaba un vistazo por la estancia, se quedó descorazonada al ver a más de veinte personas esperando para recibir audiencia con el rey. Estaba harta de retrasos. Estaba harta de ocultar su identidad. Quería librarse del miedo porque le estaba provocando un nudo en el estómago.

Comenzó a pasearse por la habitación, presa de los nervios. Eso fue un error. Se acercó demasiado a un individuo que le estaba contando una historia picante a un grupo de hombres de aspecto rudo. Se alejó del grupo y casi se tropezó con un cabrero que estaba sentado en el suelo comiendo algo que llevaba en las manos. ¡Y tenía a una cabra al lado! Seguramente era un regalo para el rey, pero... ¿dentro del palacio?

Cuando se internó más en la antesala en busca de un lugar seguro en el que esperar, se percató de la presencia de otras mujeres. La mayoría parecía someterse a los hombres a quienes acompañaban, y muchas iban vestidas de forma muy distinta a ella. Alana iba a la última moda inglesa, con una capa larga y elegante, con su gorro a juego, ribeteada de piel. Una de las lubinias iba ataviada con algo parecido a una toga, y otra llevaba un chaleco largo y muy amplio que parecía confeccionado con piel sin curtir. Una mujer de mediana edad iba vestida a la europea, pero con un estilo tan escandaloso que llevaba medio pecho al descubierto, de modo que saltaba a la vista que era una mujer ligera de cascos y estaba encantada de que los hombres lo supieran. Sin embargo, se percató de que no todos los hombres eran unos gigantes como se había temido después del encuentro con esos soldados tan brutos en el paso montañoso al entrar en el país.

Distraída por el colorido de las paredes, casi pasó por alto el pequeño retrato de un hombre con corona. Se quedó prendada de él. ¿Sería su padre? Titubeante, le pidió a un hombre que tenía cerca que se lo confirmara, y obtuvo una orgullosa respuesta.

—Por supuesto que es nuestro Frederick.

«¡Dios mío!», pensó, era su padre. ¿De verdad era tan guapo o el artista lo había retratado así para complacerlo? Fascinada, fue incapaz de apartar los ojos del cuadro. Tuvo que contener las lágrimas. Su padre... pero él seguía sin saber que estaba viva. Se llevó una decepción al no ver parecido alguno. Su padre era rubio y de ojos azules, mientras que ella tenía el pelo muy negro y los ojos grises. ¿Complicaría esa circunstancia todavía más su misión?

De vez en cuando un hombre de porte muy serio abría la puerta de doble hoja que había al otro lado de la antesala, una puerta que supuso que conducía a la sala de recepción del rey, y acompañaba al suplicante o al grupo de personas en cuestión al otro lado. Sin embargo, llegaban más personas, de modo que la antesala estaba siempre abarrotada.

Muy impaciente por conocer a su padre, se acercó a uno de los dos guardias que custodiaban la puerta de la otra sala y le preguntó:

—¿Cuándo voy a ver al rey? Ya llevo aquí una hora.

El guardia no le contestó. ¡Ni siquiera la miró! Le preguntó lo mismo al otro guardia, se lo preguntó en todos los idiomas que hablaba, pero ese hombre también la trató como si fuera invisible. ¿Se debía a que estaba sola o había alguna costumbre que ella desconocía?

Echando humo por las orejas por semejante tratamiento (¡Era la princesa!), se acercó a una de las sillas para sentarse. Uno de los hombres de aspecto rudo en los que había reparado antes se acercó a ella al cabo de un momento. Alana alzó la vista, expectante, pero el hombre no le dijo nada. En cambio, acarició con atrevimiento la piel de su capa. Indignada, se puso en pie de un salto, pero el hombre no se apartó; de hecho, se limitó a soltar una carcajada cuando lo fulminó con la mirada. Los guardias de la puerta no movieron un dedo. Por suerte, una anciana se acercó para ahuyentarlo.

—Mantente lejos de los hombres —fue lo único que le dijo la mujer.

Alana se ruborizó, ya que ella no había hecho nada para

que se le acercara ese bruto, y volvió a deambular por la antesala, convencida más que nunca de que los lubinios eran unos brutos.

Más de una hora después, Alana se olvidó de golpe de lo cansada, hambrienta y exasperada que se sentía al ver que otro guardia de palacio entraba en la antesala. Se quedó de piedra al ver que los otros guardias hablaban con él, ya que no habían hablado en ningún momento y mucho menos a ella. El recién llegado llevaba el mismo uniforme ajustado, con una casaca negra cruzada abotonada con alamares dorados que por delante le llegaba a la cintura y por detrás tenía unos largos faldones que le llegaban casi a las corvas. Los cuellos y los puños eran de un blanco prístino y estaban bordados en oro. Los ajustados pantalones también eran blancos.

Las charreteras doradas de la casaca hacían que los hombros del recién llegado parecieran anchísimos. También era más alto que los otros dos, y era muy posible que midiera metro ochenta. Además, tenía otra cualidad que lo hacía destacar. Era guapo. Tampoco era un detalle importante, pero ese hecho la llevó a mirarlo más tiempo del necesario. Seguía mirándolo cuando uno de los guardias la señaló.

Alana se tensó ligeramente cuando el recién llegado la miró y de inmediato echó a andar hacia ella. Sería mejor que no estuviera a punto de decirle que había llegado la hora de marcharse, no después de haber pasado media tarde esperando sin haber conseguido ver al rey.

La idea le provocó una gran irritación, de modo que intentó apartar la mirada para recuperar la compostura. Sin embargo, era incapaz de quitarle la vista de encima. Era guapísimo.

El guardia tenía el pelo rubio oscuro, cortado a la altura de la nuca, pero algunos mechones ondulados le enmarcaban la cara y la frente. Comprobó que tenía unos ojos muy azules cuando se detuvo delante de ella y la saludó con una reverencia militar. Alana tuvo que levantar la vista incluso antes de que terminara de enderezarse. Su rostro era muy viril con unas cejas espesas, una mandíbula fuerte y una nariz grande y perfecta. Visto de cerca, no parecía un soldado común y corriente. No, desde luego que no tenía nada de común...

—¿Hay algún problema? —le preguntó al ver que el hombre no hablaba de inmediato. Había estado a punto de hablar en inglés, pero se contuvo a tiempo y se dirigió a él en lubinio.

—No —contestó el guardia, que esbozó una lenta sonrisa mientras sus ojos examinaban su cara con descaro... ¡Y luego bajaban!—. Aunque mis hombres se preguntan qué hace aquí una dama tan guapa.

¿Estaba... coqueteando con ella? Una sensación muy placentera la invadió al pensarlo, como si tuviera mariposas en el estómago. Se sintió tan alterada que tuvo que apartar la mirada de su cara para poder pensar con claridad.

—¿Sus hombres? —le preguntó.

Su pose militar se hizo todavía más evidente.

—Soy el conde Becker, capitán de la guardia.

La invadió el alivio. El capitán era un hombre con quien podría tratar sus asuntos con más tranquilidad que con uno de esos funcionarios de gesto adusto. Pero ¿cómo era posible que un hombre tan joven tuviera un cargo tan alto? ¿Porque era miembro de la aristocracia? Aunque tal vez fuera mayor de lo que suponía. Su voz grave le daba validez a esa posibilidad. El tono le parecía familiar, aunque había escuchado muchas voces en Lubinia ese día. Tal vez ese fuera el motivo.

—Y yo también me pregunto qué hace usted aquí —añadió el capitán con la misma formalidad.

—Uno de los guardias que había a las puertas del palacio me condujo a esta antesala. ¿Acaso estas personas no están esperando una audiencia con el rey?

El capitán asintió con la cabeza.

—Ciertamente. Pero hay otra sala donde espera la nobleza. Es mucho más acogedora. Su atuendo elegante debería haber bastado para que la acompañaran hasta ella. Así que ¿qué le dijo al guardia para que la trajera a la antesala de la plebe?

12

«¡Maldición!», pensó Alana.

¿Había perdido todo ese tiempo solo por ser precavida? Claro que no podía hacer otra cosa. Poppie le había advertido que no le dijera a nadie el motivo por el que quería ver al rey, salvo a algún funcionario importante. Ojalá el capitán hubiera aparecido antes para señalarle que podría haber acelerado el asunto si hubiera comentado su condición de aristócrata.

—Solo le dije al guardia que deseaba hablar con el rey —admitió, avergonzada—. No pienso discutir mis asuntos privados con cualquiera.

—Ah, muy bien, misterio resuelto.

—¿Qué misterio? ¿Hay algún motivo más que explique por qué me han hecho esperar tanto?

—Si no explica usted el motivo de su visita, no llega muy lejos —contestó él sin más.

—Pero me han dicho que el rey Frederick mantiene la costumbre de recibir sin problemas a sus súbditos.

—Pero usted no es su súbdita.

—Soy mucho más que eso.

—¿Ah, sí?

Puesto que era el encargado de la seguridad del palacio y un aristócrata, a Alana le pareció la persona ideal para pedirle ayuda. Quería confiar en él. Ojalá ese deseo no estuviera motivado por la atracción que despertaba en ella. Sin embargo, su condición de funcionario fue decisiva.

Se inclinó un poco hacia él para suplicarle al oído:

—¿Hay algún lugar donde podamos hablar en privado?

La actitud del capitán sufrió otro cambio abrupto. Enarcó sus cejas doradas como si lo hubiera sorprendido, y sus ojos azules la miraron con calidez. Al ver que el rictus severo de sus labios se transformaba en una sonrisa, Alana volvió a sentir mariposas en el estómago, pero en esa ocasión más fuertes. ¡Por el amor de Dios, qué guapo era! ¿Sería mutua la atracción que sentía? Ojalá no hubiera estado tan protegida en Londres y estuviera más enterada de esos asuntos.

—Acompáñeme —le dijo él, agarrándola de la mano, gesto que la sorprendió.

Porque no le gustó en absoluto. Así no se comportaba un caballero inglés con una dama a quien acababa de conocer. Claro que no estaba en Inglaterra, se recordó. Los lubinios tal vez no encontraran extraño que un hombre tratara a una mujer de esa forma. Tal vez incluso fuera la costumbre en ese país que los hombres actuaran como brutos y llevaran a rastras a las mujeres. La idea le arrancó un gemido. Sin embargo, la impresión de sentirse arrastrada era real, si bien podría ser tan solo por el hecho de que al tener las piernas más largas, el capitán la obligaba a caminar más rápido para no quedarse atrás.

La condujo al exterior de la antesala y se internó en las dependencias del palacio hasta llegar a una puerta lateral que conducía a un amplio patio. No era un lugar privado donde mantener una conversación, sino el espacio que separaba el palacio de las murallas de la antigua fortaleza que lo rodeaba. Un lugar de paso para soldados y algunos cortesanos ricamente ataviados. Un mercader que conducía una pequeña carreta estaba vendiendo empanadas de carne a los soldados.

Aún era de día, aunque el sol ya comenzaba a ocultarse tras las montañas. Alana intentó aminorar el paso en vano. ¿Adónde la estaba llevando exactamente el capitán?

Cuando se detuvo delante de la puerta de un edificio muy parecido a cualquier mansión londinense, salvo que estaba unido a las antiguas murallas, Alana aprovechó para zafarse de la mano del capitán, si bien para lograrlo tuvo que dar un tirón. Él la miró de reojo y estaba a punto de soltar una carcajada cuando lo interrumpió una mujer furiosa que apareció de repente por la puerta y se abalanzó sobre él para golpearle el pecho con los puños.

Alana se apartó de inmediato. El capitán ni siquiera lo intentó. La mujer, que era joven y rubia, y que iba muy bien vestida, lo golpeaba con fuerza, pero el capitán no parecía sentir sus puñetazos siquiera.

—¿¡Cómo te has atrevido a echarme!? —gritó.

El capitán la aferró por las muñecas y la apartó de él empujándola hacia el patio. De una forma muy poco caballerosa, pensó Alana, pero la mujer lo había atacado y era evidente que el capitán estaba molesto.

No obstante, su voz era serena cuando le preguntó a la mujer:

—Nadia, ¿cómo es que sigues aquí?

—Me escondí de tus hombres —contestó ella con un deje triunfal.

—Que ahora tendrán que sufrir el castigo por ello. —Le hizo un gesto a dos guardias que pasaban cerca.

Nadia miró hacia atrás y vio que los hombres se acercaban con rapidez. De repente y presa del pánico, le gritó al conde Becker:

—¡La discusión no se ha acabado!

—Hay que ser imbécil para no saber cuando parar. Así que dime, ¿en qué lugar te deja eso?

La pregunta le arrancó un jadeo a la rubia, pero el conde añadió:

—¿Vas a asimilar por fin que el pasado ya no va a librarte de mi desdén? —Y a los hombres que ya estaban al lado les dijo—: Acompañad a la señorita Braune a las puertas del palacio. De ahora en adelante, le estará prohibido el paso.

—¡No puedes hacer eso, Christoph!

—Acabo de hacerlo.

Alana, que a esas alturas se sentía muy incómoda ya que el capitán acababa de despachar con gran rudeza a una mujer guapísima, comentó:

—¿Es una antigua amiga suya?

El capitán se tomó un momento para librarse de la irritación antes de mirarla. Su mirada volvió a abarcar mucho más que su cara. Sin embargo, lo hizo con una sonrisa, de modo que Alana se quedó sin aliento y extasiada.

—No como usted cree —contestó.

Y después la agarró del brazo y la hizo pasar al interior del edificio, tras lo cual cerró la puerta. Con ella se comportaba de forma exquisita, no con la rudeza que le había demostrado a esa verdulera, ni tampoco con la brusquedad de la que había hecho gala mientras la llevaba a ese lugar.

Alana se demoró un instante para observar el lugar y orientarse. Era una estancia amplia, con dos mullidos sofás de color oscuro y una mesa auxiliar delante de cada uno de ellos, un sillón, varias estanterías, un elegante clavicordio y una pequeña mesa de comedor para cuatro comensales. Daba la sensación de que era una estancia de múltiples usos, pero no parecía ocupar toda la planta baja del edificio. Sin embargo, algo le impidió seguir reflexionando.

No se percató de que el capitán seguía aferrándola del brazo hasta que la obligó a mirarlo a la cara. Le colocó la otra mano en la nuca y la acercó a él, tanto que acabaron pegados. Acto seguido, inclinó la cabeza y la besó en los labios.

Y ella no estaba preparada para un beso tan abrumador, pese a todo su entrenamiento.

13

Alana podría haberse apartado en cualquier momento. El capitán no la agarró de golpe, lo había hecho con suma lentitud. Era un hombre a quien le gustaba saborear el momento. Un hombre que incitaba con sensualidad. Y desde que su mano la aferró por la nuca, la abrumó la emoción.

Pese a su rápida respuesta, Alana no creía que pudiera moverse. O, a lo mejor, no quería hacerlo. Lady Annette le había explicado muy sonrojada ese aspecto de la vida, pero nunca habría imaginado nada parecido a eso...

Con la suave caricia de esos labios sobre los suyos, Alana se sentía obnubilada. El corazón se le había desbocado y las mariposas que poco antes aletearon en su estómago le habían provocado un torbellino de emociones. De repente, se dio cuenta de las cálidas manos que tenía en las mejillas, acariciándola, lo que quería decir... ¡que se había apoyado en él por propia voluntad! ¡Qué locura!

Intentó echarse hacia atrás para apartar sus labios. Por un breve instante se sintió casi frustrada cuando él se lo permitió. Abrió los ojos y lo vio sonreír. Eso fue lo único que vio, ya que no pudo apartar los ojos de su boca, esa boca que le había provocado una miríada de sensaciones, sorprendentes y placenteras.

Maravillada, se tocó los labios.

—¿Por qué ha hecho eso? —susurró sin aliento.

Lo miró a los ojos antes de que él contestara. Craso error. Ese hombre era demasiado atractivo con esa expresión, con esa mirada tierna y con esa sonrisa encantadora en los labios. ¿Le hacía gracia su pregunta?

El capitán enarcó una ceja antes de preguntar:

—¿No buscaba un protector? Voy a llevarme una tremenda decepción si me contesta que no.

No parecía decepcionado. De hecho, parecía muy seguro y contento, como si estuviera bromeando con ella. Por supuesto que había ido en busca de un protector. Su padre sería dicho protector. ¿Se le escapaba algo de lo que él acababa de decir? ¿Se estaba refiriendo el capitán a otra cosa? ¿¡Cómo iba a pensar con él tan cerca!?

—Sí, pero... —dijo.

El capitán volvió a besarla, pero con mucha más pasión. Con ese beso, Alana alcanzó nuevas cotas de excitación, ya que las emociones que le había provocado antes regresaron con más fuerza y tuvo que aferrarse a sus hombros para no caerse. El capitán le rodeó la espalda con un brazo y la pegó a él. Sus labios se apoderaron de los suyos, invadiéndole la boca con la lengua y arrasando su inocencia con esa exploración. Con la mano libre comenzó a acariciarle la pierna.

El jadeo de Alana se perdió en su boca. ¡Por Dios! ¿Qué estaba haciendo?

—¡Pare!

Lo apartó de un empujón, jadeante por la falta de aliento y desequilibrada, ya que no podía aferrarse a él. No daba crédito a lo que le había permitido hacer, ¡a lo que ella misma había hecho!

El capitán la miraba con expresión suspicaz.

—No me importa el coqueteo siempre y cuando los dos tengamos claro en qué va a terminar.

Alana no tenía ni idea de qué la estaba acusando, pero recuperó la suficiente cordura para replicar con sequedad:

—No sé muy bien qué se ha creído, pero ha cometido un error.

El capitán se apoyó en la puerta, golpeándola con fuerza.

—No lo dice en serio.

La miró en busca de una respuesta. Alana no necesitó decir nada más. Su mirada acusatoria bastó para convencerlo de que hablaba en serio. Sin embargo, en vez de disculparse, el capitán soltó un juramento y se acercó a ella. Alana se tensó al punto. Era demasiado grande y demasiado alto para estar tan cerca de ella con esa expresión tan furiosa en el rostro.

—¿A qué está jugando? —exigió saber él—. Se ha derretido en mis brazos como la nieve ¿y luego se echa para atrás?

Se quedó sin aliento al escucharlo. Ese comentario ni merecía una respuesta. Lo rodeó para encaminarse hacia la puerta. El capitán la agarró por la cintura para detenerla y, acto seguido, se pegó a su espalda.

Alana sintió un estremecimiento al ser objeto de un abrazo tan íntimo.

—¿Quiere hablar primero de las condiciones? —preguntó él, impaciente—. De acuerdo, le daré lo que quiera. Ya hemos hablado de las condiciones. Ahora derrítase de nuevo.

El tono ronco con el que terminó la frase hizo que Alana cerrara los ojos. No iba a caer de nuevo en su red. Se escapó de sus brazos con la esperanza de llegar hasta el capitán de la guardia que había conocido en la antesala, el hombre educado, aunque hubiera coqueteado con ella, en el que había estado dispuesta a confiar. Él la soltó cuando se dio la vuelta para mirarlo en vez de salir corriendo hacia la puerta.

—Le pedí hablar en privado porque nadie más debe enterarse de que lo quería contarle. —Suspiró—. ¿Cómo es posible que haya malinterpretado mis intenciones?

Una miríada de emociones se reflejó en la cara del capitán: frustración, desengaño y, por último, decepción. Se dio la vuelta y dijo:

—Su susurro me sugirió otra cosa.

—¿Cómo dice?

—Muchas mujeres de buena cuna, viudas en su mayoría, vienen a la corte en busca de un protector —le explicó el capitán, mirándola una vez más—. No somos un caso aislado. Somos una corte más de entre todas las que visitan por Europa hasta que encuentran a un caballero rico y poderoso de su agrado. Algunas incluso aspiran a ser las amantes del rey y por eso piden audiencia para mostrar su disponibilidad, pero están demasiado avergonzadas como para explicarles su propósito a los guardias...

—¡Ahora lo entiendo! —lo interrumpió de golpe—. Me ha tomado por una de esas mujeres que quieren ver al rey. Pues se ha equivocado totalmente. Soy su hija.

—¿La hija de quién?

—Del rey.

Un prolongado silencio siguió a esa afirmación.

—¿En serio?

Lo dijo sin inflexión alguna en la voz, por lo que Alana supo que su deseo se había convertido en realidad. Estaba lidiando con el capitán de la guardia, el que se ocupaba de su deber, y no con el seductor empedernido, gracias a Dios. Sin embargo, ¿por qué no estaba sorprendido por su revelación? ¿Sería posible que estuviera tan bien versado en ocultar sus emociones a voluntad? Ella misma había sido educada para dominar esa habilidad, aunque ciertamente había sido puesta a prueba a lo largo del último mes.

—Puedo explicarlo tal cual me fue explicado a mí —dijo ella—. Si usted no se sorprende, puedo asegurarle que yo sí me llevé una sorpresa. Me enteré hace un mes. Y... —Guardó silencio. ¿A qué venía tanto parloteo?, se preguntó. Todavía era objeto de demasiadas emociones desconocidas para ella.

Se acercó a uno de los sofás de la estancia, pero no se sentó. Solo quería distanciarse más del capitán. Y tener una excusa para no mirarlo a los ojos. Después de soltar la capa y el ridículo en un extremo del sofá, se dio cuenta de que su corazón aún no se había tranquilizado. El efecto que el capitán tenía sobre ella era extraordinario.

—¿Le apetece un refrigerio? —preguntó él a su espalda.

Alana se sorprendió por el ofrecimiento, pero aceptó gustosa esa demostración de hospitalidad.

—Sí, gracias. La verdad es que estoy hambrienta.

—¡Boris! —gritó el capitán, y al cabo de un momento apareció un criado—. Dile a Franz que sirva la cena antes de tiempo, y trae un poco de comida para la dama ahora mismo.

¿El capitán tenía su propio cocinero?

—¿Son sus aposentos? —preguntó Alana al tiempo que se daba la vuelta, de modo que pudiera mirarlo—. Muy elegantes para un capitán, ¿no cree?

—El rey me dio permiso para edificar este anexo. Le darán otro uso cuando me marche.

—¿Su trabajo es temporal?

—Es mío mientras lo quiera, y es posible que nunca lo deje. Para mí es de vital importancia que el rey y su familia estén bien protegidos.

Esas palabras la reconfortaron, dado que ella pertenecía a dicha familia. Y al capitán no parecían importarle sus preguntas. Su expresión no había variado un ápice desde que adoptara la pose profesional. Disimulaba muy bien la curiosidad que debía sentir después de su revelación. A menos que no la creyera en absoluto...

Desterró esa idea. El capitán no se atrevería a desestimar su declaración. Solo estaba esperando a que le diera una explicación. Ojalá no tuviera que hacerlo, al menos hasta que su padre estuviera presente para escucharla. Cuanto menos les contara a los demás sobre Poppie, mejor.

El alto capitán se acercó al fuego que ardía en la chimenea y después se colocó delante, con las manos entrelazadas a la espalda. El fuego estaba a punto de apagarse. Desde luego, le iría bien otro leño, pero el capitán no apartó la mirada de ella el tiempo suficiente como para darse cuenta. La había estado mirando incluso mientras se acercaba a la chimenea, con paso y porte militar. A Alana le fue imposible no percatarse de su extraordinario físico. De hecho, no recordaba haber visto a un hombre más perfecto. Sin duda lo había hecho, pero no le había causado la impresión necesaria para recordarlo. Hasta ese momento. ¿Por qué tenía que ser tan guapo?

La enorme estancia estaba un poco fría. Por supuesto, podría compartir el exiguo fuego con Becker, aunque le parecía demasiado osado acortar la distancia entre ellos. No quería que el capitán volviera a pensar en esos besos.

—¿Por qué me han hecho esperar hoy? —quiso saber—. He visto al menos a un hombre que ha llegado después que yo y que ha entrado antes.

—Burocracia —respondió Becker—. Si no especifica el motivo de su visita, la colocan al final de la lista.

—¿Debería haberle dicho a un simple guardia quién soy? ¿Cuando mi vida ha estado en peligro desde que era un bebé? Me advirtieron de que no debía hacerlo.

El capitán se encogió de hombros.

—Da igual. Tampoco le habría servido de mucho. Simplemente habríamos mantenido esta conversación antes, ya que la habrían traído a mi presencia, no la habrían llevado ante el rey.

Alana suspiró. ¡Qué pérdida de tiempo! ¿De verdad había creído que sería tan fácil conseguir una audiencia con el rey? Tal parecía que había sido tan tonta de creerlo, sí. Pero al menos el capitán parecía bastante agradable en su faceta oficial. Y demasiado agradable cuando la había tomado por una viuda en busca de un amante. Sin embargo, no la había echado del palacio escoltada por dos guardias como había hecho con su amiga. Y no había descartado su historia catalogándola de invención, como podría haber hecho. Todo indicaba que estaba dispuesto a escucharla.

El capitán confirmó su suposición al decir:

—Siéntese. Póngase cómoda. Me temo que va a estar aquí bastante tiempo.

—No a menos que mi padre tenga previsto abandonar el palacio hoy y tenga que esperar su regreso —lo corrigió.

—El rey no se va a marchar.

—En ese caso, ¿podría llevarme ante él para no tener que repetir mi historia? Lo que tengo que contarle no es precisamente breve.

—Teniendo en cuenta que no es la primera princesa que se presenta con este cuento... Creo que no.

14

La comida llegó antes de que Alana pudiera hablar, lo que fue una suerte, porque no se creía capaz de pronunciar una sola palabra. Tan grande era su asombro. ¿Habían intentando hacerse pasar por ella?

Poppie no la había advertido al respecto, de modo que debían de haberlo mantenido en secreto. Tanto que ni siquiera su informante a sueldo lo había descubierto. Sin embargo, debería haberlo pensado, ella también debería haberlo hecho, aunque solo fuera como una posibilidad. Estaban en juego tanta riqueza, tanto poder y tantos privilegios que era lógico que alguna persona sin escrúpulos intentara conseguirlos.

«Cuando tenías siete años, escuché otro comentario. Que te habían dado por muerta después de todo el tiempo que había pasado.»

Recordó claramente las palabras de Poppie. ¡Incluso se celebró un funeral! La noticia propició que cualquier impostora reclamara su lugar. ¿Quién iba a atreverse a hacer algo así antes, cuando solo estaba «desaparecida» y podrían devolverla a la familia en cualquier momento?

—Es espantoso y muy cruel que hayan intentando hacerse pasar por mí. Pero supongo que no es sorprendente si tenemos en cuenta lo que está en juego —comentó Alana con un deje asqueado en la voz. Volvió a sentarse en el sofá y respiró hondo antes de añadir—: Cree que ahora voy a retirar mis palabras, ¿verdad? Lo haría si no estuvieran en juego tantas vidas. Aunque haya nacido aquí...

—¿Qué vidas? —la interrumpió él de muy mala manera.

Su tono de voz volvió a desconcertarla. Se sentó en el borde del sofá y se aferró a él con ambas manos, preparada para huir. Ese hombre era demasiado grande y le estaba gritando.

Y así se lo hizo saber.

—Si no es capaz de hablar de forma educada, lléveme con otra persona que posea la paciencia suficiente para que pueda escucharme.

El conde se echó a reír, aunque Alana no captó ni rastro de humor en su carcajada.

—Vienes aquí para hacerte pasar por un miembro de la realeza, pero de momento no estás encarcelada, ¿verdad? Fíjate si soy paciente, muchacha. Dime, ¿qué vidas están en juego?

Su tono de voz volvía a ser sereno, pero Alana cerró los ojos un instante para luchar contra el nuevo temor que acababan de despertar sus palabras. ¿Lo había hecho de forma deliberada? Ojalá fuera así. En el exterior del palacio había corrido peligro, pero Poppie le había asegurado que dentro estaría a salvo. No. Que estaría segura una vez que se reuniera con su padre. Y el capitán se interponía entre ella y la seguridad.

Lo miró de reojo y se armó de valor.

—Me refería a las vidas que se perderán en la inminente guerra, si los rebeldes siguen ganando apoyos.

—Estamos lidiando con ellos según los localizamos.

—¿Matándolos?

—Por supuesto —reconoció él sin más—. Lo que hacen es traición.

Alana no podía rebatir sus palabras, pero a ese hombre se le escapaba lo más importante.

—Quienes me preocupan son las personas inocentes que los rebeldes instigan a la rebelión. De hecho, no tienen por qué morir cuando el pretexto para el alzamiento popular es una mentira. El rey tiene una heredera. Yo. Mi presencia acabará con ese intento de sedición.

—¿Sugieres una mentira para acabar con otra mentira?

Alana suspiró.

—No, soy quien he afirmado ser. La hija de Frederick. Ojalá no lo fuera. La verdad es que no lo supe hasta el mes pasado. Créame, jamás he deseado ser una princesa. Crecí en Londres pensando que algún día me casaría con un lord inglés; bueno, eso fue hasta que descubrí que me encantaba la enseñanza. Porque la nobleza rechaza que sus esposas hagan algo tan burgués como... —Se detuvo, consciente de que estaba parloteando sin ton ni son—. Es un dilema que viene de largo. Lo que quiero decir que es que, aunque haya nacido aquí, no considero que Lubinia sea mi hogar, así que no quiero quedarme más tiempo del necesario, solo hasta que evitemos que haya una guerra.

—Si fueras la princesa, esa opción no dependería de ti.

Alana se puso en pie de un salto.

—Puedo convencer a mi padre...

—¡Siéntate!

No lo hizo. En cambio, miró hacia la puerta. Y eso hizo que el conde soltara una carcajada.

—No vas a ir a ningún sitio hasta que yo decida qué hacer contigo. Tal vez deberías haberlo supuesto y haber esperado a acostarte conmigo antes de confesar. Un hombre se muestra mucho más complaciente con una mujer con la que...

Alana jadeó.

—¡Ya basta! No diga cosas por las que después tenga que disculparse, cuando comprenda que le estoy diciendo la verdad.

La advertencia hizo que el conde sonriera.

—¿Disculparme por un instinto natural? Jamás, seas o no una princesa. Sin embargo, si ya has acabado con tus cuentos, ¿te importaría decirme qué te hace creer que eres miembro de la familia real? ¿Empezamos con tu nombre?

No la creía, pero claro, era lo normal teniendo en cuenta que aún no había dicho nada que demostrara sus palabras. Volvió a sentarse y contestó:

—Tenía una esclava de oro para demostrar lo que estoy diciendo, pero me la robaron cuando...

El capitán resopló, interrumpiéndola.

—Un robo muy conveniente, ¿verdad?

Alana levantó la barbilla.

—Sé quién me la robó, uno de los hombres de mi padre.

El capitán frunció el ceño al escucharla.

—¿Cuándo?

—El mismo día que llegamos a este país. Vinimos...

—¿Quiénes? —la interrumpió él con brusquedad—. ¿Con quién viajabas?

Alana decidió que debía ser cautelosa. Aún no se encontraba lo bastante serena como para sacar el nombre de Poppie a colación.

—Eso no es de su incumbencia.

—Te equivocas. Quienquiera que te haya ayudado a planear todo esto y que te haya traído hasta aquí está conspirando contra el rey, y mi trabajo es protegerlo.

Alana volvió a levantar la barbilla.

—No hay conspiración alguna, solo una muy antigua... tanto que se remonta a dieciocho años atrás.

El capitán la miró con expresión hosca y amenazadora antes de decir:

—Muy bien, ya hablaremos de esto luego. De momento, continúa con la historia de la esclava.

Alana asintió con la cabeza.

—Entramos al país a través de un escarpado paso montañoso, pero nos detuvo un grupo de soldados muy maleducados que nos tomaron por rebeldes. Registraron mis baúles en busca de armas. Después de eso, mis joyas y la esclava habían desaparecido. Descubra al patán que lideraba el grupo y podrá decirle exactamente quién fue el ladrón.

El ceño del capitán se hizo más pronunciado. La miró durante tanto tiempo en silencio que Alana comprendió que estaba furioso. ¿Por qué?, se preguntó. ¿Por haber llamado patán a uno de sus hombres?

—Describe la esclava que crees tan importante —le soltó de repente.

Alana no perdió el tiempo, tras lo cual añadió:

—La llevaba cuando me raptaron hace tantos años.

Estaba convencida de que el capitán la creía hasta que lo oyó resoplar y decir:

—¿Una baratija que has podido encargar a propósito? ¿Una baratija que se parece a la original y que cualquier persona podía conocer? ¿Te molestaste realmente en hacer una copia fiel de la original o pensabas aducir el robo desde el principio?

Abatida porque hubiera llegado a semejantes conclusiones, Alana contestó:

—¿Ni siquiera va a intentar recuperarla? ¿Aunque mi padre pudiera reconocerla?

—Tienes que mostrarte mucho más convincente para que yo acuse a un miembro de la guardia real de robo cuando se trata de tu palabra contra la suya. No.

El capitán acababa de descartar así sin más la evidencia de la que dependía. Y Alana comenzaba a perder el deseo de cooperar... con él. Si no la asustara tanto, se lo haría saber. ¡Por Dios! No podía haber escogido un funcionario peor en todo el palacio que el encargado de la seguridad.

Intentó esgrimir otra posible evidencia, más tangible en esos momentos y le preguntó:

—¿Me parezco a mi madre?

—¿A qué madre?

Frustrada, Alana respondió:

—A la primera esposa de Frederick, la reina Avelina, por supuesto.

—No.

Tal como la pronunció, la palabra no dejó lugar a dudas. Jamás había escuchado que alguien la pronunciara con tanta convicción.

—¿No, no me parezco o no, solo está descartando esa posibilidad?

—Los reyes son rubios. Las otras impostoras eran rubias.

Tú no lo eres. Y es irrelevante. Se pueden buscar personas con un parecido físico sin que sean familia. Y ahora...

—¡Espere! ¿Ha dicho que ha habido otras impostoras? ¿Más de una?

—Desde luego, unas cuantas. Y volviendo a tu nombre...

¡Por el amor de Dios! Jamás creerían sus palabras si solo era una más de una larga lista.

—¿Acaso espera que me llame de otra forma que no sea Alana Stindal?

—No respondas preguntas con otras preguntas —le advirtió él.

—Lo siento, pero me han entrenado para analizar cualquier situación y para cuestionar a un oponente.

—Esa posiblemente sea la primera verdad que has dicho, que te han entrenado...

—Para ser reina —lo interrumpió—. Mi tutor sabía que tendría que traerme de vuelta algún día para que reclamara mi herencia. Así que hizo lo que estuvo en su mano para prepararme, aunque nunca me explicó por qué mi educación era tan inusual.

—¿Quién es este tutor del que hablas y por qué te ha entrenado para considerar un oponente al protector del rey?

Becker volvía a hacerlo de nuevo, le estaba preguntando en concreto por Poppie, posiblemente con la esperanza de que soltara alguna información por culpa de los nervios. Ser consciente de ese hecho la puso más en guardia todavía.

De modo que se limitó a responder con un:

—Lo considero mi oponente porque está actuando como tal. Se interpone en mi camino para conocer a un padre del que no tenía constancia hasta hace muy poco. He venido para salvar las vidas de mucha gente. Dígale eso a mi padre. Me crea usted o no, o me crea mi padre o no, puede usarme para evitar una guerra. Una vez que los rebeldes vuelvan a los agujeros de los que han salido, me marcharé discretamente del país y mi padre podrá dedicarse a engendrar otro heredero... ¿Por qué no lo ha hecho en todos estos años?

No debería haber preguntado eso. La falta de herederos de su padre era el argumento principal de los rebeldes. Lo último que necesitaba era que ese hombre pensase que podía estar relacionada con ellos al sacar a colación su propaganda. Alana se quedó blanca al comprender por la expresión de la cara del capitán que eso era precisamente lo que pensaba.

Se puso en pie, presa del pánico. Estaba a punto de llegar a la puerta cuando él la agarró por las faldas. Sin embargo, no la atrapó y ella no pensaba detenerse. Aunque él no cejó en el intento. La mano que había intentando atraparla pasó sobre el terciopelo, justo sobre el bolsillo donde guardaba su pequeña pistola. Alana lo escuchó maldecir justo cuando aferraba el picaporte. Estaba a punto de abrir cuando él le impidió que lo hiciera asestándole una patada a la puerta, que volvió a cerrarse. Alana se dio media vuelta con un puño cerrado para golpearlo en el cuello, uno de los movimientos que le había enseñado Poppie. Estaba tan desesperada que pensaba intentarlo pese a la altura de ese hombre. No tuvo suerte. Ninguna.

El capitán atrapó su puño e hizo ademán de doblarle el brazo a la espalda, un movimiento que la habría dejado pegada a su pecho. Sin embargo, logró evitarlo girando el cuerpo hacia el mismo lado, de modo que pudo liberar su mano. Por desgracia y aunque lo tomó por sorpresa, no logró nada. No supo muy bien cómo pasó, pero acabó perdiendo el equilibrio y ambos cayeron a la alfombra. En el último momento, el capitán rodó para llevarse la peor parte del golpe, pero después volvió a rodar para atraparla con su cuerpo. ¡De esa sí que no podía librarse!

Lo primero que hizo fue quitarle la pistola que había notado en su bolsillo para arrojarla a un lado. Alana exclamó a la defensiva antes de que pensara lo peor de ella:

—¡No pienso disculparme por las armas! ¡Alguien intentó matarme en el pasado y las necesito para defenderme de...!

—¿Tienes más de una? —Fue lo único que él escuchó de su explicación. Sin embargo, de repente rio entre dientes—. Muchacha, creo que voy a someterte a un minucioso registro. Sí, debo añadir que es mi deber hacerlo.

A juzgar por la expresión de esos ojos azules, Alana supo que iba a pasárselo en grande cumpliendo con su deber. Lo vio esbozar una sonrisa mientras le miraba el pecho. Eso le arrancó un jadeo. ¿¡No se atrevería!?

—¡Ya basta! Va a arrepentirse de...

—No, jamás me arrepentiré de esto.

Y lo hizo. Le colocó la mano sobre un pecho y la mantuvo en ese lugar demasiado rato, mientras le daba un apretón para comprobar que no llevaba ningún arma escondida en esa zona. ¡Y después hizo lo mismo con el otro! Alana comprendía que estaba obligado a registrarla en busca de algún arma, ¡pero no de esa forma!

Forcejó para librarse de él. Aunque sabía que sería imposible. Cerró los ojos, demasiado avergonzada como para sentir otra cosa que no fuera furia por el hecho de que la fuerza de ese bruto le impidiera detenerlo.

—Me alegro de que cooperes.

Alana percibió la nota burlona de su voz y abrió los ojos para fulminarlo con la mirada.

—¿Eso es lo que estoy haciendo? Juraría que le he dicho que pare.

Él pasó por alto su sarcasmo y dijo:

—Me pregunto en qué otro lugar podrías ocultar algún arma...

Alana intentó decírselo.

—En...

—Chitón —la silenció él, poniéndole un dedo en los labios—. Aunque confieses, entiende que tendré que comprobarlo de todos modos.

Bien podría haberla llamado mentirosa. Porque eso era lo que insinuaba, que no podía confiar en su sinceridad. Y tal vez estuviera en lo cierto... en lo que a sus armas se refería. Sin embargo, lo que estaba haciendo era ofensivo y no podía ser el procedimiento normal en una situación semejante.

—Podría haber ido en busca de una mujer para que me registrara —señaló, indignada.

—¿Y eludir mis obligaciones?

Su expresión adquirió un tinte sensual. Alana se sintió hipnotizada, fascinada por un momento. Hasta que él se movió un poco, lo justo para subirle las faldas del vestido y las enaguas, dejando al descubierto una pierna. Gritó, indignada.

—¡Ah, la bota! Claro —comentó él con la vista clavada en otra de sus armas.

El capitán le dobló la pierna para acceder a la bota sin tener que moverse. Alana intentó asestarle un rodillazo. Lo único que logró fue acercar más la bota para que él cogiese el puñal y lo arrojara a un lado. Después le pasó la mano por la pierna, por debajo y por la parte interna, para ver que no tenía más armas.

—Voy a gritar y usted va a perder su trabajo —le advirtió.

—Si grita, tendré que besarla para silenciarla. Aunque nadie se atrevería a entrar en mis dependencias para investigar. Así que lo único que va a ganar es un beso. ¿Me está pidiendo que la bese?

—¡No!

—¿Está segura?

—¡Es usted un hombre despreciable! —exclamó ella, furiosa.

Se sonrojó de inmediato al recordar el beso y sintió que algo aleteaba en su interior, pero los recuerdos no tardaron en agriarse cuando él la obligó a darse la vuelta para pasarle las manos por la espalda, por los costados, por el trasero y por la otra pierna. Al menos, esa no estaba expuesta. Lo escuchó reír entre dientes mientras palpaba su otra bota.

—¿Otro? —Arrojó el segundo puñal al suelo—. ¿Algo más?

Alana apretó los labios, de modo que él dijo:

—Posiblemente eso sea un sí.

Como tenía las manos libres, Alana se levantó una manga y sacó la pequeña daga que llevaba atada a la muñeca para arrojarla al suelo, junto a las demás armas.

—¿Ya está contento, bruto despreciable? —le preguntó con desdén—. ¡Podría habérmelas pedido sin más! No habría intentando ocultarlas si contara con su protección. Pero esto no es lo que yo entiendo por protección.

El capitán se puso en pie de repente y tiró de ella con brusquedad. Alana atisbó su expresión furibunda antes de que se la echara al hombro como si fuera un saco de patatas. Su furia la asustaba más que el manoseo al que la había sometido, y no entendía qué la había provocado. ¿Habrían dado sus palabras en el clavo? ¿O más bien era porque la daga estaba tan bien escondida que posiblemente no la habría encontrado? Claro que no quería hacerle saber que la intimidaba.

—Ya se ha comportado como un bruto. ¿Tiene que ofrecerme esta última prueba para convencerme? ¡Bájeme!

No la obedeció. Atravesó la estancia con ella al hombro y se internó en sus dependencias. Pasaron por otras dos habitaciones pertenecientes a la parte más moderna de la construcción y después llegaron a la antigua fortaleza. Atravesaron un almacén de planta rectangular en el que vio unos cuantos camastros. La escasa luz del lugar procedía de las ventanas situadas en la parte más alta de la pared orientada al patio. La muralla no tenía ventanas.

La estancia en la que entraron a continuación también era de planta rectangular, pero contaba con una doble hilera de barrotes en cada extremo. Un lugar para encerrar a los prisioneros. El lugar estaba en silencio, así que posiblemente no hubiera prisioneros en ese momento. Qué tonta fue al pensar que también pasarían de largo...

15

El capitán soltó a Alana en el centro de una enorme celda. La ancha puerta de barrotes estaba abierta, pero él se había plantado delante. Su cara era una máscara inexpresiva, pero no le cabía la menor duda de que seguía furioso. ¿Por qué si no la habría llevado a esa celda?

—Se ha acabado el juego, muchacha. —Se estaba refiriendo a lo que había sucedido en la otra estancia, algo muy entretenido para él, seguro, pero muy frustrante para ella, dado que había sido incapaz de detenerlo—. Puedes quitarte la ropa tú sola o lo hago yo —añadió.

¡Ay, Dios, eso no se lo esperaba!

—¿¡Por qué!? ¡No tengo más armas, lo juro!

—Has demostrado ser más ingeniosa a la hora de esconder armas de lo que pensaba. Ahora voy a asegurarme de que no hay más sorpresas. —Cuando Alana se alejó de él, dijo—: Muy bien. No me importa ayudarte.

A la desesperada, Alana intentó rodearlo para cruzar la puerta, pero así solo consiguió que la atrapara antes. Luchó con todas sus fuerzas cuando el capitán buscó los cierres de su vestido. Los tenía delante, como la mayoría de las prendas que había llevado consigo en ese viaje, dado que no la acompañaba una doncella. El capitán tuvo que rodearle la cintura con un brazo para pegarla contra él, de modo que pudiera desabrochar los cierres con una sola mano. Una mano que le rozaba una y otra vez el pecho, con total deliberación, no le cabía la menor duda. El miedo que había sentido se evaporó, sustituido por la rabia. Se retorció y lo empujó para liberarse de su brazo, le golpeó la mano e intentó apartarla, pero él se limitó a reanudar sus esfuerzos.

En poco tiempo, Alana estaba jadeando por el esfuerzo de detenerlo, aunque no lo estaba consiguiendo, y se dio cuenta de que lo único que iba a conseguir era retrasar lo inevitable. Todavía no lo había mirado a la cara. Estaba demasiado ocupada apartando esa mano de ella. Pero no quería ver la determinación en su rostro mientras seguía esperando un respiro, mientras seguía esperando que se detuviera antes de quedarse totalmente desnuda.

Cuando su vestido quedó abierto por completo, se esforzó en volver a cerrarlo, lo que hizo que el capitán le soltara:

—Que sepas que podríamos hacer esto en la cama.

Alana jadeó, estupefacta.

—¿No? Qué pena —dijo el capitán.

Alana lo miró en ese momento. Y se quedó sin aliento. No había brillo risueño en sus ojos, sino algo tan intenso que la puso colorada. ¡La deseaba! Esa idea le provocó un escalofrío de excitación. Tuvo que hacer acopio de su rabia para reprimir la sensación, pero ¡se quedó plantada sin hacer nada!

Las mangas del vestido se deslizaron por sus brazos. Tras varios tirones, sus enaguas quedaron sueltas. De repente, tanto las enaguas como el vestido acabaron arrugados a sus pies.

—Eres guapísima —dijo él, maravillado, mientras recorría con la mirada lo que había dejado expuesto. Sin embargo, al punto cambió el gesto y añadió—: Los hombres que te eligieron para ser la impostora acertaron de pleno. ¿Ha sido deliberado? ¿Creían que me seducirías hasta tal punto que olvidaría cuál es mi deber?

¿Ella? ¡Él era el experto en seducción! Sin embargo, la idea parecía haberlo enfurecido de nuevo. La levantó para poder apartar las prendas que le había quitado. A continuación, cogió la única silla de la celda, la colocó en el centro de la estancia y la obligó a sentarse de un empujón.

Sentada únicamente con la camisola, los calzones, las medias y las botas, jamás se había sentido más avergonzada en la vida. Eso reavivó la furia que había sentido antes. Y el hecho de que el capitán estuviera allí delante de ella, admirando su trabajo, la intensificó todavía más.

—¿Cómo se llama tu tutor?

Apretó los labios y lo fulminó con la mirada. ¿De verdad esperaba que contestase sus preguntas después de eso? Estaba demasiado furiosa como para tener miedo. La había tratado como un bruto, lo que confirmó la baja opinión que tenía del país.

Sin embargo, su silencio hizo que el capitán se inclinara hacia ella y dejara su cara a escasos centímetros, tras lo cual dijo en voz baja:

—No malinterpretes lo que está pasando, muchacha. Ahora eres mi prisionera y vas a contestar mis preguntas. Ya me arrepiento de haberte dejado eso. —Le dio un tironcito indiferente a las cintas de la camisola—. Pero se puede arreglar.

Siseó al escucharlo. ¡Dios, y sería capaz! El miedo que había sido sustituido por la furia regresó con fuerza.

El capitán se alejó un poco para mirarla con detenimiento, y esos ojos azules la examinaron a conciencia, prestos a percatarse del menor cambio en su expresión. Ya no tenían nada de sensuales. La tortura seguía siendo un método aceptable para sonsacarles información a los prisioneros en muchos países, y ese en concreto era menos ilustrado que la mayoría. ¿Habrían usado dicho método con las otras impostoras? No, seguro que su padre no lo habría permitido... pero solo si se lo habían comunicado.

—¿Va a informarle a mi padre de mi presencia? ¿En algún momento? —preguntó de sopetón.

No obtuvo respuesta, hecho que reafirmó como ninguna otra cosa que solo él era quien hacía las preguntas en esa celda. Aunque sí se movió para colocarse a su espalda. Eso debió de proporcionarle cierto alivio, ya que esos ojos ya no estarían clavados en su escaso atuendo, pero solo consiguió ponerla más nerviosa. En ese momento, sintió sus dedos deshaciéndole el recogido, a esas alturas bastante despeinado.

—¿Qué está...? —Levantó una mano para apartarlo de su cabeza—. ¡Pare! ¡No hay arma lo bastante pequeña como para esconderla en el pelo!

El capitán sostuvo delante de su cara una larga y afilada horquilla para el pelo.

—¿No?

Alana no se ruborizó, sino que insistió en su postura.

—Yo no lo considero un arma.

No obstante, tampoco hizo ademán de impedir que le quitara las demás horquillas. De hecho, agradeció que su largo pelo le cayera por el pecho, porque su camisola era tan fina que casi parecía transparente. Sin embargo, el capitán no apartó las manos cuando acabó. Sus dedos se movieron por su cuero cabelludo con demasiada sensualidad. Un escalofrío le recorrió la columna, y la causa no era precisamente el frío que hacía en la celda.

Tanto fue así que la llevó a decir:

—Mi tutor es... Mathew Farmer. Lo llamo Poppie porque me ha criado. Creía que era mi tío, que mis padres murieron durante las guerras napoleónicas y que era el único pariente que me quedaba. Creía que éramos unos de tantos aristócratas extranjeros que habían huido a Inglaterra para escapar de las garras de Napoleón, que Poppie había luchado en esas mismas guerras. Sabía que éramos de Lubinia, pero nunca sospeché que mi vida entera fuera una gran mentira. Cuando cumplí los dieciocho años, Poppie no tenía intención de contarme la verdad ni de traerme de vuelta.

Esperaba que sus palabras hicieran que el capitán retomara el tema... y que le quitara las manos de encima, pero sus dedos seguían acariciándola cuando preguntó:

—¿Y por qué lo hizo?

—Porque se enteró de lo que estaba sucediendo aquí. Eso lo obligó a contármelo todo, aunque estaba seguro de que lo odiaría por ello.

—Para ponerle fin a una guerra antes de que comenzara.

Bien podría haber resoplado, ya que su voz dejó claro que no la creía. Alana intentó darse la vuelta para mirarlo, pero él se lo impidió con una mano en el hombro y otra en la nuca, y la obligó a seguir manteniendo la mirada al frente.

Aun así, preguntó:

—¿Por qué duda de un motivo tan noble como ese? Poppie no quería que su país se viera asolado por culpa de unas mentiras que él podía echar por tierra. Quiere a su país, aunque todavía no entiendo por qué. —El hecho de que le apretara el hombro le indicó que se había tomado sus palabras como un insulto. De modo que añadió a la defensiva—: No es culpa mía que no comparta dicho amor. Cuando era una niña, Poppie renegaba de Lubinia, la describió como un lugar salvaje.

—¿Por qué?

—Porque quería que me avergonzara tanto que no le contara a nadie de dónde éramos en realidad.

—¿Por qué?

—Por si alguien venía haciendo preguntas... como los hombres de mi padre o sus enemigos.

—¿Así que te escondió del rey?

—Claro. Alguien me quería muerta. Así que Poppie no me iba a permitir regresar hasta saber que era seguro hacerlo.

Becker soltó una carcajada.

—¿Y cree que ahora es seguro?

—No, no lo cree. Pero mi presencia puede salvar muchas vidas, y eso se impuso a cualquier otra consideración. Además, va a lidiar personalmente con la amenaza de la que me ha protegido toda la vida, dado que mi padre nunca lo hizo.

Becker se quedó en silencio un momento antes de decir:

—Así que el mes pasado tu tutor hace añicos todo en lo que has creído en la vida y te dice que eres de la realeza... ¿Y tú lo crees sin más? ¿Por qué?

—¿Está de broma? —protestó, dolida—. No me creí una sola palabra. Era demasiado espantoso, demasiado...

—¿Es espantoso ser una princesa? —resopló.

Alana cerró los ojos. No había sido su intención contarle

tanto. Sus dudas estaban haciendo mella en ella. Y tampoco le había quitado las manos de encima. ¡No debería estar tratándola de esa manera!

—¿No tienes una respuesta preparada, Alana? Si acaso te llamas así...

El duro tono de voz que había empleado hasta entonces para asustarla se convirtió en un tono neutral. Sus manos la soltaron al mismo tiempo, aunque le recorrió el brazo con un dedo casi con indiferencia. Alana se estremeció. Tenía que ser por el frío. Era imposible que se debiera a la caricia.

—Piense lo que quiera —dijo, harta—. De todas maneras es lo que va a hacer.

—¿Así vas a salvar vidas?

Abrió los ojos de golpe. El capitán tenía razón. No podía permitirse el lujo de rendirse.

Suspiró.

—Déjeme decirlo de esta manera, capitán. La incredulidad con la que me está atosigando... En fin, la incredulidad que me asaltó cuando Poppie me dijo que era una princesa de verdad fue cien veces mayor. Y se me dan muy bien los números, así que no es una exageración. Poppie me ha llamado «princesa» toda la vida, pero creía que era un apelativo cariñoso. Por supuesto que no creí que fuera la hija del rey de Lubinia. Pero tenga en cuenta una cosa: Poppie me quiere. Cambió de vida por mí. Jamás habría confesado lo sucedido de no ser verdad.

—¿Por qué?

—Porque estaba seguro de que lo odiaría.

—¿Por raptarte de este palacio hace dieciocho años? Es lo que te dijo, ¿no? ¿O acaso no estuvo involucrado en el rapto? ¿El hombre que te crio solo conocía al secuestrador y se quedó contigo?

Estuvo tentada de mentir, de eliminar el crimen de Poppie... y evitar el ávido interés del capitán. Sin embargo, Poppie le había dicho que contara la verdad, y debía confiar en que solo de esa manera la llevarían con su padre.

—No, fue Poppie quien me raptó de la habitación infantil

del palacio, aunque no era su misión. Le habían pagado para que me matara.

—¿Dónde está ahora?

—No lo sé.

—¿Dónde está?

—¡Le juro que no lo sé! Nos hemos alojado en una posada a las afueras de la ciudad, pero me advirtió de que no lo encontraría allí. Se lo acabo de decir. Va a buscar a la persona que le encargó matarme hace dieciocho años.

—¿Cuándo te vas a dar cuenta de que no me gusta que me mientan?

De repente, volvía a estar delante de ella. ¿Para ver lo mucho que la había asustado con ese rápido interrogatorio? ¿O para que pudiera comprobar lo furioso que seguía?

—He estado diciendo la verdad hasta ahora y seguiré haciéndolo. No me queda otra alternativa.

—Siempre hay una alternativa, y tienes que buscarte otra mejor si quieres salir de aquí algún día.

Alana se quedó sin aliento. El capitán no iba a dejarla encerrada. No se atrevería. ¡Era la hija del rey! Pero de todas maneras comenzó a temblar, debido al frío y también al miedo. Claro que no iba a dejarle ver lo mucho que la intimidaba. El miedo la haría parecer culpable. Y ya no la creería.

Intentó pensar como lo haría una princesa. Intentó aferrarse a la indignación, que era lo único que debería sentir. Sin embargo, solo consiguió decir:

—Tengo frío.

—Tu comodidad no es...

—¡Tengo frío!

Olvidándose de la precaución, alzó la barbilla con gesto desafiante. El capitán soltó un juramento, salió de la celda y cerró la puerta de golpe tras él. Lo último que esperaba Alana era que también le echara la llave.

16

—¿¡Cómo se ha atrevido a encerrarme en este lugar!? No olvidaré esto, capitán.

Christoph seguía furioso. Y esas palabras avivaron la emoción. ¿De dónde sacaba esa mujer el coraje para hablar con ese tono tan imperioso? Y sin alzar la voz. Hablaba con serenidad aderezada con una capa de hielo. Sin embargo, sus ojos la delataban. No por su expresión, sino por el color. El color gris oscuro se convertía en un azul más claro cuando estaba asustada.

—Has inventado un cuento para engañarme —masculló desde el otro lado de los barrotes—. Pero me contarás la verdad dentro de poco.

—No reconocería la verdad ni aunque la tuviera delante de las narices —replicó en inglés.

Christoph no le dijo que entendía ese idioma, ya que tal vez podía usarlo para hablar consigo misma o decir cosas que no quisiera que él supiera, de modo que podría convertirse en una herramienta útil. Sin embargo, no podía quedarse. Si seguía luchando contra el deseo y la ira, acabaría haciendo algo de lo que se arrepentiría.

Mientras se marchaba, le dijo:

—Voy a dejar que se me pase el enfado antes de decidir qué voy a hacer contigo. Pero te lo advierto. Esto... —dijo, haciendo un gesto con la mano que abarcaba la celda— no es nada comparado con lo que tendrás que soportar si no empiezas a decir la verdad.

La escuchó jadear antes de que le diera la espalda. En cuanto salió de la celda, la muchacha se había protegido con el vestido, colocándoselo delante a modo de escudo. Sin embargo, estaba tan asustada que no se había dado cuenta de que le estaba ofreciendo una magnífica panorámica de sus torneadas piernas. De modo que había decidido marcharse antes de abrir otra vez la puerta.

Su miedo lo ablandaba un poco, lo suficiente como para comprender que verla indignada era en parte el motivo por el que estaba furioso. La muchacha se encontraba en un buen aprieto. A esas alturas, debía ser consciente de que no se iría de rositas a menos que de verdad fuera inocente. Si le habían mentido de forma tan convincente que de verdad creía lo que decía, podía ser más flexible con ella. La pregunta era, ¿cómo descubrirlo?

Y también seguía enfadado consigo mismo por haberle permitido distraerlo de la obligación de registrarla en cuanto declaró su identidad. Era reglamentario registrar a los hombres en las puertas del palacio. No se hacía lo mismo con las mujeres. Eso cambiaría a partir de ese día.

El deseo era peligroso. Y si no la hubiera besado, no se sentiría tan abrumado por dicha emoción en esos momentos. Sin embargo, había cometido un gran error cuando ella se inclinó para suplicarle un encuentro privado con ese tono de voz tan sensual.

El mes pasado se había visto obligado a lidiar con una viuda de mediana edad que también mantuvo en secreto el asunto que la había llevado a la corte hasta que estuvo delante de él y confesó que esperaba abrirse camino con su astucia hasta la cama del rey. La mujer incluso se le insinuó y se le ofreció a modo de pago si le organizaba un encuentro con el rey. Christoph no se sintió tentado. La echó sin miramientos. No era la primera mujer que aparecía sin haber investigado previamente a Su Majestad. Toda Lubinia sabía que Frederick había sido muy afortunado al encontrar el amor dos veces, con sus dos reinas, y que no había habido una amante real desde que se casó con su segunda mujer.

De modo que como tenía tan fresca en la mente esa ridícula situación, no era de extrañar que hubiera sucumbido tan pronto a la tentación que suponía Alana... o que hubiera esgrimido eso como excusa solo porque era joven, guapa y muy deseable. ¡Maldita fuera! Lo que quería era actuar de la forma correcta. Lo que quería cuando la llevó a sus aposentos era que fuese el tipo de mujer por el que la había tomado.

Después de darle las órdenes pertinentes a Boris y de ponerse un abrigo ya que comenzaba a nevar otra vez, Christoph salió para interrogar al guardia a quien Alana acusaba de haberle robado la esclava. No podía pasar por alto ese detalle antes de tratar el asunto con el rey. En realidad, le defraudó un poco que el hombre lo negara, lo que lo instó a ordenarle a otro soldado que registrara sus pertenencias. Solo esperaba que la esclava demostrase que no todo lo que había dicho la muchacha era falso.

Después, se marchó de inmediato para hablar en privado con el rey. Caminaba deprisa porque esperaba llegar a los aposentos reales antes de que los monarcas se sentaran a cenar. Solo una cuestión urgente podía interrumpirlos, y el asunto que él le llevaba no era urgente... todavía.

La familia real tenía invitados, y se encontraban en el salón, charlando, antes de pasar al comedor. Los reyes lo recibieron con cariño, pero Frederick no se puso en pie de inmediato para ver qué quería. De modo que Christoph saludó a los dos invitados, a quienes conocía.

No le sorprendió ver a Auberta Bruslan. Norbert Strulland, un sirviente entrado en años de aspecto frágil que hacía las veces de su escolta, estaba sentado a su lado, en un sofá beis con hilos dorados. Era raro ver a la una sin el otro. Norbert, que tenía el pelo tan blanco como Auberta, debería haberse jubilado hacía años, pero Auberta era demasiado generosa como para despacharlo.

La antigua reina era invitada con frecuencia a palacio durante las celebraciones reales o para cenar en privado con los monarcas. Tanto Frederick como Nikola le tenían cariño a la anciana, con su carácter amable y su alegre sentido del humor. Además, a través de ella se congraciaban con otros miembros de la familia del antiguo rey. No todos los Bruslan se oponían a que un Stindal ocupara el trono.

—Christoph, ¿cómo está tu abuelo Hendrik? —le preguntó Auberta con cariño—. No he visto a mi viejo amigo desde las carreras de trineos... ¡De hace diez años por lo menos!

Christoph sonrió. Según los rumores, Hendrik había cortejado a Auberta antes de que el rey Ernest se fijara en ella, la conquistara y la convirtiera en su reina.

—No viene a la ciudad tanto como antes —respondió él.

—Qué pena. Echo de menos su sentido del humor. Siempre lograba hacerme reír. ¿Y cómo está tu preciosa vecina, Nadia Braune? ¿Ya la has conquistado? ¿Habrá campanas de boda en un futuro cercano?

Christoph estuvo a punto de hacer una mueca, pero ocultó bien sus sentimientos. Era muy posible que Auberta solo estuviera interesada en el cotilleo, pero la desagradable visita de Nadia era muy reciente como para tratar el tema de forma amigable.

—Nadia y yo solo éramos amigos de infancia, nada más.

Auberta pareció sorprenderse y su acompañante frunció el ceño. Christoph pensó que Norbert era tan mayor que posiblemente sufriera lagunas mentales, de modo que tal vez no estuviera siguiendo la conversación. La anciana no tardó en cambiar el tema a otro de sus preferidos, y sumó a Frederick a la conversación.

—Vuelvo a estar muy orgullosa de mi nieto Karsten —dijo—. Está levantando uno de los negocios familiares, creando puestos de trabajo para el pueblo. Es un muchacho leal y entregado a Lubinia, no como sus disolutos padres, que lo único que hacen es viajar por Europa y disfrutar de una vida entregada al placer. Pero al menos dejan a Karsten conmigo.

Auberta rara vez decía algo bueno de su hija, la madre de Karsten, que se había casado con un francés en contra de los deseos de su madre. Sin embargo, no se cansaba de hablar de su querido nieto. Era obvio que esperaba que Frederick se plantease la idea de nombrarlo su heredero.

—¿Qué te trae por aquí, Christoph? —le preguntó la reina Nikola con evidente nerviosismo.

Christoph sabía que la reina siempre estaba preocupada por el asunto de los rebeldes, así que la tranquilizó al instante.

—No hay motivos para alarmarse. Solo he venido por un asunto que debo tratar en privado con Su Majestad porque no puede esperar a mañana.

Frederick no lo hizo esperar. Se disculpó con sus invitados y con su esposa, y lo acompañó a su despacho privado, donde podrían hablar tranquilamente. El rey, que estaba a punto de cumplir los cincuenta años, seguía siendo un hombre robusto de buena salud. Era rubio y de ojos azules, igual que lo fue su primera reina. Lo normal sería que hubieran buscado a una impostora que al menos guardara cierto parecido con la pareja o bien en los ojos o bien en el pelo. Porque ese había sido el caso de las demás impostoras. Por supuesto, ese era el caso de la mitad de la población lubinia.

En cuanto se cerró la puerta, Christoph fue directo al grano.

—Majestad, ha llegado otra impostora. ¿Desea verla?

Frederick ni siquiera titubeó al contestar:

—¿Para qué? ¿Para maravillarme por su audacia? Confío en ti para que soluciones este asunto. Descubre quién está detrás de ella y después haz que se marche.

—Ha comentado que podría usted usarla para evitar una guerra. Eso sugiere que tal vez venga del campamento Bruslan, para forzarlo a cometer un error letal. Claro que si es así, significa que cuentan con mejores asesores.

—Es posible, pero ten presente que esa familia es la simiente del mismísimo diablo. Hay tantos Bruslan que es imposible lidiar con ellos. Algunos incluso son mis parientes lejanos. Muchos son personas buenas y decentes, incluso amigos, como Auberta. Pero soy consciente de que los más jóvenes creen que los Bruslan deberían seguir en el trono. Todavía están resentidos porque no sea Karsten el sucesor del rey Ernest.

—Karsten solo era un niño cuando murió su abuelo —señaló Christoph—. La gente no se sublevó contra Ernest para poner a otro Bruslan en el trono.

—Pero ha pasado el tiempo necesario para que la generación más joven lo haya olvidado. Sin duda, muchos Bruslan están financiando a los rebeldes. No pierdas de vista a Karsten en particular. Sé que Auberta piensa lo mejor de él, pero no cabe duda de que es un muchacho listo y me temo que ha engañado a su abuela con este repentino arranque de responsabilidad.

Christoph asintió con la cabeza.

—Un gran cambio en él, cuando sus únicos intereses desde que alcanzó la mayoría de edad han sido las mujeres y la bebida.

—Exacto. Además, ha mencionado que planea asistir mañana a las primeras carreras. Será una buena oportunidad para que compruebes si ha cambiado para mejor... o no. Pero también quiero que sigas al tanto de las actividades del resto de las familias de la aristocracia: los Naumann, los Winstein e incluso los Braune. Sí, ya sé que son tus vecinos, pero no dejes que eso influya en tu opinión.

—Por supuesto que no, Majestad. Ellos perdieron más que la mayoría con el cambio de régimen.

Frederick asintió con la cabeza.

—En cuanto a la impostora, supongo que será una pobre inocente que han logrado engañar con algún cuento heroico sobre las vidas que va a salvar.

—Es una de las posibilidades que barajo, pero se da otra circunstancia inusual. Entró en el palacio armada, esperando conseguir una audiencia inmediata con usted en cuanto contara su insólita historia.

—¿Otra asesina?

Christoph era consciente de que una de las amantes extranjeras que el rey había mantenido antes de volver a casarse había tratado de degollarlo. Aunque no se descartó que formara parte de alguna conspiración, la mayoría creía que lo hizo por celos.

Christoph meneó la cabeza.

—Dudo mucho que sea capaz de asesinar. Es demasiado joven y muy inocente. Y no solo llevaba un arma, sino varias escondidas en su persona. Un exceso, en mi opinión, así que supongo que el fin era apoyar la idea de que alguien la quiere muerta y solo son medidas de protección.

—Asegúrate bien, Christoph. No me gusta encarcelar a mujeres, mucho menos ejecutarlas. Quizá puedas usar esa amenaza para sonsacarle la verdad.

—Desde luego, Majestad, pero todavía hay más. Es inglesa y entró en el país disfrazada.

—¿Lo ha admitido?

—No, pero estoy al tanto porque me topé con ella la semana pasada, mientras iba de camino a comprobar los rumores sobre la existencia de un campamento rebelde. Dos hombres, dos muchachos y un buen carruaje. Por desgracia, nevaba tanto que me sería imposible reconocerlos aunque volviera a verlos.

—Entonces, ¿crees que era uno de esos muchachos? ¿Por qué?

—Porque me ha descrito el incidente y ha acusado a uno de mis hombres de haber robado sus joyas ese día. Ya lo he interrogado. Lo niega, pero es nuevo. Todavía no confío en él. Así que enviaré a mis hombres a la granja de su familia para que realicen un registro. Ya es demasiado tarde para que se pongan en camino hoy, tal vez pasen varios días hasta su regreso.

—Tan minucioso como de costumbre —comentó Frederick—. ¿Esperas poder demostrarle que ha mentido?

—Sí, pero también me describió una esclava de oro que guardaba entre sus joyas, cuyo fin era demostrar su afirmación.

Eso hizo que Frederick guardara silencio un instante.

—El día que nació encargué una esclava especial, pero también hubo otras. Le regalaron un sinfín de cosas durante los días posteriores a su nacimiento, pero hubo muchas que desaparecieron después de la muerte de Avelina, cuando mi hija fue trasladada desde los aposentos de la reina hasta el ala infantil. No sé si la esclava que le regalé estaba entre esos objetos desaparecidos. Pero me inquieta que mi enemigo esté al tanto de ese detalle y lo usen en mi contra, porque solo lo sabían mis consejeros más fieles. Quiero respuestas, Christoph. Emplea los métodos que sean necesarios para llegar a la verdad, pero sin hacerle daño a esta joven. Recurre al miedo o incluso a la seducción si lo ves necesario. Descubre quién la ha metido en esto, y por fin tendremos el nombre de mi enemigo.

—Por supuesto, Majestad.

Christoph había llegado a la misma conclusión. Su predecesor en el puesto había lidiado con las tres primeras impostoras. Tres niñas, en realidad. Una de ellas había llegado acompañada por un estafador desde un principado alemán. Fueron expulsados de Lubinia y se les prohibió volver bajo amenaza de muerte. Otra estaba manipulada por un lubinio ansioso por hacer fortuna. La historia también se había desmontado, el hombre acabó encarcelado y la niña fue enviada a un colegio de monjas. La tercera pareja fue la más convincente, pero cuando el interrogatorio se hizo demasiado minucioso, huyeron, de modo que la guardia real jamás averiguó quién estaba detrás del engaño, aunque se sospechaba que fueron los Bruslan.

Christoph se encargó de la cuarta impostora hacía dos años. Fue un episodio casi cómico. La mujer afirmaba tener dieciséis años, la edad que habría tenido la princesa, aunque más bien parecía tener veinte. En cuanto comenzó a interrogarla, estalló en lágrimas. Al ver lo asustada que estaba, Christoph la dejó a solas, dándole de esa forma la oportunidad de marcharse y de poner fin al engaño, aunque la sometió a una vigilancia discreta. La mujer mordió el anzuelo de inmediato.

Al final, resultó que su contacto era una de las niñeras que no consiguió el puesto para cuidar a la princesa cuando nació. Pese a lo avanzado de su edad, la mujer afirmó estar cuidando de su bebé, sin embargo se descubrió que dicho bebé había muerto mucho antes... una circunstancia que posiblemente la hubiera trastornado. Después de que se descubriera el rapto de la princesa, se rumoreó que la mujer alardeaba de que ella habría podido protegerla y criarla de la forma apropiada. Y decidió demostrar sus palabras secuestrando a una niña en la ciudad y criándola de forma que la niña se creyera de la realeza.

Sin embargo, la niña sufrió una infancia muy dura, recibiendo palizas cada vez que le preguntaba a la anciana que por qué una princesa vivía entre tanta pobreza. Esa pobre muchacha no tuvo el valor de seguir adelante con el engaño. Ella, al menos, no había formado parte de la conspiración para acabar con los Stindal.

Sin embargo, la que acababa de aparecer no se parecía en nada a las anteriores. Las demás habían sido muy jovencitas y algo tontas. La nueva Alana no era ninguna de esas cosas. No obstante, sus intentos por asustarla no habían logrado hacerla confesar todavía, así que debía insistir. Ahora bien, ¿seducirla? ¿Él, que se enorgullecía de haber sido siempre sincero con las mujeres? Claro que estaba más que dispuesto a llevársela a la cama y ¡contaba con el beneplácito del rey! Sería interesante ver cómo reaccionaba a un cambio de táctica...

17

Si así trataban a las hijas pródigas, Alana no quería ni pensar en cómo trataban a sus enemigos. De hecho, aprovecharía su condición de princesa el tiempo necesario para poner a Christoph Becker en su sitio.

Ya tenía una opinión desfavorable de ese país, pero en ese momento comenzaba a detestarlo. Si no hubiera vidas en juego, se retractaría de sus palabras antes de que el capitán y sus guardias pudieran parpadear siquiera. ¿Cómo se atrevía ese patán bruto y provinciano a tratarla de ese modo cuando no había hecho nada? En fin, supuso que debería haber entregado sus armas voluntariamente, antes de que él las descubriera. Eso causaba mala impresión. Pero la había alterado tanto que ni se le había pasado por la cabeza.

El miedo era una sensación desconocida para ella. Poppie la había enseñado a manejarse en situaciones peligrosas, pero no a controlar esa emoción en concreto. Y la espantosa combinación de dicho miedo con la indignación que sentía por la forma en la que estaban tratando le provocaba una terrible opresión en el pecho.

Mucho se temía que el capitán la había aterrorizado para que así le dijera lo que él quería oír y no la verdad. ¡Por Dios, no podía permitir que eso sucediera! Muchas vidas dependían de su determinación. Tenía que recuperar la confianza. Necesitaba una emoción más fuerte para superar el miedo. La indignación no bastaba. Necesitaba enfurecerse de nuevo, comprendió al tiempo que clavaba la vista en la puerta de la celda. Se percató de que los barrotes no estaban demasiado juntos. Un hombre no cabría entre ellos, pero a lo mejor ella sí.

Sin embargo, Boris apareció antes de que pudiera poner a prueba esa teoría.

—No vas a dispararme, ¿verdad? —le preguntó con sorna el criado desde la puerta.

No hablaba en serio. Debía de saber que ya no iba armada, así que ni se molestó en contestar.

Con una sonrisa, el criado se acercó para darle una lamparita, ya encendida, que coló entre los barrotes y dejó en el suelo de la celda. Alana agradeció el gesto, dado que ya había anochecido y que no entraba luz alguna por las altas ventanas de la sala exterior. La única luz procedía de las antorchas situadas junto a la puerta del calabozo, bastante cerca de su celda.

Boris refunfuñó algo mientras arrastraba un pesado brasero hasta dejarlo delante de la puerta de la celda. Después de encenderlo, colocó la tapa de forma que el calor entrara de lleno en la celda.

—Si no hubieras enfadado tanto al capitán, no te habría encerrado —le dijo el criado— y esto podría estar en tu habitación.

¡Era una celda, no una habitación!, quería gritar Alana, pero se mordió la lengua. De hecho, de no ser por la puerta con barrotes podría considerarse una habitación. Era más amplia que el resto de las celdas que había visto, y tenía ciertas comodidades, por lo que supuso que se trataba de una celda especial para prisioneros de alto rango o cierta importancia. La cama era estrecha, sin sábanas, pero el colchón era mullido. Lo probó. Había una alfombra ovalada en el suelo, con una mesita auxiliar y la odiosa silla que había dejado donde el capitán la colocó antes de obligarla a sentarse.

Boris parecía esperar que dijera algo en respuesta a su comentario. Era un hombre joven, tan bien afeitado como su señor, con pelo castaño rizado un poco más largo de lo habitual. Tenía un brillo curioso en sus ojos azules.

—No esperaba menos de un bruto —replicó.

—Yo no se lo diría a la cara.

—¿Por qué no? Está ciego, es un imbécil y no reconoce la verdad cuando le da en las narices.

Boris se echó a reír y la dejó sola. Una vez que estuvo completamente vestida, consiguió mantener a raya el frío del calabozo dando paseos por la celda. Y agradeció el calor del brasero, pero no durante mucho tiempo.

La estancia se caldeó enseguida. Se subió las mangas. Se abrió un poco el corpiño del vestido. Se quitó las botas y las medias, e incluso las gruesas enaguas. Aun así, estaba muy acalorada. De repente, llegó a la conclusión de que podía ser una táctica deliberada para arrancarle una confesión, y la rabia le subió la temperatura todavía más.

Agradeció esa furia. Podía controlarla. Poppie le había enseñado a controlar todas las emociones. De ahí que hubiera manejado tan bien el indignante interrogatorio. Becker ni se percató de su furia, porque sabía ocultarla a la perfección. ¡Pero ese calor era el colmo!

Pensó en llamar a gritos a Boris, pero el criado no acudiría si el intenso calor era intencionado, y estaba convencida de que así era. Nadie en su sano juicio caldearía tanto la estancia por error. Pensó en volcar la tapa del brasero, pero parecía estar fuera de su alcance y le daba miedo quemarse si se acercaba demasiado. De modo que se quedó en la parte posterior de la celda, de espaldas al brasero, y utilizó las enaguas para secarse el sudor de la cara y del cuello.

Por desgracia, el calor empezó pronto a pasarle factura y su rabia se diluyó. Se acostó en la cama, y en nada de tiempo el sudor se mezcló con las lágrimas. Pese a las palabras del capitán, le daba miedo que no la dejara salir de la celda. Sin embargo, pronto no tuvo ni fuerzas para compadecerse de sí misma. Sabía que estaba perdiendo las fuerzas y que era muy peligroso, pero era incapaz de luchar contra la sensación.

Casi se había dormido cuando escuchó a lo lejos el ruido de la puerta del calabozo y los pasos de unas botas militares que se acercaban. Intentó incorporarse, pero le fue imposible y cejó en su empeño. Estaba totalmente laxa y empapada de sudor. Abrió los ojos un poco para asegurarse de que se trataba del capitán. Así era, y parecía mucho más grande e intimidante porque llevaba un largo y holgado abrigo militar.

Se detuvo junto al brasero y mascullό un juramento, tras lo cual tiró la tapa al suelo, donde se quedó volcada, y apartó el brasero con el pie. Una vez hecho eso, la miró... y siseó al verla.

Comenzó a echar pestes por la boca hasta tal punto que Alana apenas lo entendía. Aunque tampoco se habría puesto colorada de haberlo hecho, ya que tenía la cara enrojecida por el calor. Sabía que debía hacer acopio de fuerzas. El capitán estaba abriendo la puerta para entrar. Pero estaba demasiado cansada como para importarle.

El capitán la cogió en brazos y la sacó de la celda. Eso fue lo suficientemente alarmante como para que le saliera la voz, aunque solo fuera un susurro:

—Suélteme.

—Quiero enfriarte.

—¿Eso quiere decir que no quería que me derritiera?

—No de esta manera.

Al recordar que le había dicho que se había derretido en sus brazos, comprendió que no se estaba refiriendo al brasero. El aire frío que sintió mientras atravesaban con rapidez el almacén no la sacó de su estupor. Pero la nieve sí lo hizo, obligándola a abrir los ojos del todo. La había sacado al patio situado junto a sus dependencias. Había caído la noche, y con ella había llegado la nieve. Los copos se derritieron nada más tocarla; de hecho, ni siquiera se quedaban adheridos a su ropa, pero sí a la del capitán. Pero eso pronto cambiaría por la gélida temperatura del exterior.

—¿Es que quiere matarme? —jadeó.

El capitán resopló.

—Si fuera pleno invierno, habría un montón de nieve sobre el que podría tirarte. Es una forma muy sana de enfriarse.

—Qué barbaridad. ¡Suélteme ahora mismo!

—¿Descalza?

En ese preciso momento, recordó que no llevaba las botas, aunque iba más vestida que la última vez que lo vio. Sin embargo, al ver la nieve que caía alrededor de la cara de Christoph, Alana también recordó la última vez que estuvieron juntos en mitad de una nevada. ¡Por el amor de Dios, era el patán grosero del paso montañoso! ¿Esa era la persona con la que tenía que tratar? ¿Un hombre que la había tocado de forma tan inapropiada para entretener a sus hombres? ¡Por supuesto! ¡Debería haberlo reconocido por su afán de manosearla! Y él lo sabía. ¿Por qué no lo había mencionado cuando le describió el encuentro en las montañas y le dijo que uno de sus hombres le había robado la esclava?

El capitán no esperó su respuesta, de hecho, no creía que fuera a contestarle, pero la llevó adentro antes de que se resfriara de verdad. Recorrió el estrecho pasillo que salía del gabinete. Alana se tensó, pero no la llevaba de vuelta a la celda. Se detuvo entre dos puertas situadas en mitad del distribuidor, una de las cuales estaba abierta. Consiguió atisbar la cocina. El cocinero la vio y enarcó una ceja. Boris también estaba allí, inclinado sobre una mesa de trabajo. No tuvo tiempo de fulminarlo con la mirada por lo que había hecho, ya que Christoph abrió la otra puerta y la dejó en el suelo una vez dentro.

Era un dormitorio, el del capitán. No tenía nada de espartano ni de militar. Estaba lujosamente decorado y parecía el dormitorio de una mansión, aunque a menor escala. Eso le recordó a Alana que se trataba de un aristócrata, a todas luces rico, que podía construirse sus propias dependencias en el palacio mientras estaba al servicio del rey. Una pena que su comportamiento no estuviera a la altura de su posición.

A pesar de que ya la había visto en ropa interior, señaló:

—¡Esto es muy inapropiado!

—¿El qué? ¿Que te ceda el uso de mi dormitorio para que puedas arreglarte? ¿O creías que me iba a quedar a mirar?

Alana le dio la espalda con brusquedad.

El capitán resopló.

—Hay agua en el lavamanos. Regresa al gabinete para cenar cuando estés lista.

¿El gabinete para cenar? ¿No la iba a encerrar de nuevo en la celda? En fin, era una buena señal. Pero se vio obligada a admitir:

—Necesito algo que ponerme. Mi vestido está totalmente empapado y necesita un lavado. Y yo necesito un baño. Y mis botas...

—Ya basta. Apáñatelas con lo que encuentres en mi armario.

Se volvió para decirle que no pensaba ponerse su ropa, pero solo vio cómo la puerta se cerraba tras él. Bueno, tampoco tenía alternativas. Al menos, la puerta contaba con un pestillo con el que podía asegurarse un poco de intimidad.

Se acercó a toda prisa al lavamanos con renovada energía, dejó caer la ropa a sus pies y se empapó de agua fría. La ropa del suelo evitó que se formara un charco en la elegante alfombra de Christoph. Incluso se echó lo que quedaba de agua por la cabeza antes de secarse con una toalla.

Escuchó que algo se caía al suelo en la habitación contigua, pero supuso que al cocinero se le había caído algo en la cocina. Estaba demasiado ocupada buscando qué ponerse como para sobresaltarse siquiera por el estruendo. Uniformes, camisas y pantalones demasiado grandes, un gabán más grueso que el abrigo que llevaba el capitán y una bata blanca. Suspiró al ver sus opciones.

Se probó una de sus camisas, que solo le llegaba hasta las rodillas. Necesitaba algo más largo como una camisa de dormir, pero no encontró nada parecido ni en el armario ni en la cómoda adyacente. Tendría que apañárselas con la bata blanca y la camisa. Se abrochó la camisa hasta el cuello y se enrolló las mangas para poder usar las manos. Christoph le había quitado las horquillas, de modo que no podía recogerse el pelo, pero encontró un peine en la cómoda con el que poder desenredárselo. Casi le daba miedo comprobar el resultado, de modo que si había un espejo en la estancia, ni intentó buscarlo.

Inspiró hondo antes de abrir la puerta del dormitorio. Tenía que mostrarse segura de sí misma ante ese hombre o jamás la creería. El capitán tenía que ver su porte, no a la criatura asustada de la celda. Por desgracia, ir ataviada con esa ropa no ayudaba a proyectar un porte regio. Aunque la apariencia exterior era superflua, se recordó. Ella sabía quién era en realidad.

18

Cuando Alana entró en el gabinete, la estancia estaba vacía, aunque solo fue un momento.

—Si te parece bien, puedo cortarle el bajo a la bata para que no arrastre por el suelo —escuchó que decía Christoph a su espalda.

Alana se volvió y lo vio acercarse por el pasillo con sus botas en una mano. Sin embargo, se detuvo de repente para observarla con interés. Su camisa le cubría el cuello y el pecho, pero aún sentía el impulso de sujetarse bien la bata para que no se le abriera. El capitán sonrió de repente, como si estuviera al tanto de lo nerviosa que la ponía con una simple mirada.

Había salido de su dormitorio muy compuesta, aunque un poco enfadada y algo avergonzada por su aspecto. Sin embargo, después de ese lento escrutinio, sentía otra cosa. ¿Provocada por la atención de ese hombre? ¿Por la atracción que sentía por él? De repente, se convirtió en la emoción más poderosa, ¡cuando ni siquiera debería existir!

—No será necesario —contestó con tirantez.

—¿Estás segura? Creo que no me importaría arrodillarme a tus pies... para hacerlo.

Seguro que le estaba viendo las piernas bajo la bata, estaba convencida, pero le prometió:

—Algún día se arrodillará a mis pies, a los pies de su princesa, y se arrepentirá de haberme tratado así.

El capitán se limitó a reír entre dientes mientras arrojaba sus botas al sofá. Se había quitado el abrigo y la casaca. Se preguntó si eso significaba que estaba fuera de servicio. Su actitud no era la del hombre que le había cerrado la puerta de la celda en las narices. Sería agradable que pudieran volver a empezar, pero no lo creía posible.

Pero, por si acaso, decidió confesar:

—Llevo una pistola avispero en el ridículo, por si no la ha encontrado todavía.

—La tengo.

Su rama de olivo no había servido de mucho. Resistió el impulso de mirar en el ridículo para comprobar si también le había quitado el dinero, y se acercó al sofá para ponerse las botas. Descubrió que sus medias estaban dentro. Se las había quitado antes de que se empaparan de sudor, de modo que le dio la espalda al capitán para ponérselas. ¡Por Dios! La cosa empeoraba por momentos. ¡Ponerse unas botas con una bata de dormir! ¡Vaya aspecto más ridículo el suyo!

Un tanto abatida, se enderezó y descubrió al capitán sentado a la mesa del comedor. Lo vio indicarle con una mano que se sentara en la silla más cercana a la suya. El elegante gesto le pareció fuera de lugar dadas las circunstancias, que no eran ni mucho menos galantes.

Antes de acercarse a la mesa, apareció Boris con dos cuencos de sopa... y un ojo morado. Se preguntó si la causa del estruendo que había escuchado había sido un tropiezo.

Boris la miró con expresión avergonzada y después hincó una rodilla en el suelo sin derramar, milagrosamente, ni una sola gota de sopa.

—Señora, le juro que me preocupaba que no entrara usted en calor ni siquiera con el brasero. Esa estancia está fría incluso en verano.

—La señora no necesita escuchar lo imbécil que eres —masculló Christoph.

No, no lo necesitaba. Pero podía utilizar los remordimientos del hombre a su favor.

—Puede enmendar su error llevando mi ropa a una lavandera —le sugirió.

—Yo mismo la lavaré.

—No, una mujer...

—¡Será un honor!

Alana claudicó y se limitó a asentir con la cabeza. Sin embargo, en cuanto Boris dejó los cuencos en la mesa y se marchó, le dijo al capitán:

—No era necesario que lo golpeara.

—Sí lo era.

—Nada de eso habría pasado si no me hubiera encerrado en esa celda. ¿Por qué no se pone usted mismo un ojo morado?

El capitán enarcó una ceja al escuchar su tono recriminatorio.

—¿Deseas quitarte algún peso más de encima antes de cenar? —Lo dijo como si Alana no tuviera motivos para sentirse indignada.

—Sí. Sé quién es usted. ¡El patán grosero del paso de montaña!

—¿Y? ¿Todavía me guardas rencor? Ah, ya. Porque fue a ti a quien le di el guantazo en el trasero, ¿verdad? —Se echó a reír—. Nevaba tanto que no estaba seguro.

Alana se puso muy colorada, reacción que le arrancó más carcajadas. ¿Cómo había podido pensar que iba a disculparse? Qué tonta era. Obviamente, no estaba avergonzado en absoluto por ese comportamiento tan grosero. Pero al menos no tendría que perder tiempo buscando al comandante de la patrulla, ya que era él, lo que significaba que también sabía quién le había robado las joyas.

—Ha estado fuera el tiempo suficiente para interrogar al ladrón que robó mi esclava, ¿verdad?

—Dice que mientes.

—¡Él es quien miente!

—De momento, eso nos deja con tablas. Sin embargo, ese día nos detuvimos en su pueblo de regreso a la ciudad, así que pudo ocultar tus baratijas en la casa de su familia. He ordenado a un grupo de hombres que salga a primera hora de la mañana para realizar un registro.

Al menos había hecho algo. En realidad, había hecho mucho más de lo que imaginaba después del escepticismo que había demostrado al escuchar su acusación.

Estaba a punto de pensar que todavía podía convertirse en su aliado cuando el capitán añadió:

—¿Quieres seguir quitándote más peso de encima? ¿El de mi ropa por ejemplo?

Alana volvió a sonrojarse. Sin embargo, el escrutinio al que la estaba sometiendo la llevó a pensar que estaba poniéndola a prueba. ¿Acaso intentaba ofenderla de forma deliberada? ¿Provocarla para que dijese algo indebido? Qué ingenua había sido al pensar que podía mantener sus emociones bajo control en semejante situación. Claro que todavía estaba a tiempo de hacerlo.

Con cierta tirantez, dijo:

—Me gustaría saber por qué se niega en redondo a aceptar que sea Alana Stindal.

—Todavía no he decidido nada al respecto.

—Sí que lo ha hecho. Voy a ser totalmente sincera con usted. Así que espero que haga lo propio. No me habría encerrado en una celda si no hubiera rechazado de plano mi afirmación. ¿Y por qué? ¿Por el simple hecho de que me hayan precedido algunas impostoras? ¿Creyeron que alguna de ellas era yo? ¿La que enterraron cuando yo tenía siete años?

El capitán hizo caso omiso de sus preguntas y dijo:

—Siéntate, Alana. Cómete la sopa antes de que se enfríe.

—¡Por el amor de Dios! Parece que le esté hablando usted a una niña —comentó con incredulidad.

—¿Cuántos años tienes?

—Sabe muy bien que acabo de cumplir dieciocho. Soy lo bastante mayor para casarme, para tener hijos, para asumir mi verdadero puesto en este país.

Él sonrió y le recordó:

—Creía haberte escuchado decir que no querías quedarte en Lubinia.

Cansada de sus preguntas y de sus intentos por tergiversar sus palabras, Alana suspiró mientras caminaba hacia la mesa y se sentaba donde le pareció, justo enfrente de él. Alargó los brazos para coger el cuenco que Boris había dejado en el otro lugar y se lo colocó delante.

—Si pudiera hablar un momento con mi padre, que es lo único que pido, lo convencería de que esta vida no es adecuada para mí. Poppie cree que debo quedarme. Yo no.

—Retomemos el tema, sí. El tal Poppie. Además de su verdadero nombre, me gustaría saber si el niño y el cochero están involucrados en esta conspiración.

Alana levantó la barbilla.

—No pienso decirle nada hasta que me conteste.

El capitán podría haber insistido. De hecho, le sorprendió que no lo hiciera dada la actitud amenazadora que le había demostrado antes. Sin embargo, lo oyó decir con tono condescendiente:

—Come y a lo mejor lo hago después.

Si no estuviera tan hambrienta, ni siquiera habría cogido la cuchara. No obstante, antes de probar la sopa, cogió su cuenco y lo cambió por el del capitán. El gesto hizo que él soltara una carcajada. Le daba igual. Al menos no iba a intentar matarla de hambre para sonsacarle información.

Boris no tardó el volver con el segundo plato: dos enormes empanadas de carne. Alana no supo identificar la carne, que tenía un sabor fuerte y estaba aderezada con especias.

—¿Cabra? —le preguntó.

—¿La habías comido antes?

—No, pero sé que la cría caprina es una de las principales fuentes de ingresos del país. No es la única carne que se come aquí, ¿verdad?

—Hace siglos sí lo era, pero ya no. ¿Cómo quieres que te llame? Me refiero al nombre por el que te han llamado desde pequeña.

—Supongo que Poppie no fue capaz de cambiarme el nombre de pila. Siempre he sido Alana.

Saboreó unos cuantos bocados de la deliciosa empanada con la esperanza de que desapareciera mientras tanto el rubor que le había cubierto las mejillas. El capitán le había hecho esa pregunta a la ligera y ella la había respondido sin pararse siquiera a pensar. Tendría que ser más cuidadosa en adelante.

No habían servido vino para ninguno de los dos. ¿Sería la costumbre para el capitán o lo habría ordenado solo esa noche? ¿Acaso temía que una sola copa de vino le nublara el pensamiento? De no estar tan molesta por lo que le había hecho se habría burlado de él por eso.

A la postre, le preguntó:

—¿Está poniendo a prueba mi paciencia?

—En absoluto. Solo intento no poner a prueba tu apetito.

La respuesta no le gustó ni pizca, de modo que soltó el tenedor.

—Pues eso es justo lo que acaba de hacer —le aseguró.

El capitán se echó a reír.

—Eres una digna adversaria, pero todavía no hemos llegado a ese punto. Intentaré mantener mi amplitud de miras y no juzgarte de antemano. Pero es obvio que estás tensa y que esta conversación no te está ayudando nada. ¿Me permites una sugerencia?

¡Ay, Dios!, pensó Alana. Otra vez esa expresión sensual en sus ojos y en sus labios. No se atrevió a preguntarle qué tenía en mente para aliviar su tensión.

—¿Cuál? —se escuchó preguntarle de todas formas.

—Si nos trasladamos a mi dormitorio y pasamos un rato en mi cama, tal vez...

Alana jadeó.

—¡No pienso molestarme en responder a esa sugerencia!

Él se encogió de hombros, con una sonrisa en los labios.

—¿Estás segura, Alana?

¿Qué estaba haciendo ese hombre? ¿Utilizando la seducción para conseguir que confesara la que creía que era la verdad? De ser así, ignoraba lo que era la sutileza. Sin embargo, ¿funcionaría? Ya había perdido su fuerza de voluntad con él poco antes. La había obnubilado hasta tal punto que le había nublado el pensamiento. Las emociones que ese hombre le provocaba le resultaban totalmente desconocidas. Ni sabía ni quería comprobar si unas emociones tan poderosas podían ser usadas en su contra.

Se sonrojó al recordar los besos que había compartido con él, de modo que se vio obligada a recordarle con gran dificultad:

—Lo que sucedió antes fue un error. Por favor, no vuelva a mencionarlo.

—Te gusta estar entre mis brazos.

—¡No!

—Mentirosa. —Rio entre dientes—. ¿No decías que ibas a ser sincera?

Su sonrojo se intensificó, pero después de la reprimenda no podía negarle esa verdad.

—Se está excediendo en un asunto que es prerrogativa femenina, y que no viene al caso.

Lo único que hizo el capitán fue sonreír, pero sus ojos la miraron con una pasión ardiente.

Desesperada, Alana clavó la vista en la mesa.

—Además —consiguió añadir—, cuando entré, no estaba tensa, estaba furiosa. Que es distinto.

—¿El miedo se desvaneció y fue sustituido por la furia? ¿Acaso crees que ya no eres una prisionera porque estoy compartiendo mi cena contigo?

El miedo que el capitán acababa de mencionar habría regresado de no ser porque lo oyó suspirar. Alana mantuvo la mirada en la mesa, y él guardó silencio durante unos minutos.

—¿Qué pregunta no te he contestado? —dijo por fin.

Alana se relajó al escuchar su tono de voz sereno y profesional. Se estaba comportando como el capitán de la guardia de palacio, no como un donjuán.

Con esa actitud, podía hablarle de igual a igual.

—Ambos sabemos que no me habría encerrado si no hubiera descartado por completo la posibilidad de que sea hija de

Frederick. Después de todo lo que le he dicho, ¿cómo es posible que siga dudando de mí?

Se vio obligada a alzar la vista para evaluar su reacción. El capitán parecía estar poco dispuesto a contestar, hasta que de repente la miró con los ojos entrecerrados.

—No comprendes la gravedad del delito que has cometido. No tratamos con muchos miramientos a la gente que entra armada en el palacio porque somos conscientes de que su fin es hacerle daño al rey.

—¿¡Me está acusando de ser una asesina!? —exclamó con incredulidad.

—Yo no he dicho eso. Sin embargo, todavía no me has explicado el motivo por el que ibas tan armada.

—Sí se lo he explicado. Las pistolas eran mi defensa principal. La daga, el último recurso, pero todas eran para protegerme, nada más. Claro que mi palabra no disipa sus sospechas, ¿verdad?

—Ya te he dicho que voy a mantener una amplitud de miras.

Alana asintió con la cabeza, aunque no lo creyó en absoluto. Había esgrimido con demasiada rapidez una serie de acusaciones para justificar su presencia tras descartar al punto el verdadero motivo.

Exasperada, señaló con la cabeza los estoques que colgaban en la pared.

—Sé cómo usarlos. ¿Quiere que se lo demuestre?

Su pregunta le arrancó una carcajada.

—¿Quieres demostrar que eres una asesina?

—Creo que así demostraría que no lo soy, porque no es el arma de un asesino, ¿verdad? La espada es un arma de defensa en la misma medida que lo es de ataque.

El capitán seguía sonriendo cuando dijo:

—Pareces tener una respuesta para todo, lo que revela una mente ágil. Supongo que también contarás con una excelente memoria que vaya de la mano de esa inteligencia de la que haces gala con cada palabra.

Alana chasqueó la lengua.

—Así que, ¿formo parte de una conspiración y he memorizado al pie de la letra todas mis frases? ¿Eso es lo que cree?

El capitán la miró en silencio un buen rato. El buen humor parecía haberlo abandonado, y la intensidad con que la miraban esos ojos azules la puso en guardia de nuevo. Sin embargo, sabía que no se debía a la pasión, sino a la sospecha. Controló el impulso de apartar la mirada.

A la postre, lo oyó decir:

—Lo siento.

¿Por haberse reído de ella? ¿O por haberse precipitado en sus falsas conclusiones?

Decidió mostrarse franca.

—Sí que estuve involucrada en una conspiración, pero mi papel era el de víctima. Poppie frustró el plan al llevarme lejos de aquí.

—¿Qué convirtió a un asesino en un secuestrador?

—Le sonreí. Sé que es demasiado sentimental, pero desde aquel momento se convirtió en mi protector. Y le debo mi vida. Si hubieran enviado a otra persona a matarme ahora estaría muerta. —Al ver que el capitán volvía a mostrarse cordial, decidió contestar una de sus preguntas—. Me ha preguntado sobre mis compañeros de viaje. Alquilamos varios carruajes para atravesar Europa, junto con sus correspondientes cocheros. El niño, Henry, es un huérfano a quien Poppie y yo queremos mucho. No hay conspiración alguna, tal como usted ha insinuado. Pensamos que era mejor no revelarle a Henry mi verdadera identidad.

—¿Y cuál es el nombre verdadero de tu tutor?

—Ya se lo he dicho, es el apellido que ha usado durante todos los años que hemos pasado en Inglaterra. El apellido que yo creí mío hasta que me habló de mi padre.

—¿A esto llamas sinceridad? Farmer no es un apellido lubinio.

—Lo llamo proteger a un hombre que ha sido como un padre para mí. Protegerlo de usted. Si me tiene a mí, a él no lo necesita.

El capitán la miró en silencio antes de decir:

—Te tengo, ¿verdad? —Apoyó la espalda en la silla sin que su expresión revelara si creía o no algo de lo que Alana había dicho.

Ojalá no fuese tan obstinado ni tan receloso, pensó ella. Porque ese último comentario la había puesto nerviosa.

—Boris —dijo el capitán de repente.

El criado apareció con tal rapidez que resultó obvio que estaba esperando en el pasillo... escuchando todas y cada una de sus palabras. Y el capitán lo sabía, porque de otra forma habría gritado para llamarlo.

Alana no quería que su historia la escucharan más personas. El hecho de que hubiera permitido que el criado lo hiciera la enfureció.

—¿Qué tenemos de postre esta noche? —le preguntó Christoph al criado mientras Boris recogía los platos vacíos de la mesa.

—¿Dulce o agrio? —preguntó Boris a su vez.

—¿Todavía tenemos limones?

—Dulce, si se me permite elegir —terció Alana.

El capitán asintió con la cabeza. Ella esperó hasta que Boris abandonó la estancia para preguntarle:

—¿Confía en él?

—¿En Boris? Sus padres nacieron en la propiedad de mi familia, al igual que él. Crecimos juntos. Somos amigos a pesar de ocupar distintas posiciones sociales.

—En ese caso, ¿por qué lo ha golpeado?

—Boris no es imbécil. El error que ha cometido se debió a su buena fe, pero de haber pasado algo, los remordimientos habrían acabado con él. Si no lo hubiera golpeado, él habría buscado la forma de que lo hiciera. ¿Que si confío en él? Dejaría mi vida en sus manos, sin dudarlo.

Lo que estaba muy bien por su parte, pero ella no se fiaba de nadie.

—Por favor, avíseme la próxima vez que alguien vaya a estar presente durante sus interrogatorios. Lo que tengo que decir solo puede escucharlo usted... y mi padre.

—Está aquí para revelarlo todo, no para mantener su visita en secreto.

—No, estoy aquí para revelarle todo a mi padre y evitar una guerra, no para anunciar mi visita antes de que eso ocurra —lo corrigió, frustrada—. Hasta que cuente con la protección del rey, cuanta más gente sepa de mi presencia, mayor será el riesgo para mí. ¿Admite que esta situación es peligrosa para mí?

—Admito que cualquier cosa que diga se quedará entre estas cuatro paredes.

—¿Por qué no le dice a mi padre que venga a verme? Métame otra vez en esa celda, donde no pueda defenderme y donde no pueda tocarlo, ¡pero tráigalo para que me vea!

—¿Es que crees que en este país somos tontos? —mascculló el capitán.

19

Alana siseó. Había vuelto a enfurecerlo. ¿Cómo? Sintió el escozor de las lágrimas. ¡Ay, Dios! Si el capitán le ganaba la partida jugando con sus emociones, intimidándola con su expresión, jamás se lo perdonaría.

—¡Contéstame!

—¡No si va a seguir gritándome! —Se puso en pie de un salto, dispuesta a salir corriendo si se acercaba a ella.

Sin embargo, el capitán no se levantó. De hecho, había conseguido que recapacitara. Se echó hacia atrás en su asiento y la observó en silencio un buen rato. A la postre, suspiró y dijo:

—En contra de mi sentido común, voy a decirte una verdad indiscutible. Mientras estés aquí, estás protegida... incluso de mí. Aun así, no es sensato provocarme ni enfurecerme.

El alivio fue tal que Alana casi se dejó caer en su silla. No, seguramente no debería haberle dicho eso. Porque ella era capaz de controlar todas sus emociones menos la que él acababa de conjurar y que le resultaba tan desconocida. Si no era necesario que le tuviera miedo, no tendría que estar tan a la defensiva y podría hablar con más libertad. Como hizo en ese momento.

—Vine a este país con la creencia de que era tan primitivo que bien podría estar anclado en la Edad Media. Hoy ha reforzado esa impresión en tres ocasiones —se quejó.

—¿Solo en tres? Puedo superarme.

¿Estaba bromeando? No, era muy posible que no. Alana alzó la barbilla.

—Si quiere la verdad, no creo que se sienta insultado al escucharla. Pero yo no he dicho que sea tonto, eso se lo ha dicho usted solo. ¿Y por qué lo ha dicho?

—Estabas recurriendo a las artimañas femeninas, suplicando que trajera el rey a tu presencia y apelando a mi compasión porque te deseo. ¿De verdad crees que me tomo tan poco en serio mi trabajo como para desatender mi deber por una cara bonita?

En ese momento se dio cuenta de lo que acababa de decir. Seguía deseándola... ¿aunque pensara lo peor de ella? Cambió de opinión: el miedo no era la única emoción con la que podía destrozar su compostura.

Lo negó al punto.

—Yo no he hecho eso. ¿Es que el rey está tan ocupado que no puede dedicarme unos cuantos minutos? ¿Y si me reconociera? ¿Y si supiera de forma instintiva quién soy? Solo le he pedido que fuera razonable.

—No veo nada razonable en que esté en la misma habitación que Su Majestad... a estas alturas.

—Para que conste, esas artimañas a las que acaba de aludir ni se me habrían pasado por la cabeza. Y teniendo en cuenta sus sospechas, incluso le doy la razón. —Suspiró—. Debo de estar muy cansada como para haberlo mencionado siquiera. Si no hay postre, tal vez pueda indicarme una habitación en la que dormir. Podemos retomar la discusión mañana.

—Es temprano —comentó él.

—Ha sido un día agotador, no me quedan fuerzas. Tal vez no fuera su intención, pero ese ha sido el resultado.

—No creerás que voy a renunciar a la ventaja de interrogarte cuando estás cansada, ¿verdad?

Alana enarcó una ceja.

—¿El interrogatorio va a durar toda la noche? Muy bien, pero cuando me quede dormida en la silla se habrá acabado.

Despiérteme todas las veces que quiera, pero no diré nada más.

El capitán no dio muestras de haber escuchado su amenaza, sino que se limitó a gritar:

—¡Boris! ¿Dónde te has metido?

Medio minuto después, el criado entró a toda prisa con dos cuencos llenos de algo cremoso.

—Lo siento, milord. Franz no terminaba de decidirse. —Después, susurró—: Creo que quería impresionar a su guapa invitada.

—No es una invitada. Dile que se deje de tonterías. —Christoph le hizo un gesto al criado para que se fuera.

Alana creyó entender que ese último comentario era más para sí mismo que para el cocinero. Sin embargo, iba a permitirle comerse el postre en paz. Vainilla, reconoció, y otro sabor que no le resultaba familiar.

—Anís, del sudeste —le explicó el capitán como si le hubiera leído la mente.

Le agradeció el comentario con un gesto de la cabeza.

—Londres recibe una buena cantidad de especias, pero nunca he pasado el tiempo necesario en la cocina para aprenderme los nombres. Aunque tampoco creo que nuestro cocinero haya experimentado con esta en concreto.

Antes de dejar el cuenco, fue incapaz de resistir el impulso de pasar el dedo por el borde. Se metió el dedo en la boca y se quedó helada al ver que el capitán observaba, fascinado, lo que estaba haciendo. De inmediato, cogió el paño húmedo que Boris había dejado a su izquierda y se limpió los restos de la crema.

—Por favor, disculpe mi lapso en los buenos modales. Me encantan los dulces —explicó—. No me acuse de ninguna otra cosa.

—No iba a hacerlo. Yo hacía lo mismo cuando era pequeño. Ahora solo pido repetir postre. ¿Quieres más?

—No, la comida ha sido copiosa. Pero gracias por el ofrecimiento.

El capitán asintió con la cabeza, incluso sonrió. Volvía a mostrarse amable. ¿Para compensarla por el arrebato de furia? Si quiera compensarla, preferiría que le contestara algunas preguntas.

—¿Cuántos atentados ha sufrido mi padre exactamente? —quiso saber—. ¿Esta rebelión es algo nuevo o solo una continuación del ataque en el que supuestamente yo debía morir? ¿Está organizada por las mismas personas?

—Tenías razón. Es tarde y ya es hora de que deje el servicio, así que se acabaron las preguntas, ¿de acuerdo?

Alana lo miró sin dar crédito. ¿Así sin más? Muy conveniente para él, pero totalmente frustrante para ella. Claro que tampoco le habría contestado, reconoció. Solo había una persona que ejercía el papel del interrogador en esa estancia. Él no lo había olvidado, aunque ella sí.

Claro que el capitán no había terminado de hablar.

—Aunque aún es lo bastante temprano como para buscar una distracción. —Echó la silla hacia atrás, y después plantó los pies en la mesa y cruzó las piernas a la altura de los tobillos. A continuación, se dio unas palmaditas en el regazo—. Ven —le dijo con una sonrisa—. Seguro que se te ocurre alguna forma creativa de convencerme para que no te devuelva a la celda esta noche.

20

Dado que no había ventanas en las paredes y que las dos puertas estaban cerradas con llave, Leonard no pudo confirmar que el almacén estaba abandonado hasta abrir la segunda puerta y entrar por la parte posterior del edificio. Al menos, el lóbrego lugar no estaba completamente vacío. Había cajas de madera abandonadas, de distintos tamaños, aunque todas apiladas en el otro extremo del almacén. Todas estaban vacías, algunas rotas. A su alrededor, el suelo estaba cubierto de trastos, por lo que avanzó muy despacio para no hacer ruido.

Había encontrado a su objetivo. Al hombre que lo había contratado para que matara a la heredera real hacía dieciocho años. Jamás había olvidado su rostro. Pero a esas alturas también sabía su nombre. Aldo. Había tardado todo el día y varias horas de la noche en localizarlo. Aunque, al principio, pensó que tardaría mucho más. ¿Suerte? Leonard no creía en la suerte. Aldo solo era un hombre con la costumbre de frecuentar el único lugar de la capital donde podía escuchar las noticias que le interesaban.

La vieja taberna donde Leonard iba para «escuchar» sus encargos había desaparecido a causa de un incendio, y en su lugar se levantaba un molino. Había recorrido la ciudad, comprobando todas las tabernas y pasando el tiempo suficiente en cada una de ellas para decidir si era o no lo que estaba buscando. La última que visitó era más nueva que las demás, situada en la calle principal, y mucho más elegante que las otras. Una buena fachada tras la que ocultar lo que realmente se compraba en el lugar: la muerte. Hasta él habría descartado el sitio de no haber reconocido a un antiguo competidor sentado a una de las mesas.

El tabernero era tan joven como nuevo era el local, pero posiblemente se dedicara al mismo oficio en las sombras al que se dedicaba el viejo tabernero de la antigua taberna: servir de enlace entre los hombres que pagaban por ciertos servicios inusuales y aquellos que estaban dispuestos a llevarlos a cabo. Leonard intentó confirmarlo pidiendo una bebida, y después le dijo al hombre:

—Estoy buscando trabajo.

—¿De qué tipo?

Leonard no contestó. Esa actitud solía ser lo único que necesitaba para que le ofrecieran varias posibilidades. Sin embargo, ese joven no reconocía ni la voz de Leonard ni su forma de ocultar el rostro bajo una poblada barba y una capucha. Además, teniendo en cuenta que la clientela del lugar era bastante pudiente, sabía que el tabernero tenía que ser cuidadoso.

—Aquí no hay trabajo, a menos que quiera servir las mesas —le dijo el muchacho después de reír entre dientes.

—No.

Al cabo de un momento, el tabernero añadió:

—Siéntate. A lo mejor alguien te acompaña.

Una invitación que Leonard no reconoció. El hombre se mostraba demasiado cauteloso. ¿Acaso ya no se precisaba de un enlace? ¿O no estaba en el sitio adecuado?

Se llevó la bebida a la mesa más cercana a la barra, pensando que tendría que pasarse el resto de la noche esperando, vigilando y deseando que hubiera otra señal además de la presencia de su antiguo competidor para confirmar que no estaba perdiendo el tiempo. Y, después, obtuvo más de lo que esperaba cuando su objetivo entró y caminó directamente a la barra.

El tabernero lo conocía e incluso lo llamó por su nombre.

—Aldo, ¿en qué puedo servirte hoy?

—Solo quiero beber algo rápido. ¿Hay algo interesante?

—Tal vez.

—Déjalo para luego. Ahora no tengo tiempo, pero volveré antes de que cierres.

Esa fue la señal para que Leonard abandonara el local. Apenas le dio tiempo a ocultarse en el portal de la tienda adyacente a la taberna antes de que Aldo saliera y echara a andar calle abajo, tras lo cual entró en un estrecho callejón. Leonard lo siguió. Quería enfrentarse con él en un sitio tranquilo, pero parecía que tendría que esperar para poder hacerlo. El viejo almacén en el que Aldo entró habría sido perfecto ya que parecía abandonado, pero Leonard decidió seguir siendo cauteloso y no acercarse todavía a él. La rapidez con la que Aldo se movía indicaba que alguien aparecería en breve para encontrarse con él.

Leonard no le vio la cara a su objetivo hasta que este encendió un farol en la fachada del almacén. Hasta ese momento, el edificio solo era un fondo oscuro y la presencia de Aldo solo era discernible por sus pisadas. El farol debía de estar previamente en el suelo, porque no había visto que Aldo lo llevara. El lugar cada vez tenía más aspecto de ser el sitio que Aldo usaba para mantener encuentros clandestinos de forma regular. Tal vez no necesitara enfrentarse a él después de todo, pensó Leonard, si esa noche descubría algo importante.

Tuvo tiempo de colarse entre dos cajas situadas en la parte delantera del almacén, tras cuya fachada esperaba Aldo. Era un lugar perfecto, no lo bastante cerca como para que la luz del farol lo alcanzara, de modo que estaba oculto entre las sombras, pero sí lo suficiente como para observar y escuchar lo que sucediera.

El primer hombre que llegó iba cubierto por completo para protegerse del frío y, por desgracia, no se quitó nada cuando llegó junto a Aldo. Puesto que llevaba capucha, como él solía hacer, y se puso de espaldas a Leonard, su identidad fue un misterio hasta que habló, ya que su voz era muy característica, ronca y con un deje confiado que estaba seguro de reconocer si volvía a escucharla.

—¿Qué haces aquí? —le preguntó Aldo al recién llegado—. Tu trabajo no tiene nada que ver con la vigilancia del palacio. Me sorprende que hayas podido alejarte, teniendo en cuenta lo deliciosa que es la dama y...

—Tengo información para entregar mañana —lo interrumpió el hombre—. Te ahorraré un viaje a la fortaleza si me entero también del informe de Rainier. ¿Llega tarde?

—No, tú has llegado temprano. Y en ese caso, llévate esto. —Aldo soltó una risilla mientras le entregaba un saquito—. Las hierbas que ha ordenado el señor.

—Las ordenó hace tres semanas. Solo funcionan durante los primeros días. Quizá sea demasiado tarde para usarlas ahora.

—Yo no tengo la culpa de que el mercader oriental solo venga a la ciudad cada dos o tres meses —protestó Aldo.

—Tú nunca tienes la culpa de nada, ¿verdad, Aldo?

—¿Qué insinúas, eh?

La llegada de un segundo hombre que entró por la puerta principal los interrumpió. ¿Un soldado? A Leonard le sorprendió verlo ataviado con el uniforme de la guardia de palacio.

—¿Qué haces tú aquí? —exigió saber Aldo—. Es Rainier quien tiene que venir a dar su informe. ¿Por qué has venido tú en su lugar?

—Rainier sospecha que lo están vigilando, así que no quería arriesgarse a venir. Hoy lo han interrogado, el capitán de la guardia en persona, que quería saber si había robado unas joyas de un carruaje que le ordenaron registrar la semana pasada. Al parecer, el prisionero del capitán ha acusado a Rainier del robo.

—¿Y fue él? —preguntó Aldo.

—Sí, pero no pueden demostrarlo. ¿La palabra de un prisionero contra la de un guardia? —preguntó el soldado, y después resopló.

El encapuchado de la voz tan ronca pareció molesto por la información.

—¿Más incompetentes incapaces de hacer solo el trabajo

que les encomienda? ¡Robar puede atraer demasiada atención sobre vosotros! ¿Es que sois todos tontos?

—¡Oye, cuidado con lo que dices! —masculló el soldado—. Yo no he robado nada. Pero te gustará saber lo que Rainier tiene que decir al respecto.

—Lo dudo. Si lo están vigilando, ya no nos sirve.

Sus desdeñosas palabras enfurecieron al soldado, que farfulló:

—Las joyas llegaron al país la semana pasada de manos de unos sirvientes y entre ellas había una esclava de bebé grabada con la inscripción: «Princesa Alana.» ¿Te interesa seguir escuchando o no?

—Una falsificación —se burló Aldo—. Rastibon no se habría quedado con algo así después de matar a la princesa hace dieciocho años. La habría enterrado con ella. Era el mejor asesino que ha existido nunca, y por eso lo contraté. No cometía errores ni guardaba recuerdos de su trabajo. Tal vez haya algún otro plan en marcha del que no sepamos nada.

El encapuchado pasó por alto las palabras de Aldo y le dijo al soldado:

—Creo que si valoras tu vida, será mejor que desembuches ahora mismo.

El soldado se aplacó de inmediato y siguió hablando con tono sumiso:

—Rainier negó el robo, por supuesto, y ha escondido bien las joyas. Dice que el capitán no parecía muy preocupado por las joyas, lo que le hace sospechar que no creía la acusación de la prisionera. Pero Rainier no la ha visto. Yo sí. Es una muchacha guapísima.

—¿Y qué tiene que ver eso con todo lo demás? —exigió saber Aldo, impaciente—. El capitán tal vez la haya complacido para ablandarla... no sé si me entiendes.

—En realidad, lo que insinúas me plantea otra cuestión. ¿Cómo sabes que es una prisionera? —preguntó el encapuchado de la voz ronca.

—Lleva todo el día encerrada en las dependencias del capitán, que están unidas al calabozo. Además, Becker no tontea cuando está de servicio.

—En otras palabras, que no tienes ni idea de si la ha tenido todo el día o no en sus dependencias, ¿verdad? ¿Esperas que le lleve simples rumores al señor cuando lo que quiere son hechos confirmados?

Aldo había empezado a pasearse nervioso de un lado para otro, pero en ese momento se detuvo y dijo:

—Háblame de la muchacha. ¿Cuántos años tiene?

—Es joven.

—¿Unos dieciocho años?

—Es posible, sí.

—¡Qué malnacido! —exclamó Aldo, furioso—. ¡No mató a la princesa! Ha esperado hasta que ha crecido y la ha traído de vuelta. Ve a decírselo al señor —le ordenó al encapuchado—. A ver qué decide que hagamos con esto.

—Veo que tú tampoco buscas hechos confirmados —replicó el encapuchado con evidente desprecio—. No es el señor, imbécil. Es un sirviente, igual que tú.

—¿¡Cómo te atreves!? —exclamó Aldo, indignado—. ¡Eres mi subordinado!

—Ya no.

Leonard apretó los dientes al ver que su objetivo se desplomaba en el suelo. Los dos hombres que quedaban en el almacén guardaron silencio mientras contemplaban el cadáver que tenían delante.

El soldado preguntó a la postre:

—¿Por qué lo has hecho?

—Porque me lo han ordenado. Era viejo. Era imbécil. Ha cometido demasiados errores. Esa actitud suya, ese afán por darse aires, le ha granjeado muchos enemigos. Se había convertido en un estorbo.

—Pero lo que ha dicho sobre ese antiguo trabajo... que tal vez no se llevara a cabo... No irás a pasarlo por alto, ¿verdad?

—Una suposición absurda por su parte, e irracional, si ese viejo asesino era tan bueno como Aldo afirmaba.

—¿Eso crees?

—No descarto ninguna posibilidad solo porque una me parezca más obvia que la otra, cosa que Rainier y tú necesitáis empezar a hacer si no queréis acabar como Aldo. La muchacha en cuestión puede haber ido al palacio solo para denunciar el robo de sus joyas y, tal como Aldo ha sugerido, el capitán quizá estuviera dándole el gusto hasta estar fuera de servicio. Es posible que Rainier esté equivocado con respecto a la inscripción grabada en la esclava. ¿Acaso saber leer?

—No le he preguntado. Pero si hay que considerar todas las posibilidades, la muchacha podría ser la futura reina.

El encapuchado se echó a reír de forma siniestra.

—Veo que aprendes rápido. Tal vez no seas de la calaña de Aldo después de todo.

—¿Qué hacemos con él? —preguntó el soldado al tiempo que empujaba la pierna de Aldo con un pie—. ¿No deberíamos enterrarlo?

—¿Para qué molestarnos? De todas formas, nunca me ha gustado este viejo almacén como lugar de encuentro. Es demasiado grande y hay demasiados escondrijos donde ocultarse. Vuelve al palacio. Mañana se te notificará un nuevo lugar de reunión... y lo que nuestro jefe tiene que decir al respecto de la nueva información.

Leonard no se movió hasta que escuchó el sonido metálico de la puerta principal al cerrarse. Después, corrió hasta la puerta posterior y rodeó el edificio a tiempo para ver a los dos hombres seguir caminos separados al llegar al extremo de la calle. Tenía que seguir al encapuchado. Debía comunicarle a Alana que se pusiera en guardia, que los compinches de la persona que quiso matarla en el pasado pensaban que seguía con vida... por culpa de la esclava.

Ojalá no hubiera dicho nada sobre la esclava, pensó Leonard. Pero lo habría creído necesario como prueba para convencer al capitán de la guardia. Si se lo había confiado a él, ¿por qué no la creía? Pensar que la hubiera encarcelado era absurdo, pero tampoco pensaba descartar esa posibilidad hasta confirmarlo todo al día siguiente. Lo más probable era que el capitán actuara con cautela y se mostrara concienzudo con los interrogatorios. Prefería pensar que el capitán creía en la palabra de Alana y la estaba protegiendo, de ahí que no quisiera perderla de vista.

21

Alana se dio cuenta de que Christoph Becker era un camaleón capaz de cambiar de color delante de sus ojos.

No le gustaba mucho el capitán obstinado con el que había pasado gran parte del día. No era tan abierto de mente como le había hecho creer. Era capaz de frustrarla hasta el punto de arder en deseos de gritar. Pero le había dado algo a lo que aferrarse cuando le aseguró que contaba con su protección, de modo que creía que no iba a volver a asustarla... o eso esperaba. Y mientras mantuviera un tono cordial, podía lidiar con él.

Tampoco le gustaba el seductor. Porque también la afectaba, pero de otro modo. Ni siquiera podía pensar cuando hacía acto de presencia.

Le gustaba el hombre encantador que había conocido en la antesala del palacio. Tal vez más de la cuenta. Pero dicho hombre había desaparecido... y seguramente no volvería jamás.

Pero el que tenía delante, ese bruto gigante, era el que menos le gustaba. La insultaba y la escandalizaba, y le daba igual tratarla como a una mujer ligera de cascos en vez de como a la dama de alcurnia que era. Tal como estaba sentado, con los pies sobre la mesa, sugiriéndole que se sentara en su regazo para entretenerlo... ¡Por Dios! La sacaba de quicio.

Fue incapaz de ocultar el desdén que sentía al decir:

—Entiendo que los aristócratas lubinios son diferentes a los caballeros a los que estoy acostumbrada, pero ¿tiene que ser tan vulgar?

—Si intentas insultarme, muchacha, vas a tener que esforzarte mucho más.

—Es un bruto salvaje y creo que posee el suficiente seso como para saberlo. ¡Le gusta comportarse de un modo tan insultante! Ni siquiera intenta mejorar sus modales.

Ese comentario le arrancó una carcajada al capitán, que incluso cruzó las manos tras la nuca. Estaba muy relajado, con una pose muy poco profesional y guapísimo. Alana cerró los ojos y contó hasta diez.

—¿Estás pensando en mi cama?

—¡No! —exclamó, abriendo los ojos de golpe.

—Qué decepción...

No parecía decepcionado. Más bien parecía estar pasándoselo en grande.

—Creo que ya lo he entretenido bastante por un día —replicó, tensa—. Si me lleva a una habitación...

El capitán bajó las piernas al suelo y se inclinó hacia delante. De repente, volvía a estar muy serio.

—Ya sabes dónde está tu habitación.

Nada podría haberla acongojado más. ¿Iba a regresar a la celda? Eso quería decir que se encontraba verdaderamente prisionera...

Sin embargo, el capitán la sorprendió al añadir:

—A estas alturas, Boris ya habrá adecentado un poco la habitación, haciéndola más acogedora, y habrá incluido algo que cubra la puerta para darte más intimidad. Con un poco de suerte, habrá encontrado unas cortinas y no habrá usado mantas mohosas.

Estaría más cómoda pero seguiría sola, pensó Alana. La idea le provocó una nueva oleada de pánico. Cualquiera podría quitar las cortinas y lanzarle un puñal a través de los barrotes, y el capitán no se enteraría hasta la mañana siguiente, ¡cuando la encontraran muerta!

—¿No puedo quedarme en una habitación normal?

—Puedes convencerme para compartir la mía... ¿No vas a intentarlo? Pues entonces, buenas noches.

—¿Y en otra parte del palacio? Seguro que hay...

—Tienes que estar muy cansada para hacer semejante sugerencia. —El capitán frunció el ceño—. Intenta recordar la seriedad de los cargos que hay contra ti.

Eso la dejó sin aliento.

—¿Me ha acusado de algo? ¿Me ha acusado de ser una asesina?

El capitán resopló antes de explicarse:

—Te he acusado de ser una impostora.

¿Cómo podía seguir creyendo algo así después de todo lo que le había contado?

—¿Por qué no me dispara y acaba de una vez? —replicó Alana de mala manera.

—Todavía no has confesado.

Alana se echó a reír, descorazonada. La frustración comenzaba a hacerle mella. El capitán comenzaba a hacerle mella. ¿Por qué diantres la había sacado de la celda si seguía creyendo que era una asesina?

—¿Por qué sigues retrasándolo con lo cansada que estás? —le preguntó él—. No quiero que me acusen de haberme aprovechado de tu cansancio.

—He vuelto al lugar donde se suponía que debía morir. No puede dejarme indefensa. Al menos devuélvame uno de mis puñales para pasar la noche. Se lo entregaré por la mañana.

—Creo que no deberías añadir nada más. No estás pensando con claridad, de lo contrario sabrías que eso no va a pasar, bajo ningún concepto.

—Pero...

—Sin embargo, me estás dando motivos de sobra para retenerte a mi lado esta noche. No tienes que buscar excusas, muchacha. La invitación sigue en pie.

El comentario no merecía ni que lo reconociera.

—¿Qué me dice de cerrar con llave las puertas exteriores...?

—Estarán cerradas.

—Podría darme la llave de la celda.

—¿Quieres encerrarte en la celda? —preguntó él con una carcajada.

—No, quiero evitar que usted entre —le soltó.

Mientras Christoph se echaba a reír con más fuerza, Alana bostezó sin poder evitarlo. Era una clara señal de que se le agotaban las fuerzas y no podía lidiar con alguien como Christoph Becker. Era indomable. Una cualidad que tal vez le fuera útil a su padre, pero no a ella.

No obstante, luchó contra el pánico que la había instado a discutir con él. No creía que estuviera en peligro, dado que solo Becker estaba al tanto de su verdadera identidad. Y Boris, aunque no estaba segura de cuánto había escuchado. Y posiblemente su padre... siempre y cuando el capitán hubiera informado al rey de su presencia. Había tenido tiempo de sobra para hacerlo mientras ella estaba en esa celda...

Christoph chasqueó los dedos para reclamar su atención. ¡Qué maleducado! Se lo habría dicho de no ser porque él le advirtió:

—Si me levanto para acompañarte a tu cama, vas a descubrir lo mucho que preferiría llevarte a la mía. ¡Boris! —gritó, y el criado salió de la cocina y atrapó las llaves que el capitán le lanzó. Acto seguido, le dijo a ella—: Por última vez, vete mientras te lo permito. Allí estarás a salvo, incluso de mí.

Alana pasó corriendo junto a Boris, que tuvo que apretar el paso para no rezagarse. La amenaza sexual del capitán no necesitaba explicación alguna.

Corrió hasta llegar a la celda, pero no entró de inmediato. Antes comprobó que la puerta del final del pasillo estuviera cerrada con llave tal como había dicho el capitán. Así era. Regresó a la celda y apartó la cortina para entrar. No le dirigió la palabra a Boris, que estaba junto a la puerta, esperando para echar la llave. Se estremeció al escuchar el ruido de la cerradura. La cama estaba preparada, con sábanas y mantas, y en un rincón había un brasero encendido más pequeño que el anterior, proporcionándole un calor muy agradable. Qué bien. Una celda acogedora, pensó con sarcasmo.

Se dejó caer en la cama, demasiado cansada como para seguir pensando. No le cabía la menor duda de que se dormiría en un abrir y cerrar de ojos a pesar de... Se puso en pie a duras penas. Tal vez el capitán no temiera por su vida, pero ella llevaba ese miedo dentro, consciente de que alguien había intentando matarla con anterioridad y de que volvería a intentarlo. Y él la había dejado indefensa.

Echó un vistazo por la celda en busca de algo, lo que fuera, que pudiese usar como arma. Pensó en la silla. Pero era demasiado resistente, y estamparla contra la pared para conseguir una buena estaca haría demasiado ruido. La mesita auxiliar no era tan fuerte. Le dio la vuelta, se subió encima y comprobó las patas. Una estaba lo bastante suelta como para aflojarla a patadas y poder quitarla. La pata de la mesa le serviría como porra; un arma tosca, cierto, pero se la llevó a la cama.

Rezó para no caer en un sueño tan profundo como para no escuchar la llegada de algún desconocido. Rezó para no haber cometido una tontería al aferrarse al decoro en vez de aceptar el ofrecimiento de Christoph de pasar la noche en su cama. Pero al recordar lo agradables que le habían resultado sus besos antes de descubrir lo bruto que podía ser, supo que allí tampoco estaría totalmente a salvo.

Frederick estaba arrodillado entre dos tumbas, una rematada con una gran lápida de piedra gris, y la otra, por una pequeña lápida blanca. La nieve había dejado de caer, pero había dejado una capa en la tierra que le estaba mojando las rodillas. Ni se percató. El dolor que sentía en el pecho era demasiado fuerte. Las dos habían sido demasiado jóvenes para morir. Una madre y su hija. ¡Su esposa y su hija!

Avelina solo tenía veinte años cuando la convirtió en su reina, y veintiuno cuando dio a luz a su hija. Todavía sangraba cuando él se marchó de Lubinia, a consecuencia de las complicaciones que se presentaron durante el parto. Los médicos lo sabían. Pero ella les prohibió decírselo. Su reunión con los austríacos era demasiado importante, ya que de ella dependía la renovación de su alianza. Avelina creía poder recuperarse para cuando él regresara. Sin embargo, murió antes de que lo hiciera. Y estuvo a punto de perder también a Alana por el dolor que lo embargó tras la muerte de su esposa. Pero la había perdido de todas formas porque había hecho caso de sus consejeros en vez de seguir los dictados de su corazón.

—Temía que vinieras aquí. Tenías esa expresión en la cara. Me parte el corazón verte sufrir de esta forma.

Nikola Stindal se acercó despacio. Se inclinó y le rodeó el cuello con los brazos antes de apoyar la mejilla contra la suya. Su segunda esposa, Nikola, solo tenía dieciséis años cuando se casó con ella. A la madre de la novia le prometió no tocarla hasta que cumpliera los dieciocho. Le había costado mantener la promesa. Porque Nikola era tan guapa como su primera mujer; y aunque el matrimonio había sido concertado por intereses políticos, el amor acabó surgiendo. Sin embargo, ni siquiera sus cálidas caricias podían mitigar el dolor que sentía esa noche.

—Te daré otro hijo, te juro que lo haré —le aseguró con pasión Nikola.

—Lo sé.

No dudaba de que lo haría. En ese preciso momento, Nikola sospechaba que estaba embarazada de nuevo, pero en caso de ser cierto, Frederick se resistía a hacerlo oficial para acabar con la agitación que estaban provocando los rebeldes. Así solo conseguiría aterrarla y podría provocar que el embarazo llegara a término antes de tiempo, como todos los demás. Nikola había querido mantener en secreto los embarazos anteriores, al igual que se hizo en el caso de Alana, pero Frederick se había negado. Al fin y al cabo, el secretismo no había ayudado a su hija.

La amenaza que pendía sobre ellos era una pesadilla para Nikola. A Frederick le habían dicho en incontables ocasiones que era ese miedo lo que le impedía llevar a término los embarazos; el miedo a que raptaran o asesinaran a su hijo. Pero Nikola lo ocultaba muy bien. Solo de vez en cuando se echaba a llorar en sus brazos.

Había considerado seriamente la idea de mandarla al extranjero si estaba embarazada de nuevo. Era lo único que podría darle un mínimo de paz.

—Vamos, el patio no es un lugar seguro —dijo ella—. Sé que Christoph no confía en los hombres que ha tenido que reclutar últimamente por culpa de los rebeldes.

Frederick se puso en pie, pero solo para abrazarla con fuerza.

—No tienes que preocuparte por eso. Los nuevos están emparejados con hombres de confianza.

Nikola suspiró y preguntó con voz titubeante:

—¿Qué te ha hecho recordar de este modo tu pérdida?

—La llegada de otra impostora que cree que esta tumba está vacía.

—¿La has visto?

—Me da miedo, me da miedo que pueda matarla con mis propias manos por fingir ser mi hija cuando mi Alana está enterrada aquí mismo.

—Debes dejar de culparte por eso. Sé que crees que te siguieron con la esperanza de encontrarte desprotegido y...

—¡Como siempre! ¡Y me vieron con ella! ¡Acertaron al suponer quién era y la mataron en cuanto me fui!

—Su caída pudo ser un accidente. ¡No es culpa tuya!

—No debería haberla visitado con tanta frecuencia.

—¿Por qué no ibas a hacerlo? Era tu hija.

—¡Debería haberla traído a casa! Debería haber estado protegida aquí. En cambio, hice caso de esos viejos consejeros que tenían miedo de que mi linaje acabara conmigo. Escóndela, me dijeron. Mantenla en secreto. Deja que tus enemigos crean que han tenido éxito para que no intenten volver a matar a tu heredera. Pero la encontraron de todas formas. ¡Por Dios, debería haber matado a toda la familia! ¡Borrar a los Bruslan de Europa!

—Es el dolor lo que te hace hablar así. Hay muchos padres buenos en esa familia, niños inocentes, ancianos indefensos, incluso amigos tuyos. Sí, algunos no tienen escrúpulos, hasta el punto de querer hacernos daño. Puede ser el caso de Karsten, que se deja influir por esos gallitos impacientes y belicosos. ¡Pero no estamos seguros! Es hora de que sepamos la verdad. Permítele a Christoph emplear métodos más duros. Por favor, Frederick, ¡esto tiene que acabar!

22

Cuando Alana abrió los ojos, todavía adormilada, descubrió que la luz era tan brillante que resultaba dolorosa. ¡No quería despertarse todavía! ¿De dónde narices procedía la luz?, se preguntó.

Abrió los ojos del todo y no tardó en cubrírselos con una mano. No estaba soñando. La luz del día entraba en su celda a través de las ventanas de la prisión porque habían quitado la cortina que cubría los barrotes.

—Buenos días, lady... Farmer.

Alana volvió la cabeza al escuchar la voz y jadeó al ver a Boris cerca de la cama, sonriéndole. Tras taparse hasta el cuello con la manta, le preguntó indignada:

—¿Qué haces aquí?

—Le he traído un delicioso desayuno. —Colocó la bandeja a los pies de la cama—. También habría traído una mesa, de haber sabido que la suya estaba rota.

Alana se sonrojó. La mesa, a la que le faltaba una pata, yacía volcada en el suelo. No pensaba explicar los motivos. Y tampoco pensaba entregar la pata.

—Tengo la sensación de no haber dormido lo suficiente. ¿Qué hora es?

—Muy temprano. El capitán me pidió que buscara ropa para

usted. —Empujó con un pie el saco que descansaba en el suelo y después levantó la mesa.

—Supongo que la mía todavía no está limpia, ¿no?

—Todavía no. Y el capitán vendrá pronto, así que tal vez le convenga vestirse rápido, ¿eh? ¡Y no se olvide de comer! —le gritó mientras se llevaba la mesa.

Alana se percató de que había dejado abierta la puerta de la celda. ¿Se le habría olvidado? ¿O habría entendido por fin Christoph que no pensaba irse a otro sitio hasta haber visto a su padre? El aviso de Boris de que el capitán no tardaría en visitarla la inquietó, de modo que salió de la cama y vació el saco de ropa.

Era evidente que la ropa era de mala calidad, áspera, pero cuando se puso la blusa también comprobó que el estilo era un tanto escandaloso. ¿Quién se pondría un escote tan indecente que prácticamente dejaba el pecho al aire? La liviana camisola era todavía peor, ya que se apenas le cubría los pezones. En el saco no encontró nada que pudiera utilizar para cubrirse un poco, salvo una bufanda larga y rectangular que posiblemente fuera un ceñidor para la cintura, pero que ella se colocó al cuello.

Estaba desayunando cuando Christoph apareció por la puerta. Alana saltó de la cama al punto. El capitán llevaba un gabán largo, no era el abrigo del uniforme que le había visto la noche anterior. El paño del gabán que llevaba esa mañana no era tan bueno, y puesto que todavía no se lo había abrochado, vio que tampoco llevaba el uniforme, sino una camisa de lana y unos pantalones anchos, que desaparecían bajo la caña de unas botas de montar rematadas con un ancho ribete de pelo. ¿Por qué llevaba un atuendo tan informal?

—Te veo muy colorida —le dijo, mirándola de arriba abajo.

Alana sabía que estaba tratando de contener la sonrisa. La verdad, no podía estar más de acuerdo con él. Su ropa era muy colorida: una falda amarilla, una blusa blanca y una bufanda roja.

—Pero no podemos permitir esto —añadió el capitán.

«Gracias a Dios», pensó ella hasta que lo vio acercarse para quitarle la bufanda del cuello.

—¿¡Qué hace!? —Levantó las manos para taparse lo que él acababa de dejar al descubierto.

—Vamos a un sitio donde necesitas parecer auténtica, no disfrazada. —Le colocó el ceñidor en la cintura y le dio varias vueltas antes de atárselo—. Así, mucho mejor, pero te hace falta un abrigo. Se lo pediremos prestado a Franz, que es tan bajo como tú. Vamos.

Alana no se movió.

—¿Adónde vamos?

—Hoy debo asistir a una fiesta que se celebra en la zona montañosa del país. Un asunto oficial. Un mal momento, porque tampoco puedo quitarte la vista de encima. Así que cumpliré con ambas obligaciones llevándote conmigo.

—¡No puedo salir con esta ropa!

—Por supuesto que puedes. Iba a presentarte como mi doncella, pero cualquiera que te mire sabrá que no podría resistirme mucho a meter en mi cama a una perita en dulce como tú, así que...

Alana jadeó.

—¿¡No se atreverá a presentarme como su amante!?

—Solo será por hoy, Alana. Necesitamos encajar en el ambiente festivo, no aparecer como un par de aristócratas cuya presencia incomode al pueblo. Debemos aparentar que vamos a divertirnos, como todos los demás.

La idea de divertirse un poco le gustó, aunque no lo creía posible yendo con él. De todas formas, dejó de protestar y siguió sus órdenes cuando le indicó con un gesto que saliera de la celda. Al menos, le darían un abrigo que cubriría el atuendo tan espantoso que llevaba.

Como por fin entendía el motivo de que el capitán hubiera elegido ropa que parecía de trabajador, no pudo resistirse y le preguntó:

—Así que hoy solo va a interpretar el papel de bruto, ¿no?

La pregunta era sarcástica, pero él la miró con una ceja enarcada y contestó:

—Si insistes...

Alana jadeó al sentir el guantazo que le dio en el trasero. ¡Por el amor de Dios! Más le valía que solo fuera la venganza a su comentario y no una muestra del comportamiento que iba a demostrar a lo largo del día.

Un espeso manto de nieve había caído durante la noche. Al salir al patio, el reflejo del sol sobre la nieve estuvo a punto de cegarla. Un guardia le acercó a Christoph su caballo. El capitán la subió a la silla, y después procedió a montar tras ella. Tuvo que protegerse los ojos mientras avanzaban al paso, de modo que no vio al niño situado junto a la carreta del vendedor de empanadas de carne que la observaba con gran atención. Ni tampoco lo vio salir corriendo del patio en cuanto el caballo del capitán traspuso la puerta.

23

Alana pensaba que el culpable de que la cabalgada hasta la fiesta fuera una de las experiencias más inusuales que había tenido en la vida era el abrigo del cocinero. La suave piel del ribete interior le provocaba una sensación muy extraña sobre la piel desnuda que cubría. Cada vez que el caballo la sacudía, por poco que fuera, la piel le rozaba el pecho, endureciéndole los pezones. El brazo de Christoph le rodeaba con fuerza la cintura. Era como si supiera que la caricia de la piel la estaba excitando y quisiera aumentar las sensaciones. Pero, por supuesto, no podía saberlo. Solo quería evitar que se apartara de él, de modo que la pegaba con fuerza contra su pecho... y vuelta a empezar.

Estaba muy acalorada y alterada cuando llegaron. Tuvieron que rodear una cañada antes de subir a una alta planicie. El camino estaba limpio de nieve gracias a las carretas, los carruajes y los caballos que se dirigían hacia la fiesta, pero en esa zona del país y a esa altura, saltaba a la vista que había caído mucha más nieve que en la capital. Se amontonaba a ambos lados del camino y también rodeaba el arroyo que discurría cerca del pueblecito donde se celebraba la fiesta.

La enorme carpa dispuesta en el centro de la explanada estaba llena de gente: mercaderes que vendía comida y bebida, y personas de todas las edades que comían, bebían y reían, algunas sentadas en largas mesas. Unos risueños niños estaban reunidos delante de un escenario improvisado donde se llevaba a cabo una representación de marionetas. El ambiente de la abarrotada carpa estaba tan cargado que Alana se temió que tendría que quitarse el abrigo si seguían allí. Sin embargo, Christoph se limitó a comprar dos picheles de cerveza antes de salir de nuevo para recorrer los alrededores.

Se estaban celebrando juegos y competiciones hasta donde alcanzaba la vista. Había dianas para concursos de tiro con arco, con pistolas y con rifles; también había estacas clavadas en el suelo para el juego de la herradura y otros similares, así como plataformas para lucha. Había concursos de habilidad: una pista de obstáculos que los participantes tenían que cruzar, ¡con un pichel de cerveza en la cabeza! Y concursos de fuerza: una carrera por la nieve, pero cada participante debía cargar con otra persona a la espalda. Eso, según vio Alana, suscitó buenas carcajadas entre la multitud de espectadores. La mayoría de los juegos parecía destinada a entretener a la audiencia, no a los competidores, pero al parecer eso era parte de la diversión.

Christoph no le quitó el brazo de la cintura mientras paseaban. Muy consciente del papel que había accedido tácitamente a interpretar, no intentó apartarse pese a la extraña tensión que le provocaba su cercanía. Los efectos de la sensual cabalgada seguían presentes, y no creía que desaparecieran a menos que se quitara el abrigo. Sin embargo, eso era impensable, ya que la ropa que llevaba debajo era muy reveladora. Aunque, por culpa de esa agitación, ¡era demasiado consciente del hombre que tenía al lado!

Bebió un poco de cerveza, con la esperanza de calmar sus alterados nervios. Christoph inclinó la cabeza hacia ella para decir:

—No tienes que bebértela. Solo es otro detalle que nos ayuda a mezclarnos con la gente.

—¿Es normal beber tan temprano?

—Generalmente, no. —Christoph sonrió—. Pero en una fiesta es normalísimo.

—En ese caso, creo que beberé un poco más, si no le importa. —Tomó un trago más grande.

Christoph soltó una carcajada.

—No puedes hablar como una dama estirada y beber cerveza al mismo tiempo, muchacha. Pero tampoco necesitas mi permiso para divertirte.

No, no lo necesitaba. A Christoph le gustaba considerarla su prisionera, pero iba a encontrar la horma de su zapato en cuanto Alana se reuniera con su padre. Bebió otro sorbo. La bebida ayudaba a calmar el nerviosismo que el afán posesivo de su abrazo estaba provocando. También se sentía expuesta. En fin, era la verdad, porque Christoph estaba llamando la atención sobre sí mismo, lo que hacía que muchas personas también la mirasen a ella. Cierto que Christoph quería que las personas se sintieran cómodas en su presencia, y parecía estar consiguiéndolo, ya que le dirigían muchas sonrisas y saludos, pero todos sabían quién era.

—¿Ha venido solo para observar o para hablar con alguien, o no puede decírmelo? —Al ver que Christoph no contestaba, aunque su silencio ya era una respuesta, Alana añadió—: Bueno, si está tan empecinado en «mezclarse», para usar sus propias palabras, ¿no debería participar en alguno de los juegos?

—¿En cuál te gustaría verme?

—¿A mí? Si tuviera que elegir, me decantaría por el tiro con pistola, y ganaría, por cierto. Pero supongo que los hombres protestarían por perder en semejante competición... con una mujer.

—Creo que tienes razón. Es muy bonito que una mujer se luzca, y se os da muy bien. En la cocina... y en el dormitorio.

—Por favor... —replicó con desdén—. Ha vuelto a sacar al bruto que lleva dentro. Es una malísima costumbre.

—¿Ser yo mismo? Eso espero... Pero para evitarles una humillación a los hombres aquí presentes, tal vez participe en algo en tu lugar. ¿Qué me sugieres?

Alana miró a su alrededor, dos veces, pero en ambas ocasiones se le fueron los ojos hacia la plataforma de lucha donde dos adversarios se enfrentaban medio desnudos, con el torso al descubierto. Sí, le gustaría verlo allí.

Bebió otro sorbo de la cerveza antes de señalar la plataforma.

—Si sube, seguro que es pan comido para usted. Enséñeles cómo se hace.

—Demasiado fácil.

—¡Caray! —Soltó una carcajada—. ¿Los brutos también son fanfarrones?

Lo vio enarcar una ceja.

—¿Te estás emborrachando por unos sorbitos de cerveza?

—No sé qué decir, porque nunca me he emborrachado, pero me ha pedido que elija y eso he hecho. Ahora veamos de qué pasta está hecho, capitán.

El capitán se echó a reír.

—Y lo has dicho a modo de desafío para que no pueda negarme. Muy bien. —Tiró de ella hacia la plataforma.

—Supongo que la idea es sacar al oponente de la plataforma para ganar, ¿verdad?

—Básicamente.

—En fin... buena suerte.

—¿Crees que necesito suerte?

—La necesitarás si yo subo contigo —contestó una voz masculina.

El capitán y ella se volvieron... Bueno, a Alana no le quedó más remedio, ya que Christoph la sujetaba con fuerza. El hombre que se había acercado a ellos por detrás era guapo, rubio y de ojos castaños. Era tan alto como Christoph y más o menos de la misma edad. Al parecer, los nobles sí asistían a ese tipo de fiestas populares, porque el lujoso atuendo del desconocido lo delataba como tal. Además, iba a acompañado no de una, sino de dos muchachas, a quienes rodeaba con los brazos y quienes se pegaban a él.

—Me alegro de volverte a verte, Christo —dijo el hombre con sorna—. Pero me temo que no te lo vas a pasar bien si vienes en busca de rebeldes. Esta gente es leal a Frederick.

—¿Y a ti? Hay más de una manera de ser desleal con el rey, Karsten.

La tensión entre ambos aumentó, ya que Karsten frunció el ceño al escuchar ese comentario.

—No me estarás acusando de algo, ¿verdad?

—¿Te parece que estoy de servicio hoy? —replicó Christoph—. Pero, después de todas las alabanzas que he oído sobre ti últimamente, admito que me picaba la curiosidad por comprobar si por fin has aceptado algunas responsabilidades familiares. La última vez que te vi... ¿Cuándo fue? ¿Hace dos años? Bueno, pensabas divertirte de lo lindo hasta llegar a los treinta.

Karsten soltó una carcajada al escucharlo.

—¿Y tú no?

Christoph se encogió de hombros.

—He pasado casi todos estos años en el palacio. Claro que cuando no estoy de servicio...

Se inclinó sobre Alana y la besó en el cuello para enfatizar sus palabras. A Alana le costó la misma vida no sonrojarse y colocarle la mano en la mejilla como si recibiera gustosa sus atenciones. Pero así consiguió que Karsten se fijara en ella.

Karsten la miró con interés antes de preguntarle a Christoph:

—¿Quién es tu nueva amante?

—Demasiado nueva como para presentártela, así que olvídate. Prefiero guardarme el nombre.

El recién llegado se echó a reír de nuevo.

—No me vas a perdonar por quitarte a aquella austríaca, ¿verdad?

—¿Qué austríaca?

Los dos hombres se echaron a reír a la vez. La tensión se disipó. Karsten señaló la plataforma con la cabeza.

—¿Te parece que probemos?

Se acercaron a la plataforma. La última pelea había terminado, pero el ganador seguía en la plataforma a la espera de su siguiente contrincante. Cuando Christoph y Karsten se quedaron únicamente con los pantalones y las botas, el hombre se bajó a toda prisa para dejarles espacio. ¡Menuda ocurrencia en esa época del año! Debían de estar helados, pensó Alana. Pero ninguno de ellos pareció inmutarse por el frío.

Alana intentó apartar la mirada, de verdad que lo intentó. ¡La decencia lo exigía! Incluso giró un poco la cara, pero sus ojos se negaban a obedecerla y al final cejó en su empeño. ¡Por el amor de Dios, Christoph tenía un cuerpo magnífico! El joven aristócrata no era un escuálido, ni por asomo, pero no había comparación. Christoph tenía los brazos más fuertes, y una espalda y un torso musculosos. Sus piernas también estaban más desarrolladas, y a juzgar por la expresión de su rostro Alana supo que estaba seguro de que iba a ganar, de que no tenía la menor duda. Sin embargo, Karsten no parecía preocupado. Tal vez los combates de lucha eran mucho más que fuerza bruta.

Empezaron a moverse en círculo, con los brazos extendidos, mientras fintaban. Acto seguido, intentaron agarrarse el uno al otro, dando comienzo a una serie de llaves, mientras la multitud vitoreaba, de modo que se acercaron más espectadores. Algunos gritaban para animar al «capitán», pero también se escuchaban gritos de apoyo para «Bruslan». ¿Karsten era uno de los infames Bruslan? ¡Por el amor de Dios! ¿Christoph estaba luchando con uno de los descendientes del antiguo rey? ¿El asunto oficial que lo había llevado hasta allí era descubrir qué estaba tramando Karsten Bruslan?

La multitud la alejó de la plataforma conforme se iban congregando más personas para ver a los dos nobles participar en sus juegos. No parecían estar ciñéndose a unas reglas determinadas. Christoph dispuso de un par de oportunidades para tirar a Karsten de la plataforma, pero daba la impresión de que cualquiera de ellos podría ganar la liza por otros métodos, como el de demostrar quién era mejor luchador.

La empujaron de nuevo, con más rudeza en esa ocasión. Derramó un poco de cerveza. Lo poco que había bebido la había relajado bastante, de modo que no quería más. Buscó con la mirada un lugar donde dejar el pichel sin tener que regresar a la caldeada carpa y dio con una caja que alguien había volcado para uno de los juegos y que en ese momento estaba abandonada.

—¿Quiere que le lea la fortuna, milady? —preguntó alguien a su espalda.

Se volvió para declinar el ofrecimiento, pero jadeó al darse cuenta de quién era la persona disfrazada de vieja.

—¿Poppie?

—Mira la lucha, no a mí.

—¿Cómo has sabido que estaba aquí?

—Henry me lo ha dicho, pero no tenemos tiempo para ponernos al día. He venido para decirte que el hombre que robó tu esclava es un espía de la misma gente que me contrató. Es posible que lleguen a la conclusión de que sigues con vida, así que no bajes la guardia.

—¿Puedo contárselo al capitán?

—¿Confías en él?

—Yo... Sí, confío en él.

—Había pensando en seguirlos hasta una de sus reuniones, pero te dejo que decidas tú. Debo irme, no estoy a salvo.

Oyó cómo se marchaba y resistió el impulso de verlo marchar. La soledad le provocó una dolorosa punzada. ¡Quería irse con él! Suspiró. Poppie y ella no deberían tener que recurrir a esos subterfugios para verse. A esas alturas debería estar con su padre, bien protegida, y Christoph debería estar trabajando con Poppie en vez de estar trabajando contra ella. ¿Confiaba en él de verdad? Sí, suponía que sí. El capitán estaba entregado a la protección de su padre, razón por la que no podía aceptar lo que ella afirmaba sin más. Una vez al corriente de la existencia de otras impostoras, ni siquiera podía culparlo por su suspicacia. Incluso le había regalado un día de diversión para compensarla por el día anterior. Decir que quería tenerla controlada era una excusa muy evidente, ya que podría haberla dejado en la celda todo el día.

El tironcito que sintió en el abrigo la llevó a bajar la mirada y se encontró con una niña que señalaba en dirección contraria a la plataforma.

—Mi perro. Por favor, ayúdeme —dijo la pequeña.

Alana solo vio a un grupo de niños jugando en la nieve, retirados de la explanada donde se llevaba a cabo la fiesta. Nadie los vigilaba, ni siquiera sus padres. Casi todos los presentes se encontraban mirando la lucha o se encaminaban hacia la plataforma. De modo que siguió a la niña.

Enseguida se dio cuenta de que la pequeña no necesitaba su ayuda para recuperar a un perro de verdad. Era un muñeco de trapo que estaba a unos cuantos metros de donde jugaban los niños. Cualquiera de los niños mayores podría haberla ayudado. Seguramente la niña se lo había pedido pero no le habían hecho caso. Fuera como fuese, la niña tenía miedo de recuperar el juguete ella misma.

Alana descubrió el motivo cuando echó a andar hacia el perrito de trapo y se hundió en la nieve hasta la rodilla. Los niños comenzaron a gritarle que regresara, que era peligroso. No habría animales salvajes escondidos en la nieve, ¿verdad?, se preguntó. Casi dio la vuelta, pero el perrito de trapo estaba apenas a unos pasos, ya que era tan liviano que no se había hundido en la nieve.

No alcanzó el juguete. El hielo se rompió bajo sus pies y, de repente, se encontró sumergida en el agua más gélida que había tocado en la vida.

24

Christoph estaba cansado de darle el gusto a Karsten, pero consiguió anotarse unos cuantos puntos más mientras rodaban sobre la plataforma, intentando agarrarse el uno al otro.

—He oído que patrocinas la carrera de trineos. ¿También participas? —le preguntó.

—No, pero he inscrito mi trineo y le he advertido al conductor de que no gane —contestó Karsten.

—Veo que estás intentando hacerte con las simpatías del pueblo...

—¿Y eso te sorprende? Lo más lógico es que Frederick me nombre su heredero. Cuando lo haga, ambos querremos que el pueblo se alegre por la noticia. Solo estoy asegurándome de que me quieren tanto como a él, y por mis propios méritos. Y no, no intento apresurar las cosas. Frederick es un buen rey. Y lo quiero. Es el padre que me habría gustado tener.

Christoph gruñó al golpear el suelo. Karsten lo había cogido por sorpresa mientras hablaba. Aunque sabía que Karsten estaba haciendo campaña para ganarse el favor del rey y el del pueblo, le sorprendió que lo admitiera abiertamente.

Se zafó de él y volvió a ponerse en pie.

—Pero si el rey tuviera un hijo, todos tus esfuerzos serían en vano.

—¿Por qué iban a serlo? El niño necesitaría consejeros, y jóvenes, no esos carcamales que se niegan a cambiar las cosas. Ayudaré a este país sea cual sea el papel que elija, de la misma forma que lo haces tú. En lo referente a Lubinia, nuestros sentimientos son los mismos.

¿Sería verdad o era un intento astuto por congraciarse con la guardia real? Era difícil saberlo tratándose de Karsten Bruslan. A esas alturas, Christoph estaba más que listo para ponerle fin a la lucha. Buscó a Alana entre el público, pero no la localizó.

Estaba a punto de empujar a Karsten para que cayera al suelo cuando vio que la gente corría hacia el lago. Todo el mundo conocía el emplazamiento del lago y lo evitaba. En la siguiente fiesta lo utilizarían, pero a esas alturas del año la capa de hielo todavía era muy delgada. En ese momento, vio el agujero en el hielo que atestiguaba que alguien había cometido la estupidez de comprobar su resistencia... o tal vez ese alguien ignorara lo que había debajo.

Saltó de la plataforma y corrió lo más rápido que le permitieron las piernas, acicateado por el pavor que le provocó esa última posibilidad. Alguien había intentado lanzar una soga en dirección al agujero, pero no había nadie para coger el extremo.

—¡Romped el hielo! —le gritó al grupito de personas congregado en el borde, tras lo cual corrió hacia el agujero.

Apenas había dado cinco pasos cuando su peso provocó otra grieta en la superficie. Saltó y al caer quedó parcialmente sumergido en el agua. Usó los codos para romper el hielo, y después se zambulló en el agua helada en busca de Alana. La vio cerca del agujero por el que había caído, intentado usar el fondo del lago para tomar impulso, pero el peso de la ropa se lo impedía. Sus movimientos eran lentos y apenas lograba mover las extremidades. Buceó hasta ella y la lanzó hacia arriba, en dirección al agujero que él había abierto. No había espacio suficiente para ambos, de modo que aferró el borde y tiró con todas sus fuerzas para agrandarlo. Al ver que Alana empezaba a hundirse de nuevo, la agarró y en esa ocasión sí logró llevarla hasta la superficie. Ambos sacaron la cabeza por encima del agua. Alana estaba respirando, pero ni siquiera intentaba aferrarse a él. Christoph estaba aterrado porque no sabía cuánto tiempo había pasado bajo el agua.

Los hombres habían roto la capa de hielo hasta llegar al lugar donde ellos estaban. Karsten se encontraba en el grupo que trabajaba para despejar la orilla del lago.

—Contén la respiración —le dijo Christoph a Alana—. Vamos a sumergirnos y a bucear porque el hielo de esta zona es demasiado delgado como para que aguante nuestro peso.

—Yo no... no puedo...

Christoph la abrazó con fuerza.

—Yo nadaré por los dos, no está tan lejos.

La mantuvo pegada a su cuerpo mientras avanzaba bajo la capa de hielo. Solo tuvo que bucear seis o siete metros, y después nadar un poco más hasta llegar a una zona en la que hacía pie, de modo que levantó a Alana en brazos y la llevó a la orilla. Al llegar, los rodeó un grupo de mujeres preparadas con mantas. Los envolvieron con ellas y después corrieron hasta la casa más cercana, donde Christoph dejó a Alana en el suelo, delante de la chimenea. Las mujeres intentaron hacerlo salir mientras le quitaban a Alana la ropa helada, pero él no lo permitió. Era evidente que el entumecimiento remitía, porque Alana comenzaba a tiritar pese a las abrigadas mantas con las que la cubrían las mujeres.

Una anciana se acercó a él y le dijo meneando la cabeza:

—Conde Becker, sabe muy bien lo que necesita. Así que como es su mujer, hágalo.

Después, una vez dicho lo que tenía que decir, se marchó llevándose consigo a las demás, y cerró la puerta. Christoph no se lo pensó dos veces. Se quitó la ropa y se tendió en el suelo al lado de Alana, cubriéndose con las mantas. Acto seguido, la abrazó y la rodeó con las piernas, aunque ella apenas lo notó. La tiritona no daba señales de remitir. Necesitaba hacer algo más.

Comenzó a besarla con delicadeza, primero en las mejillas y después en el cuello, calentándola con su aliento mientras la abrazaba y la masajeaba. Siguió moviendo las manos por todo su cuerpo hasta ver que recuperaba el color de las mejillas y que empezaba a respirar con más normalidad. Sus esfuerzos por contenerse a esas alturas resultaban dolorosos. Tanto que hasta sudaba. Al cabo de unos minutos, comprobó que Alana también sudaba.

—Creo que debería salir de debajo de las mantas —la oyó decir a la postre con una vocecilla melindrosa.

De repente, Christoph sintió unos enormes deseos de echarse a reír.

—Sí, debería, pero te advierto que estoy desnudo.

—Lo sé —replicó ella con voz aguda.

Christoph le tocó una mejilla.

—Era necesario, Alana. Compartir el calor cuando es necesario para sobrevivir no es motivo para avergonzarse. Podrías haber muerto en el lago. Cuando te encontré, ya te estabas dando por vencida.

—No me estaba dando por vencida. Es que no sabía si me estaba moviendo o no, y, en fin, tampoco podía nadar, así que me resultaba raro. Pero gracias por haberme encontrado. Me faltaba el aire.

—La culpa es mía, no debería haberme apartado de tu lado.

—No, tenía que cumplir con su obligación porque para eso ha venido. Lo entiendo. Por cierto, ¿ha ganado?

—No, salté de la plataforma para buscarte.

—¿Ah, sí? En ese caso, tendrá que volver a desafiar a Karsten Bruslan. Porque le habría ganado.

25

A Christoph no le quedaba la menor duda de que su prisionera estaba dormida después del terrible encontronazo con la muerte que había tenido ese día. Apenas había conseguido mantener los ojos abiertos durante la cena. Él también intentó dormir, pero le fue imposible.

No podía olvidar la imagen de su cuerpo desnudo. Delgado, atlético y con pechos turgentes. Y curvas voluptuosas. Un cuerpo acostumbrado a ejercitarse. Recordó lo sucedido el día anterior en la celda, cuando esos ojos grises lo fulminaron mientras el pelo le caía suelto alrededor de las caderas y solo la cubría una camisola... Sin embargo, la imagen que más se repetía en su cabeza era la de Alana intentando incorporarse en el camastro de la celda, empapada de sudor, con el pelo humedecido como si estuviera saciada después de un buen revolcón. Esa imagen también lo había mantenido despierto la noche anterior. ¡Maldición!

Era un imbécil redomado por no aprovechar la excusa que ella le había proporcionado a fin de retenerla a su lado. Incluso lo había repetido esa misma noche, le había dicho que estaba en peligro y le había preguntado:

—¿Y si hay un espía de los Bruslan? Si se hacen con la esclava sabrán que estoy viva.

Había sido una acusación disparatada, pero el ladrón había

desaparecido ese mismo día antes de que ellos regresaran al palacio. Christoph lo consideraba una declaración de culpabilidad, al menos en el caso del robo. Cuando se lo dijo, Alana pareció quedarse un poco más tranquila.

¿Qué le había impedido llevarla a su dormitorio, donde deseaba que estuviera? ¿La culpa que sentía por no haberla vigilado mejor durante la fiesta? Seguramente. ¿La extenuación que ella sufría? Debería haberse aprovechado de ese detalle sin remordimientos, pero no pudo hacerlo, aunque la deseaba con todas sus fuerzas. ¿Por qué? ¿Porque comenzaba a creer que era inocente?

Alana era demasiado inteligente como para no tener dudas a menos que creyera todo lo que le había contado. Eso la convertía en la dama inglesa inocente que había afirmado ser desde el principio, de modo que la conspiración había sido obra de su tutor. Pero ¿sería también dicho tutor inocente, un hombre que se había visto obligado a contarle ese cuento a Alana? Eso era mucho más creíble que la historia del asesino que renegó de su profesión por la sonrisa de un bebé. Pero solo su tutor podía contarle la verdad, y Alana sería el cebo para atraerlo. Suponiendo que el hombre se preocupara por ella lo suficiente como para querer saber qué le había pasado después de entrar en el palacio. De modo que inocente o no, no podía liberar a Alana.

Por fin se durmió, pero lo despertó el grito de una mujer, que fue seguido por un silencio absoluto. Saltó de la cama y se dirigió a toda prisa a la celda de Alana para investigar. La encontró atravesando el almacén. Boris y Franz, que dormían allí, también se habían despertado por el grito e intentaban ayudarla, pero Alana se negó a detenerse hasta verlo.

—¿¡Así me protege!? —lo acusó con voz chillona, casi histérica.

Christoph apenas comprendió la pregunta porque tenía los ojos clavados en la bata blanca manchada de sangre. Corrió hacia ella.

—¿Por qué estás sangrando?

—No sangro.

Tomó aire antes de preguntar:

—¿Qué ha pasado?

—¡Uno de sus hombres ha intentado matarme!

—¿Uno de mis hombres?

—Bueno, supongo que ha podido robar el uniforme —contestó—, pero me di cuenta de que lo llevaba puesto cuando ha echado a correr hacia la puerta.

—Protegedla —les ordenó a sus criados antes de correr hacia la celda. Un rápido vistazo bastó para que reparara en el palo manchado de sangre y en el rastro que salía de la celda en dirección al arsenal.

La puerta del arsenal estaba abierta de par en par, al igual que la del patio.

El rastro de sangre acababa allí, pero había huellas en la nieve recién caída. El hombre no se había alejado demasiado, estaba agachado, aferrándose la cabeza con una mano, mientras intentaba subir la escalera que daba a las almenas, donde podría escapar por las murallas del castillo.

Christoph no llamó a la guardia, quería atraparlo él solo. Lo alcanzó al llegar al final de las escaleras, lo obligó a dar la vuelta y le asestó un puñetazo en la cara. Era del todo inapropiado para un profesional, pero hervía de furia por lo que ese hombre había intentado hacerle a Alana. Sin embargo, lo golpeó demasiado fuerte. Escuchó el crujido de su cabeza al golpear contra el suelo de piedra, y el hombre no se levantó. Christoph lo reconoció. Rainier, el hombre a quien Alana había acusado del robo. Era evidente que se había colado en el palacio, o tal vez nunca se hubiera ido sino que se había escondido. Otra posibilidad mucho más alarmante era que contara con ayuda.

Christoph soltó una sarta de juramentos. Dos de sus hombres, encargados de vigilar esa parte de las almenas, corrían hacia él.

—Es un traidor —les dijo—. Encerradlo en la cárcel. Registradlo primero, seguro que tiene la llave maestra encima. Quiero a cuatro guardias con él, ni uno menos. Si no está en su celda para que lo interrogue por la mañana, rodarán cabezas.

Regresó de inmediato al almacén. Franz se estaba retorciendo las manos. Boris intentaba calmar a Alana. Aunque no parecía estar teniendo demasiado éxito, ya que la cara de la muchacha delataba el miedo que sentía.

No podía culparla por estar histérica y furiosa.

—Lo he atrapado —le aseguró con tranquilidad—. Lo interrogaré en cuanto se despierte.

—¿El ladrón?

—Sí.

—Sabía que podía pasar esto —dijo ella con voz temblorosa—. Pero no creía que sucediera de verdad, que tendría que luchar para defender mi vida.

Puesto que estaba seguro de que Alana iba a perder los nervios de un momento a otro, se acercó a ella para sacarla de allí al punto. Al escuchar su repentino jadeo, se quedó quieto. ¿De verdad acababa de darse cuenta de que iba desnudo?

Al parecer, iba a fingirlo, ya que le dio la espalda y le dijo muy indignada:

—¿Cómo se atreve a presentarse así?

Él también estaba enfadado, sobre todo consigo mismo por no haber tomado en serio sus advertencias, por burlarse y tildarlas de tonterías. Acababan de atacarla mientras estaba bajo su protección. Aunque Alana había demostrado que era capaz de defenderse.

—¿Preferirías que me hubiera parado a vestirme en vez de venir inmediatamente para ver si necesitabas mi ayuda cuando te oí gritar?

No esperó una respuesta. La cogió de la mano para sacarla de allí. Boris intentó darle una manta, pero Christoph la rechazó. Su desnudez era la menor de sus preocupaciones.

Llevó a Alana a su dormitorio en busca de intimidad. Controló su rabia, o lo intentó.

En cuanto cerró la puerta, le dijo:

—Cuéntame lo que ha pasado.

—Uno de sus hombres ha intentado matarme. He gritado en cuanto me lo he quitado de encima.

Parecía que Alana se había calmado, pero todavía no se había vuelto para mirarlo. Necesitaba ver su cara, sus ojos, para saber lo que estaba sintiendo de verdad.

—¿Cómo ha intentado matarte? Y mírame.

—No hasta que se vista.

Suspiró, pero se dirigió al lugar donde había dejado su ropa poco antes y se puso los pantalones a desgana.

—Y la camisa también —dijo ella.

Levantó la vista, pero Alana seguía sin mirarlo. ¿Lo habría mirado de reojo o simplemente quería asegurarse?

Se golpeó el pecho.

—Esto no es nada.

Alana lo miró por encima del hombro, pero apartó la mirada al punto antes de replicar:

—No estoy de acuerdo. El torso desnudo de cualquier otro hombre sería nada, pero el suyo es demasiado inquietante.

Christoph clavó la mirada en su espalda. ¿Un halago en mitad de toda esa locura? ¿O quería ponerlo de mejor humor porque se había percatado de la rabia que había intentado ocultarle? Se puso la camisa. Incluso se metió los faldones por la cinturilla.

—Ahora date la vuelta y dime exactamente qué ha pasado, desde el principio.

Alana se volvió, despacio. Una vez más, los ojos de Christoph volaron hasta las manchas de sangre que tenía en la bata, muy evidentes sobre el blanco de la tela. Si uno de sus hombres era el responsable...

—Espera —le dijo.

Se acercó al armario para buscar otra bata. Alana se quitó a toda prisa la manchada de sangre y él le ayudó a ponerse la bata limpia, sacándole la larga melena para que cayera por su espalda. La sangre no le había manchado la camisa de dormir que llevaba puesta. La rodeó y le ató el cinturón.

Antes de apartarse, Christoph le colocó una mano en la mejilla.

—¿Estás mejor? Te juro que no volverá a pasar nada semejante... tendrán que pasar por encima de mí.

—Gracias.

—¿Puedes decirme ahora qué ha pasado? —le preguntó con suavidad.

Alana asintió con la cabeza.

—Estaba durmiendo. Me desperté en cuanto me quitaron la almohada de debajo de la cabeza, pero como estaba adormilada no me di cuenta de que corría peligro... hasta que se colocó sobre mí, dejándome sin respiración. Y me puso la almohada en la cara, para asegurarse de que no recuperaba el aliento. Intenté dar con su cara con las manos, pero no lo alcanzaba. A esas alturas estaba aterrada, no sé ni cómo me acordé de la porra que me había llevado a la cama antes de acostarme, pero lo hice.

—¿Era tuya?

—Sí, le quité una pata a la mesita auxiliar. Golpeé donde creía que estaría su cabeza. Esperaba quitármelo de encima, pero debió de volverse al ver la porra, porque le di en la cara. Por suerte, conseguí desestabilizarlo lo suficiente como para poder quitármelo de encima.

Christoph se quedó pensativo.

—¿Lo tenías encima? ¿Estás segura de que no quería aprovecharse de ti?

Alana frunció el ceño al escuchar esa interpretación.

—¿Y matarme en el proceso? ¡Me estaba asfixiando! En Inglaterra eso es intento de asesinato.

—O tal vez solo quería acallar tus gritos. No sería la primera vez que un guardia se aprovecha de una prisionera.

—¿Y usted lo permite? —preguntó, incrédula.

—Claro que no —se defendió Christoph—. Cualquier guardia pillado en semejante acto es azotado públicamente, casi hasta la muerte, y acaba en la calle.

Alana seguía mirándolo con los ojos como platos.

—¿Nada más?

—Al caer en semejante desgracia, el hombre queda arruinado de por vida. Tomamos una vida a cambio de otra. Si la vida no se...

—¡Ya lo he entendido! Y ojalá hubiera matado a ese malnacido... si esa era su intención, claro. Al menos le rompí la nariz. Ya me siento mejor, gracias. Pero a diferencia de usted, no pienso olvidarme de que ha venido a matarme.

—Yo tampoco he descartado esa opción.

—Estupendo, porque si no se le ha ocurrido todavía, ha estado dándole cobijo a un traidor a la corona. ¿Por eso está tan enfadado?

—Estoy enfadado porque alguien ha intentado hacerte daño.

—¿Cuándo va a creer que soy quien digo que soy y que alguien, tal vez las mismas personas que me querían muerta hace dieciocho años, quieren hacerme daño ahora? Yo... tengo miedo.

Christoph le puso un dedo bajo la barbilla.

—Pienso llegar al fondo de este asunto. De hecho, creo que voy a ver si ese sinvergüenza está despierto. —Cogió las botas y el abrigo, y le dijo de camino a la puerta—: Cierra con llave cuando me vaya.

Christoph creyó oír su réplica:

—Encantada.

Daba igual. Alana no podía mantenerlo fuera de la habitación, ya que tenía la llave en el bolsillo. Pero estaba seguro de que la encontraría dormida cuando regresara. Aunque sus hombres hubieran conseguido despabilar al ladrón, iba a tomarse su tiempo para obtener una confesión. Necesitaba alguien en quien descargar su furia.

26

Alana pasó todo el rato en un duermevela. Por culpa de las pesadillas, que la despertaron en dos ocasiones. Había soñado que se ahogaba, que volvían a asfixiarla. Ambos sucesos habían sido tan similares que no era sorprendente que se hubieran mezclado en sus sueños. Sin embargo, se recordó que Christoph le había salvado la vida. Y que había capturado al hombre que la había atacado. A su lado, se sentía segura, y saber que estaba cerca la ayudó a conciliar el sueño una vez más.

Aunque también ayudó el hecho de que la cama fuera muy grande. Y cómoda. Ni siquiera sentía la estrechez de la bata como cuando se acostó. Seguro que se la había quitado de forma inconsciente cuando entró en calor bajo las mantas. En ese momento, la temperatura era perfecta, pese a la presencia del cuerpo de Christoph, cuyo calor corporal se sumaba al de las mantas. De la misma forma que había sucedido esa mañana junto a la chimenea de la casita cuando su calor corporal le puso fin a la pesadilla, el resplandor anaranjado del fuego iluminaba la estancia.

No era de extrañar que quisiera rememorar los besos que Christoph le había dado, pero se preguntó cómo era posible que recordara su sabor de forma tan precisa. Pero lo comprendió de repente. Seguro que había gritado y lo había despertado. Y esa era su forma de disipar sus temores para que volviera a dormirse. La aterciopelada suavidad de sus labios, el roce de su lengua y los acelerados latidos de su corazón... ¡no eran precisamente relajantes!

Captó el olor de su pelo cuando Christoph movió la cabeza para besarla en el cuello. Sus besos le provocaron escalofríos en los brazos. Estaba sintiendo lo mismo que sintió esa mañana, y tal vez un poco más.

Notó una mano en el pecho. ¿La estaba besando también ahí? Sintió un calor repentino que le arrancó un gemido mientras sus besos dejaban una placentera estela que se extendía hasta su entrepierna. De repente, notó un roce justo en ese punto, en la entrepierna... «¡Ay, Dios!», pensó. Lo que sucedió esa mañana no era tan emocionante como lo que le estaba sucediendo en ese momento. Contuvo la respiración un buen rato. Fuera lo que fuese lo que le estaba sucediendo, la sensación era tan maravillosa, tan increíblemente placentera, que ni siquiera podía respirar, atrapada como estaba en ella. Y cuando se dejó llevar, experimentó un placer erótico inimaginable. Un placer que la bañó en oleadas mientras soltaba el aire con un gemido que más bien fue un grito.

Sonrió mientras estiraba las piernas, consciente del placer palpitante que aún sentía en la entrepierna. Pero estaba agotada. Muy cansada, demasiado cansada como para reflexionar sobre lo que había pasado. Al día siguiente...

Pero, de repente, el acogedor lugar en el que se encontraba se tornó bastante pesado. Separó las piernas para librarse de dicho peso. Sintió algo duro deslizándose sobre el lugar donde había sentido la placentera sensación y eso la sobresaltó al recordarle que aún no había desaparecido.

—Alana, abre los ojos. Te has derretido una vez. Ahora, derrítete conmigo. Quiero seguir dándote placer y quiero que veas lo mucho que disfruto... haciéndote el amor.

Cuando abrió los ojos, Alana vio el apuesto rostro de Christoph sobre el suyo. Esos brillantes ojos azules. Una sonrisa en los labios que bien podría derretir la nieve.

—Mejor así —lo oyó decir—. Empezaba a pensar que ibas a dormirte otra vez.

El comentario estuvo a punto de arrancarle una sonrisa. ¿Dormirse mientras experimentaba todas esas cosas? Todavía estaba flotando en el delicioso sopor que había dejado el placer tras de sí. Hasta el peso de Christoph le parecía maravilloso, y en absoluto incómodo, ya que agradecía poder tenerlo a su alcance para variar.

Cedió al deseo de acariciarlo y le colocó las manos en los hombros desnudos. Le acarició los duros músculos de los brazos, en los que se apoyaba para mantenerse alzado sobre ella. Seguía desnudo. ¿No le había dicho que se vistiera? ¿En qué había estado pensando para objetar a su desnudez? Ese cuerpo dorado era magnífico y un estímulo para todos sus sentidos. La fuerza bruta de sus músculos le otorgaba un aspecto primitivamente masculino, pero no podía negar su belleza. Se preguntó si sería capaz de hacerle una descripción exacta a Henry para que lo tallara en madera. Le encantaría.

Christoph la miraba fijamente. Parecía fascinado por el movimiento de sus dedos, que seguían explorándolo. A Alana no le importó. No sentía timidez alguna.

De hecho, le sonrió y comentó de forma pícara:

—Me encanta este sueño.

Christoph rio entre dientes.

—Ojalá los míos fueran tan eróticos. —Y con un timbre más grave añadió—: En realidad sí lo son, pero será mejor que sigamos con este y no nos despertemos, ¿eh?

La besó con tal rapidez que Alana supuso que no le interesaba su opinión en absoluto. De todas formas, se dejó llevar y le devolvió el beso. Sin embargo, tal vez no hubiera sido una buena idea compartir un beso tan apasionado con él. Porque el sopor no tardó en desaparecer. En un abrir y cerrar de ojos, la pasión los consumió, y no solo a él. Porque ella tenía la impresión de que necesitaba algo más, de que debía intentar conseguirlo.

El momento era tan abrasador que bien podrían estar entre llamas. Christoph tenía la espalda sudorosa allí donde ella lo acariciaba, de modo que como no encontraba un lugar donde aferrarse, decidió echarle los brazos al cuello. Notó que ella también estaba húmeda... entre los muslos. La dureza que había notado antes seguía frotándose contra ese lugar palpitante con gran facilidad, aumentando la rapidez de sus movimientos. Y sabía muy bien adónde iba a conducir todo aquello. Lo sabía...

—Alana, ¿estás segura?

Como siguiera hablando, se echaría a gritar, pensó ella. Sentía una urgencia rayana en la locura. Tiró de él para que volviera a besarla en los labios y después jadeó. ¿Le había dolido? No estaba segura, porque la sensación había desaparecido con rapidez. La pasión la abrasó nuevamente y con ella... y con ella...

—¡Dios!

El *crescendo* que había experimentado antes volvió a repetirse, aunque en esa ocasión de distinta forma. Mucho más gratificante, ya que Christoph la acompañaba, moviéndose con ella y prolongando el exquisito clímax. Una oleada de ternura la abrumó de repente. Ternura por el hombre que le había entregado ese regalo. Era un lujo poder entregarse a esa sensación por unos instantes. En realidad, le encantaría que no desapareciera...

Y el hechizo continuó. Después de que compartieran el éxtasis y de que Christoph se desplomara sobre ella, Alana siguió abrazándolo. No obstante, él recordó su peso y después de darle un beso tierno en el cuello y otro en la mejilla, se apartó de ella y se tendió en el colchón. Claro que todavía no había acabado con ella. La atrajo hacia su costado y la instó a colocarle una pierna sobre los muslos, tras lo cual le pasó un brazo por la espalda, listo para dormir. Alana notó que le apartaba el pelo de la mejilla que no tenía apoyada en su torso.

Soltó un suspiro satisfecho, relajada y muy cómoda, acurrucada junto a él.

—Ha sido estupendo —dijo con voz adormilada un momento antes de que la invadiera ese maravilloso sopor y se rindiera al sueño.

27

El día anterior había sido increíble, pensó Alana. ¿De verdad habían sucedido tantas cosas en un solo día, incluso...? No quiso ni pensar en lo sucedido.

No tenía ni idea de la hora que era. El dormitorio de Christoph no tenía ventanas, de modo que no sabía si era de día o de noche. La única fuente de luz era una lámpara encendida en la repisa de la chimenea. Sin embargo, estaba más tranquila, totalmente descansada, y se despertó de golpe al darse cuenta de que no tenía la cabeza apoyada en una almohada, ni tampoco tenía la espalda y el trasero tan calentitos por una manta. ¡Christoph estaba pegado a ella! El fuego de la chimenea se había apagado en algún momento, pero tampoco hacía falta. Christoph era un horno.

—¿Cómo te sientes esta mañana?

¿Cómo sabía que se había despertado? No se había movido, y apenas respiraba para evitar despertarlo antes de haber recuperado la capacidad de raciocinio.

—Anoche intenté reconfortarte lo mejor posible después de la pesadilla que te despertó —continuó él con voz pensativa—. Me alegro de que quisieras que lo hiciera. La necesidad de sentir a otro ser humano cerca es un instinto natural tras un suceso traumático.

Alana intentó incorporarse, pero el brazo que la sujetaba la apretó con fuerza y la voz se tornó firme:

—No fue un sueño, Alana.

—Sé que no lo fue. Anoche bromeaba cuando sugerí que lo era. Pero no debería haber pasado.

—Aun así, no se puede borrar. Un placer semejante perdurará para siempre... al igual que los hermosos recuerdos.

Gimió al escucharlo.

—Por favor, ¿te importaría no hablar del tema?

De repente, se encontró tendida de espaldas. Christoph estaba apoyado en un brazo y la miraba. ¿Para comprobar lo coloradas que tenía las mejillas? No, en realidad le estaba sonriendo, una sonrisa arrebatadora que la dejó sin aliento y la mantuvo en suspenso mientras él se inclinaba despacio para besarla.

Sin embargo, Christoph se limitó a darle un besito en la nariz antes de sonreírle y decir:

—Buenos días, aunque tal vez debería decir buenas tardes.

Alana soltó el aire de golpe. Debería estar furiosa, por todo lo sucedido, pero sobre todo por lo de la noche anterior. Christoph se había comportado como un bruto y había disfrutado de todo lo que le había ofrecido. Aunque en el fondo sabía que no era cierto. Christoph había sido tierno y cariñoso con ella. Desterró la idea, incómoda por lo mucho que comenzaba a gustarle ese hombre.

—¿Tan tarde es?

Christoph se encogió de hombros.

—Pues sí. Yo comí hace poco rato. Empezaba a creer que no te ibas a despertar nunca, pero supongo que necesitabas más horas de sueño.

Una gran verdad. Pero... Un momento, ¿qué había estado haciendo? ¿Y por qué se había metido en la cama con ella mientras estaba dormida? Ojalá no quisiera continuar desde donde lo habían dejado la noche anterior. Hizo ademán de incorporarse. Y, una vez más, Christoph le apretó la cintura con el brazo.

Sin embargo, en esa ocasión, dijo:

—¿De verdad quieres que te deje levantarte cuando estás desnuda? Supongo que podrías llevarte la sábana contigo, pero entonces yo me quedaría desnudo. ¿Qué prefieres?

Alana gimió.

—Preferiría esconderme aquí debajo mientras tú sales de la habitación. ¿Es posible?

Christoph se echó a reír.

—No.

—¿Por qué sigues aquí si es tan tarde? —protestó—. ¿No deberías estar haciendo tu trabajo?

—No.

—¿Porque yo soy tu trabajo? —aventuró.

—Estoy encantado de decir que sí.

¡Por el amor de Dios! ¿Tenía al seductor en su cama? Esa sonrisa traviesa estaba causando estragos en sus sentidos. Y el brazo que la retenía en la cama no paraba de moverse. Sus dedos le exploraban el hombro desnudo. ¿Muy suavemente para que no se diera cuenta? ¿Tan suavemente que era posible que Christoph no fuera consciente de lo que hacía? No podía asegurarlo.

Desesperada por distraerlo, le preguntó:

—¿De verdad fue uno de tus hombres quien intentó matarme anoche?

Christoph asintió con la cabeza.

—Se trata de tu ladrón, Alana.

La respuesta la dejó sin aliento. Por su forma de decirlo, era evidente que creía haber resuelto el asunto satisfactoriamente.

—¿Y ya está? ¿Crees que un ladrón pasa del robo al asesinato para ocultar que ha robado? A ver si lo adivino, aquí colgáis a los ladrones y os limitáis a encarcelar a los asesinos.

El sarcasmo y el insulto de ese comentario hicieron que, como era de esperar, Christoph se incorporara y se levantara de la cama. ¡Y estaba desnudo!

Alana se cubrió los ojos con una mano antes de añadir:

—¿Sabía siquiera que yo lo había acusado? ¿Le dijiste que me tenías en el calabozo?

—Claro que no, pero podría haber sacado esa conclusión por sí mismo. Muchos vieron cómo te conducían a mis dependencias. Podría haber supuesto que te estábamos reteniendo hasta llegar al fondo de esta cuestión.

Dolida por el hecho de que se desentendiera con tanta facilidad de la amenaza que existía contra su vida, dijo:

—¿Es lo que crees de verdad?

De repente, Christoph se sentó al otro lado de la cama, junto a ella, y le apartó la mano de la cara. De todas formas, Alana mantuvo los ojos cerrados con fuerza y preguntó:

—¿Te has puesto los pantalones?

—Sí —contestó él con tranquilidad—. Y ahora quiero que me prestes atención. Estoy dispuesto a aceptar que tal vez haya más de lo que se ve a simple vista en este asunto, pero de momento ese hombre solo admite querer asustarte para que retiraras los cargos.

—¿Y tú lo crees?

—No. Pero míralo de esta forma, hay dos opciones: un ladrón intenta ocultar su crimen librándose de su acusador o, como tú sostienes, alguien le ordena a dicho ladrón matarte aunque nadie sabe quién eres menos el rey y yo. ¿Cuál crees que es la más factible?

—¿Eso quiere decir que se lo has contado al rey?

—Por supuesto.

Se quedó desolada. ¿Su padre ni se molestaba en ir a verla?

Antes de que Christoph se percatara de la enorme decepción que sentía, le preguntó:

—¿Estás seguro de que el rey no se lo ha contado a nadie más? ¿A un miembro de su familia? ¿A su mejor amigo o a sus consejeros? ¿Estaba solo cuando se lo contaste?

Christoph le acarició la mejilla con el dorso de los dedos.

—¿Por qué no has abierto los ojos?

¡Porque no había tenido tiempo para ponerse una camisa! ¿Sería capaz de mirarlo a la cara y no descender por su cuerpo? Lo intentó. ¡Por el amor de Dios, Christoph estaba sonriendo! ¡Le había leído el pensamiento!

—Para responder a tus preguntas, no, no y sí, hablé con él en privado.

—¿Y ha descartado mis palabras con la misma facilidad que tú? ¿¡Por qué!?

—Ya te he dicho que...

—¿Por las armas que escondía? —le soltó—. Eso apoya mis afirmaciones, no tus creencias.

—No eres una asesina.

—Vaya, muchas gracias, empezaba a dudarlo.

Christoph soltó una carcajada.

—Intentas hacerme enfadar con comentarios sarcásticos, pero hoy no lo vas a conseguir. ¿No te dije lo amable que sería después de...?

—¡No sigas!

Christoph fingió que iba a tirarle de la nariz hasta que ella se la tapó, y después se puso en pie con una sonrisa.

—Me parece bien... de momento. Siempre y cuando a ti te parezca bien que dejemos la discusión sobre el ladrón hasta que acabe el interrogatorio.

No esperó a que Alana le contestara. Se acercó al armario para terminar de vestirse. Alana debería apartar la vista, pero como estaba de espaldas a ella era incapaz de resistir la tentación de mirarlo. Los pantalones militares eran demasiado ajustados. A la tenue luz, parecían una segunda piel y enfatizaban lo duras y perfectas que eran sus nalgas. A continuación, subió despacio por su espalda, que se ensanchaba a la altura de los hombros... y que quedó cubierta de repente por una camisa de lino. Consiguió reprimir un suspiro.

O eso creía, porque Christoph se volvió a la espera de que confirmara los términos de su trato para que no hablara de la noche de pasión.

—Me parece justo —dijo ella.

—Bien. —Christoph se sentó en la cama para poder ponerse las botas. Sin embargo, renegó de su acuerdo al añadir—: Aunque me encanta verte desnuda en mi cama, tus baúles están en la habitación contigua. Pueden traértelos aquí.

—¿Cómo has...?

—Envié a varios hombres a registrar las posadas de la ciudad ayer, mientras estábamos en la fiesta. Supuse que encontrarían tus baúles en alguna.

Alana entrecerró los ojos.

—Buscabas mis baúles para poder registrarlos, ¿verdad?

—¡Pues claro! Esperaba encontrar más alijos de armas.

Su buen humor la sorprendió. Además, Christoph estaba a punto de reír de nuevo. ¿Estaba bromeando? ¿Christoph?

De hecho, incluso añadió:

—Sé que es muy considerado y servicial de mi parte reparar en el detalle de que a lo mejor te gustaría cambiarte de ropa... sobre todo cuando me gusta verte con la mía.

Alana consiguió no sonrojarse, aunque no supo cómo lo logró.

—No has encontrado armas —masculló.

—No... y tampoco encontré a tu tutor, Poppie.

Enarcó una ceja al escucharlo.

—¿De verdad esperabas hacerlo?

—Conservaba la esperanza.

—Ya te dije que no sabe quién lo contrató para matarme... todavía. ¿Por qué no lo dejas tranquilo para que haga lo que mejor se le da: protegerme?

—Porque tiene las respuestas que a ti te faltan.

¿Qué quería decir? Sin embargo, Christoph ya se encaminaba hacia la puerta del dormitorio, y de repente la asaltó el pánico porque la dejara sola e indefensa de nuevo.

—Espera. Necesito otra arm...

No consiguió terminar la frase. Christoph se volvió como un rayo. Sin embargo, no fue enfado lo que vio en su cara al decir:

—Yo soy tu arma. No vas a apartarte de mi vista ni de mi lado. —Después, sonrió mientras lanzaba una miradita hacia la cama—. Mi «deber» nunca había sido tan placentero.

28

Menos mal que cuando salió corriendo de la cama, Alana encontró la bata que Christoph le había quitado por la noche. Apenas le dio tiempo a abrocharse el cinturón antes de que Christoph volviera con Boris, cada uno de ellos llevando uno de sus baúles. Después se marcharon para ir en busca de los otros dos. Alana no se movió. El traslado de sus pertenencias al dormitorio de Christoph dejaba bien claro que a partir de ese momento dormiría con él... de ahí que su deber le pareciera repentinamente placentero, tal como había afirmado.

Sin embargo, lo que había pasado esa noche no volvería a repetirse. Según Christoph, ella necesitaba consuelo, e incluso lo había tildado de impulso natural después de lo que le había sucedido. Reconoció que tal vez tuviera razón. No obstante, el trauma había desaparecido y su fortaleza la ayudaría a no volver a hacer algo tan impropio. Compartir el dormitorio con él sería... difícil, pero eso no quería decir que también tuvieran que compartir la cama. Le exigiría que pusiera un camastro o que se acostara en el sofá del rincón. O se acostaría ella.

Una vez que el último baúl estuvo junto a la pared, Christoph despachó a Boris y empezó a abrirlos uno a uno. Las cerraduras estaban rotas, lo que le recordó que ya había registrado sus pertenencias antes.

—Vístete —le dijo él—. Tienes visita.

Alana abrió los ojos de par en par.

—¿Mi pad...?

—No. Un niño. Vino esta mañana y preguntó por ti. Mis hombres le dijeron que volviera más tarde. No querían molestarme por un asunto que no les pareció importante.

—Me gustaría que tus guardias no hicieran suposiciones en lo concerniente a mi persona. Deberían haberme despertado.

—Estabas en mi dormitorio. Su suposición fue acertada y me concernía a mí, no a ti. Cualquiera que quiera verte tendrá que verme antes a mí.

Alana se sonrojó al escucharlo. ¿Estaría todo el mundo al tanto del lugar donde pasaba las noches?

—De todas formas, no te habría despertado aunque me lo hubieran dicho —añadió—. Necesitabas dormir más.

—Pero ¿Henry ha vuelto?

Christoph enarcó una ceja.

—¿El muchacho que viajaba contigo? Me dijiste que era huérfano. El que ha venido esta mañana asegura tener una madre que le dará una paliza si no vuelve a casa con el oro que le han prometido si te entrega un mensaje. ¿En qué quedamos? ¿Es un pilluelo de la ciudad con una madre furiosa o es tu huérfano?

—No tengo ni idea —reconoció ella, que después se echó a reír—. Supongo que es Henry. Ha debido de pensar que con ese cuento le permitirían verme antes. Pero será mejor que te marches para que pueda vestirme y así lo averiguaremos.

Christoph cerró la puerta al salir. Alana se vistió con rapidez. Eligió un vestido mañanero de cuello alto y de color lavanda que más bien parecía morado a la tenue luz de la lámpara que Christoph debía de haber encendido esa mañana. Seguro que era Henry quien quería verla, pese al improvisado cuento, pero ¿por qué tan pronto? El día anterior ya había hablado con Poppie, aunque brevemente. ¿Habría descubierto algo más?

Henry corrió a sus brazos tan pronto como salió del dormitorio. Y así echó por tierra el cuento de que era un muchacho lubinio de la capital que no la conocía. Ella lo abrazó con fuerza y se percató de que Christoph los observaba con interés.

—Me han dado un susto de muerte porque no me dejaban verte —le dijo Henry.

—Tranquilo. Es que viniste muy temprano. Estoy bien, como puedes ver. Cuento con la protección del capitán de la guardia. No me sucederá nada mientras él me proteja. —Decidió que debía hablar en inglés para que Henry la entendiera y para que Christoph no lo hiciera.

Henry se apartó y miró a Christoph.

—¿Ese?

—Sí, ese. Y ahora dime, ¿qué te trae por aquí?

—¿Es seguro decirlo? —susurró el niño.

—Sí, no entiende nuestro idioma.

Henry asintió con la cabeza y repitió lo que le habían dicho.

—Hay dos espías. El ladrón y otro más. Cualquiera de los dos puede intentar hacerte daño. Quiere que se lo digas. —Henry señaló a Christoph con la cabeza—. Dice que no estarás segura hasta que los cojan a los dos.

Las noticias la dejaron lívida, aunque ya había llegado a esa conclusión después del ataque de la noche pasada. Sin embargo, Christoph lo notó y le preguntó:

—¿Qué te pasa?

Alana no titubeó al contestarle. La información confirmaba lo que ya le había dicho, y sabía que tenía el permiso de Poppie para contarle cómo se había enterado.

—La información que te pasé anoche la obtuve de Poppie. Ayer, en la fiesta.

—¿Estaba en la fiesta? —le preguntó él, claramente sorprendido.

—Sí, aunque no mucho tiempo. Me dijo que tanto el ladrón como el otro guardia trabajan para los mismos que lo contrataron hace dieciocho años. Me aseguró que iba a seguirlos para descubrir más cosas, pero ahora cree que hay algo más importante que debes saber. Están al tanto de la existencia de la esclava, lo que significa que saben que no morí hace dieciocho años tal como pensaban... y van a enmendar ese error.

Christoph suspiró.

—O este mensaje ya estaba preparado de antemano para que confirmara tu historia.

Ambos habían pensado lo mismo, salvo que tenían diferentes interpretaciones. ¡Por el amor de Dios, qué hombre más exasperante!, pensó Alana. Aunque había afirmado su intención de mostrarse dispuesto a escucharla, de momento ni siquiera lo había intentado. ¿Por qué? ¿Qué información tenía que ella ignoraba y que lo hacía parecer tan convencido de que todo lo que ella decía era mentira?

Mientras los miraba, Henry le preguntó:

—¿No se cree que has venido para que no haya una guerra?

—Todavía no —contestó—. Pero no se lo digas a Poppie si lo ves. No quiero que se preocupe más de la cuenta por mí.

Henry asintió con la cabeza.

—Tengo que irme.

Alana lo abrazó otra vez antes de empujarlo hacia la puerta. Sin embargo, en cuanto el niño salió, Christoph lo siguió. Alana se quedó lívida, pensando que tal vez fuese a ordenar que lo detuvieran para averiguar cuál era exactamente el mensaje que le había pasado. Ella sabía muy bien lo intimidatorio que podía llegar a ser cuando quería respuestas. De modo que se interpuso en su camino.

—No. Por favor.

Christoph la miró. Levantó una mano para acariciarle una mejilla, pero no llegó a tocarla. En cambio, la apartó de él.

—Es mi trabajo, Alana.

—¡Pues os odio, a tu trabajo y a ti!

Eso tampoco lo detuvo. Abrió la puerta y les hizo un gesto a los guardias que estaban más cerca.

—Seguid al muchacho hasta la ciudad. Guardad las distancias. Quiero que detengáis a cualquier hombre con el que hable.

¡Eso era peor que lo que ella había supuesto! Intentó pasar junto a Christoph para avisar a Henry, pero antes de que llegara muy lejos, un brazo le rodeó la cintura y la levantó del suelo, tras lo cual la puerta se cerró de golpe.

—Se percatará de que lo siguen y los despistará —dijo, intentando convencerse en la misma medida que quería convencer a Christoph.

—Puedo ordenar que cierren las puertas del palacio antes de que llegue hasta ellas. ¿Prefieres que lo detenga a él?

La pregunta hizo que estallara en lágrimas. Christoph la obligó a volverse, le pasó un brazo por detrás de las rodillas y la alzó para llevarla hasta el gabinete. Atravesó la estancia, pero no la dejó en el suelo. En cambio, se sentó en el sofá mientras la acunaba entre sus brazos. Alana siguió llorando y golpeándole el hombro con un puño hasta que lo tuvo demasiado dolorido como para seguir.

Pasó un buen rato. Ya no le quedaban más lágrimas. Su respiración volvió a la normalidad. Le dolía el puño. Le dolía el corazón. Como Christoph encerrara al pobre niño en una de sus frías celdas... lo... lo...

Christoph comenzó a hablar con voz serena para tranquilizarla.

—Yo solo era un niño hace dieciocho años, cuando el bebé desapareció de la habitación infantil. Pero sé de quiénes se sospechó en aquel entonces. De los Bruslan, de la familia del rey Ernest, por supuesto. Sin embargo, había pasado muy poco tiempo desde la guerra civil que los apartó del trono como para que intentaran recuperarlo. Aunque sus planes eran más bien a largo plazo, el hecho de asegurarse de que el linaje de los Stindal no prosperara pudo ser un simple comienzo.

Alana no entendía por qué de repente se mostraba dispuesto a darle esa información, que, por cierto, le habría gustado tener antes.

—Pero ¿no quedaron descartados porque se demostró que eran inocentes?

—No. Todavía siguen siendo los peores enemigos del rey. No te dejes engañar por el encanto de Karsten. Su deseo de convertirse en rey es implacable.

—Pero en aquel entonces él solo era un niño —señaló ella.

—Sí, pero la mayoría de su familia cree que debería haber

sido nombrado heredero después de la muerte de su abuelo. Además, hubo muchos aristócratas que cayeron en desgracia. Muchos perdieron sus títulos nobiliarios y sus tierras después de la guerra. Deberían haber sido desterrados, pero el padre de Frederick, que en aquel entonces acababa de subir al trono, albergaba la esperanza de que se redimieran. Algunos lo han hecho, otros siguen resentidos e insisten en que solo cumplieron con su obligación al apoyar al antiguo rey Ernest.

—Y les encantaría ver a los Bruslan en el poder, ya que si un Bruslan llega al trono, les devolverá sus títulos y sus tierras —aventuró Alana.

—Sí, así que no podemos descartarlos. Pero en aquel entonces se investigó todo. Incluso se inició una búsqueda para dar con los asesinos más notorios de la época, cuyas cabezas ya tenían precio. Algunos fueron localizados e interrogados, pero ninguno pareció estar involucrado en el rapto. Sin embargo, hubo un hombre residente en la ciudad que también desapareció aquella noche. Eso hizo que algunos de los consejeros del rey llegaran a la conclusión de que el rapto de la princesa no fue una siniestra conspiración de tinte político, sino el trabajo de un ladrón muy arriesgado que se aprovechó de las circunstancias, ya que la mayoría de la guardia de palacio se había marchado con el rey.

Alana tuvo el presentimiento de que podía estar hablando de Poppie. Al fin y al cabo, Leonard Kastner también desapareció aquella noche. Y si habían estado buscando a un «ladrón» como culpable del rapto, lo lógico era que concluyeran que el culpable había sido él.

—¿Por eso nadie sabe quién intentó matarme? ¿Porque hay demasiados sospechosos?

—Se enviaron espías a la propiedad de los Bruslan, pero muchos fueron descubiertos y acabaron muertos, y los pocos que volvieron no lograron encontrar prueba alguna. Aunque los Bruslan se alegraran por el sufrimiento de Frederick, en caso de que el rapto fuera obra suya, tuvieron la cautela de no reconocerlo. Ni siquiera se sabía quién se había hecho con las riendas de la familia después de la muerte del rey Ernest. Los Bruslan son muy numerosos. Ernest tenía dos hijas, tres hermanos, dos tíos y todos ellos tenían hijos, que a su vez tuvieron más hijos. Su esposa, Auberta, todavía vive.

Alana quería saber si sabía algo más sobre Leonard Kastner y se preparó para escuchar el verdadero nombre de Poppie antes de preguntar:

—Y supongo que tampoco encontraron al hombre que también desapareció aquella noche, ¿verdad?

—Exacto. Al no hallar evidencias de que el bebé había sido asesinado y con el paso del tiempo, todo el mundo creyó que Kastner había raptado a la princesa pero que estaba demasiado asustado como para pedir un rescate. ¿Te resulta familiar ese apellido?

¡Por Dios, la estaba interrogando mientras fingía contarle una historia!, pensó. A pesar de que habían hecho el amor, Christoph seguía con su trabajo, pero con sutileza en vez de con tácticas intimidatorias.

—¿Crees que no sé lo que estás haciendo? —le preguntó con tirantez mientras forcejaba para alejarse de sus brazos—. Ya te he dicho por qué me raptaron y quién lo hizo. No fue precisamente para pedir un rescate, así que estás muy equivocado si crees que el culpable fue un ladrón.

—En realidad, no has contestado a mi pregunta, ¿verdad? ¿Es Leonard Kastner tu tutor?

—Me dijo su nombre. Me habló de su antigua ocupación. Me contó que lo contrataron para matarme. Un sirviente anónimo que trabajaba para otra persona. No me explicó exactamente cómo llegó hasta mí, pero me dijo que fue muy sencillo.

—¿Te dijo su nombre? ¿Por fin vamos a llegar a la verdad?

—Te lo habría dicho antes. Te habría dicho su nombre, pero me dejaste muy claro que querías capturarlo. Así que decidí esperar y darle la oportunidad de hacer el trabajo para el que ha venido: descubrir quién me quiere muerta.

—Ese es mi trabajo, Alana. ¿Quién es?

—Rastibon.

—Interesante... —dijo Christoph tras un breve silencio—.

Y, en realidad, muy conveniente para ti. Ese nombre es muy famoso por aquí. ¿Lo sabes desde el mismo día que te contaron tu historia... o desde ayer cuando tu tutor se puso en contacto contigo en la fiesta?

—¿Qué diantres estás insinuando ahora?

Christoph se encogió de hombros. No la había soltado pese a sus esfuerzos por liberarse. La estaba observando con demasiada atención. Buscando algo en concreto... pero ¿qué?

—En realidad, la investigación sobre Kastner nunca se cerró —siguió Christoph, con el mismo tono tranquilizador de antes—. Cuando me asignaron este trabajo, creí que podía ahondar en el misterio desde otra perspectiva distinta y ser quien por fin lo resolviera. Así que volví a interrogar a todos los antiguos vecinos de Leonard Kastner e incluso seguí la pista de los que habían abandonado la ciudad. Aunque fue una mera formalidad.

Alana enarcó una ceja.

—¿Porque en el fondo nunca sospechaste de ese hombre? Entonces ¿por qué lo has mencionado?

—Por supuesto que sospechaba de él, pero no era un asesino. Un ladrón poco común sí, pero no un asesino. Sin embargo, descubrí que después de que desapareciera, no se atribuyeron más muertes a Rastibon, lo que sugiere que también se jubiló más o menos por aquel entonces. Son la misma persona, ¿no es cierto, Alana?

Por fin sabía lo que Christoph buscaba. Hacía mucho tiempo que había llegado a esa conclusión, pero de momento no había atribuido esos nombres a Poppie. ¿Conveniente? ¿Pensar que le hubieran dado el nombre del asesino el día anterior? ¡Lo que en realidad estaba haciendo Christoph era comprobar si usaba la información que acababa de darle porque seguía sin creer en su palabra!

—No puedo decirte nada más sobre el tema —respondió, cansada.

—O no quieres.

La conversación había tomado un cariz muy frustrante. Alana se enderezó entre sus brazos, que seguían impidiendo que se apartara de su regazo.

—Deja que me levante.

—Me gusta tenerte así.

—A mí no.

—Creo que puedo ganar esta discusión.

¿Para ver quién era el más fuerte? En ese momento, vislumbró el brillo alegre en sus ojos. ¡Para el caso bien podía levantar un brazo y presumir de músculos!

—No sé si sabes que la fuerza bruta solo la usan los cortos de inteligencia —le soltó.

El comentario hizo que Christoph estallara en carcajadas.

—Alana mía, vas a descubrir que hoy no te va a resultar fácil enfadarme. Ya te lo advertí, ¿no?

—¡Por favor! —exclamó ella, asqueada—. Deja de hacer insinuaciones sexuales porque ahora mismo están fuera de lugar. ¿Por qué me has contado todo esto?

—Tenía curiosidad por ver cómo reaccionabas al mencionarte a los Bruslan.

—¿Crees que hasta ayer mismo no sabía de su existencia? Mi educación fue tan buena como la de cualquier lord inglés. Entre otras cosas, estudié la historia de las casas reales europeas, incluida la de Lubinia. Incluso estoy al tanto de un detalle que no has mencionado: en realidad, mi padre guarda un lejano parentesco con ellos, pero ambas ramas de la familia se enemistaron mucho antes de que él naciera.

El brillo alegre desapareció de los ojos de Christoph.

—No esperaba que supieras todo eso, lo que me lleva a preguntarte una cosa: ¿acaso los Bruslan raptaron a la niña no para matarla, sino para educarla como un miembro más de la familia para que aprendiera a quererlos? Una conspiración que les devolvería el poder en cuanto se deshicieran de Frederick.

Alana resopló.

—Eso sí que es hilar fino. Te prometo que no me crié aquí, mucho menos junto a los Bruslan.

—Sé que no te criaste aquí. Pero Poppie puede ser un...

—¡Válgame Dios! —exclamó Alana, poniendo los ojos en blanco—. ¿Ahora piensas que es un Bruslan? ¿Vas a adjudicarle algún nombre más?

Christoph chasqueó la lengua, pero acabó sonriendo.

—¿De verdad crees que voy a entrar en detalles sobre una investigación que sigue en marcha? ¿Una investigación de la que formas parte?

—Ah, sí, que no se nos olvide —replicó ella—. Creo que la tregua ha terminado.

Y cerró la boca para que no dudara de su palabra. Gracias a su silencio, Christoph la soltó, o eso creyó ella mientras se ponía en pie de un salto. Él también se levantó con rapidez, y antes de que pudiera alejarse, le tomó la cara entre las manos.

—No había tregua alguna —la contradijo con ternura—. Lo que tenemos es una relación, que vas a encontrar más placentera que una tregua. No le haré daño al muchacho, te doy mi palabra. Pero encontraré a tu Poppie. No me queda alternativa. Aunque si lo que comienzo a sospechar es cierto, tampoco le haré daño a él.

Alana se quedó petrificada. ¿Qué estaba haciendo Christoph? ¿Tendiéndole una trampa? Poppie era un criminal buscado en el país y, aunque no lo fuera, no iban a darle las gracias por haber raptado a la hija del rey y por haberla mantenido alejada de él. Iban a ejecutarlo. Y ella no pensaba permitir que eso sucediera.

29

El capitán volvía a hacerla esperar. Como táctica, era muy buena. Nada más preguntarle qué quería decir con eso de que no le haría daño a Poppie, Christoph llamó a gritos a Boris.

—Dale de comer a esta mujer —le dijo al criado— y protégela con tu vida. Nadie entra ni sale.

En cuanto su señor se fue y cerró la puerta con llave, Boris hizo una mueca. Adiós a usar su sentido de culpa si le parecía necesario, pensó Alana. Era una lástima que Christoph se hubiera dado cuenta de que podría intentar esa treta. Sin embargo, ¿adónde creía que podía irse? ¿A casa? A lo mejor. Estaba perdiendo la esperanza. Le había contado todo lo que podía, pero él seguía creyendo que era una impostora, de modo que no podía evitar una guerra.

La comida la estaba esperando. Se la sirvieron de inmediato, y era mucho más de lo que podía comer. ¿Esperaban que Christoph volviera y compartiesen mesa? Ella no. Suponía que iba a interrogar al ladrón de nuevo o a mandar a más hombres para espiar a Henry. No obstante, antes de que Henry llegara al orfanato, el niño había vivido en las calles de Londres. Sabía cómo eludir a perseguidores, a ladrones y a cualquier persona que lo estuviera observando. Ojalá siguiera conservando las mismas facultades, porque no estaba segura de las intenciones de Christoph, tal vez encerrase al niño si no conseguía los resultados que deseaba.

A la postre, Christoph regresó mientras ella seguía comiendo. Sintió curiosidad por la expresión enfurruñada que lucía mientras se sentaba frente a ella y se servía un poco de todo lo que Boris había llevado.

—¿Ha hablado el ladrón?

—Se llama Rainier y sí, ha estado mucho más comunicativo durante esta sesión, después de hacer un trato para conservar la vida a cambio de nombres. Ha admitido que un hombre llamado Aldo le pagó para que se infiltrara en mi guardia y así poder mantener al tanto de nuestros movimientos y de cualquier otra cosa que le pudiera resultar útil a ese tal Aldo y a nuestros enemigos. También ha revelado el nombre de otro traidor, que ha desertado muy convenientemente.

—En fin, al menos has conseguido un nombre. ¿Por qué pareces tan disgustado?

—Porque Aldo fue asesinado la otra noche, así que no tengo nada.

—Te has librado de dos traidores. Ya estás mejor que ayer.

—Sí, es algo.

—Si Rainier ha hecho un trato para salvar la vida... ¿quiere decir que también ha admitido que intentó matarme?

—No, sigue diciendo que solo quería asustarte. Y me inclino por creerlo.

—¿Crees en la confesión de un traidor antes que en mi palabra? ¡Muchísimas gracias! —exclamó, furiosa.

—Ni siquiera quieres ponerte en mi lugar, ¿verdad? Tu historia no es original en absoluto. Ya la han contado antes con pequeñas variaciones.

—Entiendo tu problema, pero no lo había anticipado. Poppie estaba seguro de que me llevarían de inmediato ante mi padre y de que él me reconocería al instante. La esclava podría demostrarlo. ¿Crees que se podría copiar algo tan exquisito sin haber visto el original? El diseño era demasiado elegante, y las piedras preciosas tenían los colores de un arcoíris. Mi padre la habría reconocido sin problemas. Pero como la robaron, tengo que enfrentarme a ti y a tus sospechas, lo que me pone a mí también en una situación comprometida.

Terminó con un suspiro. Un suspiro que Christoph pasó por alto al señalar:

—Por supuesto, eres consciente de que ni siquiera es una historia propia, sino que es algo que Poppie te ha dicho. ¿Y si te ha mentido?

—Imposible.

—¿Y si lo ha hecho?

Alana lo miró con una ceja enarcada.

—¿Estás diciendo que me ha criado durante dieciocho años con la intención de contarme una mentira? ¿Por qué?

—Un hombre, de cualquier condición, sabe que un monarca tiene poder. Y el poder es una motivación muy poderosa.

—Cierto —admitió—. Pero dieciocho años son muchos años, sobre todo porque cualquiera de nosotros, mi padre, Poppie o yo, podríamos haber muerto. Y también habría que esperar que a lo largo de todo ese tiempo mi padre no tuviera un hijo varón que sería su heredero. —Meneó la cabeza—. Conozco a Poppie. No me ha mentido. Ojalá lo hubiera hecho. Cualquier cosa habría sido mejor que lo que me contó.

—¿Te estás contradiciendo, Alana? Has dicho que no era el hombre que creías que era.

—Estás sacando mis palabras de contexto para darles otro significado. Su pasado fue lo que me sorprendió. Y mi propio pasado fue otro factor desequilibrante. Pero eso no cambia el hombre en quien se ha convertido, el hombre que ha sido a lo largo de estos años.

—Eres increíble —dijo Christoph, sorprendiéndola—. Tienes una respuesta preparada para todo, ¿verdad?

Lo miró con una sonrisa tensa.

—Te conviene preguntarte el porqué. Pregúntate si alguna vez has tenido que pararte a pensar para decir la verdad. Claro que si estuviera mintiendo... Bueno, en ese caso sí que sería increíble.

Christoph soltó una carcajada.

—Pues que sepas que no te comportas como una muchacha de dieciocho años.

Lo miró, extrañada, por el buen humor que destilaba, pero se limitó a preguntar:

—¿Por qué lo dices?

—La mayoría de las jovencitas procedentes de familias nobles apenas son adultas a esa edad, pero tú no tienes nada de infantil.

Eso le arrancó una carcajada.

—Tal vez porque nunca me han tratado como a una niña.

—¿Nunca?

Alana se encogió de hombros.

—Supongo que, pese a lo rápido que Poppie se encariñó de mí, seguía teniendo muy presente que algún día sería una reina y, por tanto, me trató de forma distinta que al resto de los niños. —En ese momento, recordó una vieja escena que decidió compartir—. La verdad es que hubo una vez en la que sí me trató como a una niña. Un día me doblé un dedo mientras paseábamos por un parque londinense. Me eché a llorar. Creo que tenía seis años. Era la primera vez que había sentido un dolor tan fuerte. Poppie me abrazó todo el tiempo que el médico estuvo curándome el dedo y no paró de decirme tonterías para distraerme. Al final, acabé riendo entre lágrimas.

—Sigues queriéndolo, ¿verdad?

Christoph se lo preguntó con tanta ternura que se le llenaron los ojos de lágrimas. Se puso en guardia al instante. ¿Era una nueva táctica y por eso recurría a sus emociones? No pensaba dejarle entrever que había funcionado.

Le contestó con una pregunta de su propia cosecha:

—¿Cómo se puede dejar de querer a alguien a quien has amado toda la vida? El relato que me contó de su vida fue espantoso, pero no es el mismo hombre con quien yo crecí. No sé qué más decir para hacerte comprender que ya no es ese hombre.

—¿No lo es? ¿Acaso no me has dicho que ha venido para matar a tus enemigos?

—No es lo mismo, ni por asomo. Me está protegiendo... y también protege a mi padre. Eso es hacerte el trabajo.

Christoph no se enfadó, sino que le sonrió.

—Muy buena respuesta.

A Alana no le gustaba esa sonrisa. Porque sus ojos volaban hasta sus labios y su mente comenzaba a pensar en otras cosas. Ojalá no fuera tan guapísimo. Si fuera viejo o feo, o no tuviera ese cuerpo, sería muchísimo más sencillo tratar con él. Sin embargo, la atracción que sentía era demasiado fuerte. Y se interponía muy a menudo en su camino.

De repente, Christoph dijo:

—Vamos a discutir si te declaramos inocente de todos los cargos.

Esa afirmación de su boca, tan sorprendente, la puso en alerta de inmediato.

—¿Eso quiere decir que me vas a dejar en libertad?

—No.

—¿Y a qué viene entonces?

—Viene a que te dejemos libre cuando todo acabe... y tal vez lo mismo se aplique a ese tutor tuyo.

Se incorporó con el ceño fruncido.

—Ya has comentado eso antes, pero no te has explicado. ¿Adónde quieres llegar?

—Me siento inclinado a pensar que te han engañado, que los consejeros de los Bruslan son mucho más astutos que antes para haber pensado en algo así.

—¿Cómo que me han engañado?

—Creo que a tu tutor le han pagado o lo han obligado, tal vez amenazando tu vida. Puede que le hayan dado hecha toda esta historia, incluido el nombre de Leonard Kastner, que es un sospechoso reconocido de este caso, al igual que el de Rastibon, el asesino más infame de su época. Sí creo que es lubinio, tal vez uno de los nobles caídos en desgracia que decidió empezar desde cero en otra parte en vez de quedarse aquí, humillado, lo que cuadraría con lo que te contó cuando eras pequeña. Tal vez mantuvo el contacto con alguien del país, de modo que los Bruslan se enterasen de su existencia y de que tenía una sobrina de la edad adecuada. Piénsalo, Alana. Piensa en todo lo que me has dicho que te ha contado hace tan poco tiempo. Si de verdad creía que te matarían en caso de que fuera incapaz de convencerte de que su historia era cierta, habría adornado el cuento con cualquier cosa, como su antigua condición de asesino.

Alana meditó su razonamiento, pero no lo veía claro.

—Si los Bruslan lo han orquestado todo, ¿por qué han surgido los rebeldes? —preguntó—. ¿O vas a decirme que las dos conspiraciones no están relacionadas?

—Son la misma. Su propaganda solo ha conseguido proporcionarte el marco perfecto para tu entrada triunfal.

—Pero... ¿y la guerra?

—En caso de que recuperen la corona, no querrán una destrucción total. Cuanta más gente muera, menos súbditos tendrán. Esta rebelión no es para fomentar una guerra, Alana, es para que la gente muestre su descontento con el rey actual para que acepten el regreso de los Bruslan al trono. Tú eras su as en la manga. Si lo hubieras conseguido, si Frederick te hubiera presentado como a su hija, lo habrían denunciado por intentar hacer pasar a una impostora por una princesa ante su pueblo. Y solo hay dos resultados posibles: una revuelta inmediata que habría acabado con la muerte del rey o la exigencia de que abdicara sin dilación. Ese es el objetivo de todo esto, y tú misma lo has dicho: «Úsame para evitar una guerra.» ¿No lo dijiste así?

La teoría de Christoph la dejó de piedra. De hecho, sonaba factible, salvo por el detalle de que Poppie jamás habría participado en algo semejante. Le habría contado la verdad y la habría puesto fuera de peligro, aunque eso significara abandonar Inglaterra y tener que ocultarse en otro país. No la habría obligado ni mucho menos a lidiar con la incredulidad que demostraba Christoph, únicamente por una mentira.

—Entiendo que te guste más esa versión que la mía —comentó con expresión pensativa—. Has comprometido a la hija del rey. Seguro que tendrás que enfrentarte a su ira cuando por fin me acepte.

—En ese caso, me veré obligado a ofrecerte mis más humildes disculpas.

Christoph había fruncido el ceño por la mera idea. ¿Por qué? Era evidente que no creía que fuera a suceder.

—¿Sabes siquiera lo que es la humildad? —preguntó ella, curiosa, pero al punto añadió—: Claro que, de todas formas, no te perdonaría.

El ceño de Christoph se acrecentó.

—Si fueras la princesa, mi familia volvería a caer en desgracia por mi culpa, y yo mismo abandonaría Lubinia durante el resto de mi vida por haber fracasado estrepitosamente en el cumplimiento de mi deber. Por suerte para mi familia, eso no va a suceder.

La absoluta certeza que tan exasperante le resultaba volvía a resonar en la voz de Christoph.

—Debería darte la razón y acabar de una vez —murmuró ella—. Pero hay pequeñas discrepancias entre la teoría y la verdad que pueden demostrar que Poppie no me ha mentido. No iba a decírtelo, porque Poppie no estaba del todo convencido de que pudiera llegar hasta mi padre. En caso de que no lo hiciera, dirías que es una mentira, lo que te llevaría a descartar todo lo que ya te hubiera contado. Pero como eso ya ha pasado y no se me ocurre nada más para convencerte, deberías saberlo por si acaso llega a manos de mi padre.

—¡Por Dios, suéltalo de una vez!

Ah, pensó Alana, por fin se había enfadado. ¿Porque no se había aferrado con uñas y dientes a la concesión de que tal vez fuera «inocente»? ¿O porque le había dicho que nunca lo perdonaría? Hasta ese momento, no había reparado en lo importante que era para Christoph que ella no fuera la princesa... por el tratamiento que le había dispensado. ¿Podría caer en desgracia por ese motivo? La posibilidad debería alegrarla, pero lo cierto era que no le gustaba la idea.

—Alana —la instó con sequedad.

—¡Muy bien! Pero ya te he dicho que a lo mejor se queda en nada. Varios meses después de que Poppie me raptara, la compasión lo llevó a enviarle un mensaje a mi padre. Le aseguraba que me mantendría a salvo hasta que Frederick descubriera quién me quería muerta. Nadie más debía enterarse de la existencia de esa misiva. Si llegó a manos de mi padre, demuestra que Poppie es quien dice ser y que yo soy quien él dice que soy.

La rabia abandonó el rostro de Christoph. Alana no entendió el motivo hasta que él dijo:

—Deberías habérmelo dicho antes.

—¿Estabas al tanto?

—No, pero pronto lo estaré.

Christoph salió de la habitación a toda prisa. Como no le quedaba la menor duda de su destino, a Alana se le encogió el estómago por el miedo. Si esa carta había llegado a manos del rey tantos años antes, Frederick acompañaría a Christoph cuando este volviera. Y por fin conocería a su padre...

30

Alana seguía sentada a la mesa en el gabinete de Christoph, demasiado nerviosa como para comer otro bocado, como para moverse siquiera. Casi deseaba que Christoph volviera y le dijera: «Alana, ¿otra mentira?»

Eso mismo debió de pensar él cuando se marchó, porque no parecía temer siquiera la posibilidad de que su trabajo estuviera amenazado. Posiblemente había exagerado esa parte.

—Señora, ¿le gustaría tomar un baño?

Boris tuvo que hacerle la pregunta dos veces para que ella reparara en su presencia.

—No... bueno, sí.

El criado sonrió, encantado.

—Le he llenado la tina en la cocina.

—¿En la cocina?

—Es donde todos nos bañamos, la estancia más caldeada. Tendrá intimidad.

Se sentía demasiado sucia como para rechazar el ofrecimiento. Si se daba prisa, podría acabar antes de que Christoph regresara. Además, la cocina ya estaba vacía y la tina, que era muy grande y redonda, estaba dispuesta frente al horno. El delicioso aroma del pan que se horneaba en su interior flotó hasta ella. Deseó poder librarse de las preocupaciones disfrutando de un largo baño, pero no se atrevía a demorarse más de la cuenta, de modo que se lavó más rápido que nunca. Y no le pareció suficientemente rápido.

Aunque no estaba de cara a la puerta, la corriente de aire que notó en los hombros la avisó de que alguien la había abierto sin hacer ruido. Echó un vistazo por encima del hombro y se sumergió aún más. Por supuesto que era él. Nadie más se habría atrevido a entrar.

—¿Te importa? —le preguntó hecha una furia.

—En absoluto —respondió Christoph, apoyándose en la jamba de la puerta con los brazos cruzados sobre el pecho y una sonrisa en los labios.

Puesto que no había suficiente agua como para que la cubriera por completo, Alana se pegó al extremo de la tina más cercano a Christoph a fin de ocultarse en la medida de lo posible y sacó un brazo para señalar la puerta con gesto sugerente.

—Ni hablar —dijo él, aunque al ver que sus ojos lo miraban con expresión asesina, suspiró y se enderezó—. Supongo que puedo matar el tiempo poniéndole a Boris morado el otro ojo, por haberte dejado a solas en una estancia llena de cuchillos.

—¡Lo he oído! —gritó el susodicho desde el gabinete.

Aunque Alana no creía que Christoph hubiera hablado en serio, tal vez Boris fuera de otra opinión. La gélida corriente de aire que de repente atravesó la estancia puso de manifiesto que el criado había salido corriendo sin cerrar siquiera la puerta. Christoph soltó un juramento mientras iba a cerrar la puerta, dejándola sola de nuevo. Alana se puso en pie, se envolvió el pelo con una toalla y se secó con otra rápidamente, tras lo cual se visitó antes de que él volviera y siguiera avergonzándola.

Sabía que no iba a encontrar al rey en el gabinete. De ser así, Christoph no se habría plantado en la puerta para observarla con avidez. Y era evidente que estaba de buen humor, así que debía suponer que la carta de Poppie jamás llegó a manos de su padre. Un hecho que los devolvía al principio. O más bien al punto donde Christoph la usaría para atraer a Poppie.

Abatida, volvió al gabinete. Christoph no se había marchado en pos de Boris. Había colocado una de las sillas delante del fuego, que crepitaba alegremente ya que acababa de añadir un leño. Sin embargo, no estaba sentado. Estaba de pie junto a la silla.

—Ven aquí —lo oyó decir.

Alana enarcó una ceja.

—¿Para que vuelvas a asfixiarme otra vez delante del fuego?

—No esperaba encontrarte... mojada y desnuda. No sabes cuánto me habría gustado meterme contigo en esa tina. Todavía no se me va de la cabeza.

Alana contuvo el aliento antes de gritar:

—¡Teníamos un trato!

—Y no lo he roto. Esta tentación es nueva y no desaparece. Así que ven aquí y deja que me entretenga secándote el pelo a ver si así mantengo las manos apartadas de tu cuerpo.

El comentario no la animó a acercarse. Sin embargo, sus palabras la excitaron, de modo que comprendió que ella también corría el peligro de ceder a la misma tentación.

—No puede volver a suceder —le dijo, aunque más bien lo hizo para recordárselo a sí misma.

Christoph tuvo el descaro de sonreír.

—Por supuesto que puede volver a suceder. Una vez que lo hemos probado, no hay motivo alguno para negarnos semejante placer.

Su actitud la enfureció por lo egoísta y despreocupado que parecía, ajeno a cualquier otra cosa que no fueran sus deseos y necesidades.

—Para ti es muy fácil decirlo —replicó ella con brusquedad—. Como no vas a sufrir las consecuencias...

—¿Te refieres a un niño? —Su expresión se tornó extraña, pero acabó sonriendo—. Creo que me gustaría. Me gusta cuidar de los míos.

—Perdóname mientras voy en busca de uno de los cuchillos a la cocina.

Christoph estalló en carcajadas.

—Gracias. Eso ha disipado la... tentación. Y ahora ven aquí,

Alana, y déjame secarte el pelo. No puedes salir hasta que esté seco del todo.

Eso la dejó paralizada.

—¿Salir? ¿Le llegó la carta de Poppie?

—Sí.

—¿Y por qué no me has dicho que el rey quiere verme?

—Porque no quiere verte.

La respuesta la dejó desorientada. Había experimentado tantas emociones en apenas unos instantes que el rechazo final le pareció atroz. Ni siquiera se preguntó por qué la existencia de la carta no solucionaba su situación como debería haber sido el caso.

—No te pongas tan triste —le dijo Christoph—. Te traigo buenas noticias.

—Que me las comunique otra persona. No me gusta tu forma de hacerlo —refunfuñó, aunque al final la curiosidad ganó la partida—. ¿Qué noticias?

—Primero el pelo.

—¿¡Lo ves!? —exclamó, enfadada—. Eres insoportable. No sé ni por qué te hablo. —Se encaminó a la silla y se sentó, aunque se mantuvo lejos de él—. ¡No te atrevas a tocarme el pelo! Yo me lo secaré.

Alargó un brazo para coger la toalla, pero Christoph la apartó.

—Tengo el cepillo... y la toalla —dijo.

—Pues yo tengo el fuego y puedo peinarme con los dedos.

—No vas a ganar esta discusión. —No lo dijo con voz triunfal, fue la simple constatación de un hecho, pero Alana sintió deseos de echarse a gritar.

Porque Christoph ya tenía un mechón de su pelo en la mano mientras lo secaba con la toalla. Así que ni siquiera podía ponerse en pie, porque se arriesgaba a que la obligara a sentarse de nuevo tirándole del pelo.

—Te odio —dijo con impotencia.

—Ni hablar. Te gusto.

—¡No! No tienes ni idea de cómo tratar a una dama. Y aunque supieras cómo hacerlo, eres tan bruto que ni siquiera sabrías cuándo es el momento de hacerlo.

Christoph chasqueó la lengua.

—Pareces una mocosa maleducada. Creo que tu Poppie te ha malcriado.

Alana cerró la boca. Intentar llegar hasta él ponía a prueba su paciencia. Sin embargo, Christoph no trató de provocarla más. Ni tampoco le soltó el pelo, aunque sus suaves movimientos comenzaron a relajarla.

Bastante tiempo después, le colocó el pelo sobre los hombros para que comprobara lo calentito y seco que lo tenía. Había estado a punto de dormirse, ya que sus movimientos le habían resultado muy relajantes y sensuales. No tuvo fuerzas ni para protestar cuando él le echó la cabeza hacia atrás para poder besarla en la frente.

Sin embargo, al enderezarse le anunció:

—Tengo el permiso del rey para contarte la verdad y para llevarte a conocer a tu madre. Ponte ropa de abrigo, Alana mía. Vive en las montañas.

31

—¿Mi madre?

Eso fue lo único que consiguió decir Alana, e incluso esas palabras le costaron trabajo. Con los ojos abiertos de par en par, intentó entender lo que estaba pasando, pero fue incapaz. Y Christoph no añadió nada más. Se volvió para mirarlo, pero tuvo que dar media vuelta... ¡porque él se estaba marchando!

—¡Ni se te ocurra! —le gritó a su espalda.

Christoph no se detuvo.

—Tu pelo húmedo nos ha retrasado. Tenemos que darnos prisa si queremos llegar antes de que caiga la noche. Encontrarás una bolsa de viaje en el fondo de mi armario. Mete una muda de ropa para los dos. Volveré en unos minutos con mi caballo. Será mejor que estés lista.

Le habría dicho que se hiciera su equipaje él solito, pero apenas había escuchado sus últimas palabras porque ya estaba cerrando la puerta. Corrió hacia el dormitorio y sacó a toda prisa el grueso vestido de lana que había llevado durante la mayor parte de su viaje a través del continente, así como unos guantes, varias enaguas, medias abrigadas y sus botas de viaje. Una vez vestida, llenó la bolsa que él le había indicado, pero no perdió tiempo arreglándose el pelo, se limitó a sujetárselo con una cinta y a colocarse el gorro de piel.

Regresó al gabinete con el abrigo más grueso que tenía, y con el abrigo de Christoph, ya que solo tenía puesto el uniforme cuando se marchó. A través de las ventanas laterales vio que no estaba nevando. Incluso había salido el sol, pero soplaba un viento gélido, de modo que estaba segura de que iban a necesitar los abrigos.

Alana no sabía qué pensar, porque lo que le había dicho Christoph no tenía sentido alguno. En ese momento, con tiempo para pensar antes de que él regresara, se limitó a dejar la bolsa en el suelo y a quedarse plantada en mitad de la estancia con la mirada perdida.

Sin embargo, se puso en guardia en cuanto la puerta se abrió. Christoph no la cerró. Alana vio el caballo en el patio. El aire era gélido. Le dio el abrigo para poder ponerse el suyo.

Christoph enarcó una ceja mientras se lo ponía.

—¿Te preocupas por mi comodidad? ¿Eso quiere decir que empiezas a sentirte como mi mujer?

Resopló al escucharlo.

—Solo quería ahorrar tiempo, ya que has hecho hincapié en que debemos darnos prisa.

Christoph resopló, recogió la bolsa y la tomó del brazo.

—Me gusta más mi interpretación. Pero tenemos que ponernos en marcha.

Solo había preparado un caballo. Después de montar, la levantó de modo que quedó sobre su regazo, sentada de lado y en una posición precaria, por lo que Alana se quejó:

—No puedes llevarme a las montañas así. Los caminos estarán nevados, ¿verdad? No será como el camino que tomamos para la fiesta.

—Razón por la que he ordenado que nos preparen un trineo. Hay un paseíto hasta el lugar donde los guardamos, a las afueras de la ciudad.

—¿Un trineo? ¿Cerrado?

—No, pero la marcha será más rápida y es más seguro.

—Pero pasaremos frío.

—Tú no —le prometió.

No intentó volverse para comprobar si estaba hablando en serio. Tampoco lo acribilló a preguntas, más que nada porque tenía que concentrarse en no caerse sin tener que agarrarse a él.

Atravesaron las puertas del palacio y se alejaron de la ciudad, dejando atrás calles limpias de hielo y nieve. Sin embargo, la nieve sí cubría la campiña, incluidos los caminos, y sin duda habría mucha más en las montañas, su destino, de modo que tuvo que admitir que un trineo, diseñado para semejantes trayectos, era la mejor opción... ¡siempre y cuando no se congelara!

Al cabo de unos diez minutos, Christoph la ayudó a subirse al vehículo que los esperaba a las puertas de un almacén. Lo hizo cogiéndola en volandas y dejándola dentro del trineo, ya que estaba muy alto. Ya habían dispuesto a los dos caballos que tirarían del trineo, dos animales altos y fuertes que soportarían las nevadas sin dificultad, o eso suponía ella. Había un asiento acolchado y muy amplio en la parte posterior, con un pescante alto para el cochero, algo que Christoph también había previsto. La parte delantera del trineo se curvaba hacia arriba para proteger del viento, pero seguía estando abierto a los elementos.

—¿A qué distancia vamos como para que no lleguemos antes de que anochezca? —le preguntó a gritos a Christoph mientras él ataba las riendas de su caballo a la parte posterior del trineo.

Christoph no tardó en rodear el vehículo, tras lo cual dejó el rifle, la bolsa que ella había preparado y una alforja a sus pies. Alana todavía no se había sentado, ya que se temía que el asiento estuviera mojado de una nevada anterior.

—Lo bastante lejos como para necesitar esto —contestó él al tiempo que aceptaba las mantas que le daba uno de los trabajadores del almacén.

Christoph le tiró el montón de mantas. Alana perdió el equilibrio cuando intentó atraparlas y cayó de espaldas en el asiento que tenía detrás. Lo fulminó con la mirada cuando Christoph se sentó a su lado, aunque no pareció darse cuenta, ya que se puso a recoger las mantas que ella había dejado caer antes de quitarle la que tenía en las manos y extenderlas sobre las piernas de ambos. Alana habría preferido tener su propia manta antes que compartir una con él, pero como estaba impaciente por interrogarlo, no se molestó en discutir.

En cuanto el trineo se puso en marcha, se volvió hacia Christoph.

—He tenido una paciencia extraordinaria.

—Cierto —convino él.

Sin apartar la mirada de la espalda del cochero, Alana se inclinó hacia él y susurró:

—Me dijeron que mi madre, la reina Avelina, murió al poco de dar a luz. Todo el mundo se enteró. ¿Era mentira?

—No tienes que susurrar. Pedí este cochero en particular porque es sordo. —Cuando Alana se apartó de él, meneó la cabeza—. Debería haberlo mencionado más tarde.

Alana pasó por alto el comentario.

—¿Vas a contestar?

—La primera esposa de Frederick murió, sí, pero no era tu madre. —Le cubrió la boca con un dedo cuando Alana hizo ademán de interrumpirlo—. Sabemos quién eres. Tenías razón, tu tutor, Poppie, te raptó. Todo lo que te ha dicho posiblemente sea cierto, incluso el hecho de que sea Rastibon... todo salvo un detalle que él desconocía: que la princesa no estaba durmiendo en el moisés real. La que dormía en él y a quien se llevó esa noche era la hija de Helga Engel, una de las niñeras.

32

Alana no podía parar de reír. Tanto era así, que acabó llorando de la risa. Al reparar en la expresión molesta de Christoph, sus carcajadas se hicieron más fuertes.

Él esperó hasta ver que la risa remitía para preguntarle:

—¿No me crees?

—Al contrario, acabas de quitarme un peso increíble de los hombros. Ahora podré irme a casa. Porque no evitaré ninguna guerra si no soy la heredera del rey. En realidad, ¿sigues afirmando que este país no está abocado a una guerra ahora que sabes que tu teoría de que los enemigos del rey pensaban utilizarme para acceder al poder no es cierta?

—No habrá guerra, nunca hemos pensado que se pueda llegar a ese extremo. La conspiración rebelde consiste en despertar entre los lubinios el temor de que su rey va a morir en breve debido a una enfermedad, de modo que la gente exija un nuevo rey o se congratule al tener en el trono una extensa familia con muchos herederos.

—Suena como si los Bruslan estuvieran preparando la escena para el asesinato de mi... quiero decir para el asesinato del rey, ¿no?

Christoph sonrió ante el lapsus y Alana comprendió que tardaría un tiempo en dejar de pensar en el rey de Lubinia como su padre. Sin embargo, su madre estaba viva, no pertenecía a la realeza (¡Gracias a Dios!) y la perspectiva de conocerla no le provocaba el menor nerviosismo. O más bien el alivio era tan grande que, de momento, no había cabida para los nervios.

—Desde luego —contestó Christoph—. El año pasado evité tres intentos de asesinato, así que ahora también intentan liquidarme a mí.

Eso la sorprendió, aunque comprendió que debería habérselo esperado.

—Porque prefieren a alguien menos competente ocupando tu puesto, ¿verdad?

Christoph sonrió.

—O simplemente están furiosos porque les frustro todos los planes.

Alana se percató de que no parecía preocupado por la posibilidad de ser un objetivo, de modo que supuso que había exagerado, tal vez para despertar su compasión. Cosa que no iba a suceder. Los problemas de Frederick Stindal ya no eran suyos... como tampoco lo eran los de Christoph Becker.

—¿Qué hacía yo en el moisés real, hecho que llevó a Poppie a cometer semejante error? —quiso saber.

—Tu madre os cambió y decidió mantener a la princesa en su dormitorio.

—¿Se sospechaba que podían intentar matar a la heredera?

—No, en absoluto. De haber sido así, el palacio habría estado mejor vigilado. Según Helga Engel, fue el miedo lo que la impulsó a llevar a cabo su arriesgado plan. No sé mucho más sobre el tema. Podrás preguntárselo cuando estés con ella.

—Pero parece que quisiera sacrificar a su propia hija para proteger a la otra. Me parece un poco antinatural, ¿no crees?

—Tal vez pensó que estaba protegiendo su propia vida. Era la única encargada de velar por la seguridad de la heredera. Si le hubiera pasado algo a la princesa...

—Ya, lo entiendo. La habrían ejecutado y blablablá. Se me habían olvidado las costumbres tan salvajes de este país.

Christoph frunció el ceño al reconocer su tono sarcástico.

ditas un poco, verás que no puede hacer semejante confesión. Al menos en este momento y debido a las circunstancias. Ha engañado a su gente. Algunos comprenderán que era necesario, pero sus enemigos se aprovecharán de eso para usarlo en su contra. Si la princesa hubiera sobrevivido, la confesión habría sido motivo de alegría, pero...

—Lo entiendo —murmuró Alana—. Con mucho más motivo debo volver a Londres, donde estaré a salvo. Aquí no hay nada que me retenga.

—¿Nada?

—¿Estás pensando en mi madre? La llevaré a Londres conmigo.

—Vive en el pabellón real, rodeada de lujos —señaló Christoph—. Se le cedió de por vida, como recompensa por su sacrificio. No querrá vivir en Londres, con todo el hollín que hay.

—¿Cómo sabes que hay hollín en Londres?

—Porque mi abuela materna vive allí.

—¿Por qué allí y no aquí?

—Porque es inglesa.

—No son tan salvajes, pero tal vez Helga también pensó eso mismo.

Alana le preguntó:

—¿Y mi padre, sigue vivo?

Christoph suspiró.

—Deberías guardar todas esas preguntas para tu madre, pero esa sí puedo contestarla. Helga llegó al palacio poco después de enviudar. Sé que tenía más parientes, pero ignoro si aún siguen con vida. Insisto en que se comportó como una heroína al proteger a la princesa como lo hizo, a sabiendas de que podía perder a su propia hija. Que fue lo que sucedió. Porque cree que estás muerta. Cuando descubra que no es así, se alegrará muchísimo.

Alana jadeó.

—¿No le comunicaron que llegó un mensaje de Poppie afirmando que yo seguía viva?

—No se le dijo a nadie.

Alana suspiró. Había llegado a Lubinia pensando que tendría que convencer de su identidad a su padre, y en esos momentos se preguntó si tendría que hacer lo mismo con su verdadera madre. Aunque tal vez su madre la reconociera al instante solo con mirarla, lo que había esperado que le sucediera al rey. ¡Ja! Lo que se habrían reído de ella si hubiera logrado entrevistarse con él. Al menos, ya no tenía que convencer a Christoph de nada más. Porque nadie podía ser tan testarudo como él.

Lo fulminó con la mirada.

—Acabo de caer en la cuenta de que sabías desde el principio que no podía ser la princesa. ¿Por qué no te limitaste a decírmelo sin más?

—Lo hice. Si no recuerdo mal, te dije que eras una impostora.

—Sabes muy a lo que me refiero. Al cambio de bebés.

Christoph se encogió de hombros.

—No descarté la posibilidad de que fueras la hija de Helga. Pero no podía discutir contigo un secreto tan bien guardado durante tantos años: que la niña raptada no fue la princesa. No investigué más para ver si eras la hija de Helga por tu color de pelo, negro azabache. Helga afirma que su hija era rubia, igual que la princesa, de ahí que le fuera posible intercambiar a las niñas hasta el regreso del rey.

Alana frunció el ceño con gesto reflexivo.

—No recuerdo haber tenido el pelo de otro color que no sea negro. Poppie nunca ha mencionado que fuera rubia y que me cambiara el color.

Christoph rio entre dientes.

—¿Sigues aferrándote a la esperanza de pertenecer a la familia real?

Su pregunta le arrancó una carcajada.

—Jamás he expresado ese deseo y lo sabes muy bien. Es que me sorprende que Poppie nunca me haya mencionado que de bebé fuera rubia.

—A lo mejor lo ha hecho, pero eras demasiado pequeña como para recordarlo —comentó él mientras se encogía de hombros—. O tal vez no lo consideró importante como para mencionártelo, igual que le pasó a mi padre.

—¿Tú también tenías el pelo de otro color?

—Estaba ya muy crecidito cuando escuché a mi madre y a una de mis tías recordando la infancia de sus hijos. Mi madre se burló un poco de mí, al confesar que me llama su angelito platino hasta que cumplí los tres años, y mi pelo pasó del platino al dorado.

Alana lo miró con gesto contrariado.

—Y sabiendo eso descartaste la posibilidad de que fuera la hija de Helga por mi color de... ¡En fin, qué más da! Me has ocultado una información sorprendente. La hija del rey no fue raptada, de modo que es imposible que sea yo. ¿Y lleva escondida todos estos años? ¿Ha permitido que sus súbditos la den por muerta? ¿Ni siquiera la ha sacado a la luz para desestabilizar el plan de los rebeldes? ¿Cuándo va a llevarla a casa?

—Está en casa —respondió Christoph con tono solemne—. Enterrada en el cementerio del palacio, al lado de la tumba de su madre.

Alana contuvo el aliento, al recordar el funeral ficticio que Poppie le había mencionado. Y la rabia que el rey demostró durante el mismo. Con razón estaba furioso. Era un funeral verdadero y no simbólico, como pensó todo el mundo.

—Murió cuando tenía siete años, ¿verdad?

—Sí. Todo pareció indicar que fue un accidente. Frederick no lo cree así, y se culpa por haberla visitado más de la cuenta. No puede ir solo a ninguna parte ya que sus guardias deben acompañarlo. Así que no pasa desapercibido.

—¿Pudieron seguirlo?

—Sí, y pudieron verlo con una niña de la misma edad que su hija. Aunque sus enemigos no estuvieran seguros de que se trataba de su hija, tal vez quisieran matarla por si acaso.

—¡Pero eso es...! —exclamó Alana.

—Igual de espantoso que contratar a un asesino para matar a un bebé. Pero como se le aconsejó mantener en absoluto secreto la existencia de la princesa, incluso fingir que la habían raptado para evitar futuros intentos de asesinato, el rey no le contó a nadie la llegada de la carta que afirmaba que tú estabas viva. Ni siquiera se lo dijo a tu madre. Al cabo de cinco o seis años, la mayoría de la gente te consideraba muerta. Sin embargo, la persona que contrató a Rastibon y algún que otro oportunista no estaban convencidos, de ahí que comenzaran a aparecer impostoras.

—No, te equivocas. Poppie esperaba que la persona que lo contrató concluyera que había rematado el trabajo debido a su reputación. Y la «desaparición» de la princesa no fue más que el modo de reforzarlo.

—Pero ya no lo creen por culpa de la esclava —señaló Christoph.

Eso hizo que Alana guardara silencio.

—Insinúas que sigo en peligro, ¿verdad?

—Mientras los enemigos del rey sospechen que eres Alana Stindal, sí.

—¡Entonces el rey debe admitir la verdad!

Christoph le dirigió una mirada de reproche.

—Al rey no se le dice lo que debe hacer. Sin embargo, si me-

33

—¿¡Inglesa!? —exclamó Alana—. ¿Cuándo me lo ibas a contar?

—Acabo de hacerlo —contestó Christoph con sorna.

—¡Pero eres medio inglés!

—No, solo un cuarto. Mi madre es inglesa, aunque si la escuchas hablar en su perfecto lubinio ni se te ocurriría pensarlo.

—Seguro que tú también hablas inglés, ¿verdad?

—A la perfección. —Le cogió la barbilla y se echó a reír cuando Alana le apartó los dedos de un manotazo—. No podía decírtelo porque eras sospechosa. Pero ya no lo eres.

—¿Eso quiere decir que ya puedes ser sincero conmigo? Pues es demasiado tarde —protestó. Se quedó sentada, muy tiesa y enfadada, durante un minuto antes de que la curiosidad pudiera con ella—. ¿Cómo es posible?

Christoph se echó a reír.

—Supongo que de la forma normal.

—Ya sabes a lo que me refiero.

—Mi abuela inglesa era artista. Pintar era su pasión, pero no estaba satisfecha con su técnica. Un pintor austríaco le sirvió de inspiración, pero no se quedó en Inglaterra el tiempo suficiente para su gusto. Los pintores ingleses que contrataron para enseñarle tenían menos habilidad que ella. De modo que antes de cumplir la mayoría de edad convenció a su madre para ir a Austria a fin de encontrar a su antiguo mentor. Mi bisabuela no puso objeciones. La única condición era que debían regresar a Inglaterra para casarse.

—¿Estaba comprometida?

—Sí, pero se enamoró de un joven mientras estuvo en Austria, un lubinio que estaba terminando sus estudios en el país.

—¿Porque aquí no hay escuelas?

—No las había por aquel entonces. Ahora sí las hay, pero aún no tenemos universidades. Los aristócratas contrataban a tutores extranjeros o mandaban a sus hijos a otros países para recibir educación. Pero Frederick mandó construir escuelas para el pueblo llano. Están vacías la mayor parte del tiempo.

—Así que, después de todo, está intentando que el país entre en el siglo XIX.

—¿Sabes lo despectivo que suena ese comentario?

—Acabas de decir que las escuelas están vacías la mayor parte del tiempo, lo que me resulta escandaloso, ya que me encanta dar clase. Da igual. ¿Qué pasó con tu abuela?

—¿Estás segura de que quieres saberlo? No tiene un final feliz.

Debió de ser feliz en algún momento, pensó Alana, si él tenía sangre inglesa.

—Sí.

—Mi abuela sabía que su madre no le permitiría casarse con el joven lubinio, de modo que se casaron en secreto antes de decírselo. Y mi bisabuela no se enfureció sin más, sino que se negó a reconocer el matrimonio porque mi abuela era menor de edad. Su prometido era un conde muy poderoso, y el matrimonio había sido acordado por mi bisabuelo antes de morir. De modo que mi bisabuela se la llevó de vuelta a Inglaterra y la obligó a casarse con el conde.

—¿Sin conseguir primero el divorcio?

—¿Para qué iba a molestarse si no consideraba válido ese matrimonio?

Alana puso los ojos en blanco.

—Tu abuela aún no era mayor de edad, ¿verdad?

Christoph se encogió de hombros.

—Algunos consideran que un compromiso es tan vinculante como el matrimonio en sí. Desde luego, mi bisabuela era de esa opinión.

—¿Y qué pasó después?

—Mi abuela no sabía que ya estaba embarazada. Su segundo marido era consciente de que no era virgen cuando se casó con ella. Sin embargo, la aceptó... porque era muy guapa. Pero empezó a notársele el embarazo muy pronto, tanto que era imposible que el hijo fuera suyo. La echó de su casa y se divorció de ella. Mi abuela cayó en desgracia. Su madre nunca la habría perdonado de no ser porque se encariñó muchísimo de su nieta, es decir, mi madre, cuando nació.

—¿Tu abuelo lubinio nunca intentó encontrarla?

—Claro que lo intentó. La quería y su familia reconocía el matrimonio. Creían que mi abuela se había escapado de su marido y le insistieron para que fuera a buscarla. Pero, por desgracia, nunca la encontró porque mi bisabuela se cambió de apellido y las trasladó al campo para huir del escándalo.

Alana deseó haberle dicho que no cuando le advirtió que no había un final feliz.

—Nunca volvieron a verse, ¿verdad?

—No. Mi abuela intentó dar con él una vez que su madre murió, ocho años después, pero llegó demasiado tarde. Había muerto el año anterior. Así que se quedó aquí en Lubinia con su familia política para que pudieran conocer a la hija de mi abuelo, aunque un año después regresó a Londres. Sin embargo, a partir de ese momento y todos los años, traía a mi madre los veranos para visitar a su familia lubinia. Durante una de esas visitas, con dieciséis años, mi madre conoció a mi padre. Al menos, esa historia sí tuvo un final feliz.

—¿Tu madre creció en Inglaterra?

—Sí.

—Pues vas a tener que explicarme cómo has acabado con unos modales tan atroces. Una mujer criada en Inglaterra te habría enseñado mejores maneras.

Christoph la miró con una sonrisa.

—Y lo hizo. Cuando estoy con el rey, me comporto como se espera de sus aristócratas. Cuando estoy con mis hombres, me comporto como esperan que lo hagan. Cuando estoy con una mujer...

—No hace falta que sigas.

—Tu opinión acerca de este país no ha mejorado, ¿verdad? —le preguntó él con una ceja enarcada.

—Ni creo que lo haga. Me educaron en el país más civilizado del mundo, igual que a tu madre.

—Pues vas a tener que preguntarle a mi madre por qué adora tanto este país. ¿Sabes cómo se formó Lubinia? Unos pastores se asentaron en estas tierras, prosperaron, aumentaron su familia generación tras generación y, a la postre, surgió un líder natural, Gregory Tavoris, que se convirtió en el primer rey de Lubinia con el apoyo de su pueblo. Pero siempre fuimos hombres libres. Nunca hubo siervos que tuvieran que arrastrarse ante un señor feudal, siervos que eran como esclavos... algo que sí ha sucedido en tu país.

Alana se ruborizó por completo, y habría replicado que el panorama actual de Lubinia en comparación con el pasado de Inglaterra no respaldaba su pretensión de que Lubinia era superior que Inglaterra... de no ser por la bala que le rozó la oreja y que la obligó a tirarse al suelo.

34

Alana se agazapó todo lo que pudo en el suelo del trineo. No era el lugar ideal para ocultarse, pero al menos la parte trasera del trineo era lo bastante alta como para proporcionar cobertura. Por desgracia, no se podía decir lo mismo de los laterales, que apenas tenían unos quince o veinte centímetros. Sin embargo, se dio cuenta de que los disparos llegaban desde atrás cuando Christoph cogió su rifle, que estaba en el suelo junto a ella, y disparó en esa dirección.

El corazón le latía enloquecido, pero cuando vio que Christoph estaba demasiado ocupado devolviendo el fuego como para cubrirse bien, estuvo a punto de salírsele por la boca. Christoph estaba de rodillas en el asiento del trineo, con el torso y la cabeza al descubierto. ¡Y su pecho era un blanco muy grande!

—¡Agáchate entre disparo y disparo! —le gritó.

Christoph la miró, frunció el ceño al verla y tras agacharse un poco, dijo:

—Son cobardes, ya se están quedando rezagados.

¿Tan evidente era su miedo que Christoph podía verlo? Sin embargo, el comentario y el hecho de que se hubiera protegido mejor la calmaron... hasta que escuchó otro disparo, y no procedía del rifle de Christoph. Lo oyó soltar un juramento antes de disparar hacia la derecha.

—Son muy listos, se camuflan entre los árboles.

—Pueden ser todo lo listos que quieran mientras sigan teniendo una pésima puntería —replicó ella.

—Eso lo dices tú porque no te han dado.

Alana abrió los ojos como platos y le dio un vuelco el corazón. Buscó frenéticamente el rastro de sangre, pero no lo vio. Sin embargo, sí se percató del desgarrón que tenía en el abrigo, cerca del hombro. Pero nada de sangre. El abrigo era muy grueso, al igual que la charretera de la casaca a esa altura del brazo, de modo que la bala ni le había rozado la piel.

Aliviada aunque no de un modo consciente, le aseguró:

—No te han disparado, han disparado a tu ropa.

Sin mirarla, Christoph replicó:

—Ni un poquito preocupada, ¿no?

No le contestó, temerosa de delatar demasiada preocupación.

—¿Tienes otra arma en tu alforja que yo pueda usar? Soy una tiradora excelente y sabes que no te voy a disparar.

—No vas a levantarte de ahí para dispararle a nadie, pero puedes darme la munición que hay en la bolsa. —Tras una pausa, añadió—: Uno abatido y uno herido. Quedan dos.

Se apresuró a hacer lo que Christoph le había pedido, pero en ese momento se dio cuenta de que el trineo ni se había detenido ni había acelerado. Seguía moviéndose a un ritmo tranquilo. Miró al cochero y jadeó al darse cuenta de lo que pasaba. El pobre hombre, como era sordo, seguía en su pescante tan tranquilo, ajeno a las balas que silbaban.

—¿No debería protegerse el cochero? —le preguntó a Christoph—. Ni siquiera sabe que nos están disparando.

—Protegerse no, pero sí necesitamos ir más rápido. Díselo.

—¿Cómo? Es sordo.

—Hazle señas, pero no te levantes. Y ya que estás, hay un desvío a la derecha muy cerca. Dile que lo tome.

Como no alcanzaba el pescante sin incorporarse, cogió una de las mantas y se la tiró a la espalda del cochero. El hombre miró hacia atrás. Ni siquiera la vio en el suelo, pero al percatarse de que Christoph estaba disparando, azuzó a los caballos para coger velocidad. Una tarea completada, ya solo faltaba otra, pensó. Le volvió a tirar la manta y después, cuando el cochero la miró, señaló hacia la derecha. El hombre asintió con la cabeza como si la hubiera entendido a la perfección, y tal vez fuera así, sobre todo si estaba familiarizado con la zona.

Con la misión cumplida, volvió a mirar a Christoph. Pese a lo concentrado que estaba, Alana lo había escuchado reír un momento antes. No le cabía la menor duda de que Christoph se lo estaba pasando en grande repeliendo el ataque de esos hombres, ya fueran tras ella o tras él. Y aunque se había agachado un poco, seguía teniendo la cabeza y los hombros desprotegidos. Si alguien tenía suerte...

—¿Por qué no nos han acompañado algunos de tus hombres? —preguntó, molesta.

—Y lo hacen. Les ordené que se adelantaran. No quería llamar la atención de nadie.

—Pues ha funcionado a las mil maravillas, ¿no crees?

Christoph la miró.

—¿Siempre recurres al sarcasmo cuando estás asustada?

Alana suspiró.

—Pues no lo sé. No estoy acostumbrada al miedo. Aunque ya no estoy asustada.

—¿Por qué no?

—Porque tú no lo estás.

—Estoy aterrado...

—Sí, claro, lo que tú digas —replicó.

—Me aterra que te disparen. Al igual que tú, oculto muy bien mis emociones.

Resopló al escucharlo. Menuda manera de bromear con ella, pensó. Sin embargo, en ese momento Christoph se dio la vuelta, se sentó y le tendió una mano.

—¿Se han marchado? —quiso saber ella.

—Dos están en el suelo, y los otros dos huyen heridos. Mandaré...

Christoph se interrumpió con una palabrota muy soez. Alana no entendió el motivo hasta que estuvo sentada junto a él y vio la ventisca que se acercaba a toda prisa en su dirección. En cuestión de minutos la nieve los rodeó mientras caía ladera abajo.

—Adiós a seguir el rastro de sangre —dijo él, disgustado—. Debería ir tras ellos yo mismo.

Alana sabía que al ritmo al que estaba nevando, las huellas dejadas por los caballos de sus asaltantes se borrarían enseguida. Echó un vistazo hacia atrás, y aunque solo esperaba ver un manto blanco, por un momento atisbó un rayito de sol sobre la campiña, en las faldas de la montaña, antes de que incluso la luz desapareciera de su vista.

—Adelante —sugirió con valentía mientras Christoph sacudía una de las mantas para cubrirlos a ambos—. No me pasará nada.

Christoph la miró con seriedad.

—Te hice una promesa. No voy a dejarte sola.

Esas palabras fueron música para sus oídos... ¡pero eso no significa que quisiera su compañía! Solo quería decir que no quería quedarse sola en mitad de una ventisca.

Alana se sacudió la nieve de los hombros antes de cubrirse con la manta hasta el cuello. Claro que eso no le protegía la cara, que se estaba mojando por la nieve que se derretía sobre ella.

—Se me está congelando la nariz —se quejó, deseando más que nunca viajar en un carruaje cerrado.

De inmediato, Christoph la pegó a él para que apoyara la cabeza en su pecho y poder cubrírsela con la manta. Alana no protestó. No notaba la tela de su grueso abrigo contra la mejilla, pero no le cabía la menor duda de que lo haría en breve.

—Esperaba llegar al pabellón antes de toparnos con una ventisca, tan normal aquí en las montañas —dijo él—. Esta no es nada buena. El camino es muy traicionero cuando no se ve bien.

—Deja que lo adivine —murmuró ella bajo la manta—. No hay valla para impedir que un vehículo se deslice ladera abajo.

—Sí, hay una valla en la parte más alta. Pero no es lo bastante resistente como para que un caballo no la rompa si el cochero no la ve y evita chocar contra ella. Todavía no hay pendientes fuertes, pero pronto las habrá.

—¿Eso quiere decir que vamos a regresar?

—No.

—Pero acabas de decir que...

—Mi casa está cerca. Hemos enfilado el camino que conduce a ella. Si no deja de nevar en una hora, podemos pasar la noche con mi familia.

«¿¡Su familia!?», exclamó Alana para sus adentros.

—¿Y quién vas a decirles que soy?

—Mi amante, por supuesto.

Jadeó al escucharlo.

—¡De eso nada!

—Muy bien, no se lo diré.

Intentó apartar la manta para comprobar si estaba bromeando o si hablaba en serio. Sin embargo, Christoph la pegó contra su pecho para impedírselo. Con toda deliberación, sin duda alguna. Pero antes de que pudiera decidir si merecía la pena luchar, el trineo se detuvo en la propiedad de su familia.

35

Cuando Alana salió de debajo de la manta, se dio cuenta de que el trineo se había detenido cerca de la puerta principal de la casa, tan cerca que tuvo que mirar a uno y otro lado para ver las dimensiones del edificio. Muy grande. La parte central tenía varios pisos, y a ambos lados se extendían dos alas. Solo había visto tres mansiones semejantes a esa de camino a la capital, el día que llegó al país.

Una de esas mansiones, situada en lo alto de las montañas al igual que la de los Becker, le llamó poderosamente la atención a Poppie, que le dijo:

—Hace mucho tiempo, los nobles que poseían la tierra intentaban impresionarse unos a otros construyéndose casas cada vez más grandes, para lo que les añadían alas inservibles. Si el rey de la época no le hubiera puesto a fin al frívolo dispendio habrían continuado hasta un punto ridículo. Algunos afirman que el rey lo hizo por celos, ya que algunas mansiones eran más grandes que su palacio.

Alana sabía que las propiedades de los duques ingleses eran tan grandes como esas mansiones, pero las dimensiones de la mayoría de las mansiones campestres eran mucho más modestas. En Lubinia no parecía haber más que las cabañas de los plebeyos y las mansiones de los nobles, al menos en el campo.

—¿La gente no se muestra resentida por este despliegue de riqueza? —le preguntó aquel día a Poppie.

—Por extraño que parezca, no. Se enorgullecen del tamaño de la mansión de su señor. Sé que mi familia lo hacía. El afán por competir suele contagiarse —concluyó Poppie con una carcajada.

Christoph se apeó del trineo y le tendió la mano. Alana pensó que solo intentaba ayudarla a bajar. Pero no, lo que hizo fue levantarla en brazos y llevarla así hasta la misma puerta. Gracias a su caballeroso comportamiento, no se le mojarían las botas ni se resbalaría en los escalones, que ya estaban cubiertos por varios centímetros de nieve recién caída. Christoph estampó varias veces los pies en el suelo antes de abrir la puerta y entrar.

Aunque tampoco entonces la dejó en el suelo. Cuando Alana levantó la cabeza para preguntárselo, él inclinó la suya y la besó en los labios. El beso la sorprendió, pese a la intimidad que habían compartido en el trineo, protegida por la manta y apoyada en su torso. Al final, resultó que no estaba siendo tan caballeroso al evitar que pisara la nieve.

Por algún motivo que no alcanzaba a comprender, sus intentos por resistirse fueron insignificantes, como poco. Y ni siquiera debería tratar de resistirse, ya que Christoph la abrazó con más fuerza y la besó con más pasión hasta que se pegó más a él en vez de intentar alejarse. Seguro que la proximidad que habían compartido en el trineo la había afectado sin darse cuenta. ¿Por qué si no volvía a rendirse a sus besos?

—Habríamos encendido un buen fuego en ese trineo si no se hubiera puesto a nevar —le dijo de forma sensual contra los labios—. A lo mejor prefieres dejar que se te enfríe la nariz cuando retomemos el viaje o me comportaré como el bruto que me acusas de ser.

¿Pensaba hacerle el amor en un vehículo descubierto con el conductor al lado? ¿Tanto lo excitaba? Si sus besos no la hubieran hecho entrar en calor, lo habrían conseguido sus palabras porque no creía que Christoph estuviera bromeando.

—¿Por fin vas a presentarnos a una mujer? —escuchó que

preguntaba una voz desconocida, ronca y masculina—. ¿Cuándo es la boda?

Christoph rio entre dientes mientras dejaba a Alana en el suelo con cuidado.

—No avergüences a la dama —le dijo al hombre, que los miraba con interés—. La estoy escoltando. Hemos tenido problemas en el camino. Pasaremos la noche aquí si la ventisca no amaina.

¿Por qué le estaba dando tanta información?, se preguntó Alana. ¿Tal vez porque se sentía tan avergonzado como ella de que lo hubieran descubierto besándola aunque se tratara de un sirviente? A menos que ese hombre no fuera un sirviente.

Alana observó al hombre con atención. Tenía el pelo canoso, pero no había señales de calvicie. Lo llevaba largo, y recogido en parte en una coleta, aunque se le habían escapado algunos mechones que le otorgaban una apariencia desastrada. Sus ojos eran de un tono azul claro y su cara estaba surcada de arrugas. Era alto y robusto, y no caminaba encorvado. Y su atuendo era muy raro. En vez de una chaqueta sobre la camisa azul oscuro llevaba un chaleco blanco de pelo que le llegaba al borde de las calzas, es decir, a las rodillas. No llevaba zapatos, caminaba en calcetines.

—¿Es que besas a todas las damas a las que escoltas? —preguntó el hombre.

Christoph se echó a reír.

—Solo a las guapas. Lady Alana, este es mi abuelo, Hendrik Becker.

Alana se preguntó si podrían arderle un poco más las mejillas por el bochorno que estaba sufriendo. Y así fue al cabo de un momento, cuando apareció una mujer de mediana edad por la puerta de la sala.

Hendrik dijo nada más verla:

—Mira quién ha venido, Ella. Y lo he pescado besando a esta jovencita. Deberías decirle que se case con ella. A ti te hará caso. Si te dan un nieto pronto, nuestro Wesley tendrá un compañero de juegos.

—Calla, Henry —dijo Ella—. Estás avergonzando a la pobre niña. Y Wes ya tiene un compañero de juegos. Tú. Me cuesta la misma vida quitártelo de los brazos. —Acto seguido, le tendió los brazos a Christoph—. Ven aquí.

Él sonrió y se acercó para que lo abrazara.

—Preséntate, madre, y encárgate de que lady Alana se ponga cómoda. Yo volveré en breve.

—¡Pero si acabas de llegar! —protestó Ella.

Alana se quedó sin palabras. ¿Christoph iba a dejarla a solas con su familia? También estaba a punto de protestar cuando lo escuchó decirle a su madre:

—Les he disparado a unos hombres no muy lejos de aquí. Solo voy a asegurarme de que están muertos o si no, a traerlos aquí para interrogarlos mientras respiren. —Después, se volvió hacia Alana y le dio un toquecito en la barbilla mientras le decía—: Te dejo en buenas manos.

36

Christoph salió, con porte militar y muy serio, para encargarse de la desagradable tarea. Alana habría preferido acompañarlo. No le importaba quedarse con desconocidos, pero se trataba de sus familiares. ¿Serían tan groseros como él? Su madre no, por supuesto, pero ¿y el resto de la familia? Christoph había crecido en esa casa, ¿dónde si no habría aprendido semejantes modales?

Sin embargo, Ella Becker la tranquilizó al punto con una cálida sonrisa. Su aspecto era el de cualquier dama inglesa con quien Alana podía cruzarse en Londres. Llevaba el pelo castaño claro recogido en un moño, y su vestido color lavanda tenía un estilo muy inglés. Era igual de alta que ella, y tenía los ojos de un azul tan oscuro como los de su hijo, pero ahí terminaba el parecido entre ellos.

Ella Becker la condujo a la sala de estar, donde el fuego estaba encendido. La estancia estaba tan caldeada que Alana tuvo que quitarse el abrigo, los guantes y el gorro. Los muebles eran de estilo inglés, con mesas y armarios de reluciente madera oscura, y sofás y sillas de respaldo alto tapizadas con brocados. Alana recordó que se encontraba en otro país cuando vio que una pared al completo estaba decorada con un mosaico que conformaba una panorámica aérea de la capital en verano. Su belleza le resultó arrebatadora. Las cortinas de terciopelo adornadas con borlas que cubrían la ventana estaban descorridas. De modo que podía ver el paisaje nevado, con las escarpadas colinas y las montañas muy cerca.

Un retrato familiar colgaba sobre la repisa de la chimenea. Alana se preguntó si lo habría pintado la abuela de Christoph. Reconoció a Ella sin problemas, y tal vez a una versión más joven de Hendrik. Había dos hombres más, una mujer mucho mayor y un niño rubio de ojos azules y muy guapo. No le cupo la menor duda de que el niño era Christoph, y le resultó raro verlo de pequeño.

Alana apartó los ojos del retrato y se sentó, pero nada más ponerse cómoda, Ella le preguntó con franqueza:

—¿Vuestra relación es seria? Me imagino que sí, porque si no, Christo no te habría traído a casa para que te conociéramos.

Una pregunta muy lógica, sobre todo después de lo que Hendrik había dicho al pillarlos besándose, de modo que Alana logró no ruborizarse. Pero ¿qué le decía a su madre? Christoph no le había dado permiso para hablar libremente.

—No, creo que no nos habríamos detenido de no ser por la ventisca. Me está escoltando hacia un pabellón en la montaña.

—¿El pabellón real? —preguntó Hendrik cuando se acercó a ellas.

Alana parpadeó al escucharlo, pero Ella se rio de su sorpresa.

—No te sorprendas. Los nobles tienen sus casas en las laderas, y sus propiedades se extienden por los fértiles valles. Solo el rey tiene una propiedad tan arriba, pero su uso es meramente recreacional. —La madre de Christoph frunció el ceño antes de continuar—: Perdona mi franqueza, pero... ¿Frederick tiene una nueva amante después de todos estos años?

—¡No! —exclamó Alana—. Bueno, no que yo sepa. Ni siquiera conozco al rey.

—Bien. Detestaría pensar que la sedición que corre como la pólvora por el país lo ha obligado a tomar medidas desesperadas para tener un heredero, ya que la reina no es infértil. Yo también tuve muy mala suerte después de que Christoph naciera... hasta hace poco —concluyó con una sonrisa.

—¿Hasta hace poco?

—Wesley, el hermano de Christoph, aún no ha cumplido los tres años. Su llegada fue del todo inesperada tras tantos años de matrimonio. Geoffrey y yo habíamos perdido la esperanza de tener más hijos muchísimo antes.

«¿Una diferencia de veinte años entre los hermanos? Sorprendente», pensó Alana.

—Tu acento me resulta familiar—prosiguió Ella—. Eres inglesa, ¿verdad?

—Al igual que usted, me crié allí, sí.

—¿Qué te ha traído tan lejos de casa?

—Vine a encontrarme con... un progenitor que ni sabía que existía —contestó Alana con mucho tacto.

Hendrick se echó a reír.

—Te resulta familiar, ¿verdad, Ella?

Después de la historia que Christoph le había contado ese día acerca de su abuela inglesa, Alana entendió el comentario.

—Christoph me ha hablado un poco de su familia.

—¿En serio? —preguntó Ella, muy interesada.

Alana contuvo un gemido. Era evidente que su madre seguía intentado adivinar qué tipo de relación mantenía con su hijo. Al igual que Hendrik, seguramente también querría verlo sentar la cabeza y tener una familia propia.

Para dejar claro que Christoph no había compartido dicha información de forma voluntaria, dijo:

—Me sorprendí mucho al enterarme de que tenía sangre inglesa, así que le pedí una explicación. ¿Su madre sigue viviendo en Inglaterra?

La madre de Christoph chasqueó la lengua.

—Sí, viene a vernos cada verano, pero nunca consigo convencerla de que se quede. Su arte la retiene en Londres, donde tiene un cómodo estudio en su casa y donde puede conseguir todos los materiales que necesita. Tiene una lista larguísima de encargos para hacer retratos. Su talento es increíble, pero cree que aquí lo malgastaría, ya que los lubinios prefieren otro estilo. Pero espero que este año pueda hacerla cambiar de opinión, porque de lo contrario dejará de venir. El año pasado llegó agotada. Es demasiado mayor para recorrer tanta distancia.

—Nunca dejará de venir —aseguró Christoph desde la puerta—. Es demasiado terca como para reconocer que está mayor.

—¿Ya has vuelto? —preguntó Alana, sorprendida.

Christoph se quitó el abrigo.

—Solo he tardado un momento en comprobar que estaban los dos muertos.

—¿Has traído sus cuerpos para los lobos de tu padre? —preguntó Hendrik—. No se pueden enterrar hasta que se descongele la tierra, pero los lobos los harán desaparecer enseguida.

Christoph soltó una carcajada al ver la cara que puso Alana al escuchar el comentario.

—No está hablando en serio, muchacha.

—¿Eso quiere decir que tu padre no cría lobos? —quiso saber ella.

—Sí los cría —contestó Christoph al tiempo que se sentaba a su lado en el sofá—. Lo hace porque son únicos.

En un primer momento, Alana no supo qué pensar. Christoph podría haberse sentado en cualquier otra parte, incluso al lado de su madre, que también se percató de ese detalle, porque no dejaba de mirarlos.

Más para distraer la atención que para corregirlo, Alana señaló:

—Los lobos no son únicos.

—Estos sí. Cuéntaselo —le dijo Christoph a su abuelo.

Hendrik sonrió.

—Cuando su padre, Geoffrey, era pequeño, solía llevarlo conmigo a cazar a la montaña todos los veranos, allí donde la nieve nunca se derrite. Un año subimos más que ningún otro. Era un día despejado, sin nubes en las cimas de la montaña. Encontramos a una criatura antinatural allí arriba, un lobo albino nunca visto en Lubinia ni en ningún otro lugar de Europa, al menos que yo supiera. Su piel habría sido magnífica. Le dije a

Geoffrey que le disparara. Yo no era tan bueno con el arco como él. Pero se negó. Quería capturarlo y traérselo a casa para domesticarlo. Creía que sería una buena lección para él, que así aprendería que los animales salvajes debían ser así, salvajes. Aunque yo no creía que lo consiguiera, en menos de seis meses la loba blanca (porque era una hembra) obedecía todas sus órdenes. Antes de que muriera, le buscó un compañero.

—¿Y sigue criándolos?

—¿Por qué no? Están domesticados, ¡al menos con él delante! —Hendrik se echó a reír—. Los utiliza para cazar en invierno. Las cacerías suelen acabar muy pronto en las montañas porque la nieve limita la visibilidad. Pero eso no es impedimento para los lobos.

Le encantaría ver a esos animales únicos con sus propios ojos, pero seguramente estaban en el exterior y seguía nevando copiosamente, de modo que no lo dijo. En cambio, preguntó:

—¿De verdad cazáis con arcos y flechas en vez de con rifles?

—Nunca he visto una avalancha provocada por un disparo, pero ¿para qué arriesgarse cuando es igual de fácil disparar con un arco?

Si fuera tan sencillo, Poppie le habría enseñado a usarlo. Con los ojos como platos, se volvió hacia Christoph:

—¿Podrías haber provocado una avalancha con tus disparos?

—¿Qué alternativa tenía? De todas maneras, no hay suficiente nieve a esta cota para provocar una avalancha.

—¿Quién os ha disparado tan cerca de aquí? —preguntó Ella—. Los ladrones no suelen asaltar a los viajeros por los caminos. ¿Rebeldes?

—Los enemigos del rey son enemigos míos. Llevo un tiempo siendo un objetivo.

Su madre lo miró con el ceño fruncido.

—No hacía falta que me dijeras eso.

Christoph sonrió a su madre.

—No tienes que preocuparte en absoluto. Solo envían a los

matones prescindibles a por mí. Pero hoy... no sabemos si me disparaban a mí... o a ella.

Le dio un golpecito con el hombro al señalarla. Alana se apartó de él. ¿Por qué se estaba comportando con tanta familiaridad delante de sus parientes? ¡Sobre todo después de que los hubieran pillado besándose!

—¿Por qué a ella? —quiso saber Hendrik.

—También es un objetivo —contestó Christoph—. Pero es una larga historia y contiene información privilegiada.

Su madre lo miró con una ceja enarcada.

—¿Quién va a tener más privilegios que tu familia? —le preguntó.

—No preguntes —fue lo único que dijo Christoph, pero con la firmeza justa para dejar clara su postura.

Su madre asintió con la cabeza e hizo una pregunta para cambiar de tema.

—¿Cómo están Frederick y Nikola? ¿Ha pasado algo interesante en la corte?

—La reina sigue muy preocupada por la revuelta, pero al menos vuelve a recibir visitas, lo que me recuerda... —Se volvió hacia su abuelo—. La viuda de Ernest Bruslan cenó hace poco con ellos y preguntó por ti. Echa de menos tu... sentido del humor.

Christoph pronunció las últimas palabras con un tono tan sugerente que quedó patente que la viuda no echaba de menos su sentido del humor, y Hendrik se echó a reír, dándole la razón:

—Hace un tiempo pensé en retomar nuestra amistad, pero Norbert Strulland ya ocupaba el puesto de «acompañante» de Augusta, y a mi edad no me apetecía competir con ese carcamal.

—Parece que Augusta está instigando a Frederick para que nombre a su nieto, Karsten, como sucesor, y no para de cantar alabanzas del muchacho.

La información sorprendió a Ella.

—Eso solucionaría un montón de problemas a corto plazo, pero ¿Karsten no estaba siguiendo los disolutos pasos de su padre?

Christoph soltó una carcajada.

—Desde luego estuvo un tiempo intentándolo y no ha descartado todavía a las mujeres, pero aparenta haber cambiado lo suficiente como para hacerse cargo de algunas responsabilidades familiares... y de paso se está congraciando con el pueblo.

—Así que también está allanando el camino...

—Cree de verdad que sería un buen rey.

—¿Lo sería? —preguntó Ella. Al ver que su hijo se limitaba a encogerse de hombros, volvió a cambiar de tema—: Ya que estáis aquí, insisto en que paséis la noche. Tu padre volverá pronto de su cacería. Se molestará si no te ve.

Los cuatro sintieron la corriente de aire al abrirse la puerta principal, por lo que Ella dijo:

—Ese debe de ser él, aunque no sé por qué ha entrado por delante...

Sin embargo, no fue el padre de Christoph quien apareció por la puerta de la sala de estar, sino su «amiga», a quien había echado del palacio a la fuerza. Nadia los miró con una sonrisa radiante. Aunque estaba salpicada de nieve, era guapísima.

Sus ojos se clavaron en Christoph y no miró a nadie más.

—Qué alegría verte tan pronto, Christo. —Acto seguido, se ruborizó como si acabara de recordar los buenos modales y se dirigió a su madre—: Siento haber entrado sin llamar, pero hace demasiado frío como para esperar. Tengo suerte de haber llegado hasta aquí. Salí a dar un paseo a caballo y me sorprendió la ventisca. Creo que me he desorientado, porque creía dirigirme de vuelta a casa, pero he acabado aquí.

—Tranquila, Nadia —dijo Ella con amabilidad—. Sabes que siempre eres bienvenida en esta casa.

—No, ya no lo es —la corrigió Christoph—. Y lo sabe muy bien.

—¡Christo! —exclamó su madre.

—Ha sido muy cruel conmigo, lady Ella —se quejó Nadia con voz lastimera—. Ha jugado con mis... sentimientos... y después me ha prohibido volver a verlo.

La cara de Christoph se crispó por la furia. A nadie se le escapaba lo que la beldad rubia había sugerido. Sin embargo, Alana no dudaba de sus palabras. Teniendo en cuenta lo bruto y lo cruel que era, sería típico que hubiera puesto fin de esa forma a su relación.

Al parecer, Ella también lo creyó posible.

—¿Nuestra vecina, Christo? ¿Cómo has podido hacer algo así?

—No lo he hecho, madre, así que quédate tranquila. Nadia se ha vuelto muy vengativa con la edad.

La aludida jadeó. Hendrik encontró un punto muy interesante en el techo. Y Ella asintió con la cabeza, ya que creía a su hijo sin necesitar más pruebas.

Sin embargo, como Ella seguía siendo toda una dama inglesa, le dijo a la muchacha:

—Nadia, caliéntate junto al fuego mientras preparan nuestro carruaje para llevarte de vuelta a casa. Hendrik, ¿podrías encargarte de todo? —No obstante, Hendrik se negó a abandonar la estancia y se limitó a llamar a gritos a un criado. Ella suspiró—. Eso podría haberlo hecho yo.

Nadia, que hervía de indignación al saber que no era bien recibida en esa casa, se acercó a la chimenea. Al pasar junto al sofá, miró a Alana con los ojos entrecerrados y después clavó la vista en Christoph.

—¿Esta no es la muchacha que llevaste a tus dependencias del palacio el otro día? —preguntó con frialdad—. ¿Has insultado a tu madre al traer a tu amante?

—Deberías aprender modales, muchacha —dijo Alana, sorprendiéndolos a todos—. ¿O acaso el capitán va a tener que echarte tal como te echó del palacio?

Christoph se echó a reír. Sin rastro de furia, se puso en pie y le tiró el abrigo a Alana.

—Vamos, muchacha —le dijo con una carcajada, repitiendo la misma palabra que Alana había utilizado, seguramente porque él mismo había usado ese apelativo en incontables ocasiones para referirse a ella—. Voy a enseñarte esos lobos que te han interesado tanto.

—Voy con vosotros —se apuntó Hendrik, que añadió con una carcajada—: Posiblemente haga menos frío que aquí dentro.

—Yo también os acompaño —dijo Ella, que fue la última en abandonar la estancia y se detuvo al llegar a la puerta para decirle a Nadia—: No sé por qué está enfadado contigo. Y no me importa. Pero ten muy presente que no toleraré que vuelvas a intentar ponerme en contra de mi hijo como acabas de hacer. Quiero que te vayas antes de que regresemos.

37

Alana necesitaba unos minutos a solas para adecentarse un poco antes de volver a salir. Los Becker tenían un pequeño aseo en la planta baja. Entretanto, Hendrik se adelantó para despejar el camino de nieve. La madre de Christoph le dio las indicaciones precisas para que se reuniera con ellos cuando estuviera lista, posiblemente porque quería pasar unos minutos a solas con su hijo. Christoph, ese bruto, le preguntó si necesitaba ayuda. Así que le cerró la puerta del aseo en las narices.

No esperaba encontrar un aseo equipado con los lujos ingleses, puesto que ni siquiera en Inglaterra se podía acceder a un retrete con cisterna, pero encontró algo parecido: un robusto bloque de madera pulida en cuyo interior se escondía un orinal de cerámica, afortunadamente limpio. Lo usó con rapidez, y se estaba lavando las manos cuando se abrió la puerta.

Se volvió al punto, aunque no le sorprendió encontrarse con Nadia. La mirada que la rubia le había lanzado en la sala de estar había sido tan hosca que puso de manifiesto lo mucho que tenía que decirle. Alana debería haber mantenido la boca cerrada, pero Nadia la había atacado al decir que era la amante de Christoph. Y ella había replicado enfadada y sin pensar. Así que tendría que enfrentarse a las consecuencias.

Pensó en apartar a la muchacha de un empujón para pasar a

su lado, pero la curiosidad que sentía la obligó a comprobar si Nadia era tan mala como Christoph había insinuado o si solo había ido para disculparse por su horrible comentario. Alana comprendía por qué estaba tan enfadada cuando la vio en el palacio. Al parecer, Christoph le había dicho que se marchara, ella se había negado y él había ordenado que la echaran. ¡Pero eran vecinos! ¿Habrían tenido una relación muy estrecha antes de discutir? Christoph no había mencionado qué tipo de amistad habían mantenido.

Nadia se lo dejó claro al decirle con tirantez:

—No creas que va a casarse contigo. Porque dentro de nada será mi marido. Es lo que esperan nuestras familias.

Si no hubiera añadido el último comentario sobre la familia, Alana habría descartado sus palabras al tomarla por una arpía celosa. En cambio, se sintió bastante... abatida.

—Es un bruto, así que puedes quedarte con él —replicó, aunque de repente la invadió la furia y añadió—: Aunque si mis ojos no me engañaron, presencié cómo te echaba del palacio, así que dudo mucho que esté pensando en casarse contigo.

¿¡Qué bicho le había picado para hablar así!?, se preguntó en silencio. Parecía tan celosa como Nadia. El recordatorio hizo que la muchacha se pusiera muy colorada. Sin embargo, Alana no esperaba que la abofeteara y agradeció haber disfrutado de tantas lecciones de esgrima cuando vio que su brazo se levantaba de forma automática para desviar el de Nadia.

—Te lo advierto, solo ha sido una discusión entre amantes —masculló Nadia—. No es la primera vez, pero siempre nos reconciliamos y volveremos a hacerlo esta vez.

—Entonces ¿por qué estás tan preocupada?

—No lo estoy.

Alana soltó una carcajada irónica.

—Pues me tenías engañada. A lo mejor deberías convencerlo a él de que siempre hacéis las paces. A mí me da igual. Y ahora, si me disculpas, tengo que conocer a unos lobos, una idea que me apetece mucho más que escuchar lo que tú tengas que decirme.

Y con esas palabras pasó por su lado, esperando que Nadia le cortara el paso para poder decirle cuatro cosas más. Saberse en mitad de una pelea de enamorados la había puesto furiosa. Porque había sido inesperado. Pero claro, Christoph jamás le diría que la estaba utilizando para poner celosa a su amante. Sin embargo, si Nadia había llegado tan rápido a esa conclusión, se debía a que no era la primera vez que Christoph lo hacía.

Cuando rodeó la casa, miró a Christoph echando chispas por los ojos. Él estaba tan cerca que se percató de su expresión, ya que volvía a la casa para ver por qué tardaba tanto.

La tomó del brazo para ayudarla a avanzar por el camino, ya despejado de nieve, y sonrió, ya que imaginó cuál había sido el motivo de su retraso.

—¿Te has perdido?

—No, soy capaz de seguir las indicaciones que me dan.

—Entonces...

—Deberías esforzarte un poco y domesticar a esa arpía. Es muy desagradable.

—¿Nadia ha vuelto a decirte algo?

—Sí, tenía que asegurarse de que me enterara de que vas a casarte con ella... algún día.

—Eso es lo que le gustaría que pasara, pero no es de tu incumbencia.

—¿Ah, no? ¡Pues acaba de involucrarme en el asunto, porque ha intentado darme una bofetada hace unos minutos! Tiene suerte de que no le haya roto la nariz...

Christoph contuvo una carcajada.

—Tal vez sería mejor que te lo explicara.

—Sí, tal vez.

—Crecimos juntos porque somos vecinos. Llegó incluso a ser mi mejor amiga. Pero eso acabó hace mucho, cuando se convirtió en la criatura que has visto hoy. Una arpía, usando tus propias palabras. Hubo un tiempo en el que me planteé la posibilidad de casarme con ella, pero todavía era un niño, y ella todavía no se había convertido en la marimandona que es ahora.

Alana se sonrojó por haber sido tan pánfila.

—Entonces, ¿no es tu amante?

—No, ni lo será nunca. Lo único que queda entre nosotros es antipatía. Me acosa para que me case con ella. Incluso ha intentado seducirme. Aunque sus trampas son muy evidentes. No soy tan tonto como para dejarme engañar, porque después irá corriendo a su padre y le dirá que la he mancillado. Ven, a ver si te libras del mal sabor de boca de Nadia con unos lobos frescos.

La idea la espantó.

—¿Has matado a las mascotas de tu padre?

Él puso los ojos en blanco.

—Me refería a los cachorros.

—¡Ah, cachorros! —exclamó entre carcajadas.

Alana nunca había tenido una mascota de ningún tipo, ni tampoco habían tenido mascotas sus amigos, al menos no en la ciudad, donde las condiciones no eran las más adecuadas para los animales. Le parecía una crueldad mantener todo el día encerrado a un perro. Así que al ver los cuatro lobeznos a través de la puerta, se le derritió el corazón. Tres eran blancos y uno, gris. Todos tenían el mismo tamaño, y estaban jugando con un hueso.

Se encontraban en una especie de corral amplio, con paredes altas de piedra y abierto para que cayera la nieve. Precisamente porque seguía nevando, tardó unos minutos en reparar en el lobo adulto de color blanco que la observaba desde un rincón. Tampoco vio en un primer momento al otro lobo que salió de la cueva artificial unida al corral para vigilar a su prole. La madre cogió a uno de los cachorros y lo trasladó al interior de la guarida. Hendrik le gritó algo y la loba soltó al chiquitín, aunque no tardó en volver a intentarlo.

—Va a esconderlos a todos, ¿verdad? —preguntó Alana con tristeza—. Con las ganas que tenía de tocarlos...

—No creo que sea buena idea —le advirtió Christoph, que se colocó a su lado.

Sin embargo, Hendrik le sonrió.

—Claro que puede tocarlos. Espera unos minutos hasta que

consiga meter a los adultos en la guarida y después les cerraré la puerta. A mí me toleran porque a veces les doy de comer.

—¿Los adultos no están domesticados?

—Sí, pero solo obedecen a Geoffrey. Yo no soy tan paciente como él.

—Yo tampoco —añadió Ella—. A veces, le permito que se lleve a algún cachorro a la casa. A esta edad están monísimos. Pero en cuanto empiezan a morder los muebles vuelven con la manada.

Hendrik no tardó en encerrar a los adultos en la guarida y después abrió la puerta del corral para que Alana entrase. Pese al frío y a la nieve que seguía cayendo, pasó una hora estupenda jugando con los lobeznos. Christoph le había advertido de que no se quitara los guantes. Un buen consejo. Los cachorros tenían unos dientes tan afilados que se le clavaron en los guantes y le habrían ocasionado más de una herida en los dedos. Pero solo estaban jugando. Era muy divertido ver cómo reaccionaban cuando les tiraba bolas de nieve. Las perseguían y después correteaban y escarbaban en la nieve mientras la buscaban, aunque todas se deshacían nada más tocar el suelo. La madre se pasó un buen rato gruñendo de forma amenazadora desde el interior de la guarida, pero Hendrik logró tranquilizarla y al final la loba acabó tumbándose en el suelo. No obstante, sus ojos dorados no se apartaron de Alana en ningún momento.

Ella se percató de que Christoph observaba las travesuras de Alana con una sonrisa en los labios.

—Te gusta, ¿verdad?

Christoph contestó sin dejar de mirar a Alana:

—¿Cómo no va a gustarme? En realidad, me tiene fascinado.

—Entonces, ¿no eres una simple escolta?

—No intentes ver más de lo que hay, madre. Además, no quiere quedarse en Lubinia. Al igual que tu madre, quiere volver a Inglaterra.

—Yo me quedé por un hombre —le recordó Ella.

Christoph le pasó un brazo por los hombros.

—Y me alegro de que lo hicieras, porque si no, yo no estaría aquí. Pero hay otro motivo por el que no debes precipitarte. Además de no tener muy buena opinión sobre mí, Alana...

Ella resopló, interrumpiéndolo.

—Las mujeres te adoran. ¿Qué has hecho para que piense mal de ti?

—Tal vez pueda explicártelo algún día, si insistes, pero ahora no.

—Hay algo más, ¿verdad?

Christoph asintió con seriedad.

—Tal vez tenga que matar al hombre que la crió. Y ella lo quiere como si fuera su padre.

Leonard vigilaba las puertas del palacio cuando reconoció al guardia que vio la otra noche en el almacén. El hombre caminaba en dirección a la ciudad. Aunque había seguido al encapuchado que asumió el papel de líder en el encuentro, descubrió que entraba en una posada para dormir, pero no logró llegar a tiempo al día siguiente para seguirlo cuando salió. El encapuchado no regresó a la posada esa noche, pero Leonard pensaba vigilarla todos los días por si acaso. Entretanto, esperaba descubrir algo interesante siguiendo al guardia.

El hombre no llevaba uniforme y parecía bastante nervioso. No paraba de mirar hacia atrás mientras andaba, como si esperara que alguien saliera del palacio para seguirlo. No obstante, pareció relajarse cuando se alejó del edificio. Leonard lo seguía muy despacio, a caballo. Al verlo entrar en una zapatería cuyo cartel pasó de ABIERTO a CERRADO en cuanto cerró la puerta, bajó del caballo, ató las riendas a cierta distancia del establecimiento y esperó. Al cabo de un momento, salió el zapatero, que se marchó sin echarle la llave a la puerta.

¿Sería ese el nuevo lugar de reunión?, se preguntó. Rodeó el edificio en busca de una entrada trasera y la encontró. No estaba cerrada con llave y conducía directamente a la trastienda, donde el zapatero llevaba a cabo su oficio. Era temprano. El contacto del guardia tardaría horas en aparecer, y en la trastienda no había escondite alguno donde ocultarse si el hombre aparecía de repente.

Leonard contempló la posibilidad de sonsacarle información al guardia a la antigua usanza, pero controló el impulso. El soldado había trabajado para Aldo, y por lo que escuchó la otra noche, ni siquiera Aldo sabía la identidad del hombre para quien trabajaba, de modo que tal vez no obtuviera información importante del guardia. Además, su objetivo era el encapuchado, y lo único que tenía para identificarlo era su voz, con ese timbre grave tan personal.

Pasó una hora y escuchó que el guardia roncaba en la tienda. Leonard se asomó por la puerta y lo vio repantingado en un cómodo sillón. Suspiró antes de retomar su posición, apoyado en la pared de la trastienda, y se dispuso a esperar.

Al cabo de otros veinte minutos, la puerta principal se abrió y se cerró, tras lo cual escuchó la voz ronca que esperaba escuchar.

—¡Tú, despierta!

—Lo siento —farfulló el guardia—. No sabía si ibas a tardar mucho.

—¿Rainier ha obedecido sus órdenes?

—Lo intentó, pero falló.

—Bien.

—¿Bien? —preguntó el guardia—. ¿Querías que lo cogieran?

—No, pero fue una decisión apresurada de la que el jefe no tardó en arrepentirse. Así que no intentes acabar con la misión que se le encomendó a Rainier. Es posible que ahora tenga otros planes para la muchacha. ¿Lo capturaron?

—Sí, y yo no pienso volver al palacio. Les dará mi nombre si no lo ha hecho ya. Pero de todas formas, aunque me acusen de desertor o de espía, me buscarán. Así que me marcho del país.

Leonard estaba furioso. Habían intentando matar otra vez a Alana. Sin embargo, tenían otros planes para ella. Tenía que acabar pronto con todo ese asunto, de modo que debía intentar un acercamiento mucho más directo.

Salió del establecimiento en silencio y volvió hasta el lugar donde había dejado su caballo. Montó y se preparó para seguir a su objetivo. Como no consiguiera un nombre ese mismo día...

Logró echarle un buen vistazo al tipo cuando salió de la zapatería y subió a lomos de su caballo. Ese día no iba encapuchado, de modo que Leonard vio que aparentaba unos veinticinco años, que era un joven apuesto de pelo negro y complexión fuerte.

Su objetivo puso rumbo al sur al salir de la ciudad, usando uno de los caminos más transitados. En esa dirección, llegarían a una de las mansiones más grandes de los Bruslan, más conocida como la «fortaleza» porque recordaba a un pueblecito de casas elegantes rodeado por unas murallas de piedra no muy altas. La fortaleza carecía de portón, y dada la enorme actividad que reinaba en la propiedad, nadie se interesó por Leonard.

Su objetivo desapareció en el interior del edificio principal, pero había tantos hombres y mujeres elegantemente ataviados saliendo y entrando de la mansión que le fue imposible determinar con quién había hablado el encapuchado. Sin embargo, no se demoró mucho. Al salir, lo hizo acompañado de Karsten Bruslan, pero se separaron poco después sin mediar palabra. Karsten se subió en un carruaje muy elegante, y su objetivo regresó a la ciudad a galope tendido.

Leonard no habría sabido la identidad del joven con quien el encapuchado había salido de la mansión si no hubiera escuchado su nombre el día anterior en la fiesta y no le hubiera echado un buen vistazo. ¿Sería una coincidencia que ambos hombres se hubieran marchado a la vez? Decidió seguir a Karsten. En realidad, el heredero preferido de los Bruslan podía tener todas las respuestas que él necesitaba. Y aunque no las tuviera, había llegado el momento de remover un poco el avispero para ver qué sucedía.

38

Llevaban el suficiente tiempo fuera como para que la molesta vecina de los Becker se hubiera marchado cuando ellos regresaron. De vuelta en la sala de estar, Alana estaba recuperando el calor delante de la chimenea, por lo que no vio entrar al padre de Christoph.

—Kosha parecía inquieta. ¿Se ha acercado algún animal salvaje a la manada?

Christoph soltó una carcajada y señaló a Alana con la cabeza.

—Si quieres considerarla un animal salvaje...

—Preferiría que no —replicó Alana con sequedad.

Christoph los presentó, aunque no hacía falta. El parecido entre padre e hijo era innegable. El resto del día siguió la misma tónica agradable. A diferencia de Christoph, su familia era amable y la hicieron sentir como en casa.

La madre de Christoph quiso ponerse al día sobre las tendencias de moda londinenses, y los hombres reaccionaron con idénticos gemidos. Lo que Ella hizo fue echarse a reír e invitarla a que la acompañase a la cocina para poder continuar la conversación sin aburrirlos.

Sin embargo, lo que en realidad quería saber era:

—¿Te gusta mi Christo?

Alana no se ruborizó y consiguió contestar con una evasiva.

—Bueno... cuesta acostumbrarse a él.

La respuesta le arrancó una carcajada a Ella.

—Sé que es distinto a los caballeros ingleses a los que estás acostumbrada. Los lubinios... no se muerden la lengua, no, van directos al grano. Pero es un buen chico.

Alana se echó a reír. Solo una madre llamaría a un hombre del tamaño de Christoph «chico». Le caía muy bien esa mujer. Mientras estaba con ella, le fue imposible no pensar en su madre. Ojalá Helga fuera tan accesible como Ella.

Más tarde conoció al hermanito de Christoph, de lejos, cuando una criada lo llevó al gabinete. Christoph se lo quitó a la mujer de los brazos, lo lanzó varias veces al aire hasta que el niño chilló de felicidad y se acercó a Alana con él en brazos. Pero el niño era demasiado tímido con los desconocidos como para permitir que lo cogiera, y empezaba a llorar cada vez que extendía los brazos hacia él.

Wesley se reunió con ellos para cenar. Estaba sentado a la mesa entre sus padres, que le daban de comer poco a poco. Christoph le sonrió al niño y se inclinó hacia Alana para coquetear:

—No sabe lo que se pierde al no poder estar entre tus brazos.

Al menos, Christoph había susurrado el comentario, ya que estaba sentado junto a ella, y nadie más que él la vio ruborizarse. Sin embargo, se produjo un silencio incómodo cuando se hizo tarde y Ella le dijo a Alana:

—Ven, voy a enseñarte tu habitación.

Christoph las detuvo y sin rastro de humor dijo:

—No, dormirá conmigo. Está en peligro. La gente que quiere matarla estaría dispuesta incluso a allanar una casa para conseguirlo.

—No vamos a compartir cama, lady Becker —le aseguró Alana.

—No, claro que no —convino Ella—. Puede dormir conmigo, Christo.

—¿Y dónde voy a dormir yo? —quiso saber Geoffrey.

Alana creía que estaba todo arreglado hasta que Christoph dijo:

—Me temo que tengo que insistir, madre. No voy a despertarme por la mañana y encontraros a ambas degolladas. Mi trabajo consiste en protegerla y no pienso pasarme la noche al otro lado de la puerta de tu dormitorio o del mío para llevarlo a cabo. El decoro es absurdo cuando hay una vida en juego.

—¿Crees que allanarían esta casa? —preguntó Ella.

—Se colaron en mis dependencias para llegar hasta ella.

Una versión muy suave, pensó Alana, dado que había estado en su calabozo y este solo estaba conectado con sus dependencias. Sin embargo, era evidente que Christoph no quería explicarle los detalles a su familia.

A la postre, Ella asintió con la cabeza, pero también dijo:

—Ordenaré que lleven un camastro a tu habitación. Y dormirás en él.

Christoph sonrió al haber ganado la discusión y le dijo a su madre:

—Llévala al dormitorio. Yo todavía no estoy cansado.

Alana se durmió antes de que él subiera las escaleras. Le había dejado una lámpara encendida aunque el fuego crepitaba en la chimenea. Después de otro día lleno de emociones, se durmió enseguida, mirando el camastro emplazado en el otro extremo de la estancia. Sin embargo, cuando se despertó todavía no había amanecido, y la despabiló la calidez del cuerpo de Christoph contra ella.

Abrió los ojos y lo descubrió sonriéndole.

—Le has mentido a mi madre al decirle que no compartiríamos cama.

Si de verdad quería hacerle el amor, no la irritaría con un comentario destinado a erigir sus defensas morales, ¿no? Para detenerlo antes de que la tentación ganara la partida, replicó:

—Si me tocas, me pondré a gritar. Tu familia vendrá a averiguar qué pasa. Y a ver cómo te las arreglas para salir del atolladero con tu piquito de oro.

—Puedo decir que te he hecho gritar de placer...

—¡No te atreverías! —exclamó.

—Claro que sí. Soy un bruto y un salvaje, ¿o ya no te acuerdas? Pero has apagado mi pasión. Duerme un poco.

¡Pero Christoph no se movió! Y la estaba mirando a los ojos. ¿Esperaba ver una invitación que ella era incapaz de formular? ¿La encontró? ¿Por ese motivo la besó de repente? ¡Y no era un beso cualquiera! Le introdujo la lengua entre los labios, incitándola a compartir su pasión.

Alana intentó combatir las emociones que la invadieron en respuesta, intentó combatir ese repentino vértigo que no terminaba de entender, intentó combatir el rubor que se extendía por su piel y que dejaba un rastro de calor a su paso. Sin embargo, era muy difícil resistir algo así, porque en realidad no quería hacerlo, quería disfrutar de la excitación que despertaba todos sus sentidos.

Christoph tendría que detenerse, comprendió, pero lo estaba abrazando con demasiada fuerza cuando dijo:

—No deberíamos hacerlo.

Así que no le sorprendió que la ardiente boca de Christoph se posara en sus labios, provocándole un sinfín de escalofríos.

La pierna que tenía encima pasó a estar entre sus muslos. Dado que Alana solo tenía la camisola y las enaguas, sintió el roce cuando comenzó a moverla para frotarle la entrepierna. Se sobresaltó, en varias ocasiones, hasta que se apretó más contra él.

—Estás en ropa interior —repuso él con un deje pícaro—. Admite que me estabas esperando.

Eso la instó a abrir los ojos. ¡Menos mal que le había dado las fuerzas que necesitaba desesperadamente para echarlo de la cama!

—No —protestó, antes de añadir con más firmeza—. Se me olvidó traer un camisón. Y te has equivocado de cama.

Christoph se apartó.

—Alana, no puedes decir en serio que...

—Muy en serio. Te has equivocado de cama.

Christoph titubeó un momento, ya que quería asegurarse de que hablaba en serio. Sin embargo, no le cupo la menor duda.

Chasqueó la lengua, suspiró y salió de la cama para tumbarse en el camastro. ¡Estaba desnudo! Alana cerró los ojos y apartó la cara para no mirarlo.

—Duerme un poco —masculló él—. Al menos uno de nosotros debería hacerlo.

¿Qué estaba insinuando?, se preguntó Alana en silencio, pero resistió el impulso de decir que ella tampoco lo haría. Y de alguna manera se quedó dormida.

Aunque se pusieron pronto en marcha a la mañana siguiente, toda su familia salió a la puerta para despedirlos. El tiempo les dio una tregua, ya que el cielo permaneció despejado. La ventisca había dejado un manto de nieve a su paso, pero el trineo avanzaba sin dilación.

Christoph no comentó absolutamente nada de la noche anterior. No parecía molesto ni mucho menos. Sin embargo, Alana dejó de pensar en Christoph durante el ascenso debido a su madre, aunque los nervios que la asaltaron fueron muchos peores.

Cuando él se dio cuenta, le rodeó los hombros con un brazo y la pegó a su cuerpo.

—¿Vuelves a estar nerviosa? ¿Por qué? Deberías estar emocionada.

—Para ti es fácil decirlo. No vas a conocer a uno de tus progenitores dieciocho años después de nacer.

—Puedo ayudarte a que te relajes.

Alana supo muy bien a qué se refería.

—No hace falta, de verdad.

Volvió a guardar silencio mientras se mordía el labio inferior. Debería haberle dejado que la distrajera de la inminente reunión, porque su nerviosismo se acrecentó a medida que se acercaban a su destino.

Tardaron poco más de dos horas en cubrir la distancia. Habría sido un recorrido mucho más rápido de no ser por la espesa capa de nieve que cubría el camino. Alana incluso atisbó una parte del pabellón real antes de que empezara a nevar de nuevo. Le pareció un castillo en miniatura, erigido en un saliente rocoso a mitad de la ladera.

—Me dijiste algo sobre que era «lujoso», pero no me esperaba algo tan grande aquí arriba —comentó en cuanto perdió de vista la construcción—. Los pabellones suelen acercarse más al tamaño de una casa de campo, ¿no?

—Antes era una residencia modesta. Pero a lo largo de los años se le han ido añadiendo estancias. Y el nombre permaneció invariable pese a su tamaño.

—¿El rey viene a menudo?

—No lo ha visitado desde la muerte de su primera esposa. Tengo entendido que le encantaba este lugar, algo comprensible por sus magníficas vistas... cuando no nieva, claro. Y el rey huye de todo lo que le recuerda a ella. Por esa razón no hay retratos de la reina Avelina en el palacio. Y por esa razón no sé qué aspecto tenía.

—¿Por qué no se limita a clausurar el pabellón si no quiere usarlo?

—Porque sigue teniendo su utilidad. De vez en cuando se lo ofrece a los diplomáticos extranjeros. Tras pasar unos días aquí, regresan a la capital de muchísimo mejor humor para las negociaciones.

Alana se echó a reír.

—Buena estrategia.

El trineo se detuvo. Y su buen humor desapareció mientras Christoph se apeaba y la cogía en brazos para llevarla al interior, tal como había hecho en casa de su familia. Estaba preparada para impedirle que la besara, pero en esa ocasión ni siquiera lo intentó. Se limitó a dejarla en el suelo en una estancia muy amplia, demasiado grande como para ser un vestíbulo o un distribuidor, pero no parecía tener otro propósito. Un buen número de estatuas de hombres y de mujeres, de estilo griego, flanqueaba una enorme fuente, que en ese momento no tenía agua y que se encontraba en el centro de la estancia. Unos gigantescos espejos enmarcados cubrían las paredes, confiriéndole más amplitud todavía.

—Conde Becker, qué alegría verlo. ¿Quiere la habitación de siempre?

Alana no se percató de la presencia del criado hasta que habló. Le lanzó una mirada adusta a Christoph al escuchar la pregunta.

—¿Ya has estado aquí?

Christoph se encogió de hombros mientras se quitaba el abrigo y el gorro, y le daba las prendas al criado. La estancia no estaba lo bastante caldeada para que ella hiciera lo mismo. Alana se preguntó si admitiría que incluso él necesitaba pasar cierto tiempo a solas, lejos de un trabajo que se había vuelto más peligroso de la cuenta.

En cuanto el criado se llevó su abrigo, Christoph contestó:

—He traído a alguna que otra amante aquí arriba. —Después, al ver su cara, añadió—: ¿Qué pasa? No te sorprendas tanto. Tú eras la virgen hasta hace poco, no yo.

Alana se ruborizó al punto.

—No estás casado. ¿Por qué traes mujeres aquí arriba? ¿O es que estabas casado?

Christoph se echó a reír.

—Pareces muy indignada... ¿En tu nombre o en general? ¿O estás celosa?

—Ninguna de las tres cosas —le soltó—. Olvida lo que te he dicho. Lo que hagas es asunto tuyo.

—¿Quieres que también sea asunto tuyo?

—¡No!

—¡Protestas demasiado! —exclamó con una carcajada—. Pero voy a contestarte. Cuando una relación comienza a estropearse, pueden producirse muchas discusiones. Esto suele suceder cuando una amante desea un arreglo más permanente, algo que nunca formó parte del trato. Si no he terminado con ella, la traigo aquí. Supongo que dado el aislamiento de este lugar y el hecho de que saben que están a mi merced hasta que quiera llevarlas de vuelta a la ciudad, vuelven a mostrarse muy complacientes. Pero solo es una manera de retrasar lo inevitable, de modo que en un momento dado dejé de intentarlo.

—Si todas tus relaciones acaban tan mal, a lo mejor deberías probar una relación de verdad.

—¿Te refieres a una esposa? —Meneó la cabeza—. Una esposa requeriría muchísimo tiempo, y no estoy en disposición de dárselo. —Acto seguido, sonrió—. Pero podría hacerle un hueco a una nueva amante... si se trata de ti.

El comentario ni se merecía una respuesta, pero la suspicacia la llevó a preguntar:

—Mi madre está aquí, ¿verdad?

Christoph se echó a reír de nuevo.

—Tú y yo no discutimos, Alana mía. No, no te he traído para limar asperezas. Tú protestas mucho, pero sé cómo hacerte ronronear.

Alana jadeó al escucharlo y se puso colorada. Daba igual cuántas veces le hiciera comentarios inadecuados y escandalosos, era incapaz de no reaccionar a ellos. Sabía que debería ser inmune a esas alturas, no debería avergonzarse ni enfadarse.

—Por el amor de Dios, haces que me entren ganas de ser la hija de tu rey solo para poder ponerte unos grilletes. Un mes por cada insulto que me has lanzado significa que te pasarías años...

—No esperes que me calle lo mucho que te deseo cuando tú me deseas con la misma intensidad. ¿Preferirías que fingiera que no me afectas? No creo que pudiera hacerlo, la verdad. —Christoph la cogió de la mano y la sacó de esa estancia al tiempo que añadía—: Vamos en busca de tu madre. A lo mejor es una bruja y querrás que te proteja de ella.

—Yo no contaría con eso.

Christoph suspiró.

—No lo hago.

39

El criado que los recibió les informó de que Helga apenas salía de sus aposentos. Alana comprendió el motivo nada más ver la lujosa suite, que contaba con más espacio que una casa normal. Helga parecía encontrarse en su hogar. Acababa de disfrutar de un tardío desayuno. Al parecer, la doncella que le había llevado la comida se había demorado para charlar con ella. Ambas estaban riéndose por algo cuando la doncella les abrió la puerta.

Helga se puso en pie y se apartó de la mesa a la que había estado desayunando al ver que tenía una visita inesperada. Posiblemente ni se le había ocurrido que hubieran ido a verla a ella en concreto. El pabellón era tan grande que no sería difícil perderse en su interior.

Alana esbozó una sonrisa cariñosa. ¡Esa era su madre! ¡Su verdadera madre! Helga llevaba un sencillo vestido mañanero de color verde. Alana vio que no era muy alta. Era incluso más baja que ella. Tampoco tenía el pelo negro. Era rubia y sus ojos eran de un castaño oscuro. Aunque no estaba gorda, su constitución era recia, tal vez fuera de huesos grandes. Alana tenía una constitución menuda. Y Helga no tenía arrugas. Debió de ser una madre muy jovencita. No aparentaba tener ni cuarenta años.

—¿Helga Engel? —le preguntó Christoph.

Helga asintió con la cabeza mientras lo miraba con recelo.

—¿Han venido a verme?

Christoph sonrió para tranquilizarla y se presentó con toda formalidad como el capitán de la guardia real.

—Sí, de hecho le traigo una maravillosa sorpresa.

Helga se echó a reír y preguntó:

—¿Otro regalo del rey? Es demasiado amable.

Christoph pareció horrorizado.

—¿Frederick le hace regalos?

Helga sonrió.

—Una vez al año. A veces, dos. —Y al ver que seguía sorprendido, se rio de él como si fuera una colegiala—. ¡No piense mal! No son regalos ostentosos ni mucho menos, solo simples recuerdos para hacerme saber que no ha olvidado lo que hice por él. Tampoco es que haga falta. Debería decírselo de mi parte. Esto... —Hizo un gesto con la mano para abarcar sus aposentos—. Ya me parece demasiado generoso.

La expresión de Helga se tornó triste. Christoph carraspeó, incómodo, sin duda pensando, al igual que Helga, en el sacrifico que había hecho. Sin embargo, Alana no se sentía triste. Estaba preparada para la felicidad que les reportaría el encuentro y que tanto había anticipado.

Hizo ademán de adelantarse para comunicarle en persona las noticias, pero Christoph la detuvo poniéndole una mano en un brazo. Ella lo miró y frunció el ceño al identificar su pose militar más rígida.

Tal como esperaba, le preguntó a Helga con tono oficial:

—¿No se cree merecedora de su generosidad?

—Yo...

Helga dejó la frase en el aire, nuevamente en guardia.

—¡Ya vale! —exclamó Alana—. No has venido para interrogarla.

—Pero tú sí.

—No, no voy a interrogarla.

—Sí vas a hacerlo. Tienes miles de preguntas. Yo solo le he hecho una.

—No tienes motivos para demostrarle esa naturaleza tan desconfiada que tienes. Cuando se niega ser merecedor de algo, se hace por simple modestia. Tal vez el concepto le resulte desconocido a un bruto como tú, pero la gente normal está familiarizada con él.

Christoph no pareció arrepentido ni mucho menos. El capitán de la guardia jamás podía mostrarse arrepentido. La discusión entre ellos había tenido lugar en voz baja a fin de que Helga no los escuchara, pero eso pareció alarmarla aún más.

—¿Les importaría decirme a qué han venido si son tan amables? —preguntó Helga mientras los miraba con nerviosismo.

Christoph se relajó. E incluso volvió a sonreír. Alana se preguntó si el sermón habría echado al capitán de la guardia, al menos por el momento.

—Helga, lo siento —se disculpó—. La sorpresa que le traigo es su hija, viva tal y como puede comprobar.

Los ojos de Helga se clavaron en Alana un instante antes de que los pusiera en blanco y se cayera redonda al suelo, víctima de un desmayo. Alana corrió hacia ella, pero no llegó a tiempo para librarla del golpe.

Mirando a Christoph, exclamó:

—¡Válgame Dios, eres tan sutil como un jabalí! ¿No podrías haberlo dicho con más delicadeza?

Christoph se acercó para levantar a Helga del suelo y dejarla en un sofá, situado en el otro extremo de la vasta estancia. Alana lo siguió y de camino vio muestras de la naturaleza artística de su madre: unas cuantas madejas de lana y un bastidor muy grande con un tapiz a medio acabar emplazado delante de un sillón.

—¿Qué habrías dicho tú para... endulzar la noticia? —le preguntó Christoph—. Se lo dijeras como se lo dijeses, de todas formas iba a impresionarla.

Alana suspiró y se inclinó sobre Helga, tras lo cual le dijo unas suaves palmaditas en la cara para que se despertase. No se fijó en lo que hacía Christoph hasta que lo vio acercarse con un vaso de agua.

Jadeó mientras le cubría la cara a su madre.

—¡Ni se te ocurra!

Christoph enarcó una ceja.

—¿Por qué no? Es rápido.

—Es de muy mala educación. Déjame que yo lo intente antes.

—No paras de quejarte hoy, ¿por qué? Sigues nerviosa.

—No estaba nerviosa. Hasta que empezaste a interrogar a mi madre. Hoy no estás de servicio. O al menos no deberías estarlo.

—Siempre estoy de servicio.

—Fuiste tú quien me aseguró que Helga Engel es mi madre —le recordó Alana con tirantez—. Si no estás absolutamente seguro, deberías habérmelo dicho.

—Estoy seguro.

—Pues entonces explícamelo, por favor.

—Me ha pillado por sorpresa. Poco antes habíamos estado comentando el tema de las amantes. Frederick les ha sido fiel a sus dos esposas, pero durante el período comprendido entre ambos matrimonios disfrutó de un buen número de amantes. Una intentó matarlo. Mi trabajo consiste en conocerlas a todas, aunque su relación tuviera lugar mucho antes de que yo llegara al palacio. Pensaba que lo sabía todo sobre ella. Pero su insinuación sobre Frederick...

—Yo no he captado insinuación alguna —lo interrumpió Alana—. Se ha mostrado encantada al ver que el rey todavía recuerda lo que hizo por él, aunque afirme que sus regalos no son necesarios. Es una reacción femenina, Christoph. ¿Acaso no te resulta familiar?

Christoph no parecía muy contento consigo mismo.

—Despiértala para que pueda darte un abrazo maternal, a ver si así te alegras un poco y dejas de protestar tanto.

Alana se arrodilló junto al sofá y siguió dándole palmaditas a su madre en la cara. No obtuvo respuesta. Empezaba a preocuparse por la posibilidad de que Helga se hubiera hecho daño al caerse cuando la escuchó gemir y respirar hondo. Helga abrió los ojos, desorientada pero tranquila, como si se despertara de una siesta. Hasta que vio a Alana. En ese momento, se incorporó como si tratara de alejarse de ella, con los ojos de par en par por el espanto.

—¡Aléjate de mí! —chilló.

Sin embargo, estaba tan alterada que no le dio a Alana oportunidad de complacerla. Helga saltó del sofá, casi tirándola a ella en el proceso, y se colocó tras el respaldo.

—¡Miente! —gritó, señalando a Christoph con un dedo acusador.

Christoph frunció el ceño.

—Si no nos crees, ¿por qué actúas como si fuera un fantasma? Le aseguro que está muy viva y que tiene la sangre muy caliente.

Alana no tuvo ocasión de reprenderlo por el inapropiado comentario, porque Helga se lo impidió diciendo:

—No sé quién es ni lo que es, pero no es mi hija. ¡Mi hija está muerta!

—Sí, sé que es lo que creía, lo que todos creíamos —señaló Christoph con delicadeza—. Pero tiene delante la prueba que demuestra que no es así.

—¿Por qué, porque ella lo afirma?

—En realidad, ella pensaba que era hija de Frederick, porque el hombre que la raptó pensó que se llevaba a la princesa y eso fue lo que le dijo. Pero, gracias a usted, se llevó al bebé equivocado.

—Gracias a mí... —repitió Helga con voz entrecortada.

En ese momento, miró por fin a Alana y se echó a llorar. Pero no parecían lágrimas de felicidad.

40

—Durante todos estos años he tenido la certeza de que te había raptado para matarte.

Aunque lo dijo con voz desapasionada, era el primer indicio de que Helga comenzaba a creerlos. Sin embargo, tal parecía que la noticia la había sorprendido tanto que era incapaz de demostrar alegría alguna.

Alana consiguió que Helga se volviera a sentar en el sofá. Christoph le ofreció el pañuelo para que se secara las lágrimas antes de incorporarse de nuevo, ya que prefería quedarse de pie. Sin embargo y tras limpiarse la cara con el pañuelo, Helga lo soltó sobre su regazo y se olvidó de él, como si no se diera cuenta de las lágrimas que se deslizaban por sus mejillas.

Alana se sentó al lado de la mujer e incluso intentó tocarle la mano para consolarla, pero se dio cuenta de que Helga se tensaba cada vez que lo hacía, de modo que cejó en su empeño.

A esas alturas se sentía un poco rechazada. La brevísima burbuja de alegría que había sentido al ver a la sonriente Helga había desaparecido. Esa reunión no tenía un ápice de feliz... todavía. No obstante, Alana conservaba la esperanza de que una vez pasada la sorpresa inicial las dos se alegrarían.

Con la esperanza de que una explicación pudiera ayudar en ese sentido, dijo:

—Me raptó por ese motivo. Pero fue incapaz de hacerlo y acabó criándome. Ha cambiado. Ya no es un asesino.

—¿Era un asesino? —preguntó Helga con un jadeo asombrado.

—¿No lo sospechaba? —quiso saber Christoph.

Helga bajó la vista a su regazo al punto. Era evidente que no le gustaba mirar a Christoph a los ojos. Era un militar y había sido rudo con ella.

Al cabo de un momento, Helga contestó:

—Sí, pero acaban de confirmarlo, algo que no había hecho nadie.

—Ha sido como un padre para mí —le aseguró Alana—. De hecho, durante todos estos años creía que estábamos emparentados, que era mi tío de verdad. Me contó la verdad hace un mes.

Helga puso los ojos como platos.

—¿Sigue vivo?

—Sí, pero...

Helga miró con nerviosismo la puerta situada detrás de Christoph.

—¿Está en el pabellón?

Era evidente que tenía miedo de Poppie. ¿Miedo en vez de odio hacia el hombre que le había arrebatado a su hija?, se preguntó Alana. Y se dio cuenta de que Christoph también fruncía el ceño.

—Estoy segura de que lo ocurrido hace años te aterrorizó —se apresuró a decir Alana—. No pasa nada si no quieres volver a verlo. Cuéntame cosas de mi padre.

Los ojos castaños de Helga la miraron, pero el miedo no terminó de abandonarlos.

—Era un buen hombre. Apenas llevábamos un año casados cuando murió de una fiebre, así que nunca conoció a nuestro bebé. —Como si se le hubiera ocurrido después, añadió—: Tenía el pelo negro.

Alana se echó a reír.

—¡Por fin un pariente con el pelo negro! Menuda guerra me

ha dado con eso... el capitán. —Señaló hacia Christoph con la cabeza.

—¿Por qué?

—Porque intenté convencer al capitán Becker de que era la princesa, que era quien mi tutor creía que era. Y el capitán no me decía por qué estaba seguro de que no lo era. Pero dado mi color de pelo y el hecho de que dijeras que yo era rubia, como la princesa, ni se le pasó por la cabeza que pudiera ser tu hija.

—Tal vez el asesino mintió y no lo eres —dijo Helga.

Eso le dolió. Helga incluso había hablado con amargura. Eso solo podía significar una cosa: Helga seguía teniendo dudas, seguramente porque no sentía nada por ella. Y no podía culparla. Christoph también había pensado que Poppie le había mentido.

Y en ese momento él mismo lo confirmó:

—Yo también lo creía al principio, pero ya no. Si siguiera teniendo dudas, nunca la habría traído para que la conociera. Y con el permiso del rey, por supuesto. Aunque tengo que admitir que su reacción al verla es bastante peculiar.

—¡Si dice que es mía, lo es! —se defendió Helga—. Pero es que todavía no lo siento, y no puede culparme por ello. Me quitaron a mi bebé. Y ahora me trae a una mujer adulta que ni siquiera se parece a mí.

—¿No se parece a su difunto marido?

Helga resopló.

—No tiene nada de masculino.

—No, es cierto —convino él—. A lo mejor debería alegrarse de que se haya convertido en una mujer tan guapa...

Helga lo miró con expresión rara antes de desviar la vista a Alana y sonreírle tímidamente.

—Eres muy guapa. Por favor, no me culpes por lo que siento.

—No, no lo hago —dijo Alana—. Lo entiendo a la perfección. Me he pasado toda la vida creyendo que mis padres estaban muertos. Cuando me dijeron que no era así, también me llevé una tremenda impresión. Tardé en aceptarlo. Aunque me ayudó hablar del tema y tal vez te ayude a ti también. Cuéntame cosas de nuestra familia.

Helga suspiró.

—Todos han muerto. Mis padres seguían vivos cuando me mudé al palacio, pero eran muy mayores. Llegué a sus vidas muy tarde. Mi padre murió el mismo año que perdí a mi bebé. Mi madre se mudó al pabellón conmigo, pero murió dos años después. Lo siento. Solo quedo yo... bueno, solo quedamos tú y yo.

—No tienes que disculparte —dijo Alana, antes de preguntar con tiento—: ¿Puedes decirme por qué lo hiciste? ¿Por qué cambiaste los bebés?

Helga se tensó al punto.

—Me dijeron que nunca hablara del tema.

—Cuando nos dimos cuenta de quién era, el rey me dio permiso para contarle la verdad y traerla para que la conociera —explicó Christoph—, de modo que ya está al tanto del secreto que usted debía guardar. Puede hablar con total libertad delante de ella.

Helga se echó a llorar de nuevo, pero Alana ya comprendía el motivo. Helga no era capaz de recordar esa espantosa etapa de su vida sin revivir la angustia de perder a su hija. Alana estuvo tentada de cambiar de tema. No le hacía falta saber qué había motivado un acto que cambió por completo su vida. Sin embargo, tal vez Helga se negaba a hablar del tema porque creía que había sufrido al ser criada por un asesino.

—He disfrutado de una buena vida, sin pasar penalidades —le aseguró Alana—. Me criaron en Inglaterra para ser una dama. Tuve una buena educación, criados, amigos, un pariente muy cariñoso... o, al menos, creía que era mi pariente. Nunca me faltó de nada, salvo una madre. Así que no me sucedió nada espantoso por lo que hiciste. De verdad, no guardo rencor por nada.

—Pues yo sí —dijo Helga con voz avergonzada.

—¿Y por qué lo hizo?

En esa ocasión, lo preguntó Christoph, razón por la que tal vez Helga respondió de inmediato.

—Me puse nerviosa con el palacio medio vacío, ya que el rey llevaba ausente mucho tiempo, inmerso en el dolor por la muerte de su esposa, y nadie iba a visitar a la princesa. La verdad es que la princesa estaba desatendida. Apenas habían pasado tres años desde la guerra civil, cuando atacaron el palacio y el rey Ernest murió. Yo no era la única que creía que los Bruslan podían recurrir a la violencia para recuperar el trono. Corrían rumores por la ciudad incluso antes de que el rey Frederick se casara.

—Algo comprensible, pero el palacio no estaba indefenso —dijo Christoph.

—Tiene razón, había muchos guardias en el patio, pero no tantos dentro del palacio. Los dos guardias asignados a la habitación infantil solo hacían dos rondas por la noche. Deberían haber estado al otro lado de la puerta, pero no era así, y apenas miraban el moisés real cuando entraban. Siempre estaban hablando entre ellos y contándose chistes. Pero no cambié los bebés de inmediato. Pasaron varias semanas antes de que mi nerviosismo se convirtiera en miedo. La princesa tenía casi tres meses cuando hice el cambio.

—¿Los criados estaban al tanto del cambio? —preguntó Christoph.

—¿Qué criados? —refunfuñó Helga—. Solo había una anciana medio ciega que venía a limpiar la habitación infantil y a traerme la comida. El médico real venía una vez al mes para asegurarse de que la princesa estaba sana y crecía como era de esperar. Pero era un hombre arrogante que parecía indignado por la idea de tener que examinar a un bebé. Su aliento olía a alcohol en más de una ocasión. Le supliqué a uno de los funcionarios de la corte que mandara más guardias y más ayuda, pero se rio de mí y me dijo que el palacio era un lugar seguro. Eso sí, se dignó a contratar a otra niñera para ayudarme. Pero cuando la muchacha llegó, un par de semanas antes del rapto, ya había tomado cartas en el asunto y había cambiado los bebés. Me aterraba lo que podría pasarme si algo le sucedía a la princesa.

—¿Por qué no le dijiste a la nueva niñera que habías cambiado a los bebés para que también estuviera alerta? —quiso saber Christoph.

Helga no respondió de inmediato.

—En primer lugar, porque no sabía si podía confiar en ella. Y la verdad es que... —Se interrumpió cuando los ojos se le llenaron de lágrimas—. La verdad es que me encantaba poder pasar más tiempo con mi niña.

A Alana se le derritió el corazón al escucharlo.

—Por supuesto, no quería que a la otra niñera se le ocurriera hacer lo mismo —prosiguió Helga—. La seguridad de la princesa era mi prioridad. Incluso después de que llegara la nueva niñera, seguí insistiéndole al funcionario para que nos asignara más guardias. ¡Aunque solo fueran dos más! Podría haberme evitado la pérdida si lo hubiera hecho. Ese... asesino jamás habría burlado a los guardias de la puerta para llevarse a mi bebé. Ni siquiera recuerdo que me atacara, pero después de que me dejara inconsciente debió de atarme las manos a la espalda. —Meneó la cabeza con tristeza—. Pero el rey supo a quién echarle la culpa cuando lo mandaron llamar, y estaba furioso.

—Seguro que creyó que era culpa suya por haberse ausentado durante tanto tiempo —dijo Alana en voz baja.

Christoph miró a Alana con dureza por semejante comentario, pero Helga se apresuró a defender a Frederick.

—No fue culpa suya. Creyó que dejaba a su hija en buenas manos. Y su dolor era tan profundo que ni siquiera sabía que se había ausentado durante tanto tiempo. Aun así, la habitación infantil debería haber estado mejor protegida y debería haber contado con más personal. Por eso estaba furioso. Despidieron a varias personas responsables de esa negligencia, pero ya era demasiado tarde... para mí.

—¿Viniste aquí después? —preguntó Alana.

Helga asintió con la cabeza.

—Me liberaron de mi puesto por la pérdida que había sufrido. Una nueva niñera se trasladó con la princesa a su nuevo escondite. Pero yo me quedé con mis padres en la ciudad durante un tiempo. Me ayudaron a superar mi dolor. Me trasladé aquí después de que mi padre muriera y conseguí convencer a mi madre de que me acompañase. —Tras un breve silencio, Helga tocó de forma titubeante la mano de Alana y le preguntó—: ¿De verdad eres mi hija?

Alana sonrió, pero no pudo hablar. Alguien estaba aporreando la puerta con tal fuerza que Helga se puso en pie de un salto, alarmada.

—Creo que es por mí —dijo Christoph, que salió de inmediato.

Alana intentó tranquilizar a su madre.

—Ayer envió a sus hombres para que se adelantaran. Seguramente quieren asegurarse de que ha llegado sano y salvo pese a la ventisca. Y sus hombres son un poco bru... —Iba a decir «brutos», pero se dio cuenta de que a Helga no le haría gracia al ser sus compatriotas, de modo que cambió la palabra—: Sus hombres son bastante rudos.

El comentario no consiguió relajar a Helga, que tampoco recuperó el color. Alana entendía el miedo que su madre le tenía a Poppie, pero esperaba que no saltase cada vez que alguien llamaba a la puerta. Incluso pensó en organizar un encuentro entre ambos. No sería agradable, pero Poppie podría dejarle claro a Helga que no quería hacerle daño.

En ese momento, Christoph regresó a la estancia con una expresión tan seria que Alana se puso en pie. La cogió del brazo y tiró de ella hacia la puerta.

Alana se resistió e intentó apartarse.

—No seas tan maleducado. ¿Adónde me llevas?

—Tenemos que volver a la ciudad. Han asaltado el palacio al rayar el alba.

41

Alana estaba segura de que Christoph no se habría detenido en la puerta de los aposentos de su madre si no lo hubiera reprendido de antemano por ser un maleducado. Sin embargo, se volvió hacia Helga y dijo:

—El rey está bien y han logrado controlar el ataque con rapidez. Me necesitan en la ciudad, pero traeré a su hija en otra ocasión.

Una vez en la planta baja, Alana vio que el trineo ya estaba listo y que los cinco hombres de Christoph ya estaban a caballo, preparados para seguirlos. Christoph la llevó al trineo, subió y después de pegarla bien a su costado la cubrió con unas cuantas mantas. Tan pronto como el trineo se puso en marcha, ella le preguntó:

—¿Los rebeldes han demostrado más osadía de la que imaginabas?

—Esto no tiene nada que ver. El nieto del rey, Karsten, ¿lo recuerdas? El hombre que te resultó tan simpático en la fiesta, pues resulta que le han dado una paliza brutal.

—¿Él fue quien organizó el ataque al palacio?

—No, algunos de sus hombres estaban furiosos por la paliza y sospechaban que o bien fui yo o fue el rey quien la ordenó. Anoche lograron llegar hasta el patio de las murallas. Eran muy pocos, pero los suficientes como para trepar por la muralla trasera con la ayuda de todo aquel dispuesto a unirse a ellos. Puesto que no había amanecido, creyeron que podrían atravesar el patio sin llamar la atención, los veinte, y entrar en el palacio antes de que se percataran de su presencia. Imbéciles. No llegaron a bajar de la muralla.

—Estás enfadado porque no estabas presente, ¿verdad?

—No. Siempre que dejo el palacio lo hago con la certeza de que puede ocurrir un ataque. Y, cada vez que lo hago, doblo la seguridad. Así que estaba seguro de que si alguien cometía la estupidez de intentar algo sería un fracaso. Y así ha sido. Estoy furioso porque esto me parece un intento desesperado, provocado por tu tutor. ¡Ha estado a punto de matar al heredero de los Bruslan!

—Ignoras si ha sido él —le recordó ella con incomodidad.

—Por supuesto que ha sido él. Nadie más se habría atrevido a hacerlo.

—Si estás en lo cierto, eso demuestra que Karsten no es el responsable. Poppie lo habría matado si hubiera llegado a esa conclusión.

—Ya te he dicho que nunca he creído que Karsten estuviera involucrado en el rapto. En aquel entonces era un niño y, aunque ahora sea un hombre, posee una gran dosis de confianza en sí mismo y siempre va de frente. No es de los que utiliza espías y asesinos. Más bien es de los que pagaría a unos cuantos mercenarios para iniciar una revolución. —Christoph sonrió de forma amenazadora—. O de los que organizaría un ataque directo como el de la pasada noche. No, todavía hay muchos Bruslan con vida, capaces de haber ordenado la muerte de la princesa.

Alana intentó señalar la parte buena de la situación.

—Bueno, ha sido un ataque frustrado. A lo mejor después de esto los rebeldes ya no te acosan más.

—O tal vez creen un ejército de verdad, ahora que Frederick ha movido ficha... en su detrimento.

Alana no dijo que tal vez fuera positivo, porque el rey por

fin se vería obligado a tomar medidas contra esa rama de su familia que tanto odiaba. Su propia vida, la de Alana, se había visto afectada por su renuencia a actuar antes.

En cambio, preguntó:

—¿Por qué no has dejado que me quedara en el pabellón con mi madre? No me necesitas para lidiar con las consecuencias del ataque.

—No te dejaré... No puedo dejarte sola cuando tu vida sigue en peligro. Pero en el fondo no querías quedarte en el pabellón.

Alana se sonrojó, y agradeció tener la cara medio cubierta por la manta, porque tal vez Christoph no se diera cuenta. Si acaso estaba mirándola. No volvió la cabeza para comprobarlo.

¿Cómo se había percatado de sus sentimientos? Ni ella misma había reparado hasta hacía muy poco en lo incómodo que le había resultado el encuentro con su madre. Sin embargo, estaba segura de que le habría encantado alargar la visita si no se hubiera sentido tan mal. Estaba muy confundida.

Después de que informara a Helga de que su hija estaba viva, la mujer relajada que había bromeado con los regalos del rey había desaparecido por completo. Helga se había mostrado asustada durante el resto del tiempo. ¿Porque temía que la echaran del pabellón? Aunque no podía asegurarle que sus temores eran infundados, no entendía por qué Helga se planteaba dicha posibilidad. De todas formas, había salvado a la princesa y había perdido a su propia hija durante dieciocho años.

Intentó explicarle a Christoph sus sentimientos.

—No es que no quisiera quedarme más rato... es que... pensaba que al verla sentiría algo por ella de forma espontánea, algo parecido al amor. Al principio, nada más verla sentí una especie de conexión, pero solo duró unos minutos. Porque su reacción... No sé, no sentí vínculo alguno con ella. Somos dos desconocidas. Debería haber imaginado que sería así. Supongo que es lo normal después de tantos años. Aunque me trajera al mundo y llorara mi pérdida durante todos estos años, solo es una desconocida. Es normal, ¿verdad?

—Mi respuesta solo sería mi opinión, que es irrelevante.

Nunca he escuchado ni he visto una situación como la vuestra, así que no puedo comparar tu experiencia con otras. Pero a lo mejor esos sentimientos que querías albergar siguen sin aparecer porque siempre has creído que tu madre estaba muerta. A juzgar por todo lo que has dicho, tampoco me ha parecido que sintieras algo por Frederick, aunque ya llevabas un tiempo creyendo que era tu padre.

—Eso era distinto. Tenía sentimientos encontrados. Quería que me cayera bien, pero no podía librarme del resentimiento. Creo que te he contado el motivo, ¿verdad? Fue por culpa de Poppie, porque aunque lo quería y juraba que era un buen rey, hablaba con desdén de él por no haber encontrado a quien me quería muerta hace tantos años. Pero eso ya no importa. Porque no tendré que conocerlo, así que ya no me preocupa ofenderlo con mi desdén. Mi nerviosismo se debía a ese temor, a la posibilidad de que no lograra disimular mis sentimientos cuando hablara con él.

—¿Entiendes ahora por qué no se solucionó la cuestión? —le preguntó Christoph—. Se sospechaba de una rama de su familia, de una rama muy numerosa.

Alana resopló.

—Las sutilezas no tienen cabida cuando hay vidas en juego, sobre todo cuando dichas ramas familiares llevan años enfrentadas.

—Pero ignorábamos quién estaba moviendo los hilos. Y mandar al exilio a toda la familia en aquel momento podría haber ocasionado un nuevo levantamiento armado. Los Bruslan ostentaron el poder durante mucho tiempo. Todavía gozan de la lealtad de mucha gente, y muchos habrían protestado si se hubiera castigado a toda la familia por los actos de unos cuantos. ¿De verdad nos crees tan brutos? —Y después añadió—: No contestes a mi pregunta.

Alana suspiró. Christoph tenía razón. Era evidente. Pero no era a él a quien habían intentado matar... De repente, parpadeó. Tampoco a ella. Tal como estaban las cosas, había sido una víctima inocente.

—Por suerte, nada de eso es de mi incumbencia ni me interesa discutirlo.

—Es de tu incumbencia en tanto en cuanto los enemigos del rey sigan creyendo que eres su hija e intenten matarte.

Alana frunció el ceño.

—Motivo por el cual me marcharé de Lubinia lo antes posible. En cuanto a mi madre, ¡por Dios! Me siento más cómoda con la tuya que con ella. Pero es mi madre. Quiero verla una vez más antes de volver a Inglaterra y sin que estés presente, para evitar que me pongas nerviosa. Quiero intentar convencerla de que se venga a vivir conmigo, aunque según me dijiste no crees que vaya a aceptar. Si no lo hace, al menos podré escribirle una vez que me vaya. A lo mejor, incluso vuelvo el año que viene para verla. Siempre y cuando hayas arrestado a los culpables de esta fea conspiración, y espero que lo hagas ahora que tienes motivos para señalar directamente a los Bruslan después del ataque de anoche.

—¿Ah, sí?

Alana se percató de la nota jocosa de su pregunta. Acababa de halagarlo indirectamente. ¡Y sin intención!

—Bueno, ahora tienes culpables: la generación más vieja de los Bruslan. Empieza interrogándolos a ellos. Estoy segura de que no necesitas que te diga cómo hacer tu trabajo. Seguro que sabes que, después de lo de hoy, los acontecimientos empezarán a precipitarse y, debo añadir, que puedes agradecérselo a Poppie.

Lo miró de reojo para ver cómo reaccionaba al comentario, y descubrió que meneaba la cabeza en desacuerdo.

—Sus actos han provocado un ataque al palacio, lo que se considera traición.

Alana gimió.

—Como te parezca. Pero ten en cuenta que Poppie es imprevisible. Los Bruslan acabarán comprendiendo que Frederick no ha tenido nada que ver con el ataque de Karsten, y que tienen un enemigo muy real al que temer. Tal vez incluso lleguen a la conclusión de que se trata del mismo asesino al que contrataron.

Por si no lo sabes, Poppie está de nuestro lado, no del de los Bruslan, y usará todos los medios a su alcance para desentrañar la verdad. Tú tienes las manos atadas porque los Bruslan han conseguido mantener en secreto la identidad de la persona que está detrás del intento de asesinato de la princesa. Poppie no tiene las manos atadas.

—Si ya has acabado de cantar las alabanzas de tu tutor, volvamos al tema de Helga.

—Preferiría que no lo hiciéramos. Estoy muy decepcionada por cómo se ha desarrollado el encuentro. Necesito un poco de tiempo para superarlo.

—Porque no crees que sea tu madre.

Alana jadeó.

—¡Por supuesto que creo que lo es! Precisamente por eso... —No quiso terminar la frase.

—¿Qué?

Aunque apretó los labios con fuerza, sabía que Christoph estaba esperando pacientemente. Y al final concluyó:

—Duele. Porque, en realidad, tengo la sensación de que me ha rechazado.

Christoph la pegó a él. ¿Para consolarla? De repente, sintió deseos de echarse a llorar, pero eso era inaceptable.

Así que para convencerse a sí misma dijo:

—La próxima vez irá mejor.

—Si permito otra visita.

—¿¡Si permites!? ¿Necesito recordarte que dejé de ser tu prisionera cuando me dijiste quién soy en realidad?

—Eso no es del todo cierto.

Alana se enderezó y se volvió para mirarlo, dejando que la manta cayera sobre su regazo.

—¿Qué quieres decir?

—Todavía eres el señuelo para atrapar a Rastibon.

—Lo siento, pero no tienes argumentos para detenerme.

Christoph se encogió de hombros.

—Aquí en Lubinia es suficiente.

¿Estaría hablando en serio?, se preguntó Alana. ¡Estaba muy

furiosa! Christoph volvió a pegarla a su cuerpo, pasándole un brazo por la espalda. Aunque forcejeó para separarse de él, fue en vano. Decidió que no volvería a hablarle más. ¿Cómo era posible que fuera el patán quien había acabado sentado a su lado en el trineo?

42

El descenso hacia la ciudad fue muchísimo más rápido, ya que no tuvieron que enfrentarse a una nevada. Alana incluso atisbó las magníficas vistas que había desde los oteros más altos, pero estaba demasiado enfadada como para disfrutarlas. El sol no brillaba sobre el camino porque las nubes ocultaban las cimas de las montañas, pero su luz sí bañaba los valles.

Christoph la dejó que hirviera de furia en silencio durante el resto del trayecto. Podría haber justificado su intención de retenerla en Lubinia en contra de su voluntad, incluso disculparse por lo que creía que era necesario. Pero no lo hizo. Y también guardó silencio.

En cuanto llegaron al almacén donde habían emprendido el viaje en trineo volvió a subirla a su caballo para emprender el corto trayecto de vuelta al palacio. Christoph esperó a tenerla entre sus brazos para preguntar a la ligera:

—¿Te has dado cuenta de que Helga no te ha llamado ni una sola vez por tu nombre? ¿Cómo se llamaba su hija?

No, Alana no se había dado cuenta de ese detalle. ¡Por Dios, ni siquiera sabía cómo se llamaba de verdad! La reacción de Helga ante la noticia de que seguía con vida la había desilusionado por completo. ¡Helga ni siquiera la había abrazado! ¡Qué menos haría una madre!

Sin embargo, como seguía furiosa por el hecho de que Christoph quisiera usarla para tenderle una trampa a Poppie, se limitó a mascullar:

—Aún no estaba convencida.

Christoph resopló al escucharla.

—Sé que la suspicacia es algo innato en ti —insistió ella—, pero sabes muy bien que en esta ocasión es una tontería.

—¿Ah, sí? Se asustó en cuanto le dije que eras su hija. No era nerviosismo, Alana. Era terror en estado puro. Está ocultando algo. Y ha mentido. Era evidente.

—¿Qué iba a ocultar salvo el miedo a perder su lujosa residencia? Seguro que solo era eso. Y, por cierto, ni siquiera la has tranquilizado al respecto. Te has limitado a hacerle unas preguntas que seguro que ya le hizo el rey hace mucho tiempo y que contestó a su plena satisfacción. ¡La has obligado a revivir todo ese dolor! Yo solo quería saber qué la llevó a cambiar los bebés. Además, parecía tener miedo de Poppie cuando mencioné su nombre. Aunque es normal que le tenga pavor después de lo que hizo.

Creía haberle dado unos motivos excelentes que a él no se le habían ocurrido, al menos lo bastante buenos como para cortar de raíz las absurdas sospechas que albergaba, porque Christoph no habló más del tema. Sin embargo, cuando llegaron al patio, Christoph no la llevó hasta sus dependencias. Se detuvo en mitad del patio, le dio las riendas a uno de los guardias y, después de dejarla en el suelo y cogerla de la mano, ¡la arrastró hacia el palacio!

De inmediato, Alana supo por qué.

—¡Ay, Dios mío! —le gritó—. Sé lo que vas a hacer. ¡Para! No quiero ser su hija, prefiero ser la de Helga.

—No puedes elegir.

—¡Ni se te ocurra decírselo! Vas a crearle falsas esperanzas. Seguro que hay una explicación plausible para que Helga se mostrara tan reticente y tuviera tanto miedo, una explicación que no está relacionada conmigo. Simplemente estaba demasiado nerviosa para confesarlo. Porque tú estabas presente, seguro.

—No voy a decirle nada... de momento.

—¿Y por qué me llevas al palacio?

—Para que lo conozcas. Quizá quiera disculparse en persona por haberte hecho pasar tanto tiempo separada de tu madre.

¡Christoph estaba mintiendo! ¡Sabía que estaba mintiendo! Alana forcejeó con ahínco para soltarse de su mano. Incluso intentó clavar los talones en la dura nieve, de modo que Christoph la soltó de golpe para que se cayera al suelo y después la levantó y la cogió en brazos.

Así fue como entró con ella en el palacio, y no la dejó en el suelo una vez que estuvieron dentro. La llevó por varios pasillos, atravesó la antesala de la plebe y siguió hasta la habitación contigua. No era la sala del trono como Alana había esperado, sino un amplio pasillo que conducía a varias estancias, con una ancha alfombra en el centro. Y al final de ese pasillo se alzaba una puerta de doble hoja, que estaba segurísima de que conducía al rey. Dado que era primera hora de la tarde, era evidente que Christoph esperaba que estuviera allí.

Lo intentó una vez más con una nota suplicante en la voz:

—Por favor, no lo hagas.

—Tengo que hacerlo —fue su respuesta.

No tuvo que llamar para entrar. De hecho, los guardias que custodiaban la puerta la abrieron en cuanto Christoph se acercó. Andaba con paso firme, y cada vez que Alana lo miraba, veía su expresión seria y decidida. Aun así, Christoph no la dejó en el suelo una vez que traspuso la puerta. Pero sí dio órdenes a diestro y siniestro para despejar la estancia. Alana los escuchó marcharse a toda prisa. Nadie se quejó. Al fin y al cabo, Christoph era el jefe de seguridad del palacio, así que daba igual de qué se tratara, él siempre tenía preferencia.

Alana no miró para ver quién se había quedado con ellos. Había escondido la cara en su pecho en cuanto la puerta comenzó a abrirse. Sin embargo, en ese momento Christoph sí la dejó en el suelo. Alana lo fulminó con la mirada, y habría seguido haciéndolo de no ser porque él la obligó a darse la vuelta.

A Christoph no le hizo falta seguir sujetándola. Alana se

quedó helada, con la vista clavada en el hombre que había visto en el retrato de la antesala donde esperaba la plebe, aunque algo mayor, pero como había observado con detenimiento el retrato, no le costó reconocerlo. El hombre se puso en pie en el estrado donde se encontraban los dos tronos. Llevaba un atuendo majestuoso, aunque algo informal, ya que no lucía la corona. En ese instante, miró a Christoph en busca de una explicación. Pero el capitán no pronunció palabra alguna. Y cuando los ojos del rey se detuvieron en Alana, se quedó petrificado.

—¡Dios mío! —exclamó Frederick, estupefacto.

La miraba con tal asombro que no le hizo falta decir nada más. Alana también lo sintió, lo sintió en cuanto vio su cara, que delató que sabía exactamente quién era ella. Era una sensación indescriptible y tan emocionante que le provocó un nudo en la garganta. Siempre que imaginaba cómo sería ver a su padre, a su verdadero padre, pensaba que sentiría una mínima parte de lo que estaba sintiendo en ese momento. No había imaginado encontrarse abrumada por la emoción.

«Papá.»

Solo formó la palabra con los labios, temerosa de pronunciarla. Si la burbuja de felicidad que sentía se rompía y se equivocaba debido a las emociones, basadas únicamente en la reacción que Frederick había demostrado al verla, la decepción la mataría. Pero el rey caminaba hacia ella, de modo que dio unos pasos para acortar la distancia que los separaba. De repente, la rodeó con sus brazos, y la calidez y el amor se reflejaron en esa palabra que repitió.

—Papá.

Estaba llorando. No podía evitarlo. Y riendo. Tampoco podía evitarlo. Y Frederick se negaba a soltarla a pesar de abrazarla con demasiada fuerza, pero eso también daba igual. Ni siquiera le importaba que fuera el rey. Nada podía empañar esa felicidad recién descubierta... ni siquiera la maldición que Christoph masculló a su espalda.

43

—¿Desde cuándo lo sabes? —preguntó Frederick.

Christoph no contestó de inmediato. ¡Porque seguía echando pestes por la boca! Alana había decidido dejar de prestarle atención después de escuchar unas cuantas barbaridades. De modo que estaba felizmente abrazada a su padre, con la mejilla pegada a su pecho, ajena a todo lo demás. Frederick no la abrazaba tan fuerte como antes, pero seguía renuente a separarse de ella. Alana no sabía cuánto tiempo llevaban así, sin moverse, perdidos en su mutua presencia.

Sin embargo, escuchó la pregunta de su padre y se percató del tiempo que tardaba Christoph en contestarla.

—No estaba seguro —dijo por fin—. Pero el encuentro con la niñera me dejó un mal sabor de boca. Presentí que debía verla usted mismo antes de que yo intentara comprender el motivo de mis sospechas.

—¿Qué te hizo sospechar?

—Helga no se comportó como debería hacerlo una madre. Se mostró enfadada y reacia a creer que acababa de encontrar a la hija a quien había dado por muerta. Después, se limitó a aceptarlo con evidente temor, pero en ningún momento demostró la alegría lógica de una madre que acaba de reencontrarse con su hija. Alana también lo sintió, también se percató de su desapego

—añadió, señalándola con la cabeza—. Del hecho de que entre ellas no existe el menor parentesco.

Alana se vio obligada a replicar y se volvió para hacerlo. Frederick se resistió a soltarla, pero al final acabó pasándole un brazo por los hombros para seguir manteniendo el contacto con ella.

—Yo no he dicho eso —le dijo Alana a Christoph—. Pero sí me pareció que éramos dos completas desconocidas.

Christoph se encogió de hombros.

—Es lo mismo.

—Que Helga se presente inmediatamente —ordenó Frederick—. Quiero saber por qué me hizo esto.

—Ya viene de camino —le aseguró Christoph—. Al llegarme las noticias del ataque al palacio me vi obligado a volver antes de poder expresarle mis dudas. Pero dejé un hombre para que la acompañara hasta aquí. Le prometo que, antes de que el día llegue a su fin, tendrá una explicación completa de por qué le hizo creer que su hija era la princesa.

Alana terció:

—Tenía un motivo, lo sabes muy bien.

—¿Cuál? —preguntó Frederick, mirando primero a Christoph y luego a ella.

Fue Christoph quien contestó:

—Aseguró estar aterrorizada por lo que pudiera pasarle si le sucedía algo a la princesa, ya que sería ella la responsable. Tal vez ideó el cuento del cambio de bebés la misma noche que desapareció la princesa, no semanas antes tal y como afirma. Pero especular no tiene sentido cuando hoy mismo tendremos respuestas. —Le hizo un gesto a Alana con la cabeza—. Supongo que se parece mucho a su primera esposa, la reina Avelina, ¿verdad?

—Sí, su parecido es escalofriante. Pero también lo he sentido aquí. —Frederick se llevó una mano al corazón—. No hay duda.

Christoph asintió con la cabeza.

—Lo entiendo. Les dejo solos para que puedan hablar. Me alegro por los dos.

Frederick se echó a reír.

—No pareces muy contento.

Christoph hizo un gesto con la mano para restarle importancia a su comportamiento.

—Es inesperado, la verdad. No es la primera vez que me equivoco, pero jamás había cometido un error como este.

Hizo ademán de marcharse, pero Frederick lo detuvo.

—Christoph, hiciste... ¿hiciste aquello que comentamos?

Él titubeó solo un instante antes de asentir brevemente con la cabeza. Frederick se tensó.

—Un hecho desafortunado...

Christoph se limitó a asentir con la cabeza para expresar su acuerdo tras lo cual salió de la estancia. Alana no sabía muy bien cómo interpretar lo que acababa de pasar, pero era obvio que su padre estaba molesto.

Clavó la vista en la puerta y después volvió a mirar a su padre, momento en el que comprendió que la enigmática pregunta se refería al comportamiento que Christoph le había demostrado a lo largo de los interrogatorios, que había sido bastante rudo.

—Es un bruto —convino, como si quisiera decir: «¿Qué esperabas?»

Sin embargo, comprendió demasiado tarde que estaba hablando con su padre y jadeó.

Frederick se limitó a sonreírle mientras la guiaba hacia el estrado donde se emplazaba el trono. Una vez que la instó a tomar asiento, se sentó a su lado, estiró sus largas piernas y las cruzó a la altura de los tobillos. ¡Una pose poco digna de un rey!, pensó ella. No obstante, la ayudó a relajarse más que cualquier otra cosa que pudiera haber hecho.

—Sí, en ocasiones es un bruto —confirmó Frederick—. Y en ocasiones eso lo ayuda. Pero la mayoría de los lubinios se resiste al cambio. Mis nobles, al menos, intentan progresar en vez de aferrarse a la comodidad de las antiguas costumbres. Así que son un buen ejemplo... casi siempre. Becker es muy bueno en su trabajo, lo haga como lo haga.

Alana comprendió que por fin había logrado la protección de su padre, y que no tendría que volver a aguantar la arrogancia de Christoph. Debería quejarse por cómo la había tratado, pensó. Se merecía un castigo. Pero podía esperar. Tenía otras cosas más importantes en las que pensar. ¡Su padre! Y contaba con toda su atención.

Ambos dijeron a la vez:

—Dime... —Y ambos se echaron a reír al unísono por haber pensado lo mismo.

Frederick le hizo un gesto a Alana para que hablara en primer lugar, y ella preguntó algo que necesitaba saber.

—¿Hay algún retrato de mi madre en algún lado? Sé que en el palacio no hay, pero...

—Hay una miniatura que guardo en mi escritorio. Te la enseñaré luego. Mi esposa actual, Nikola, sabe de su existencia. No le importa que la saque de vez en cuando para mirarla. Es una mujer maravillosa. No me avergüenza admitir que las quiero a las dos.

—Pero mi madre...

—Sí, está muerta. Pero eso no significa que haya dejado de quererla.

Alana sintió que se le llenaban los ojos de lágrimas. Las palabras de su padre eran preciosas. Ojalá algún hombre sintiera lo mismo por ella algún día.

—Y ahora, háblame de este hombre que te... crio. Te prometo que contendré mi ira.

Alana se sobresaltó, aunque era de esperar que su padre sintiera precisamente eso.

—Por favor, no lo odies. Al igual que tú quieres a tus dos esposas, yo también os quiero a los dos.

—Pues explícamelo.

La conversación se prolongó durante tres horas sin que los interrumpieran. Alana sintió que no era suficiente tiempo porque quería hablarle de toda una vida. Igual que le sucedía a Frederick. Y descubrió que quien tenía el pelo negro era su abuela materna, la madre de Avelina.

Varios funcionarios se asomaron al salón del trono, pero solo para asegurarse de que el rey se encontraba bien. Frederick no tardó en despacharlos. También apareció una mujer, con el mismo propósito. También la despachó a ella, pero con una sonrisa y con la promesa de reunirse en breve con ella para llevarle una sorpresa. Su mujer, le explicó a Alana. Aunque ya lo había supuesto.

Pero en ese momento entró Christoph de nuevo, y a él no hubo forma de despacharlo.

44

—Hoy no obtendremos la confesión que desea, Majestad —dijo Christoph mientras cruzaba la estancia con paso ligero para informar al rey.

Christoph sabía que debería haber esperado a darles las malas noticias, al menos hasta que padre e hija hubieran abandonado la estancia en la que seguían poniéndose al día. Sabía que estaba molestándolos, pero le daba igual. No había previsto lo difícil que le resultaría perder a esa mujer precisamente cuando había empezado a pensar en mantener una relación permanente con ella.

El día anterior, cuando su madre lo miró con expresión esperanzada al pensar que había encontrado a una mujer a quien llevar a casa, a una mujer que no fuera una mera amante, comenzó a pensar en quedarse con Alana. Incluso había pensado en algo que nunca se le había ocurrido siquiera: el matrimonio. Su familia estaría encantada, y él mismo se había sorprendido porque no le disgustaba la idea. Sin embargo, Alana no era la princesa en aquel momento. Un detalle que había cambiado.

No obstante, intentó esperar todo lo posible para darles las noticias.

Le habían contado lo sucedido hacía dos horas. Había esperado ese período de tiempo para que pudieran estar a solas.

En ese momento, era incapaz de apartar la mirada de Alana. Aunque ella desvió la vista en cuanto lo pilló mirándola, él siguió con su informe a Frederick sin dejar de mirarla fijamente.

—Un hombre escondido en la ladera de la montaña se apoderó del trineo que traía a Helga Engel al palacio. Sorprendió a mi soldado y lo tiró del trineo amenazándolo con un cuchillo, tras lo cual huyó en el trineo con la mujer. Tal vez se dirigiera al pabellón real para encontrarse con Helga Engel y decidió atacar cuando la vio en el trineo que venía al palacio. Mi soldado describió a su atacante como un hombre menudo y delgado, con la cabeza oculta por una capucha.

Alana dio un respingo al escuchar la breve descripción del atacante. Christoph ya había supuesto que se trataba de Rastibon. ¿Quién si no desearía evitar que Helga Engel llegara al palacio? La reacción de Alana, que parecía indicar que opinaba lo mismo, confirmó sus sospechas.

Sin embargo, Frederick preguntó:

—¿Has ordenado buscarlos por la ciudad?

—Desde luego, pero el atacante ya lo habrá previsto. Dudo mucho que ese sea su destino. —Y a Alana le preguntó—: ¿Qué interés tendría tu Poppie en rescatar a Helga Engel?

—¿Por qué supones que esa era su intención? Estoy segura de que no lo habría hecho a menos que quisiera obtener algunas respuestas. Pero no veo por qué, salvo que descubriera que yo había ido a verla. Como no le permites verme, a lo mejor ha pensado que Helga podría desvelarle el motivo de mi visita. Pero es imposible que estuviera al tanto de todo a menos que nos siguiera desde la ciudad.

—No nos siguió, pero sí, estaba al tanto.

Alana frunció el ceño.

—¿Cómo?

—Tu joven amigo vino a verte esta misma mañana. Como yo esperaba que lo hiciera, le ordené al soldado que hacía guardia en la puerta que le contara adónde te había llevado antes de echarlo del castillo.

Alana jadeó.

—Esperabas que Henry se pusiera en contacto conmigo de nuevo, ¿verdad? —replicó—. ¡Nos has tendido una trampa!

Christoph se encogió de hombros.

—Merecía la pena intentarlo si así conseguía que tu tutor saliera a la luz.

—¿Quién es Henry? —preguntó Frederick.

—Un huérfano inglés a quien Poppie y yo le tenemos mucho cariño.

—No deben morir, Christoph —ordenó Frederick—. Les tiene mucho cariño, sobre todo al hombre que la ha criado. No voy a permitir que mi hija sufra.

—Lo entiendo —dijo Christoph—. Pero necesito respuestas. Ese hombre sabe cosas que nosotros desconocemos.

—¡No es verdad! —exclamó Alana—. Te he dicho que ha venido a buscar las mismas respuestas que tú necesitas. ¿Por qué no puedes colaborar con él?

—Eso es imposible hasta que lo tenga delante —respondió Christoph.

Eso pareció sorprenderla.

—¿Me estás diciendo que estarías dispuesto a colaborar con él?

—¿Me estás diciendo que por el bien de tu padre me ayudarás a entrevistarme con ese hombre?

—¡No si vas a tratarlo como a mí y lo vas a meter en tu calabozo!

Alana jadeó en cuanto pronunció esa última palabra e incluso se cubrió la boca con una mano mientras miraba a su padre con los ojos desorbitados. Christoph se preparó para sufrir la ira del rey. Había encerrado a la princesa de Lubinia en un calabozo. Era consciente de que habría acabado confesándolo en algún momento, pero esperaba poder solucionar otros problemas antes de que lo despidieran. Alana le había advertido de que tenía la intención de cobrarse sus ofensas. Tal vez se le había olvidado, porque en ese momento parecía muy sorprendida por haber hecho precisamente eso de forma involuntaria.

Frederick, que había observado con interés la discusión, miró a Christoph con expresión inescrutable.

—Tal parece que cumpliste con tu deber a rajatabla —dijo el rey.

—Así fue.

Frederick se volvió hacia su hija, y preguntó con una nota emocionada en la voz:

—¿Sufriste algún daño?

—No, no he sufrido daño alguno, pero sí fue frustrante. Mucho. Y estaba muerta de la vergüenza. Y... en fin, también me asustaba un poco cada vez que él sacaba su lado más grosero —terminó, indignada.

Frederick enarcó las cejas rubias, pero miró a Christoph.

—¿Un poco?

—El susto no le duró mucho —contestó él, con los labios apretados—. Es demasiado valerosa como para que esa táctica funcione. No paraba de discutir todas mis órdenes. Y se mostraba furiosa, decidida a convencerme de que era... quien realmente es.

Frederick se volvió para tomar la cara de Alana entre las manos. Su rostro reflejó por un instante el orgullo que le había provocado escuchar el relato de sus cualidades de labios de Christoph, pero adoptó una expresión adusta.

—Eres consciente de lo que pensábamos, sabes que era lo único que podíamos pensar debido a la mentira que nos contaron y que dimos por cierta durante tanto tiempo —le dijo el rey a su hija—. Podrías haber vivido para siempre, lejos de aquí, sin saber quién eras en realidad, y yo nunca habría sabido que seguías viva. Rastibon te ha traído de vuelta. No tenía por qué hacerlo. Por mucho que lo deteste por lo que hizo, sé que en algún momento seré capaz de reunir la generosidad necesaria para darle las gracias por haberte mantenido a salvo todo este tiempo. Te doy mi palabra de que no sufrirá daño alguno. No puedo decir lo mismo de Helga Engel. Su mentira modificó decisiones que habrían sido muy diferentes de haberse sabido la verdad. Fue muy fácil no tomar represalias contra los sospechosos al creer que habían fracasado en su plan, dado que dichas represalias habrían provocado otra guerra civil en aquel momento. Debes entender que Christoph solo hacía su trabajo, un trabajo que realiza de forma brillante. No quiero que le reproches nada de lo que ha hecho, porque yo lo autoricé a usar todos los métodos necesarios para sonsacarte la verdad... la verdad que se ocultaba tras lo que creíamos que era una suplantación. —Se volvió hacia Christoph y le ordenó—: De ahora en adelante protege a Alana... y nada más... con toda la profesionalidad del mundo hasta que se te ordene lo contrario.

45

Leonard estaba al tanto de la existencia de la granja abandonada y medio quemada, situada lejos del camino, a los pies de las colinas. La descubrió cuando era un niño, un día que se perdió volviendo a casa. Nadie la había derrumbado porque nadie había querido volver a levantarla. Y nada había cambiado al respecto. Sin embargo, no esperaba que siguiera en pie a esas alturas. Dos de sus cuatro paredes no se habían derrumbado, y escondió el trineo tras ellas.

Después de apartar a patadas muebles destrozados y muchos trastos, localizó la puerta del sótano en el suelo. Levantó la trampilla y arrastró a la mujer escaleras abajo, tras lo cual cerró la trampilla. Llevaba en la mano el farol del trineo, de modo que tenían luz, que dejó de parpadear una vez que dejaron atrás el gélido viento. Después de limpiar las telarañas de una estantería para dejar el farol, colocó una manta en el suelo y dejó en ella a la mujer. Se sentó a su lado.

Le sorprendía que no hubiera intentando ni una sola vez quitarse la manta que le cubría la cabeza. La había cubierto para que el viento no le helara la cara durante el veloz trayecto en trineo. En ese momento, se la quitó y comprendió por qué no había intentado desembarazarse de ella. Estaba aterrada y en cuanto se quitó la máscara y lo reconoció, comenzó a chillar.

—No tengas miedo —se apresuró a tranquilizarla—. No voy a hacerte daño, Helga, te lo juro.

El miedo no abandonó su mirada. Ni siquiera estaba seguro de que lo hubiera escuchado. La besó con dulzura. Y el miedo fue sustituido por la confusión.

Leonard la miró con una sonrisa mientras confesaba:

—He pensado mucho en ti durante estos años, más de la cuenta. Me encariñé de ti más de lo que debía. No lo había planeado y, al final, esos sentimientos cambiaron mi forma de llevar a cabo el trabajo que me encomendaron. Debería haberte matado, pero no fui capaz. Ni siquiera quería que sufrieras el horror de levantarte y encontrar que tu protegida estaba muerta, así que me la llevé para matarla en otro sitio, lejos del palacio. Por ti.

—¡Pero no la mataste!

Leonard torció el gesto.

—No, tampoco pude hacerlo. Conquistó mi corazón con una sonrisa. Me cambió, por completo. Gracias a ella no soy el hombre que era.

—¿Dejaste de matar? —le preguntó ella con voz titubeante.

—Sí, hemos llevado una vida muy normal.

—No estás... ¿no estás enfadado conmigo?

—¿Por qué iba a estarlo?

—¡Acabas de secuestrarme! ¡Me has dado un susto de muerte! ¡Me has...! —Guardó silencio mientras echaba un vistazo a su alrededor—. ¡Me has traído a un sótano!

Leonard le acarició una mejilla con ternura.

—Lo siento, no podía hacer otra cosa. Me están buscando y te acompañaba un guardia real. Me dirigía al pabellón para hablar contigo cuando descubrí que te llevaban escoltada al palacio. Si llegabas allí, ya no podría acercarme a ti.

—Pero ¡un sótano!

—Helga, no puedo permitir que vuelvan a verme. Me están buscando por todos sitios. Y ahora también te buscarán a ti, hasta que te lleve de vuelta. Quería hablar contigo en privado, al abrigo del frío y lejos de miradas curiosas. No tenía muchas opciones. Me acordé de esta antigua granja, que está lejos de los caminos y de los pueblos.

—Este sótano no es muy calentito... —señaló ella, abrazándose.

—Pero no nos congelaremos y no tardaremos demasiado en irnos.

—¿Vas a llevarme de vuelta al pabellón?

—Si quieres volver, sí.

—¿Por qué... por qué querías hablar en privado conmigo? —le preguntó con cautela.

—Me enteré de que habían llevado a Alana al pabellón para que te viera. Y supe que solo era una trampa para capturarme. Porque no era normal que se mostraran tan poco cautos con su paradero.

—¿Y te habrías dejado atrapar?

—No, no podría haber llegado hasta ella con tantos guardias rodeándola. Pero me enteré de que venía a verte esta misma mañana, un día después de que emprendiera el viaje. Y la vi volver al palacio antes de que yo comenzara el ascenso a la montaña.

—Para hablar conmigo —concluyó ella con incomodidad.

—Para hablar contigo, sí. Fui a tu antigua casa, pero la encontré habitada por otra familia. No tenía forma de localizarte, hasta que me enteré de que iban a llevar a Alana al pabellón para visitarte. Así que necesito saber el motivo de dicha visita. Y necesito saber cómo ha reaccionado ella. Lo sabes, ¿verdad?

Helga se quedó lívida. Intentó volverse para que él no se diera cuenta, pero Leonard se lo impidió tomándola por los hombros. A esas alturas, estaba asustado y pensaba que algo malo le había sucedido a Alana.

—¡Dímelo!

—Creen que... creen que es mía.

—¿¡Cómo!? —exclamó, sin dar crédito.

—¡Creen que es mi hija!

—¿Cómo es posible? —Sin embargo, lo comprendió al instante—. ¡Dios mío! Por eso Frederick no movió cielo y tierra para buscarla, ¿verdad? Porque le hiciste creer que habías salvado a su hija, ¿verdad?

—¡Tuve que hacerlo! ¡Te dejé entrar! ¡Nos habrían matado a ambas si lo hubieran averiguado!

La mente de Leonard maquinaba sin pausa. Por fin comprendía tantas y tantas cosas. Sin embargo, Helga comenzó a llorar otra vez y sus sollozos eran incontenibles.

Le preguntó en voz baja:

—¿Qué le dijiste a la otra niñera cuando apareció?

—Lo sabía. Y también estaba aterrorizada. La convencí de que nos culparían a las dos si no me apoyaba cuando afirmara que había cambiado a las niñas por tal de mantener a salvo a la princesa. Después de llegar a un acuerdo, se marchó para informar de lo sucedido. Recordé demasiado tarde que había un hombre que acababa de ver a la princesa hacía poco tiempo, el médico que se encargaba de comprobar su salud. Sin embargo, hubo otros que aparecieron antes que él para decirme que lamentaban que mi bebé hubiera desaparecido. Ni siquiera les presté atención. Sabía que la verdad saldría a la luz tan pronto como llegara el médico. Estaba petrificada, pero pensaron que se debía a la pena, no al miedo. El miedo de saber que el médico descubriría que la niña que estaba en el palacio no era Alana Stindal.

—¿Y no apareció para reconocerla?

—Lo hizo. Antes de llegar le habían dicho que la princesa estaba sana y salva, de modo que se limitó a mirar a mi hija y a decir: «Sí, lo está, gracias a Dios.»

Leonard frunció el ceño.

—¿Estaba involucrado en la conspiración para matarla?

Helga soltó una carcajada histérica.

—No, solo era un hombre que no hacía su trabajo. Creí que el día que fue al palacio para reconocer a la princesa lo había hecho de forma concienzuda, pero tal vez tenía muchas cosas en la cabeza. Y tal vez también estuviera furioso por el hecho de que un hombre tan prestigioso como él fuera el encargado de llevar a cabo una tarea tan trivial. Es el único motivo que explicaría por qué fue tan grosero conmigo aquel día.

Leonard no acababa de creer todo lo que había sucedido sin que él se enterara ni lo imaginara siquiera.

—Así que confirmó que era la princesa la que seguía en el palacio y tú seguiste adelante con la mentira.

—¿Qué otra cosa podía hacer? ¿Admitir que había dejado pasar al hombre que la había raptado? —le preguntó a voz en grito.

Helga estaba histérica. De modo que Leonard la abrazó. No ayudó, al contrario, sus sollozos aumentaron.

—Tuvo que ser una época terrible para ti. Helga, lo siento, de verdad que lo siento. Debería haberte llevado conmigo. A ti y a tu hija. Pero todavía la tienes...

—¡No! Porque se la llevaron para esconderla. Sabían que me pasaba los días y las noches llorando sin parar, así que no me permitieron acompañarla. Les supliqué que me dejaran, pero me lo prohibieron de forma categórica porque estaba abrumada por el dolor de haber perdido a mi hija. Me agradecieron lo que había hecho. ¡Me recompensaron! Pero jamás volví a verla.

—Daré con ella, la tengan donde la tengan, para que podáis...

Helga retrocedió y comenzó a golpearle el pecho con los puños.

—¡Está muerta! Murió cuando tenía siete años. Y cada uno de esos años los pasé aterrada noche y día por la posibilidad de que se pareciera a mí mientras crecía y el rey comenzara a sospechar. Ya la había perdido y jamás volveré a verla. ¡Tan grande era mi miedo que fue un alivio que muriera! Frederick en persona vino a decírmelo. Pese al dolor que lo consumía, pensó en mí y me aseguró que lo que yo había hecho le había dado al menos siete años para quererla.

Leonard suspiró al comprender lo sucedido.

—Así que el funeral que celebraron por ella no fue ficticio.

—No.

—Y Frederick dejó que el país creyera que habían raptado a la princesa para que no volviera a pasar.

—¡Sí!

Leonard se limitaba a afirmar hechos, no a pedir confirmación. Sin embargo, a medida que sus pensamientos seguían por el camino más lógico, de repente lo vio claro.

—¡Dios mío! No han creído a Alana. ¿No creen que sea la princesa? En vez de que Alana los convenza, han sido ellos quienes la han convencido a ella de que es tu hija. ¿Y se lo has permitido?

Helga se cubrió la cabeza con los brazos, temerosa de que la golpeara. Leonard creyó oírla decir entre sollozos:

—Me matarán. No puedo confesarlo. No puedo.

—No pasa nada. No es necesario. Yo mismo se lo diré a Alana aunque tenga que colarme en el palacio para lograrlo. Esto no puede continuar.

—No lo hagas. Creo que él ya lo sabe.

—¿El rey?

—No, el capitán de la guardia real. El hombre que la trajo al pabellón. Vi que sospechaba. Y dejó un hombre para que me escoltara hasta el palacio, sin darme la menor explicación. ¡Quería interrogarme sin que ella estuviera presente! ¡Lo sé!

—Tranquila —le dijo él, tratando de calmarla con las manos—. No le permitiré que te interrogue. Te llevaré lejos de aquí y nunca volverás a pasar miedo. Te lo debo. Por confiar en mí.

46

—¡Está viva! —exclamó Nikola cuando regresó al gabinete donde había dejado a Auberta para averiguar qué había retenido a Frederick para no reunirse con ellas—. ¡Está con él ahora mismo!

—¡Dios mío, te veo muy emocionada! —exclamó Auberta—. ¿Quién está viva?

Nikola estaba tan entusiasmada por la noticia que era incapaz de contenerse.

—¡Alana, la hija de Frederick! No me lo ha querido decir, solo me ha dicho que tenía una sorpresa maravillosa que darme y que se reuniría pronto conmigo. Pero no ha hecho falta que me diga nada. He visto el retrato de su madre. ¡Es igualita a Avelina!

Auberta se quedó estupefacta, y Nikola comprendió demasiado tarde que la noticia tal vez no le sentara muy bien a su amiga.

—Lo siento —añadió con voz dulce—. Sé que esperabas que Frederick nombrase sucesor a Karsten, pero el regreso de Alana lo cambia todo.

—Estoy sorprendida, claro, pero... la verdad, Nikola, confieso que cuando la princesa Alana nació, albergaba la esperanza de que Karsten y ella, que casi eran de la misma edad, formaran una pareja perfecta.

—¿Te refieres al matrimonio?

—Desde luego. De esa manera conseguiríamos lo que todos ansiamos: unir las dos familias y acabar de una vez por todas con esta espantosa hostilidad y esta lucha de poder.

Nikola se mordió el labio.

—No sé si Frederick vería con buenos ojos esa posibilidad después del ataque al palacio...

—Ya te he dicho que fue un error. Karsten ni siquiera sabía que sus hombres se tomarían la justicia por su mano y querrían vengar el asalto que él sufrió. Al pobrecillo le dieron una paliza atroz. Anoche apenas pudo salir de la cama, aunque me aseguró que por más que le duela, esta misma noche vendrá para decirle a Frederick lo mucho que le entristece este error. Fue uno de sus primos más jóvenes, un descerebrado, quien arengó a sus hombres para que culparan a Frederick del ataque. No fue cosa de Karsten, te lo prometo, Nikola. Mi nieto quiere a Frederick. Jamás haría algo que pusiera en peligro a Lubinia. Y este tipo de malentendidos jamás volvería a producirse si nuestras familias se unen a través del matrimonio. Estoy segura de que tú también lo ves como la mejor solución.

—Sí, es verdad, pero...

—Pues usa toda la influencia que ejerces sobre tu marido. Te hará caso. Recuérdale todos los abortos que has tenido por culpa de esta inestabilidad. Por cierto, vuelves a estar embarazada, ¿verdad, querida? Pareces un poco alterada. ¿Te sirvo otra taza de té?

La presencia de Alana no se mantendría en secreto. La noticia de que había regresado de entre los muertos no tardaría en correr por el palacio, de modo que le aconsejaron no hablar con nadie, ya que Frederick emitiría un comunicado más adelante, una vez que discutiera la cuestión con sus consejeros.

Christoph se quedó con Alana cuando Frederick se marchó para contarle a su mujer las buenas nuevas. Alana cenaría con los reyes esa noche, después de instalarse en sus aposentos.

Suponía que debía darle las gracias a Christoph. De no ser por su naturaleza suspicaz, podría haber regresado a Inglaterra sin ser consciente de que, después de todo, era la hija de Frederick. Sin embargo, él estaba muy tenso. La palabra «deber» se le pasó por la cabeza. ¿Tan desagradable le resultaba que le hubieran ordenado ser su protector? Antes no parecía importarle... cuando no era una princesa. Incluso le había dicho que el deber nunca había sido tan placentero.

—¿Te pasa algo? —le preguntó a Christoph cuando la cogió del brazo para acompañarla a sus nuevos aposentos.

—¿Qué me va a pasar? Estás en el lugar que te corresponde y yo soy tu humilde servidor.

Alana entrecerró los ojos al escuchar el sarcasmo de sus palabras.

—¿Así van a ser las cosas? ¿Estás enfadado porque me he pasado todo este tiempo diciendo la verdad y tú te has negado a aceptarla?

A esas alturas, Christoph tiraba de ella como era su costumbre. No le contestó, seguramente porque era una pregunta injusta, formulada en el calor del enfado. Sin embargo, Alana se detuvo en seco. Ese silencio obstinado no le gustaba en absoluto.

—¿Qué? —preguntó él a la postre, deteniéndose cuando ella lo hizo.

Alana lo miró. Era tan guapo que la dejaba sin aliento. Pero el hábito no hacía al monje. Lo importante era lo que guardaba en su interior, y era evidente que Christoph llevaba a un bruto que dejaba salir más de la cuenta... durante su etapa como prisionera, se recordó. En fin, y en ese momento. Pero también tenía una faceta más amable y educada...

Contuvo un suspiro y contestó antes de reemprender la marcha:

—Nada.

Los aposentos que le habían asignado eran demasiado ostentosos, pensó ella, aunque suponía que era lo adecuado para una princesa. Todavía no se sentía como una, ni creía poder llegar a hacerlo en la vida. En la enorme habitación ya había dos doncellas a la espera de ayudarla. Alana se limitó a deshacer el equipaje y a cambiarse de ropa para la cena... y a sentarse en la gigantesca y mullida cama un momento, mientras la cabeza le daba vueltas.

Fue entonces cuando llamaron a su puerta. De repente, se emocionó por la idea de volver a ver a su padre y de conocer a su esposa. Sin embargo, era Christoph, tan serio y tan estirado como antes, y verlo así la deprimió una vez más.

—¿Por qué tienes que acompañarme? —quiso saber al salir de la habitación—. Por fin estoy en el palacio y aquí no tienes que protegerme...

—Silencio —la interrumpió él, aunque no parecía molesto—. Te quejas demasiado... princesa.

—¡Con motivo! Tu actitud ha sido espantosa desde que me llevaste ante mi padre. Si ya no quieres protegerme, díselo a él. Seguro que crees que tienes mejores cosas que hacer, y yo soy de la misma opinión.

—Tengo mis órdenes. No me tientes para que las desobedezca.

Alana frunció el ceño, ya que no comprendía lo que quería decir.

—¿Que no te tiente para apartarte de tu deber? Sé que vas a cumplirlo. Pero es evidente que no te complace protegerme de esta forma tan cercana, que no te complace tener que acompañarme incluso dentro del palacio. Esta noche pienso hablar de ello con mi padre si tú no lo haces.

Sus palabras lograron que Christoph frunciera el ceño mientras la cogía del brazo para enfilar el pasillo.

—Déjalo estar. Ahora es mi deber protegerte. No solo mi deseo, sino mi deber. Tienes que superar tu enfado y aceptarlo.

Alana cerró la boca de golpe. El motivo de su enfado era su empeño en tratarla como a una desconocida... no, ¡como a una princesa! Muy irritada, intentó adelantarse para dejarlo atrás, pero no sabía adónde iban. No obstante, al ver a los ocho soldados que montaban guardia delante de una puerta de doble hoja, supuso sin temor a equivocarse que debía detenerse allí.

Los guardias no le abrieron la puerta, ya que iba acompañada por su capitán. Y Christoph tampoco lo hizo. Cuando lo miró, se percató de que tenía en la mano una bolsita que no había visto, ya que la llevaba colgada de la empuñadura del sable de gala. Le dio la bolsita.

—Hoy me han entregado esto. Lo encontraron en la casa de los padres del ladrón.

Era una bolsita muy desgastada, no la suya, y debió de pertenecer al guardia en cuestión. Cuando la abrió, Alana solo vio el brillo. De sus joyas.

—¿La esclava? —preguntó.

—No, parece que alguien estuvo en la casa antes que mis hombres.

—No se conformaron con las noticias de mi regreso, ¿verdad? Querían pruebas.

—¿Sigues creyendo que Rainier intentó matarte a pesar de que ha admitido todos los cargos menos ese?

—¿Cuál es el mayor crimen?

—Cierto.

—Aunque ya da igual, porque mi presencia no es un secreto —replicó ella, incapaz de ocultar el nerviosismo que la idea le provocaba.

Christoph hizo ademán de tocarle la mejilla, pero apartó la mano en el último momento.

—No dejaré que te hagan daño, Alana.

Acto seguido, le abrió la puerta, pero no la acompañó al interior. Alana era tan consciente de su presencia que en cuanto puso un pie en la estancia se dio cuenta de que no estaba a su lado y miró hacia atrás.

—¿No vienes?

—No me han invitado.

Christoph le sonrió, pero Alana no supo cómo interpretar el gesto: ¿ternura, remordimientos? ¡No lo sabía! Sin embargo, en ese momento se le ocurrió que tal vez se alegrara de poder alejarse de ella un rato. Molesta por esa idea, dijo:

—Bien. —Y le cerró la puerta en las narices.

Sin embargo, tuvo que inspirar hondo antes de acercarse a su nueva familia, a fin de superar el mal humor que la reticencia de Christoph le había provocado. Se estaba comportando como si fueran desconocidos, y mucho se temía que la causa era la confirmación de su identidad. ¿Creía Christoph que estaba tan por encima de él que ya nunca se comportaría con naturalidad en su presencia? Esa faceta de funcionario frío y distante la enfurecía tanto que cualquier cosa la sacaba de quicio.

Nikola, la reina actual, no esperó a que llegara al comedor privado donde Frederick y ella estaban sentados. Se puso en pie y cruzó la estancia con los brazos abiertos y una deslumbrante sonrisa en la cara. Abrazó a Alana con calidez y mucho sentimiento.

—No sabes la tranquilidad de espíritu que me ha traído tu presencia, el peso que me quita de encima, porque ya no soy la única responsable de continuar con el linaje de mi esposo —susurró antes de añadir—: Tú y yo vamos a ser buenas amigas, si quieres, por supuesto.

Alana sonrió. No esperaba semejante recibimiento de la esposa de su padre, pero no le cabía la menor duda de que la reina había hablado de corazón. Una nueva amiga. Sí, a ella también le apetecía.

Su padre, que las miraba con expresión radiante, insistió en que se reunieran con él. Y antes de que Alana se sentase, le entregó una miniatura con el retrato su madre. Alana se echó a llorar nada más verla. Con razón su padre supo que era su hija en cuanto la vio. La mujer del retrato bien podía ser ella, vestida con ropa de otra época, salvo por el pelo rubio.

—Increíble, ¿verdad? —preguntó él.

—Pues sí. —Se enjugó las lágrimas y se echó a reír—. Si Christoph me hubiera llevado con alguien que la hubiera conocido, seguro que nos habríamos encontrado mucho antes.

—Los dos estábamos convencidos de que...

—Lo sé —se apresuró a asegurarle—. No pasa nada. Al menos, consiguió encajar las piezas.

—Desde luego hay que reconocerle el mérito.

No lo dijo como un halago ni mucho menos, y Alana volvió a pensar, al igual que le sucedió en la sala del trono, que su padre estaba enfadado con Christoph por algún motivo. Quiso preguntarle por qué, pero la puerta se abrió en ese momento para que entrara otro invitado. Al parecer, no iba a ser una cena familiar.

Ocultó su decepción cuando le presentaron a Auberta Bruslan, y también ocultó su asombro al comprobar que su padre y su madrastra consideraban a la mujer una buena amiga. Sin embargo, pronto descubrió el motivo. ¿Cómo no iba a caer bien una anciana tan simpática? Y no era una Bruslan por nacimiento, sino por su matrimonio con Ernest Bruslan, quien la convirtió en su reina. Auberta incluso lloró un poco por la emoción, encantada por el regreso de Alana y por el hecho de que Frederick hubiera recuperado a su hija.

La cena transcurrió con tranquilidad, pero Alana se llevó otra sorpresa cuando la conversación derivó hasta el ataque reciente al palacio, ¡perpetrado por parientes de Auberta! Al parecer, casi toda su familia lo condenaba.

—Frederick, me alegro muchísimo de que te hayas mostrado tan comprensivo hoy con Karsten —dijo Auberta—. Se quedó espantado al enterarse de que sus hombres habían decidido vengarse antes incluso de que él recuperara la consciencia para reconocer a sus asaltantes.

—Sé que Karsten no ha tenido nada que ver —le aseguró Frederick—. Los hombres que capturamos admitieron que ni siquiera se había despertado antes de que ellos se tomaran la justicia por su mano. Le he pedido que venga a conocer a Alana esta noche si se encuentra bien.

Karsten Bruslan llegó cuando la cena estaba a punto de acabar. A Alana le avergonzó ver lo magullado que estaba, ya que sabía que Poppie había sido el causante, pero tenía que reservarse esa información. Pese a las magulladuras, era un hombre muy apuesto y muy educado que le hizo una reverencia mientras le besaba la mano. Sin embargo, puso los ojos como platos al reconocerla como la muchacha de la fiesta.

—¡Por el amor de Dios! —Soltó una carcajada—. ¿Ese bruto salvaje no se dio cuenta de quién eras?

Alana se tensó al escuchar el insulto hacia Christoph, por lo que contestó:

—En aquel entonces, Christoph seguía desentrañando la verdad. ¿Ves normal que aceptase mi palabra sin más después de que hubieran aparecido otras impostoras que aseguraban ser la princesa?

—Es interesante que lo defiendas con tanto empeño.

Alana se ruborizó y regresó a su asiento. Sin embargo, Karsten no volvió a insultar a nadie. De hecho, empezó a entretenerlos con su ingenio y su simpatía. Enseguida se dio cuenta de que ese hombre era muy agradable, tanto como su abuela.

No obstante, antes de que la velada llegara a su fin, su padre la llevó a un aparte, la abrazó y le dijo con gran alegría:

—Me complace ver que Karsten y tú habéis conectado tan deprisa. Me han comentado que un matrimonio entre vosotros sería muy ventajoso, pero lo más importante es que nuestro país volvería a unirse gracias a vosotros y así pondríamos fin a las luchas internas que han estado a punto de desencadenar otra guerra civil.

La impresión dejó a Alana sin palabras. ¿Casarse con un miembro de la misma familia que posiblemente hubiera ordenado su muerte? Contuvo un gemido. Y para colmo, su padre lo anunciaba como si fuera un sueño hecho realidad para él. No podía haberlo dicho en peor momento, ya que se sentía abrumada por el deseo de complacerlo en todo. Sin embargo, ¿cómo casarse con Karsten cuando sospechaba que ya estaba enamorada de ese bruto...? ¡Ay, Dios! ¿De verdad estaría enamorada? ¿Por eso le dolía tanto y le frustraba que Christoph se mostrara distante aun cuando estaba obligado a protegerla?

47

Pese a lo cansada que estaba después de las emociones del día, Alana se quedó esa noche hablando con su padre mucho más rato del que debería. Sin embargo, no quería marcharse porque temía que Christoph estuviera esperándola para escoltarla a su dormitorio y no quería que advirtiese lo decepcionada que estaba por no haber encontrado un motivo de peso para negarse a contraer matrimonio con un Bruslan sin provocar una discusión con su padre, cosa que estaba fuera de toda discusión. ¿Sabría Christoph lo que su padre planeaba? No, por supuesto que no. De otro modo, habría dicho algo. Estaba segura de que por lo menos la habría avisado a fin que atenuar el impacto.

Al final, funcionó su estrategia para no ver a Christoph, porque cuando salió no estaba esperándola. Dos guardias reales la acompañaron a su dormitorio.

De todas formas, no logró dormir mucho con todo lo que tenía en mente. Poppie le había advertido que su padre elegiría a su futuro marido, pero no había previsto que sucediera tan pronto. Nadie lo había previsto. Pero, por raro que pareciera, no fue eso lo que la mantuvo en vela.

Ni siquiera intentó desterrar los recuerdos de las noches pasadas con Christoph. Antes los había mantenido alejados de sus pensamientos porque, tal como le había asegurado, nunca volvería a compartir ese tipo de intimidad con él. Así que habría sido una tontería recordar algo tan maravilloso. Pero, en ese momento y por algún motivo que no alcanzaba a entender, se permitió disfrutar con los recuerdos por tonto que fuera.

Su padre le había prometido enseñarle el palacio a la mañana siguiente. Cuando escuchó que llamaban a la puerta, ya estaba preparada. Una criada hizo ademán de abrirla, pero se lo impidió con un gesto de la mano. A primera hora de la mañana se había presentado en su dormitorio, junto con otra muchacha, ambas muy sonrientes, para llevarle las bandejas del desayuno. Y después se habían quedado con ella para atender todas sus necesidades. Tendría que acostumbrarse a eso, porque parecían dispuestas a no apartarse de su lado. Intentó despacharlas, ¡pero la miraron como si las estuviera castigando!

Al otro lado de la puerta la esperaba un guardia, no su padre. Los dos guardias que la escoltaron por la noche también estaban presentes, ¡junto con otros cuatro! Ni se le había ocurrido que pudieran haber estado toda la noche en su puerta. Sin embargo, el guardia que había llamado se limitó a entregarle una nota. Al abrirla, descubrió una larga parrafada en lubinio, de modo que le preguntó al hombre por el contenido.

Christoph apareció en ese mismo momento por el extremo del pasillo y le espetó una orden al soldado, que se marchó a toda prisa. Debía de haber estado en el exterior porque llevaba el abrigo del uniforme y el gorro de piel.

—¿Algún problema? —le preguntó.

—Sí, me han dado esto sin ofrecerme la menor explicación —contestó Alana, tendiéndole la nota.

—Es del rey. Lamenta mucho no poder atenderte y sugiere dejar la cita para mañana. Yo ya estaba avisado de este cambio de planes y venía para informarte. Pero ese guardia no está al tanto de nada. No debes hablar con la guardia, a tu padre no le gustaría —añadió a modo de reprimenda.

Ofendida, Alana exigió saber:

—¿Por qué?

—Porque eres la princesa y los soldados están muy por debajo de ti. —Christoph suspiró—. Creo que habrá que hacer algunos ajustes en el palacio ahora que tenemos una princesa entre nosotros.

Más bien parecía que era él quien debía hacer dichos ajustes, pero Alana no pudo resistirse y le recordó:

—Eres un soldado. ¿Tú también estás muy por debajo de mí?

Christoph torció el gesto al escuchar la pregunta, pero lo único que dijo fue:

—Coge tu abrigo, vamos a dar un paseo.

Una de las doncellas lo oyó y se acercó con el abrigo preparado. La otra llevaba en la mano el gorro de Alana. En un abrir y cerrar de ojos estaba lista para el paseo, por lo que Christoph la instó a enfilar el pasillo. Aunque esperó un tiempo prudencial para que le dijera adónde la llevaba, comprendió que no pensaba hacerlo. ¿De verdad creía que podía seguir tratándola como si fuera su prisionera?

—¿Adónde...? —comenzó, pero no se molestó en terminar la pregunta. Christoph caminaba demasiado rápido, sus movimientos eran demasiado tensos y a ella no le apetecía gritar para hacerse oír.

Una vez en la puerta principal del palacio, reconoció el caballo de Christoph. Él montó en primer lugar y le ofreció una mano para ayudarla a subir.

En vez de hacerlo, Alana cruzó los brazos por delante del pecho y su expresión se tornó obstinada.

—O me dices adónde vamos o no me muevo de aquí. No puedes seguir comportándote de esta forma tan autoritaria conmigo. ¡Te supero en rango!

Christoph soltó una carcajada y antes de que Alana pudiera apartarse, se inclinó, la cogió por las axilas y la levantó para dejarla sentada de lado delante de él.

—Tu rango no tiene nada que ver. Soy tu protector oficial, lo que significa, princesa, que debes hacer lo que yo te diga.

Aunque no parecía estar alardeando, Alana sabía que en el fondo estaba disfrutando del momento.

—¿Y si protesto?

—Siempre puedes presentar tus quejas al rey.

—¿Y si te las presento a ti? Tengo el presentimiento de que me voy a quejar mucho.

Christoph se inclinó, lo suficiente como para que notara el cálido roce de su aliento en la cara. Por un instante, Alana pensó que iba a besarla ¡allí mismo en el patio! Sin embargo, guardó silencio. Cuando se volvió, comprendió que lo había hecho al ver a Henry corriendo hacia ellos. En ese momento, intentó desmontar, pero Christoph se lo impidió aferrándola con fuerza.

Henry se detuvo al llegar junto al caballo, miró a Christoph y le preguntó:

—¿Puedo hablar con ella, milord?

—A partir de ahora serás bien recibido en palacio —le informó Christoph—. Puedes visitarla cuando quieras. Si lo que tienes que decirle es urgente, habla.

La respuesta pareció dejarlo frustrado, pero después los sorprendió porque colocó un pie en el estribo, se agarró a las faldas de Alana y tomó impulso para subir y decirle al oído:

—Cuidado con la reina.

Después bajó de un salto y se alejó a la carrera.

Alana frunció el ceño mientras lo observaba alejarse. Christoph no se movió y comprendió que estaba esperando una explicación por su parte.

—Dímelo.

—No tiene sentido, así que prefiero no repetirlo.

—Alana, protegeré tu vida con la mía —le recordó con firmeza—. Pero, para hacerlo, no puede haber secretos entre nosotros. Repite lo que te ha dicho.

Ella repitió el mensaje y añadió:

—Poppie debe de haber errado en su investigación... ¿o hay algo sobre Nikola que yo ignore?

—La reina Nikola está libre de sospecha. Adora a Frederick y por su edad es imposible que estuviera involucrada en la antigua conspiración.

Alana reconoció la nota furiosa en la voz de Christoph y apoyó sus palabras diciendo:

—Lo mismo diría yo, pero...

—Alana, en este país hay más de una reina.

El comentario estuvo a punto de arrancarle una carcajada. Porque estaba hablando de la entrañable viejecita que conoció la noche anterior. Lo que era todavía más absurdo, aunque prefería sospechar de ella antes que pensar que la cariñosa esposa de su padre tal vez no fuera tan cariñosa como él pensaba.

Christoph azuzó al caballo, que comenzó a moverse en dirección a la verja. Perdida como estaba en sus pensamientos, ya que sospechaba que tal vez no se había percatado de todo lo que debía, apenas se fijó en los guardias apostados en el patio. A medida que pasaba frente a ellos, los hombres iban hincando una rodilla en el suelo y se llevaban un puño al pecho mientras inclinaban la cabeza. La imagen hizo que se le saltaran las lágrimas.

—No han tardado mucho en quererte —comentó Christoph en voz baja.

Y después Alana lo oyó añadir:

—Como me ha pasado a mí.

Sin embargo, no estaba segura de haberlo escuchado bien porque había hablado muy bajito.

48

A Alana le llevó un tiempo dejar de llorar. Esperó a que se le secaran las lágrimas, ya que no quería que Christoph supiera que había estado llorando. En cuanto se le pasó la llorera, volvió la cabeza para mirarlo. En ese instante, cuando sus ojos se encontraron de inmediato, se dio cuenta de que él la había estado observando todo el tiempo. Christoph tenía una expresión meditabunda, como si intentara leerle el pensamiento.

No estaba segura de adónde la llevaba en ese momento, pero saltaba a la vista que iban a necesitar de nuevo de un trineo, porque se dirigía al mismo almacén. Y efectivamente, un trineo los esperaba fuera del edificio, con el mismo cochero en el pescante.

Christoph se detuvo junto al trineo, lo bastante cerca como para dejarla con cuidado en su interior, tras lo cual desmontó y se reunió con ella.

—¿No crees que deberías decirme adónde me llevas? —preguntó Alana.

—Tu padre ha sugerido que salgas a dar una vuelta para distraerte. He pensado que te gustaría ver de nuevo a los lobeznos. Pero si prefieres hacer otra cosa...

Preferiría pasear a caballo rodeada por sus brazos, pero, por supuesto, no podía decirlo.

—La verdad es que me encantaría ver a los lobeznos.

Christoph asintió con la cabeza y le dio las instrucciones precisas al cochero antes de cubrirla con varias mantas.

—¿Ha sido idea de mi padre o tuya?

—De tu padre. Le preocupa que no te tomaras bien lo que te dijo anoche.

Era una manera muy suave de decirlo. Al recordar su sorpresa por el matrimonio que parecía gustarle a su padre, le preguntó a Christoph:

—¿Te ha contado lo que me sugirió?

—Por supuesto... y me aseguró que no tendré que protegerte durante mucho más tiempo.

Alana se quedó sin aliento.

—¡No me dijo que tuviera que casarme tan pronto!

De repente, Christoph le colocó una mano en el vientre.

—Sus motivos para darse prisa son válidos. —También bajó la mirada hasta el lugar donde tenía la mano para que Alana no pudiera malinterpretar sus palabras.

Alana se ruborizó, avergonzada al darse cuenta de que su padre sabía que había mantenido relaciones íntimas con Christoph. Sin embargo, no había indicios de que dichas relaciones fueran a tener consecuencias. ¿Por qué no esperar a estar seguros antes de actuar? Y en ese momento asimiló la enormidad... ¿Un bebé? ¡Por el amor de Dios! Hasta ese día ni se le había pasado por la cabeza la posibilidad, pero la idea no era bochornosa ni mucho menos; de hecho, era maravillosa. Un bebé. De los dos...

Compartieron la maravilla de esa posibilidad, pero fue un instante muy breve. Alana apartó la mirada antes de que Christoph reparara en lo doloroso que le resultaba saber que su tiempo juntos pronto llegaría a su fin. Tal vez su padre apreciara la labor que Christoph realizaba, pero no permitiría que se casara con ella aunque estuviera embarazada de él. Solo era un soldado con honores, una persona inferior para una princesa.

—¿Por eso está enfadado contigo? —le preguntó.

—Es un padre. Está reaccionando como lo haría cualquier padre.

Alana necesitaba echarle la culpa a algo por ese dolor que comenzaba a ahogarla.

—Pero ¿cómo se ha enterado si tú no se lo has dicho? ¿¡Y por qué ibas a hacerlo!?

—Da igual cómo se haya enterado —fue la respuesta de Christoph.

Alana suspiró y susurró:

—No quiero casarme con Karsten, que lo sepas.

Christoph la obligó a volver la cara para mirarla a los ojos. De repente, Alana se percató de que algo había cambiado en él. Viera lo que viese en sus ojos, Christoph sonrió antes de decir:

—Me alegro, porque eso significa que a lo mejor no tendré que matarlo.

Suspiró, exasperada, al escucharlo. Como si eso solucionara las cosas... Aunque, por supuesto, no lo había dicho en serio.

—No le dijiste lo que sentías, ¿verdad? —preguntó Christoph.

—Claro que no. ¿Cómo iba a hacerlo si la idea lo hace tan feliz?

—¿Eso quiere decir que su felicidad es más importante que la tuya?

—No lo entiendes. Acabo de conocerlo. Me asombra lo bien que fue ese primer encuentro, el hecho de que nos quisiéramos al instante, como si nunca hubiéramos estado separados. ¡No quiero alterarlo!

—Si quieres que Karsten viva, vas a tener que pensarlo bien.

—Déjalo ya. No vas a matarlo. —Lo miró, y Christoph parecía estar considerando seriamente esa idea. Puso los ojos en blanco—. Ni siquiera creo que fuera idea de mi padre. Quiero decir que le encanta, sí, pero creo que fue Nikola quien sugirió el enlace.

—No me sorprende. Ella más que nadie quiere ponerle fin a las hostilidades. Incluso se rumorea que el miedo ha sido la causa de sus numerosos abortos.

Alana volvió a suspirar.

—Ojalá pudiera hablar con Poppie. Seguro que el último mensaje de Henry era más largo, pero no lo escuché entero.

—A lo mejor lo ves hoy.

Alana lo miró con brusquedad.

—Dime que esta salida no es una trampa.

Esperaba una negativa, pero no la consiguió.

—Sugerencia de tu padre. Pero no te preocupes. No le haré daño. Tienes la palabra de Frederick.

—¡Muy bonito, pero no tengo la palabra de Poppie de que él no te hará daño!

Christoph soltó una carcajada.

—¿Preocupada por mí?

—¡Ni por asomo! —le aseguró ella—. Pero ¿qué pensará la gente si te mata? No creo que mi padre se muestre benevolente si eso sucede.

Christoph sonrió.

—No sucederá mientras estés conmigo... ¿o estás diciendo que exageraste esa parte en la que afirmabas que se había convertido en un hombre mejor? ¿De verdad crees que derramaría sangre delante de ti? Si lo crees, es un buen momento para admitirlo.

—¿Por qué? Él solo no puede detener este trineo. A menos que tengas pensado parar e invitarlo a acompañarnos. Sí, claro que lo vas a hacer. Todo será muy civilizado... antes de que lo lleves a prisión. Sabías que Henry me estaba esperando en el patio, ¿verdad? ¡Por eso me sacaste a toda prisa!

—Tu amiguito es muy persistente.

Alana lo fulminó con la mirada.

—¿Y te lo volviste a callar? —Acto seguido, se le ocurrió algo—: Mi padre no ha cancelado nuestra reunión de esta mañana, ¿verdad? Le dijiste que Henry había aparecido con otro mensaje ¡y que sería una oportunidad de oro!

De repente, estaba tan furiosa que le entraron ganas de gritar.

Christoph ni lo admitió ni lo negó. No dijo ni una sola palabra, como si no viera nada malo en sus actos. Era un ejemplo perfecto de su carácter autoritario, de su afán por tomar decisiones por ella y de llevarlas a cabo sin importarle lo que ella sintiera al respecto. A duras penas, consiguió controlar su furia. El hecho de que Christoph guardara silencio la ayudó.

De modo que se sorprendió al escuchar que él seguía pensando en Henry. Nada más empezar el ascenso a las colinas, dijo:

—Ese niño empieza a caerme bien. Es muy agresivo a la hora de expresar su preocupación por ti. Y muy valiente por enfrentarse a mis hombres. Me recuerda a mí cuando tenía su edad.

—Lo dudo mucho —replicó ella con desdén—. Seguro que tú le estabas aplastando la cabeza a alguien con un palo como un bruto más, mientras que él se dedica a tallar figuritas de madera que asombran y hacen las delicias de los demás.

Christoph se echó a reír al escucharla y después se inclinó hacia su alforja, de la que sacó algo.

—¿Son suyas?

Eran las dos figuritas que Henry le había regalado. Ni se había dado cuenta de que faltaban de los baúles que le habían llevado a sus nuevos aposentos del palacio.

—¿Por qué las tienes tú?

Christoph se encogió de hombros.

—El otro día le dije a Boris que las pusiera en la repisa de la chimenea cuando nos marcháramos. Pensé que te ayudarían a sentirte más... a gusto en mis dependencias. En aquel momento, ignoraba que no ibas a volver.

Alana no daba crédito. Era un gesto muy enternecedor y considerado de su parte, impropio de un bruto. Ojalá dejara de mostrarle indicios de ese lado de su personalidad. Porque así le resultaba cada vez más difícil ceñirse a su primera opinión de que era y siempre sería un bruto y un salvaje. Y tenía que aferrarse a esa idea para evitar el dolor que le provocaba el constante recordatorio de que nunca sería suyo.

Acto seguido, la sorprendió todavía más al añadir:

—La pareja me recuerda a nosotros dos.

Alana se apresuró a corregirlo:

—No, el hombre es un soldado raso, inglés, por cierto. Henry ni había oído hablar de Lubinia cuando lo talló para mí.

—¿Creía que deberías emparejarte con un soldado en vez de con el lord inglés que tú esperabas?

—Fue una... una elección rara que escogiera un soldado. Pero no me... no me acuerdo del motivo —mintió.

No iba a confesarle que Henry había adivinado que haría falta un hombre muy valiente para casarse con ella, ya que su inteligencia podía resultar intimidante. Christoph descartaría esa idea, o se reiría, ya que a él no le resultaba intimidante en absoluto, ni antes ni después de descubrirse su ascendencia real.

Sin embargo, era evidente que no la creía, porque dijo:

—A lo mejor le pregunto a Henry, en vista de que tú no quieres decírmelo.

Alana siseó.

—¿No lo has detenido?

—Claro que no. No puede enviarle mensajes a Rastibon si está encerrado en una celda. Pero ya sé dónde encontrarlo.

Se tensó al escucharlo.

—Pienso hablar de esto con mi padre. ¡Para asegurarme de que Henry no acaba en una de tus celdas!

—¿De verdad crees que lo encerraría sabiendo el cariño que le tienes?

—Tú... —Se interrumpió. La pregunta suavizó su furia—. No, no creo que pudieras hacerle daño a un niño. Pero eres muy pertinaz cuando buscas respuestas.

—Mi trabajo...

—Lo sé. Tu trabajo te obliga a ser así. Incluso yo me he dado cuenta de que el comportamiento que me has demostrado solo es producto de tu trabajo. Y también soy consciente de que podía haber sido mucho peor, habida cuenta de lo que pensabas y de lo que creías.

Christoph se echó a reír.

—¿Me estás disculpando?

—No, porque no estoy diciendo que entonces no estuviera asustada, ni furiosa ni frustrada a más no poder.

—Y todavía no has podido vengarte. ¿Estás esperando el momento oportuno?

¿Hablaba en serio o solo estaba bromeando con ella? Lo último, sin duda, porque no se preocuparía por algo así, mucho menos cuando su padre y él habían admitido que solo había estado haciendo su trabajo con el beneplácito del rey.

—Creo recordar que hasta hace muy poco estabas convencido de que mi madre era Helga —se limitó a replicar—. Dijiste que si yo era la princesa, tu familia caería en desgracia y tú abandonarías Lubinia para siempre por ese motivo. Por supuesto, cuando lo dijiste, no creías que fuera una posibilidad factible. Y ahora que ha sucedido...

—Y ahora que ha sucedido, en vez de despertar la ira del rey por no desentrañar antes el misterio, me ha encargado que proteja a su hija con mi vida.

Alana se inclinó hacia delante a fin de poder mirarlo a la cara. Sí, en sus ojos brillaba el orgullo por un trabajo bien hecho.

49

Alana jadeó. No podía creerse lo que acababa de pasar. Christoph le había quitado las figurillas de las manos y se había inclinado para guardarlas en las alforjas mientras decía:

—Las guardaré hasta que regresemos al palacio.

Alana ni siquiera lo escuchó. En cuanto Christoph se inclinó para guardar las figurillas, vio que un hombre salía corriendo de detrás de un árbol y saltaba a la parte trasera del trineo. Lo hizo con tal agilidad que el trineo ni siquiera acusó el golpe, de modo que Christoph no se dio cuenta de nada... hasta que se apoyó otra vez en su asiento y descubrió, de repente, que tenía un puñal en el cuello.

—¡No lo mates! —chilló Alana.

—Tranquila, princesa, no pensaba hacerlo —dijo Leonard.

—En ese caso... —terció Christoph, que tiró de Poppie con una sola mano y lo colocó en la parte delantera del trineo, delante de él.

—Debería ganar un poco de peso —comentó Leonard, disgustado por la facilidad con la que Christoph le había dado la vuelta a la situación usando la fuerza bruta.

Lo dijo en voz baja, así que Alana supuso que su intención no era la de que lo escucharan, pero ella sí lo hizo. Y Christoph también, a juzgar por la leve sonrisa que apareció en sus labios;

aunque, de todas formas, se agachó para recoger el rifle que tenía a los pies y se lo colocó en el regazo. Pero Christoph no intentó quitarle el puñal a Poppie, sino que se limitó a seguir sentado con una ceja enarcada mientras Poppie se enderezaba y se sentaba en el suelo. Alana se arrodilló al punto para abrazarlo.

—¡Cuánto te he echado de menos! La cosa no ha ido como pensábamos que iría, pero ya está todo solucionado.

—¿Cuentas con la protección de tu padre?

—Sí, acabamos de conocernos, pero...

—Alana, como no te apartes de ese puñal, esto acaba ahora mismo —dijo Christoph con voz furiosa.

Ella volvió la cabeza para mirarlo.

—No va a hacerme daño —le aseguró.

—Puede que no de forma intencionada. Pero no voy a permitir accidentes. Siéntate, ¡ya!

Leonard dejó el puñal en el suelo, a su lado, ya que al parecer era de la misma opinión que Christoph. Alana lo cogió, para que Christoph no lo viera, y volvió a sentarse, aunque lo hizo en el borde del asiento. Sabía que Poppie llevaría ocultos entre la ropa al menos seis puñales más, pero mientras no estuvieran a la vista, Christoph se relajaría lo suficiente como para llegar a un acuerdo que les permitiera trabajar juntos en vez de ir el uno contra el otro.

Alana se guardó el puñal en la caña de la bota y después le tendió la mano a Leonard para poder comunicarse sus sentimientos a través del tacto. Lo último que quería era que Christoph estuviera furioso mientras hablaba con Poppie, pero le estaba negando un encuentro como Dios mandaba con el hombre que la había criado, de la misma manera que se lo había negado con su padre.

Christoph parecía seguir enfadado cuando le preguntó a Leonard:

—¿Por qué ha secuestrado a Helga Engel mientras estaba bajo mi protección?

Leonard resopló.

—Admítalo, no estaba bajo su protección, la llevaba al palacio para interrogarla. Era evidente.

Christoph no intentó negarlo.

—Tiene mucho por lo que responder. Pero ¿cómo es que la encontró ayer en el camino?

—Llevaba un tiempo buscándola. No sabía dónde encontrarla hasta que llevó a Alana al pabellón real para visitarla y se aseguró de que me llegaban las noticias. Iba de camino al pabellón para descubrir el motivo.

—Tendrá que entregármela. El rey y yo necesitamos hablar con ella. Nos ha mentido. Y necesito saber lo que de verdad hizo y por qué.

Leonard negó con la cabeza.

—No. Ella me ha relatado la historia y yo puedo contársela. Ahora está bajo mi protección. No permitiré que le haga daño.

Christoph guardó silencio unos minutos. ¡Acababan de decirle que no! Alana contuvo el aliento para ver si insistía hasta salirse con la suya. Sin embargo, a la postre dijo:

—Pues cuéntemela.

Leonard lo hizo y, a medida que hablaba, los ojos de Alana se iban abriendo cada vez más por la sorpresa. ¿Un romance entre Poppie y Helga? Y aunque supuestamente no debía significar nada para él, porque Poppie solo la usaba como un medio para llevar a consumar su misión, al final acabó convirtiéndose en algo que él no creía posible. Había cambiado su forma de enfrentarse al espantoso encargo de matar a una princesa. Le había ablandado el corazón antes de que llegara el terrible momento.

Lo contó todo. El cuento de Helga sobre el cambio de los bebés, que decidió emplear esa misma noche cuando vio que la princesa había desaparecido. Una decisión tomada por el temor de que su vida o la de su hija estuvieran en peligro. La conversación con la otra niñera hasta convencerla de que también le echarían la culpa a ella. Sin embargo, Helga jamás pensó que el rey la separaría de su hija.

Alana le dijo un apretón a Poppie en la mano, haciéndole saber que no culpaba a la mujer. Aunque la hubieran separado de su padre, había contado con la presencia de Poppie. ¿Sería muy diferente en esos momentos si hubiera crecido siendo una princesa consentida? Era imposible saberlo.

—No le guardo rencor —dijo cuando Poppie acabó de hablar—. Díselo de mi parte.

Poppie le sonrió. Christoph no estaba sonriendo cuando señaló:

—Esa mujer ha engañado al rey de Lubinia. Permitió que quisiera a la niña equivocada. Permitió que llorase la muerte de esa niña. Ha pasado todos estos años llorando su muerte cuando ni siquiera era su hija.

—Ha llorado la muerte de ser querido, ya que como acaba de decir, quería a esa niña. Ahora quiere a su verdadera hija. Fui yo quien mantuvo apartada a su hija de él, no Helga. Y lo hice, capitán, porque el rey y la persona que lo precedió a usted en su puesto jamás eliminaron la amenaza contra su vida.

—Yo no ocupaba el puesto en aquel entonces, como bien ha señalado.

—Lleva lo bastante en él como para haberlo intentado —repuso Leonard.

—Lo ha intentado —dijo Alana, que se apresuró a defender a Christoph—. Durante todo este tiempo, la mayor dificultad ha sido el gran número de sospechosos y, sobre todo, el hecho de que los Bruslan sean parientes del rey. Y pese a los numerosos espías que se enviaron a la fortaleza, nunca se descubrió quién movía los hilos. Era un secreto celosamente guardado. Y también era evidente que no se trataba del cabeza de familia.

A lo que Christoph añadió:

—De todas formas, en aquellos momentos no se podía hacer nada contra ellos porque la guerra civil estaba demasiado reciente como para arrestar a un Bruslan. Habría supuesto el comienzo de otra contienda.

—Lo pensé en su momento —convino Leonard—. Y puesto que quiero mucho a Alana, no me importó esperar. Pero ignoraba que se supusiera que la raptada era la hija de Helga, que en las altas esferas se supusiera que la princesa estaba a salvo. No sabía nada de eso hasta que Helga me lo contó. De otro modo, tal vez habría traído antes a Alana... o tal vez no. Es imposible decir qué habría hecho de saber entonces lo que sé ahora —concluyó, encogiéndose de hombros.

—En cuanto a Helga... —dijo Christoph, retomando el tema—. Es inaceptable que la tenga escondida. Debo insistir...

—No —lo interrumpió Leonard con brusquedad—. Capitán, le repito que no la entregaré. No me importa lo que haya hecho, ni los cargos que usted crea que se le puedan imputar. Ya ha sufrido bastante al perder a su hija a manos de los enemigos del rey. Ha pagado un precio muy alto. Mientras yo viva, no permitiré que les haga daño a mis seres queridos.

Ambos se miraron en silencio durante tanto tiempo que Alana comenzó a ponerse nerviosa, de modo que le puso fin al momento al decirle a Poppie:

—Hay algo que deberías saber, si no lo sabes ya. Mi padre me ha elegido marido.

Leonard la miró con el ceño fruncido.

—¿Tan pronto?

—Sí, y la boda se celebrará en breve.

—¿Quién es?

—Karsten Bruslan —contestó haciendo una mueca.

—¡No! —exclamó Leonard, furioso—. ¡Entregarte a las mismas personas que...!

—Frederick siempre ha considerado la idea de nombrar heredero a Karsten, antes incluso de saber que Alana vivía —lo interrumpió Christoph—. Aunque no le gustara la idea, lo hacía teniendo en cuenta el bienestar del país.

—Entretanto —añadió Alana—, Christoph es mi protector. Es el único hombre en quien mi padre confía para que me mantenga a salvo.

Leonard miró a Christoph de nuevo y acabó asintiendo con la cabeza.

—Sí, lo veo en sus ojos. Te protegerá con su vida. Un candidato a marido mucho más conveniente, en mi opinión, que el otro con el que solo quiere poner fin a una disputa que muchos Bruslan ni siquiera recuerdan.

Alana parpadeó. ¿Poppie prefería que se casara con Christoph?

—¿Le dio una paliza a Karsten? —le preguntó Christoph.

—¿Y qué si lo hice?

—Yo lo habría matado.

Poppie se echó a reír.

—Lo pensé para hacerle un favor a este país impidiéndole llegar a la corona. Todas las maquinaciones de los Bruslan serían en vano si su rubio heredero desapareciera y perdieran la opción al trono. Pero esa decisión no está en mi mano. —Y añadió—: Así que ¿he descubierto más cosas desde mi regreso que las que ha descubierto la guardia real durante dieciocho años?

—Depende de lo que haya descubierto.

Antes de responder, Leonard le preguntó a Alana:

—¿Te ha entregado Henry el mensaje?

—Sí, pero es confuso. Solo me dijo: «Cuidado con la reina.»

—Exacto. Después de quedarse sin los dos espías que tenían en el palacio, el hombre que da las órdenes se ha visto obligado a contratar a otro nuevo, y lo escuché mientras le daba las órdenes al nuevo matón. Mencionó a la reina y a su intervención en una gran conspiración en el pasado, tras lo cual le entregó la esclava para que el nuevo se la entregara a la reina. Sé que Nikola no era lo bastante mayor ni es tan cruel como para ordenar la muerte de un bebé, pero su padre no lo habría dudado.

—Son suposiciones —replicó Christoph, furioso.

—Las suposiciones llegan antes que los hechos. Y es una conclusión lógica basada en la experiencia.

—No. —Christoph se negaba a llegar a esa conclusión—. Nikola ama a su marido. No me cabe la menor duda.

—Estoy seguro de que lo hace. Pero tal vez debería preguntarle al rey cuándo le ofrecieron su mano en matrimonio. Apostaría cualquier cosa a que la reina Avelina todavía estaba caliente en su tumba cuando el padre de Nikola le sugirió la idea. Seguro que prefería en el trono a su propia hija antes que a la hija de Avelina. Una razón muy habitual en los casos en los que se produce un segundo matrimonio habiendo hijos del primero.

—¿De quién estamos hablando?

—Todavía no sé su nombre, pero lo descubriré y le seguiré el rastro.

—Hablando de nombres, usted es Leonard Kastner, ¿verdad?

Alana meneó la cabeza de forma imperceptible para hacerle saber a Poppie que no había mencionado su nombre. Leonard enarcó una ceja.

—¿Qué más da a estas alturas? Capitán, usted y yo compartimos el mismo objetivo: proteger a nuestra princesa. También estoy siguiendo otra pista que...

—Al igual que nosotros —lo interrumpió Christoph—. Pero no esperaba que usted... se nos uniera tan pronto.

—¿Que me uniera? Si ha sido una sorpresa ver el trineo por el camino...

—¿No nos estaba siguiendo?

—No, volvía de las montañas. He seguido a cierta persona, la que le he comentado que se encarga de transmitir las órdenes. Él fue quien mató al hombre que me contrató hace tantos años.

—¿Se refiere a Aldo?

—Así que el ladrón confesó hasta cierto punto. El hombre que mató a Aldo insinuó que quien da las órdenes, la persona que le dio las órdenes a Aldo, también era un sirviente. Las precauciones que han tomado para ocultar a su verdadero jefe, o jefa como bien puede ser el caso, son extremas. Pero llevo un par de días siguiendo a este tipo. Comienzo a preguntarme si no está jugando a dos bandas.

—¿Adónde ha podido ir aquí arriba? Porque no hay muchos sitios además de las propiedades de los nobles, a las que se accede por el camino del Este. Mi familia vive en esa zona.

—Parece que estamos hablando del mismo sitio. La propiedad que ha visitado está situada en un terreno demasiado abierto y hay demasiados sirvientes patrullando la zona a modo de guardias como para demorarme más de la cuenta. Logré acercarme a varias ventanas sin que me detectaran. Una fue la correcta, el dormitorio de su amante. Me dio la impresión de que pensaba pasarse todo el día en la cama con ella, de modo que me marché para seguir tras él cuando vuelva a la ciudad.

—¿Qué espera averiguar de él?

—Espero averiguar el nombre de la persona ante la que responde en la fortaleza. Al principio, pensé que se trataba de Karsten, porque los vi salir al mismo tiempo, pero Karsten no sabía nada. Sin embargo, la mujer con la que se cita en esta propiedad de la montaña lo conoce, obviamente, bastante bien, y debería interrogarla. Pero no me gusta interrogar a las mujeres. Esperaba poder dejar eso en sus manos, al menos. Esta manera de decírselo me pareció segura.

Christoph enarcó una ceja.

—¿Le parece seguro amenazarme con un puñal?

Leonard rio entre dientes, en un arranque de buen humor.

—Solo pretendía llamar su atención.

50

Trabajar con un asesino, aceptar la ayuda de Leonard Kastner, iba en contra de todo lo que Christoph creía. Tuvo que recordarse continuamente que Alana lo consideraba parte de su familia. Sin embargo, la temeridad de Leonard le hizo gracia. Mucha. En el fondo, admiraba al hombre que le había puesto un puñal en la garganta.

—¡Es él! —exclamó Leonard de repente.

Christoph tuvo que ponerse en pie para ver por encima del pescante del cochero, donde Leonard se había sentado a la postre para continuar el ascenso. Estaban cerca del cruce y del largo camino del Este por el que se accedía a muchas de las propiedades de los aristócratas, incluida la de sus propios padres. De hecho, le había dicho a Alana que la dejaría un momento con su familia mientras Leo y él iban a la propiedad donde se reunían los simpatizantes de los Bruslan. Sin embargo, vio al hombre en cuestión con sus propios ojos, ya que bajaba por el camino de la montaña. Y el hombre los vio a ellos.

—¿Puede reconocerlo? —le preguntó Christoph a Leonard.

—No, pero es posible que no quiera que nadie lo vea aquí arriba... ¡No le dispare! —ordenó Leonard cuando Christoph levantó el rifle.

El hombre se apartó del camino en busca de otra ruta, ya que no quería acercarse demasiado a ellos y que pudiera reconocerlo, de modo que se internó en el bosque.

—No voy a matarlo —dijo Christoph, apuntando con el rifle.

—Déjelo marchar. Que crea que ha conseguido lo que deseaba, que piense que no tiene nada de qué preocuparse.

—¿Le está dando menos importancia de lo que me ha hecho creer?

—No. Pero sé dónde encontrarlo. Puedo esperar en la fortaleza Bruslan hasta que aparezca. Puedo entrar y salir a mi antojo. Si lo persigue ahora y consigue escapar, se esconderá y nunca sabremos quién le da las órdenes.

Christoph soltó un juramento, pero se volvió a sentar. En ese momento, se percató de que Alana lo miraba con preocupación. Se inclinó hacia ella y le dio un fugaz beso en los labios. No muy satisfactorio para ninguno, pero solo quería tranquilizarla.

—No te preocupes —le dijo—. No iba a dejar que volvieran a dispararte.

Alana hizo ademán de llevarse una mano a los labios, pero se dio cuenta de lo que estaba haciendo y la metió debajo de la manta.

—No estaba preocupada. Pero parece que la razón por la que ibas a dejarme con tus padres acaba de poner rumbo a la ciudad, de modo que el peligro que me mencionaste ha desaparecido. Y creo saber a quién ha ido a visitar ese individuo.

—¿En serio?

—A tu amiguita, esa que cree que te vas a casar con ella.

Christoph se echó a reír por su forma de decirlo, pero le preguntó a Leonard:

—¿A qué distancia está la propiedad hasta la que siguió al secuaz de Bruslan?

—No muy lejos.

—Tal vez tengas razón —le dijo Christoph a Alana.

—En ese caso, no vas a dejarme en casa de tus padres —insistió ella—. Quiero estar presente para ver cómo se retuerce mientras la interrogas.

Christoph no pudo disimular la sonrisa. Estaba seguro de conocer el motivo a juzgar por su expresión furiosa, pero quería oírlo de sus labios.

—¿Por qué?

—El otro día en casa de tus padres fue grosera conmigo. Muy grosera.

—¿Crees que puedes sonsacarle información que yo sería incapaz de conseguir?

Alana sonrió.

—No, solo quiero quedarme a ver el espectáculo. Sé de primera mano lo... bruto que puedes ser cuando te lo propones.

—Un comentario interesante —replicó él, pensativo—. ¿Eso quiere decir que el comportamiento salvaje que aseguras que demuestro es un acto deliberado más que algo innato como has venido diciendo hasta ahora?

—No, yo... —El rubor se apoderó de su cara, que adquirió un bonito tono rosado—. Tal vez en ocasiones.

Se echó a reír al escucharla.

—Para que lo sepas, princesa, hacer que un prisionero se sienta indefenso es una táctica muy útil, y se puede conseguir muy deprisa desnudándolo por completo antes del interrogatorio. Evitar hacerlo contigo fue muy... difícil. Un bruto no se comportaría así, ¿no te parece?

Alana se quedó sin aliento antes de mirar hacia el pescante, donde Leonard estaba sentado de espaldas a ellos, para asegurarse de que no les estaba prestando atención. Acto seguido, se inclinó hacia Christoph y le susurró:

—Calla. No es una conversación apropiada y mucho menos ahora.

—¿Por qué avergonzarse de lo que un hombre y una mujer hacen juntos ni de lo que sienten el uno por el otro?

—¡Estoy a punto de comprometerme con otro hombre!

—¿De verdad crees que así vas a poder hacerme callar cuando ya has admitido que no lo deseas? Me alegra poder decir que ya no funciona.

—¡Ja! —replicó ella con toda la indignación de la que fue

capaz—. Además, no estábamos hablando de la intimidad compartida por dos personas, sino de un interrogatorio humillante.

Christoph le acarició la mejilla con el dorso de los dedos.

—En tu caso, tengo que disentir. En tu caso solo quería cogerte en brazos y llevarte a la cama más próxima. Así que no debes sorprenderte si te digo lo mucho que disfruté de ese interrogatorio al tenerte en ropa interior. Lo disfruté tanto que esperaba poder repetirlo algún día.

El rubor se intensificó, pero no pudo evitar mirarlo a los ojos el tiempo justo para confundirlo. Hasta que Alana se echó a reír, porque en ese momento Christoph supo que creía que estaba bromeando, y Alana incluso le siguió la broma:

—Tal vez podamos intercambiar los papeles la próxima vez.

Alana no hablaba en serio... ¿verdad?, se preguntó Christoph. No, por supuesto que no, pero su sonrisa era fascinante. Esa sugerencia tan interesante podía ser fruto de su deseo de verlo de rodillas por haberla tratado de esa manera. Se recordó que, después de todo, Alana era una princesa, y que era muy consciente de ese hecho. Una princesa que pronto estaría comprometida con otro hombre, pensó, asqueado.

La necesidad de conservarla a su lado no tenía nada que ver con el deber. El rey le había dejado claro que no podía volver a tocarla, y jamás se le habría ocurrido desobedecerlo si Alana estuviera conforme con el matrimonio que le estaban concertando. De hecho, en un principio creyó que así sería, ya que Karsten era guapo y simpático. Sin embargo, Alana se mostraba contraria, y por ese motivo su rabia se había disipado en un abrir y cerrar de ojos.

Una vez que el peligro huyó montaña abajo, cedió al deseo de tenerla cerca y accedió a su petición de estar presente durante el interrogatorio. Si ese hombre estaba involucrado con Nadia, significaba que su padre, Everard Braune, no podría interferir, ya que Nadia nunca se habría atrevido a meter a su amante en su propia cama si su padre estaba en casa.

51

Un criado ataviado con librea acompañó a Alana, a Christoph y a Leonard al salón de la enorme residencia de los Braune. Alana todavía no había tenido la oportunidad de hablar con Poppie a solas, pero mientras se dirigían al salón, aprovechó un instante para decirle al oído:

—Le has mostrado tu cara. ¿Ha sido sensato?

—Tengo un buen presentimiento sobre él —contestó Poppie—. No me traicionará.

Ella tampoco creía que Christoph pudiera traicionarlo. Era demasiado directo, demasiado sincero y demasiado franco como para hacer algo así. A menos que se tratara de un secreto real, por supuesto.

Ninguno de los tres se sentó mientras esperaban a que Nadia apareciera. Alana se apartó un poco porque solo quería observar. Ni siquiera debería haber ido. Iban a tratar un asunto de la casa real. El deseo momentáneo de ver cómo Nadia recibía el castigo merecido ya había pasado. En ese instante, comprendió que los culpables de ese deseo eran los celos y deseó que Christoph no se diera cuenta.

La amiga de la infancia de Christoph apareció haciendo una gran entrada. Su expresión alegre se tornó en simple curiosidad al ver que Christoph no había llegado solo. Iba vestida con atrevidos tonos oscuros: rojo oscuro mezclado con negro y con un morado intenso. Colores que en Inglaterra estaban reservados para las mujeres casadas, ya que las solteras y las jovencitas solo vestían con tonos pastel. Pero en Lubinia no existía dicha costumbre, se recordó Alana. Todavía se sentía invisible con su abrigo gris. Una sensación que no habría desaparecido de habérselo quitado, ya que llevaba un vestido color azul claro, elegante, sí, pero excesivamente discreto.

—¿Qué te trae por aquí? —le preguntó Nadia a Christoph—. Hace tanto tiempo que no nos visitas que casi he perdido la cuenta de los años.

Christoph se había acercado a ella en cuanto apareció en el salón. Y no se detuvo hasta estar casi interpuesto entre la puerta y Nadia, a fin de que su afán por bloquearle la salida no fuera demasiado obvio. La posición obligó a Nadia a darle la espalda a Poppie, que se encontraba en el otro extremo de la estancia.

—Hemos venido para discutir tus actividades y tus amistades más recientes —contestó Christoph.

Nadia se echó a reír.

—No, no vamos a discutir nada. Porque no es de tu incumbencia.

—En realidad, Nadia, sí que lo es, porque acabo de descubrir que tu amante mató a uno de sus secuaces. Tampoco es que fuera una gran pérdida, porque se trataba de un simple matón, al igual que él. Pero también sé que trabaja directamente para los Bruslan.

—No es un rebelde —se apresuró a negar Nadia.

Christoph replicó con mordacidad:

—No he dicho que lo fuera, pero es muy curioso que relaciones a los rebeldes con los Bruslan. Si no lo supiera, tendría que darte las gracias por haber establecido dicha conexión.

Nadia se sonrojó, furiosa.

—¡No tengo nada más que decirte! —exclamó mientras caminaba con paso resuelto hacia la puerta.

No avanzó mucho, porque Christoph la aferró por un brazo. Nadia estaba a punto de gritar para pedir ayuda, pero él la zarandeó con fuerza.

—Nadia, será mejor que cooperes o las cosas se van a poner muy feas para ti. Si me veo obligado a llevarte al palacio...

—¡Suelta a mi hija!

Everard Braune estaba en el vano de la puerta. Un hombre de pelo rubio veteado de canas, bien vestido y con el gabán aún puesto, ya que acababa de llegar a casa. Y con una pistola que apuntaba directamente a Christoph.

Sin embargo, él no estaba dispuesto a obedecer la furiosa orden. Se volvió, colocando a Nadia entre él y su padre, a modo de escudo. La maniobra no neutralizó el peligro, ya que Everard apuntó a Alana.

Alana jadeó y se escondió detrás del sofá, tras lo cual gateó por el suelo hasta el otro extremo para poder echar un vistazo hacia el lugar donde se encontraba Christoph, y Poppie, tras él. Desde ese sitio no se veía la puerta ni al padre de Nadia, de modo que no vio que Nadia había corrido hasta su padre, que la sacó del salón de un empujón. Sin embargo, supuso que la pistola volvía a apuntar a Christoph, que estaría desarmado y sin protección.

Debería haberle exigido que le devolviera sus armas en cuanto se trasladó al palacio, pero ni siquiera se había acordado de ellas ya que contaba con la protección de la guardia de su padre. En ese momento, podría haber desarmado a Braune con un tiro certero mientras Christoph lo distraía. Poppie posiblemente estaba esperando que lo hiciese. Pero lo único que tenía era el puñal de hoja larga que se había guardado en la caña de la bota y, a diferencia de Poppie, no era muy diestra lanzándolo. ¡Le había enseñado a usarla como defensa, pero no contra una pistola!

Sacó el puñal de la caña de la bota y le indicó a Poppie que era lo único con lo que contaba. Acto seguido, se trasladó al otro extremo del sofá, desde donde podía observar a Braune. Tal vez pudiera distraerlo lo suficiente como para que Christoph lo tirara al suelo. Además, siempre podría intentar desarmarlo arrojándole el puñal.

—¿Sabe a lo que se dedica su hija cuando usted no está en casa? —preguntó Poppie, dirigiéndose al hombre para que dejara de mirar a Christoph.

—¿Quién demonios es usted?

—¿Lo sabes, Everard? —preguntó Christoph a su vez, atrayendo de nuevo la atención del aludido.

—Sí, sé lo que hace. Hace lo que yo le ordeno. Es una hija obediente.

—¿Y le has ordenado que se acueste con un sirviente de los Bruslan? —fue la siguiente pregunta de Christoph.

—No, pero le gusta —respondió Everard—. No iba a enfadarme cuando he sido el culpable de que siga soltera ya que quería que se casara contigo.

—¿Por qué yo?

—Se suponía que sucumbirías por completo a sus encantos y así quedarías fuera de juego. Pero sobreestimamos sus encantos.

—¿En plural?

Alana echó un vistazo por el otro extremo del sofá antes de volver a esconderse. El corazón comenzaba a latirle muy rápido. ¡Por el amor de Dios! ¿Qué estaba haciendo Christoph? ¿Por qué le hacía tantas preguntas antes de tener la situación bajo control? Estaba armado, aunque solo enseñara el sable que llevaba al cincho. Antes de entrar en la casa, había sacado dos pistolas de la alforja y se las había colocado en la parte trasera del pantalón. Si Braune admitía su implicación con los Bruslan, tendría que matarlos a los tres para asegurarse de que la información no salía de su casa y ¡todavía tenía la pistola en la mano!

Alana aferró el puñal con fuerza y echó otro vistazo. Tenía espacio para lanzarle el puñal a la pistola, a la muñeca o al brazo de Braune, que había extendido para apuntar a Christoph. Tal vez no consiguiera desarmarlo, pero podría distraerlo lo suficiente como para que...

—Sí, nosotros. Nadia y yo —contestó Everard.

Christoph soltó una breve carcajada.

—¿Me habrías endosado una novia mancillada?

Alana gimió al comprender lo que estaba haciendo Christoph. Sonsacándole una confesión, una confesión que no habría obtenido si Everard no estuviera seguro de tener la sartén por el mango. Por eso todavía no se había movido. ¡Porque quería esa confesión! Si interrumpía su interrogatorio para intentar salvarlo, se enfadaría mucho con ella. Así que se trasladó rápidamente hasta el otro extremo del sofá para tratar de adivinar las intenciones de Christoph. Desde ese punto, se percató de que veía mejor al objetivo, ya que alcanzaba a ver toda su persona y no solo el brazo. Christoph no se enfadaría si lo ayudaba en el momento adecuado.

—Eso no habría importado si Nadia hubiera tenido éxito —contestó Everard—. Entretanto, no iba a hacerle daño alguno jugar un poco con ese joven que le gusta. Al parecer, tú ya no le gustas en absoluto. Y él es quien entrega mis mensajes, así que viene con frecuencia. Es difícil visitar a mis amigos sin levantar sospechas. Los tienes sometidos a una estrecha vigilancia.

—Faltaría más. Y Karsten Bruslan será detenido en breve por traición.

Everard se echó a reír.

—Arréstalo, a nadie le importa. Ha sido un tonto al dejar que sus hombres atacaran el palacio después de que alguien le diera una paliza. Aunque no creo que fuera cosa tuya ni de tus hombres, sino de algún marido celoso.

—¿La rebelión no fue idea suya?

—Claro que no. Habéis interpretado muy mal a los Bruslan. Son ricos, consentidos y vagos. Les gusta que los demás les hagan el trabajo sucio. Esta nueva generación no se parece a Ernest ni a la vieja guardia. ¡Ellos eran luchadores!

—¿Los has acicateado?

—¿A los jóvenes? Sí. Alguien tenía que hacerlo para distraerte. Los únicos Bruslan que siempre llevaron la iniciativa fueron Ernest y su madre. Su madre tuvo la genial idea de deshacerse de Frederick y pagó a un buen número de asesinos, pero la suerte siempre estuvo de parte de Frederick. Después perdió la razón, y la memoria, y ningún otro miembro de la familia fue capaz de recoger el testigo. Eran demasiado complacientes. La verdad era que nadie ansiaba el trono lo bastante como para matar por él.

—Debería haberlo imaginado. Fuiste uno de los nobles que más perdió cuando los Bruslan fueron destronados. Uno de los que aconsejó con más vehemencia al rey Ernest que apoyara a Napoleón con un ejército, no con dinero, que era lo único que se nos había exigido. Tal vez la sugerencia fuera incluso tuya.

Everard soltó una carcajada.

—Me das demasiada importancia.

—Lo dudo. Has mantenido la llama encendida cuando de otro modo se habría extinguido.

Daba la impresión de que el hombre no podía evitar alardear.

—Es posible —replicó con tono burlón.

—¿Por qué los rebeldes? ¿Qué pensabas que podías conseguir con ese plan?

—Un ejército, un ejército lo bastante fuerte como para asaltar el palacio y repetir la Historia. —Al ver que Christoph reía, añadió—: Sí, lo sé. Deberíamos haberlo intentado antes de que Frederick demostrara ser un buen rey. Subestimamos el favor que le demuestra el pueblo. Así que recurrimos al miedo, y extendimos el rumor de que está enfermo y moribundo. Pero los imbéciles se horrorizaron por la idea de exigirle que abdicara por culpa de su enfermedad y preferían que siguiera ocupando el trono hasta el día de su muerte antes que poner a otro en su lugar. ¡Y tú! —exclamó Everard, asqueado—. Si Nadia hubiera logrado seducirte para que te unieras a nuestro bando nada de esto habría sido necesario. Tú nos has obligado a tomar medidas desesperadas porque has hecho que llegar hasta él sea imposible.

Leonard le preguntó en ese momento:

—¿Quién me contrató hace dieciocho años para matar a la princesa?

Everard lo miró perplejo. Alana no creía que estuviera fingiendo. En realidad, no sabía nada.

Al llegar a la misma conclusión, Christoph le preguntó:

—¿A quién te refieres cuando hablas en plural?

—¿De verdad necesitas que te lo diga? —contestó Everard en tono burlón—. A los otros nobles que, como yo, perdieron tanto cuando un Stindal ocupó el trono.

—Así que todas estas intrigas tienen como finalidad recuperar vuestras tierras y vuestros títulos...

—Lo que queremos recuperar es el poder. Queremos un rey más maleable, digamos más... orientado a la opulencia, tal cual eran los antiguos Bruslan.

—¿Y Karsten no es el adecuado?

Everard se encogió de hombros.

—Era nuestra primera opción, pero solo porque siempre ha sido la primera opción de los Bruslan. Sin embargo, de un tiempo a esta parte se muestra demasiado emprendedor. Es mejor buscarse a otro que se ajuste a nuestro propósito. Sin embargo, es un joven maleable y conocemos la forma de estimularlo. Con mujeres. En el fondo, es un mujeriego.

Alana se preguntó si su padre sabía que el joven elegido para ser su marido era un mujeriego. Braune no parecía estar al tanto de su regreso al país, de modo que tal vez el amante de Nadia no estaba jugando a dos bandas, sino que simplemente vigilaba al grupito de Braune por orden de los Bruslan y entregaba los mensajes del grupito de nobles solo para mantener esa puerta abierta.

—Tus rebeldes han sido un dispendio —le recordó Christoph—. ¿Tenéis algún plan alternativo?

Everard se echó a reír.

—Siempre tenemos varias alternativas. Y tú acabas de ofrecernos otra, lo que resulta muy conveniente. Frederick ya no contará más con tu protección.

—¿De verdad crees que podrás detenerme con una bala? Pues no falles el tiro, viejo, porque no podrás disparar una segunda vez.

Alana estaba a punto de ponerse en pie, pero escuchó unos pasos que se acercaban a la estancia, y acto seguido se oyeron cuatro disparos. Todavía se encontraba en el extremo del sofá desde el que podía ver a Christoph, que no había sufrido el menor daño. Era Poppie quien había tenido que esquivar los disparos.

Tres sirvientes de los Braune habían entrado en el salón, obviamente enviados por Nadia, pero solo dos de ellos empuñaban pistolas. El tercero tenía un sable. De inmediato, intentaron neutralizar al hombre más bajo a quien su señor no estaba apuntando con su arma. Everard empezó a despotricar contra ellos porque no habían esperado a sus órdenes. Lo que él quería era que redujeran primero a Christoph para asegurarse así de eliminar la amenaza principal. Sin embargo, habían actuado siguiendo su instinto, y por suerte, los criados que disparaban armas que no sabían manejar solían fallar, como había sido el caso. Poppie se agachó y rodó por el suelo para apartarse, y cuando se puso en pie lanzó un puñal. Su excelente puntería redujo a dos el número de sus oponentes.

Un asesino lidiaba con sombras y objetivos individuales, con situaciones que podía controlar. No se le daba tan bien enfrentarse a múltiples oponentes. Los sables hicieron su aparición. Poppie solo tenía puñales para defenderse. Sin embargo, Christoph estaba acercándose a él para ayudarlo en la lucha. Everard estaba distraído por los acontecimientos, porque de otro modo le habría advertido a Christoph que no se moviera. Alana ignoraba por qué Everard desaprovechaba la oportunidad para disparar, a menos que las amenazas de Christoph hubieran surtido efecto y estuviera demasiado nervioso como para intentar acabar con él sin el respaldo de sus hombres. En ese momento, Alana vio a otro criado por la ventana que Poppie tenía a la espalda, ¡apuntándolo con un rifle!

Así que gritó:

—¡La ventana!

Poppie estaba concentrado en esquivar los dos sables. Quizá no la había escuchado. Christoph sí lo había hecho y en cuanto vio el rifle por la ventana, se abalanzó en esa dirección. Apartó a Poppie de la trayectoria de la bala, derribando en el proceso a uno de los atacantes y llevándose un tajo en la espalda que el otro había lanzado al cuello de Poppie. El disparo se escuchó al cabo de unos momentos. El cristal se rompió. La bala atravesó la estancia. Alana se levantó a tiempo de ver que Everard se encogía porque la bala se incrustaba en la pared, a escasos centímetros de su persona. Sin embargo, se recuperó y, con gesto furioso, apuntó a Christoph, que estaba todavía en el suelo. Alana le arrojó el puñal al pecho para detenerlo. No acertó ni por asomo, pero al menos se le clavó en el hombro justo cuando efectuaba el disparo. Sin embargo, seguido de ese se escuchó otro más.

Todo sucedió en un abrir y cerrar de ojos. Everard no acertó debido al puñal que tenía en el hombro. Pero Christoph sí. Everard se miró el pecho poco antes de caer al suelo. Sin embargo, la lucha continuaba en el otro extremo de la estancia. Sin perder el tiempo en ponerse en pie, Poppie le arrojó un puñal al criado que se encontraba tras la ventana rota. El hombre salió corriendo en vez de volver a disparar. Y no era otro que el tipo que Poppie había seguido, que debía de haber dado media vuelta para averiguar el motivo de su presencia en la propiedad. Christoph le asestó una patada al único criado que seguía en pie y, acto seguido, le plantó un puñetazo en la cara para evitar que se levantara. Hizo lo mismo con el otro.

Christoph acababa de salvarle la vida a Poppie y había resultado herido en el proceso. Pese a la preocupación de Alana por comprobar que fuera superficial, Christoph no le permitió examinarlo. Atravesó la estancia y se inclinó para comprobar que el balazo que Everard había recibido en el pecho era tan grave como aparentaba. Lo era. Después, se enderezó y la zarandeó.

—La próxima vez quédate escondida hasta que yo diga que es seguro que te levantes —le ordenó, enfadado—. Todavía tenemos que salir de aquí.

—Has salvado a Poppie —fue lo único que logró decir ella antes de arrojarse a sus brazos.

Christoph la estrechó con tanta fuerza que al principio le costó respirar.

—Vamos, voy a sacarte de aquí. No debí intentar congraciarme contigo complaciéndote. Quedas avisada: no volverá a pasar si percibo aunque sea un peligro remoto. Mis hombres se encargarán de limpiar este nido de víboras más tarde.

52

¿Por qué no le sorprendía?, se preguntó Alana. ¡Confinada en el palacio hasta después de la boda!

Su padre se había alterado muchísimo al descubrir por el informe de Christoph que ella había estado en el salón cuando comenzaron los disparos. Alana no estuvo presente mientras Christoph le relataba a su padre la violenta confrontación, pero Frederick fue a verla más tarde a sus aposentos.

Después de darse cuenta del motivo del enfado de Frederick, Alana intentó cargar con la culpa diciéndole:

—¿Es que mis órdenes no anulan las suyas? Le dije que iba a acompañarlo. Los dos pensamos que estaría a salvo.

—Entiendo lo que pensasteis, pero Christoph sabe lo que tiene que hacer y, desde luego, tus órdenes no anulan las suyas. Sin embargo, esta desagradable situación con los Bruslan ha quedado resuelta por fin. Es posible que no tenga que demostrar mano dura con esos jovenzuelos ahora que sabemos que los azuzaron para que se rebelaran, que no fue idea suya. Ha sido toda una sorpresa. Sabíamos que Braune estaba tramando algo, pero no de esta magnitud. Si Christoph no hubiera obtenido una confesión completa, tal vez nunca lo hubiéramos adivinado.

—Tienes que agradecérselo a Poppie —le recordó ella, con

la esperanza de que Leonard obtuviera un perdón completo—. Fue él quien nos condujo hasta allí.

Frederick sonrió por fin en ese momento.

—Soy consciente de lo que ha hecho tu Poppie. —Sin embargo, volvió a ponerse serio—. Pero tú, hija mía, no vas a salir del palacio hasta después de la boda. Por consiguiente, el compromiso se formalizará esta noche durante la cena.

Alana gimió.

—Padre, por favor, ¡no puedes enviarme a vivir con los sospechosos de haber intentado matarme!

—Todavía no lo sabemos. Si Karsten se convierte en tu marido, tu seguridad estará garantizada.

—Pero sé que tiene que haber sido un Bruslan. Nunca podré confiar en ellos. Viviré en un constante estado de pánico. ¿Eso es lo que quieres para mí?

—Quiero que estés protegida. De este modo nos aseguramos de que...

—¡Me han protegido desde que llegué! —lo interrumpió a la desesperada—. Tu capitán se ha encargado de protegerme.

Su padre apretó los labios al escuchar el nombre de Christoph.

—Te veré esta noche. Ponte guapa.

Alana se echó a llorar en cuanto se quedó sola. Christoph había acertado. Como Frederick sabía que habían mantenido relaciones íntimas, el rey seguía furioso con su capitán. De modo que aunque le dijera que estaba enamorada de Christoph, en ese momento no iba a cambiar nada. Con el tiempo tal vez, pero ¡para entonces estaría casada con el hombre equivocado!

Se arregló para la cena, pero tenía la sensación de que bien podía estar preparándose para un funeral. Christoph apareció para acompañarla. Él tampoco parecía muy contento, y seguramente habría recibido una buena reprimenda por haberla puesto en peligro, pero al menos no lo habían despedido. Sin embargo, su cara resultó demasiado reveladora.

Christoph la obligó a levantar la barbilla.

—¿Le has dicho al rey que no quieres a Karsten?

—Se niega a escucharme, y ahora también lo he alterado a él. Cree que es la única manera de asegurar mi protección. Por eso creo que tengo que irme... y no volver nunca. ¿Puedes hacerle llegar un mensaje a Poppie? Me sacará del país y me esconderá de nuevo.

Christoph la cogió del brazo y echó a andar por el pasillo.

—Yo te sacaré de aquí si eso es lo que quieres. Pero antes veamos cómo transcurre la velada. A veces las cosas se solucionan por sí solas.

Lo dijo con cierto... misterio. Eso no era propio de él.

—¿Que veamos cómo transcurre? ¿Eso quiere decir que te han invitado esta vez?

—Es un asunto formal que requiere de testigos. Y tu padre todavía no cuenta con todos los detalles.

—¿Qué es lo que ignora?

—La alta probabilidad de que yo mate a Karsten si accede a casarse contigo.

Al parecer, seguía con esa ridícula idea.

—No, no vas a hacerlo. Creo que incluso te cae bien. Pero gracias por hacerme reír.

Llegaron a los aposentos reales. Karsten y su abuela ya estaban allí. Auberta estaba radiante de felicidad. Karsten se adelantó de inmediato para acompañar a Alana hacia el interior de la estancia.

—Sin rencores, Christoph, aunque yo me lleve el premio, ¿verdad?

—No es un premio, Karsten, ni otra conquista que añadir a tu lista. Y si la tocas, vas a acabar en el suelo. Todo el mundo se preguntará por qué y me veré obligado a mencionar a las tres amantes que mantienes ahora mismo. Una nunca es suficiente para ti, ¿no?

Karsten se echó a reír.

—Me desharé de ellas, por supuesto, pero después de la boda.

—¿Lo harás? Lo dudo mucho. Pero no va a haber boda.

El rostro de Karsten se ensombreció.

—¿Así sopla el viento? Creo que Frederick no estará de acuerdo.

Alana intervino antes de que acabaran a golpes.

—Lo siento, Karsten, pero tiene razón. No quiero casarme contigo. Estoy segura de que eres un buen hombre y he oído muchas cosas buenas sobre ti, pero... alguien de tu familia intentó matarme cuando era pequeña y lo ha vuelto a intentar después de mi regreso a Lubinia. Mi tutor ha estado trabajando con diligencia para encontrar al culpable y, de hecho, ha descubierto nueva información que podría exonerar a tu familia, pero hasta que estemos seguros...

—No —la interrumpió Christoph.

Alana lo miró con dureza.

—¿No?

—Leo admitió que solo era una posibilidad —le recordó Christoph—. No tiene nada con lo que apoyar esa teoría... Solo es eso, Alana, una teoría. Incluso entiendo por qué Leonard ha llegado a esa conclusión. Ha estado fuera de Lubinia demasiado tiempo. No se le ha ocurrido que en nuestro territorio viven dos reinas, no una.

Alana puso los ojos como platos. Dichas reinas estaban sentadas en ese momento a escasa distancia y la miraban sonrientes. La reina vigente, Nikola, y la reina viuda, que se había retirado a la fortaleza Bruslan después de que su marido fuera decapitado. Auberta Bruslan.

Alana ya no sabía qué pensar. La primera era demasiado joven y la segunda, ¡demasiado entrañable! Sin embargo, Christoph la obligó a seguir andando hasta llegar junto a su padre.

—Empezaba a preguntarme si ibais a aparecer —comentó Frederick, de buen humor.

A lo que Christoph replicó:

—Durante mi informe de hoy he omitido información, Majestad, ya que antes quería verificarla, cosa que he hecho. Estaba relacionada con un mensaje que Alana recibió de su tutor esta mañana, en el que le advertía que tuviera cuidado con la reina.

Nikola jadeó al escucharlo. Frederick dijo con voz gélida:

—Será mejor que no continúes.

—Escúchalo, padre —se apresuró a decir Alana—. No es lo que crees.

—A mí me gustaría escucharlo también —comentó Karsten en voz baja, tras colocarse a su lado.

Frederick tardó un momento hasta dar su aprobación con un gesto de la cabeza, pero lo hizo, de modo que Christoph continuó:

—Leonard nos ha comentado hoy que ha escuchado una conversación entre dos secuaces de los Bruslan. Hablaban de una reina que había estado involucrada en una vieja conspiración. Y dicha reina tenía que recibir esto. —Christoph le dio al rey la esclava de Alana—. ¿La reconoce?

—Sí, todavía recuerdo el día que se la regalé.

—La persona que poseía esta esclava hasta que fue requisada como prueba dio la orden de matar a Alana en dos ocasiones —dijo Christoph con seriedad antes de volverse hacia Auberta—. ¿Le importaría explicarnos qué hacía en su casa de la ciudad, lady Auberta? La he encontrado allí esta misma tarde.

Nikola se puso en pie de un salto al tiempo que exclamaba:

—¡Seguro que ha habido algún error! ¡Auberta nunca haría algo tan horrible!

Sin embargo, Karsten, que se percató de las emociones que se reflejaban en el rostro de Auberta, preguntó con suavidad:

—¿Es verdad, abuela?

La aludida lo miró con expresión implorante, como si quisiera hacerlo entender.

—Tenía que hacerlo. Me quitaron a mi marido. Frederick y su padre me lo quitaron. ¡Lo mataron aunque lo era todo para mí! Así que yo les arrebaté lo que más querían. ¡Una vida por otra!

Karsten parecía espantado.

—Ellos no fueron responsables. No lideraron la rebelión.

—Claro que lo hicieron —insistió Auberta, pero parecía confundida y desvió la mirada hacia Alana para sonreírle—. Lo siento, querida. Pero Karsten será un marido magnífico. ¿No estás de acuerdo?

Alana se había quedado sin habla. Todo el mundo miraba a Auberta como si estuviera loca, y tal vez fuera cierto, ya que había alimentado todo ese odio durante tanto tiempo.

Karsten ayudó a su abuela a ponerse en pie para sacarla de la estancia. A Alana le conmovió ver lo sorprendido que estaba. Karsten se detuvo delante de Frederick y le dijo:

—No sé cómo ha conseguido ocultárselo a todo el mundo, pero no volverá a hacerle daño a nadie en la vida. Prometo que me encargaré de que así sea. —También se detuvo delante de Alana y de Christoph el tiempo justo para decir—: Os deseo una dichosa vida en común. En el fondo, me negaba a reconocer lo mucho que os queréis. Pero no pasa nada. —Intentó sonreír, aunque le salió una mueca—. De todas maneras, no estoy preparado para el matrimonio.

Alana se ruborizó, no por lo que Karsten había dicho, sino por el juramento que soltó su padre.

—He sido un tonto por no haberme dado cuenta —dijo Frederick, que la miró antes de desviar la vista hacia Christoph—. ¿Podrás perdonarme, Christoph? Sé que no hay mejor hombre para mi hija que tú.

Alana volvió a quedarse sin habla. ¿Significaba eso lo que ella creía que significaba? Miró a Christoph con nerviosismo, a la espera de que él pusiera objeciones. Ciertamente, no quería que se casara con Karsten, pero tenía la impresión de que se debía a una antigua enemistad entre ellos. Porque no había sugerido ni una sola vez que quisiera casarse con ella.

La respuesta de Christoph fue una reverencia formal a su rey. Y de esa manera, Alana se comprometió con el muy bruto.

53

—¿¡La boda será dentro de dos días!?

Frederick estaba desayunando con Alana en el dormitorio de esta. Parecía nervioso y no le ocultó los motivos. Le preocupaba la posibilidad de que Christoph no se sintiera merecedor de ser el esposo de la princesa. Pero... ¿en dos días? Por supuesto, sabía el motivo por el que su padre había acelerado la boda. No necesitaba preguntárselo. Existía la posibilidad de que estuviera embarazada. No necesitaba mencionarlo siquiera. ¡Pero lo hizo!

—Confío en él por completo. Así que no te entregaría a nadie más. Es posible que lleves a su hijo en tu vientre ahora mismo. A mi nieto. Por eso dejé que Nikola me convenciera de casarte con Karsten. Aunque ha admitido que fue idea de Auberta, no suya. Por favor, no la culpes por eso. Quería a esa anciana como si fuera su madre. Confiaba en ella y jamás sospechó que... ninguno lo sospechamos. Pero precisamente por este motivo habríamos celebrado tan pronto tu boda con Karsten. La legitimidad del futuro heredero al trono debe ser incuestionable.

Alana se preguntó si podría ponerse todavía mas colorada. Su padre también estaba avergonzado, pero por otra razón muy distinta.

—Si no hubiera estado tan enfadado con Christoph no te

habría inquietado con Karsten. —Suspiró—. Debería haberme dado cuenta desde el principio de que Christoph era el hombre adecuado para ti. Le debo mucho. Me salvó la vida, ¿sabes? Y nunca lo he recompensado como merecía... hasta ahora. ¿Estás de acuerdo conmigo?

¿Le iba a permitir opinar en esa ocasión? Pese al bochorno y a la preocupación por el tema que su padre había sacado a colación, no podía evitar la emoción de saber que al final iba a conseguir lo que quería.

Asintió con timidez y Frederick siguió muy sonriente:

—Ahora mismo están buscando el vestido de novia de tu madre. Se van a enviar las invitaciones a los nobles que deben asistir a la boda. Así que mi única preocupación es Christoph. He intentado tranquilizarlo en la medida de lo posible. Quiero que se sienta bien recibido en nuestra familia. Pero creo que necesita oírlo de tus labios para creérselo.

Aunque la noche anterior había accedido a casarse con ella, sabía muy bien que Christoph podría cambiar de opinión si lo meditaba demasiado. Claro que ese matrimonio era muy importante para su padre, de modo que quería verlo feliz.

—Si me permites estar a solas con él, podría invitarlo a cenar.

Su padre adoptó una expresión pensativa y luego dijo:

—No veo por qué no si dentro de dos días seréis marido y mujer. En realidad, me parece una idea excelente. Dile lo que sientes por él, Alana.

No podía decírselo. No sin saber lo que Christoph sentía por ella. Karsten solo había expresado una impresión personal al decir que era obvio que Christoph y ella se querían. Y para ella era un tema demasiado importante como para ceñirse a meras impresiones personales de terceros. Sin embargo, le diría algo, aunque solo fuera una repetición de las palabras que su padre quería que Christoph escuchara. Que lo acogían en la familia con los brazos abiertos.

Le envió la invitación, avisó a los cocineros de palacio para que prepararan una cena especial y después lidió con las diez costureras que aparecieron llevando el vestido de novia de su madre. ¡Le quedaba como un guante! Faltaban tres horas para la cena y pasó todo ese tiempo preparándose. Quería tomar un baño bien largo y también quería lavarse el pelo. Le preguntó a una de las doncellas si su madrastra tenía algún perfume que pudiera prestarle, y la muchacha volvió con una cesta a rebosar de frasquitos. Quería que la peinaran a la perfección. Decidirse por un vestido fue más complicado, pero al final eligió uno de sus preferidos. Un vestido de noche de seda dorada con ribetes blancos y dorados.

No se dio cuenta de la gran cantidad de tiempo que estaba dedicando a su apariencia para una simple cena hasta que le recordaron que su prometido estaba a punto de llegar. Sin embargo, no podía dejar de pensar en lo que tendría que decirle a Christoph. Tendría que asegurarle que no era necesario que sacrificara su futura felicidad solo por cumplir las órdenes del rey. Tendría que decirle que le gustaba (no, se corrigió, con los ojos llenos de lágrimas), que lo quería tanto como para liberarlo de su promesa de matrimonio si así lo deseaba. Lo quería tanto que los sentimientos de Christoph eran más importantes que los suyos.

Escuchó que llamaban a la puerta a la hora exacta. Ya habían servido la cena. Despachó al personal de la cocina y a las doncellas, que desfilaron por delante de Christoph antes de que él entrara. Lo esperó junto a la mesa, más nerviosa de lo que lo había estado en la vida.

Christoph entró. Su uniforme parecía distinto. Los colores eran los mismos, pero esa noche daba la sensación de que relucían. No comprendió el motivo hasta que se percató de que la luz se reflejaba en los botones como si fueran de cristal pulido. El ceñidor del sable también era especial, adornado con tachuelas. Hasta la empuñadura del sable era mucho más elegante. De repente, comprendió que era el uniforme de gala... ¡y se lo había puesto en su honor!

Al llegar frente a ella, Christoph la saludó con una profunda reverencia. Por si eso no fuera lo bastante sorprendente, también le cogió una mano, se la llevó a los labios y la besó.

Estaba tan sorprendida que Christoph se echó a reír.

—¿No estoy siendo lo bastante bruto para tu gusto?

La pregunta le provocó un repentino sonrojo, y se preguntó si alguna vez le permitiría olvidarse de la primera impresión que le causó. Era un buen momento para comentar:

—Mi padre me ha asegurado que sus súbditos no son brutos. Y eso te incluye a ti.

Christoph sonrió.

—¿Y tú lo crees?

Alana abrió la boca por la sorpresa cuando él la cogió en brazos y se sentó con ella en el regazo.

—¿Qué estás haciendo?

—Voy a darte de comer —respondió él—. Puedes protestar, pero solo si consigues ponerte en pie. ¿Te crees capaz de conseguirlo? —Seguía sonriendo.

Alana sabía muy bien que podía retenerla en su regazo si así lo quería.

—Supongo que quieres demostrar algo.

—Varias cosas, en realidad. Voy a disfrutar mucho dándote de comer, y he preferido no pedirte permiso para hacerlo porque sé que tú también vas a disfrutar. Y me complace todavía más si lo hago mientras te tengo en el regazo, una ventaja injusta por mi parte, pero si dejas a un lado el rígido decoro al que sueles aferrarte, tal vez también reconozcas que te gusta. Alana mía, a tu lado me sale el bruto que llevo dentro. ¿Crees que es algo que debo controlar cuando jamás podría hacerte daño?

Alana fue incapaz de evitar el rubor, porque sabía que Christoph decía la verdad. Si ambos disfrutaban del momento, el hecho de que él hiciera gala de su fuerza bruta no debería molestarla. ¿O seguía aferrada a la moral y prefería esperar a que se celebrara el matrimonio? Después de haber hecho el amor, parecía una ridiculez.

—A lo mejor estaba equivocada en ciertas cosas —reconoció.

Christoph sonrió.

—No, equivocada no, pero a estas alturas es irrelevante.

Desde que conseguimos el beneplácito de tu padre, ya no debemos cuestionarnos lo que hagamos, sino hacerlo sin más.

¿Se refería a lo que ella pensaba que se refería? Posiblemente no, pero no fue capaz de preguntárselo porque la simple idea la excitaba muchísimo. Además, Christoph no esperaba respuesta alguna. Se acercó más a ella, que jadeó por la sorpresa, pero su intención no era otra que la de coger una de las bandejas que habían colocado en la mesa para acercarla más a ellos. Después cogió algo dulce con los dedos que le colocó entre los labios.

¿Iban a comer antes el postre? Alana estuvo a punto de soltar una carcajada, pero se limitó a sonreír.

—No sé lo que es, pero está muy bueno. Pruébalo —lo invitó.

—¿No quieres darme de comer?

La pregunta le arrancó un jadeo, más audible en esa ocasión. La mirada de Christoph era fascinante. Quería darle de comer, sí. Se volvió un poco para ver qué tipo de dulce acababa de darle.

Christoph le susurró contra el cuello:

—Cualquier cosa. Nos lo vamos a comer todo... o quizá no comamos nada.

El cálido roce de su aliento le provocó un escalofrío. ¿No iban a comer nada?

—¿Es demasiado temprano para ti? ¿No tienes hambre?

—Tengo mucha hambre, muchísima.

¡El timbre ronco de su voz hizo que se estremeciera al escucharlo!

—Bueno... —Eso fue lo único que alcanzó a decir antes de meter un dedo en un plato cremoso. Recordó demasiado tarde la noche que cenaron juntos por primera vez, cuando se lamió el dedo. Se volvió con la esperanza de que Christoph también lo recordara y comprobó que efectivamente lo hacía, a juzgar por cómo la miraba.

Hipnotizada por la intensidad de aquellos ojos, dejó que Christoph le cogiera la muñeca y se llevara su mano despacio a la boca. Sin respirar, observó cómo lamía hasta la última gota de crema de su dedo. Sintió una especie de aleteo en su interior, una sensación ardiente y erótica que comenzó nada más ver que Christoph se llevaba su dedo a la boca. Cuando acabó, ella siguió con la vista clavada en sus labios, pero las sensaciones que había despertado en su interior no se aplacaron.

—Me pregunto si, después de todo, tendré la fuerza suficiente para darte de comer.

Alana comprendió la insinuación. Se refería a la fuerza de voluntad, porque lo que tenía en mente no era exactamente la comida. Pero lo que Christoph tenía en mente la puso tan nerviosa que se volvió hacia la mesa, empujó la bandeja con el postre y alargó el brazo para coger en su lugar otra con una selección de fiambres. Eligió uno de los platos y lo cogió.

Lo colocó entre ellos y sugirió:

—¿Y si nos damos prisa?

Christoph se echó a reír mientras elegía un trozo de fiambre aderezado con una salsa picante para ofrecérselo.

—¿Intentas demostrar que eres más fuerte que yo?

Alana aceptó el fiambre y le ofreció otro trozo del mismo.

—No, pero...

—En este caso, estoy seguro de que lo eres.

—No sé. Es posible —replicó sin saber muy bien lo que estaba diciendo, porque tenía la vista clavada en sus labios—. Bueno, no, la verdad... —Se inclinó para lamer una gota de salsa de su labio inferior.

Podría habérsela quitado con un dedo, pero tenía tantas ganas de besarlo que ni siquiera se le ocurrió. Se percató de que Christoph contenía la respiración, y esa reacción le indicó que a él le había gustado de modo que... ¡lo besó sin pudor! Degustó una mezcla dulce, picante y el propio sabor de Christoph. Una mezcla irresistible de la que disfrutó con la lengua.

Cuando por fin se percató de lo que estaba haciendo, se apartó sorprendida con un repentino ataque de timidez. Christoph comprendió lo que le pasaba, de modo que le alzó la barbilla para que volviera a mirarlo a los ojos.

—Alana mía, llevas sangre lubinia en las venas. No te avergüences de tu naturaleza apasionada.

—¿Eso es lo que me pasa? —le preguntó ella, pensativa, pero después meneó despacio la cabeza—. No, creo que el culpable eres tú.

Christoph gimió, como si estuviera sufriendo mucho.

—Lo estoy intentando.

Alana comprendió lo que quería decir. Christoph intentaba no abrumarla con su pasión, para que fuese ella quien tomara la decisión de poner fin a la cena. Una actitud inusual para un bruto, pensó con una sonrisa.

—Pues deja de hacerlo —replicó ella sin más.

Christoph se puso en pie con tal rapidez que ella se echó a reír. La llevó directamente al dormitorio. Aunque se preparó para que la arrojara a la cama sin más, la dejó con delicadeza sobre el colchón y volvió a besarla antes de enderezarse para quitarse la ropa. Alana se apoyó en los codos para observarlo. Al ver que tironeaba para quitarse la casaca, le preguntó:

—¿Te ayudo? —Ardía en deseos de tocarlo.

—No, a menos que quieras hacer esto sin desvestirnos —le advirtió él—. Me has hecho esperar demasiado.

—Pero si solo...

—Ha sido demasiado tiempo —la interrumpió con una mirada abrasadora—. Porque te deseo cada minuto del día.

Alana se vio obligada a contener la impaciencia después de escucharlo decir eso. Se sentó y se quitó los zapatos, las medias y todo aquello que podía quitarse sin ayuda. Después, se desabrochó la espalda del vestido hasta donde pudo y se volvió para que Christoph acabara de hacerlo.

—Espero que no te gustara mucho este vestido —lo oyó decir al tiempo que se escuchaba un desgarrón.

Alana soltó una carcajada.

—Pues no, no entiendo cómo has podido pensarlo siquiera.

Christoph se arrodilló en la cama, detrás de ella, y comenzó a besarla en el cuello y en los hombros mientras le bajaba el vestido por los brazos. Después, le pasó la camisola por la cabeza.

Le quitó las pocas horquillas que le quedaban en el pelo y enterró los dedos en él para acariciárselo.

Alana echó la cabeza hacia atrás y la apoyó contra su pecho, tras lo cual levantó la vista para mirarlo a los ojos. Christoph la besó en esa posición, pero no les resultó satisfactorio, de modo que la instó a volverse y después la tendió en la cama y se colocó sobre ella para hacerlo en condiciones. ¡Así era perfecto!, exclamó Alana para sus adentros. Su peso sobre ella, la cercanía de su cuerpo, el roce de sus labios mientras la devoraban y el beso cada vez más apasionado avivaron las deliciosas sensaciones que había experimentado poco antes y que en ese momento comenzaron a correr por sus venas.

Estaba siendo muy egoísta al permitir que pasara lo que estaba pasando, al no decirle que lo ayudaría a encontrar el modo de librarse de las órdenes del rey. Era incapaz de pronunciar las palabras, no después de que la hubiera convencido de que la deseaba. Y de que se lo demostrara de esa forma. Al menos, disfrutarían de ese momento...

Las manos de Christoph también estaban disfrutando de lo lindo. O al menos eso parecía a juzgar por los gemidos que emitía mientras la acariciaba. Alana ignoraba que tuviera tantas zonas erógenas en el cuerpo. A lo mejor no eran tantas y se debía más bien a sus caricias, al ligero roce de sus dedos. Hasta su pelo dorado le provocó un estremecimiento cuando le rozó la piel al inclinar la cabeza para besarle un pecho. Sintió un escalofrío mientras su boca incitaba una reacción ardiente en lo más profundo de su ser.

Los músculos de la espalda y de los hombros de Christoph se contraían también bajo las manos de Alana. Incluso creyó sentirlo temblar en alguna ocasión. Deseaba tocarlo en otras partes, pero carecía del arrojo necesario para instarlo a tumbarse de espaldas a fin de poder hacerlo. Estaba segura de no tardaría mucho en perder esa timidez, pero de momento le apetecía seguir sintiendo su peso, su calor y las asombrosas emociones que la embargaban. El cúmulo de sensaciones era incontrolable, pero tampoco quería controlarlo. Se limitó a dejarse llevar, consciente en esa ocasión de lo que le sucedería al final.

En ese momento, Christoph la rodeó con los brazos, le enterró las manos en el pelo mientras la besaba en los labios y la penetró con una delicadeza exquisita. La plenitud de su invasión le resultó tan satisfactoria que casi creyó haber pasado toda la vida incompleta hasta ese momento. Pero también había algo más. Lo percibió en ese instante. Christoph la afectaba de tal manera que las sensaciones físicas se multiplicaban. Abrió los ojos, maravillada, contuvo el aliento y lo abrazó con fuerza... a la espera, a la espera... y con su siguiente embestida, Christoph la llevó hasta el precipicio y alcanzó el éxtasis.

Gritó algo, no supo bien qué. Con un certero movimiento, Christoph se hundió en ella una vez más y compartió el clímax. Las emociones eran tan fuertes que Alana sintió deseos de llorar. En cambio, sonrió sin poder evitarlo. Christoph también sonreía. ¡Era una sonrisa preciosa! Alana la vio justo antes de que la besara con dulzura. Después, se apartó de ella para librarla de su peso.

Pero no se marchó. La instó a colocarle sobre él y, una vez que se aseguró de que estaba cómoda, ¡la abrazó para que no se marchara! Como si tuviera intención de hacerlo... Como si no se sintiera plenamente feliz entre sus brazos...

54

¡Alana no terminaba de creerse que fuera el día de su boda! Era increíble lo rápido que pasaba el tiempo. Solo había visto a Christoph en una ocasión desde la maravillosa noche que habían pasado juntos.

La víspera de la boda se celebró una cena tradicional a la que asistieron las familias del novio y de la novia, de modo que no quedaran dudas de que ambas partes apoyaban la boda plenamente. Fue la última oportunidad para que algún miembro de la familia expresara sus dudas con respecto al enlace. Alana temía que Christoph dijera algo, pero no fue así. La única decepción que se llevó esa noche fue que Poppie no estaba presente como parte de su familia.

Sin embargo, en cuanto dispuso de un momento a solas con su padre le mencionó que Leonard y Henry deberían haber sido invitados. El rey no le dio una respuesta clara, pero su expresión había sido elocuente. Alana lo entendía. Tal vez su padre quisiera agradecerle a Poppie, en el caso de que se conocieran alguna vez, que la hubiera cuidado con tanta devoción, pero no creía que Frederick pudiera perdonarlo por haberla mantenido apartada de su verdadera familia.

La madre de Christoph fue a sus aposentos la mañana de la boda para ayudarla a vestirse, acompañada por la reina. Las dos mujeres estaban delirantes de felicidad, aunque por motivos distintos. En el caso de Nikola, porque la responsabilidad de procurar el futuro heredero del reino ya no era exclusivamente suya.

Dado que los hombres no estaban presentes, Ella se atrevió a decirle:

—Geoffrey y yo comenzábamos a temer que Christoph no se casara. Ya pensábamos que su trabajo no le dejaría tiempo para una mujer y una familia propias, y que consideraba que su deber era mucho más importante que eso.

—En ese caso, no hemos podido encontrar una mejor solución —dijo Nikola.

—Exacto —convino Ella con una carcajada.

El trabajo y una esposa, ambas cosas aunadas en Alana. ¿Christoph también consideraba que era la solución perfecta?

Ojalá no se lo hubieran dicho, pensó Alana. Había ansiado la llegada de ese día feliz y ansiosa. La noche pasada con Christoph despejó todas sus dudas. Después de esa noche, se había descubierto sonriendo sin motivo aparente... muchas veces. En ese momento, volvía a tener dudas, unas dudas que crecieron cuando el abuelo de Christoph pasó a verla llevando a Wesley en brazos.

Ella cogió a su hijo en brazos y quiso saber qué pasaba. El niño se limitó a sonreír. Hendrik confesó:

—Los hombres lo estaban durmiendo. Son demasiado serios. Se están tomando este trámite demasiado en serio. Sabía que con las damas encontraríamos risas y buen humor.

Nikola se percató de la expresión preocupada de Alana y dijo:

—Por supuesto que son serios, ¡Frederick está con ellos! Acaba de encontrar a su hija pero ya se la va a entregar a otro hombre. Pasará un tiempo hasta que vuelva a sonreír.

¿Eso era todo? ¿O acaso Christoph tenía dudas?

Sin embargo, Hendrik volvió a hacerlas reír y ruborizó a las más jóvenes. Cuando llamaron a la puerta para indicarles que había llegado el momento de marcharse al salón de recepciones, donde se celebraría la boda, Hendrik le preguntó si podía ser él quien la acompañara hasta su padre, con quien recorrería el pasillo hasta el altar. Alana ya tenía una escolta: ocho guardias, las doce jóvenes que llevarían la larga cola del vestido de novia de su madre, la reina y su futura suegra, pero el ofrecimiento del anciano la complació. Era como si se hubiera convertido en su abuelo. Alana sabía que sería una bendición casarse con Christoph y formar parte de su familia, ya que les tenía mucho cariño a todos.

Su padre la estaba esperando a la entrada del amplio salón. En ese momento, no parecía serio. Estaba sonriendo y meneaba la cabeza al verla. El vestido de novia era muy elegante y el velo era tan diáfano que no le ocultaba la cara. Era adecuado para una reina, para la última reina que se lo había puesto.

—Estás preciosa, igualita que tu madre —dijo él al tiempo que la abrazaba con fuerza y la besaba en la frente—. Ojalá pudiera verte ahora.

—A lo mejor nos está viendo —replicó Alana en voz baja.

—A lo mejor, sí —convino él. La cogió del brazo, pero no hizo ademán de ponerse en marcha—. Hoy vamos a romper con la tradición. En fin... —dijo con una carcajada—, hemos roto muchas tradiciones últimamente. Pero creo que te complacerá... que los dos hayamos accedido a entregarte al novio.

No entendió lo que le quería decir hasta que una mano le tocó el brazo libre y, al volverse, vio a Poppie ofreciéndole el brazo, ataviado con uno de sus mejores trajes ingleses. Chilló de alegría y lo abrazó, antes de darle otro abrazo a su padre. Tenía los ojos llenos de lágrimas de felicidad. Frederick no podía haberle hecho un regalo mejor.

—Muchísimas gracias —le dijo a su padre con la voz quebrada por la emoción.

Frederick sonrió.

—Me pareció justo, ya que ha sido él quien te ha criado. Tuve que mandar pregoneros a la ciudad para encontrarlo. Cabía la posibilidad de que no se creyera que estaba invitado a la boda.

—Con invitación o sin ella —dijo Leonard—, nada me habría impedido venir.

—¿Vamos? —preguntó Frederick, que volvió a tomar el brazo de su hija—. Christoph ya está bastante nervioso. Será mejor no hacerlo esperar más.

¿Christoph estaba nervioso? No se lo creía. Sin embargo, recorrió el pasillo con una sonrisa en los labios porque esos dos hombres la acompañaban: su verdadero padre y el hombre a quien siempre había considerado como tal. Solo una cosa le impedía la felicidad completa: saber si el hombre hacia quien caminaba la quería tanto como ella lo quería a él. Al verlo esperando que llegara a su lado, que se la entregaran para cuidarla, las dudas volvieron a asaltarla. Christoph tenía un aspecto solemne, tal vez incluso un poco sorprendido al ver que la boda se estaba celebrando de verdad.

Pero... ¡ay, Dios! Con su uniforme de gala estaba guapísimo. De repente, sintió ganas de llorar. ¿Por qué no...? No terminó la frase. Pasara lo que pasase, iban a unir sus vidas ese día. A menos que...

—¿Qué pasa? —le preguntó Christoph en cuanto la cogió de la mano para que diera ese último paso hasta el altar.

¿Cómo sabía que pasaba algo? Maldijo el velo por no ser lo bastante grueso como para ocultar sus emociones o permitirle mentir. Tenía que decirlo... por él.

—¿Estás seguro de que quieres hacerlo? Puedo echar a correr para que mi padre no te culpe de nada.

Christoph le alzó el velo con mucho cuidado. Quería asegurarse de que no malinterpretaba su expresión mientras le preguntaba:

—¿Qué estás diciendo? ¿No quieres casarte conmigo?

Alana bajó la mirada.

—La verdad es que sí... pero temo que tú no.

El sacerdote carraspeó, preparado para dar comienzo a la ceremonia. ¿Acaso no veía que ellos no estaban preparados? Christoph levantó una mano para que el hombre guardara silencio y después se la colocó a Alana en la mejilla. Los invitados comenzaron a impacientarse. No era el momento más oportuno para mantener una conversación.

—Soy consciente de que debería habértelo dicho antes —dijo él—. Creía que comprenderías que no estaría aquí si no quisiera estar. No esperaba quererte, que lo sepas, no tan pronto. Tampoco esperaba sentir la necesidad de no perderte de vista, de tenerte siempre a mi lado, de saber dónde estás cada minuto del día.

¿Acababa de decir que la quería?, se preguntó Alana. ¡No estaba segura! Aunque el resto parecía una queja.

—Te tomas tu trabajo demasiado en serio. No tienes que vigilarme constantemente.

Christoph meneó la cabeza.

—No me refiero a mi trabajo, Alana mía. Hablo de lo que sale de aquí dentro. —Se llevó un puño al pecho—. No me gusta mucho.

Alana se quedó helada.

—¿No?

—Es un poco obsesivo —admitió él con expresión avergonzada—. Un sentimiento más propio de una vieja histérica.

Alana soltó un suspiro aliviado y tuvo que contener una carcajada.

—¿Crees que eso es malo en un matrimonio? —preguntó con cautela.

—Si solo lo siente un miembro de la pareja, sí, lo sería.

—¿Qué te hace pensar que yo no lo siento?

—Acabas de decir que te sientes presionada por tu padre para casarte.

—Porque pensaba que te limitabas a cumplir las órdenes del rey. No me has propuesto matrimonio, así que supuse...

De repente, Christoph hincó una rodilla en el suelo. Los invitados exclamaron por el asombro y también se escucharon unas cuantas risillas. Lo que estaba haciendo era bastante obvio, y el pensamiento generalizado fue que deberían haber cumplido ese trámite antes de la ceremonia.

Christoph le cogió una mano.

—Te quiero, Alana mía. ¿Quieres que unamos nuestras vidas con el matrimonio?

Alana se echó a llorar, pero su sonrisa fue tan radiante que a Christoph no le quedó la menor duda de que eran lágrimas de alegría.

—Nada me haría más feliz. —Se inclinó para tomarle la cara entre las manos—. Te quiero con locura. Pero dudaba de que tú sintieras lo mismo.

—Jamás volverás a dudar. Me pasaré el resto de la vida asegurándome de que sabes cuánto te quiero.

Alana le sonrió.

—Pues cásate conmigo antes de que crea que es un sueño.

—Me gustan tus sueños —replicó él con sensualidad mientras se ponía en pie—. Y me gusta cuando los compartes conmigo.

Ruborizada, Alana se volvió hacia el sacerdote. Se escucharon algunos aplausos de los invitados, seguidos por algunas risotadas y siseos que pedían silencio. Pero los novios estaban de acuerdo en que esa boda atípica, inesperada, acelerada y con una proposición en el altar era perfecta... para ellos.